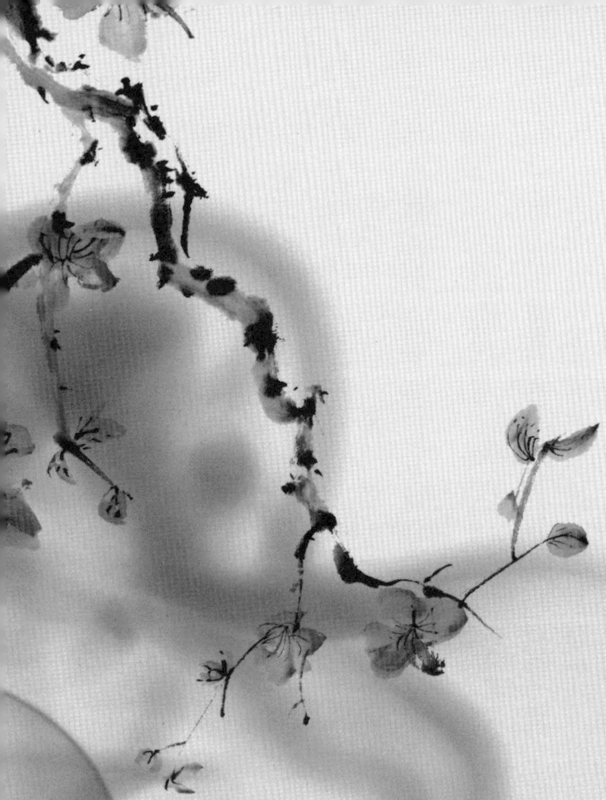

漢宮賦

上

納蘭採桑

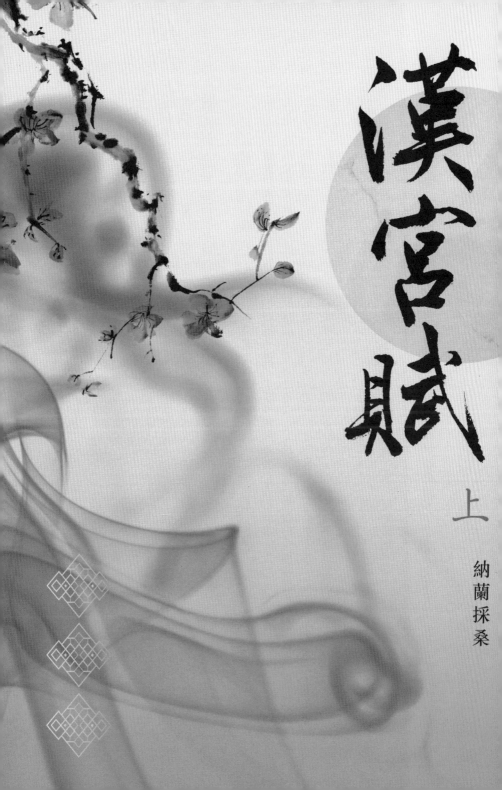

賞析：故劍，之所以情深……

◎陳啟鵬

我們都喜歡看歷史小說，不曉得有沒有人深究過，歷史小說源於正史而來，但小說爲何遠比正史更受歡迎？像是三國人物在演義歷史裡的形象，永遠比正史更深入人心；而七俠五義中的人物無論正邪，都遠比現實更有人性。有人會說，那是因爲小說情節更曲折，也有人會說，小說中的人物更栩栩如生，但這類的答案數不勝數，而我在探究之後，發現其實背後還有個更重要的元素，那就是人心與人性。

史家筆法爲了客觀公正，只能明快簡潔，具體呈現史料的先後始末；而歷史小說家則必須在微言大義之中，看出隱藏在背後的人心與人性，因爲，這樣才能建構出眞正動人的故事。人心，是幽微的，同樣是入主爲帝，機關算盡與無心插柳，左右了登基後的治亂興亡；人性，也是惟微的，往往要在權衡輕重的峰迴路轉之後，才能讓眞正的私心顯揚。故事裡，我們常對主角前後的言行不一百思不解，但如果能深入他一路走來的行跡，甚至是身歷其境性格扭曲的關鍵時刻，我們就會明白，所有的抉擇都是其來有自，並非天外飛來一筆。

納蘭採桑的《漢宮賦》，就是這麼一部深入人心與人性的作品。我們都知道，漢武帝晚年發生了巫蠱之禍，然而在史家筆法中，我們只知道劫後餘生的劉病已成爲漢宣帝，可是我們卻不曾從史料中窺見，他十幾二十年流浪民間的滄桑與飄搖；同樣地，我們可以看到他登基後如何步步爲營，企圖大權在握，但我們卻看不到，他決斷朝政的柔軟與堅韌，究竟是從何而來。閱讀史料，或許會讓我們知其然不知其所以然，但是看納蘭採桑的《漢宮賦》，卻能讓我們若有所悟，因爲這部作品，就是從他幼年的戒愼恐懼講起，故事展開的同時，不僅埋下日後所有決斷與性格塑造的伏筆，也同樣能讓人體會，他那不得不然的心情糾葛。

同樣地，我們也許聽過「故劍情深」這句成語，但劉病已爲何用「故劍」表達他的「情深」，卻同樣莫明所以，爲此，納蘭採桑安排了武俠元素，讓劉病已上終南山習武，同時又在兩小無猜間，加上三角情愫，這樣的安排不見史料記載，卻更有說服力，因爲每一項抉擇都是有意義的，劉病已選擇許平君有他的情鍾，選擇故劍則有他的苦衷，表面上這劍是心之所向，實際上卻是一種意有所指：此劍當下只是護我所愛，他日大權在握，將會劍指四方。沒錯，機關算盡的霍家終究迎來破敗的命運，但處心積慮的權力傾軋，又豈是三言兩語可以盡訴？昭宣之治後，納蘭採桑還寫了番外，你可以視爲是蘊含不盡的交代，但誰說不可以是另一個峰迴路轉的故事伏筆？

武俠名家古龍曾在作品中說：「人性的複雜，遠在天下任何一種武功之上。」以此類推，人心的曲折，也在所有已知的史料之上，如果你對無法顯示人心與人性的史料悵然若失，那就看看納蘭採桑的《漢宮賦》吧！歷史小說雖是七分史實，三分虛構，但虛構的那三分，卻遠比七分史實更眞實。

陳啟鵬，商業周刊歷史專欄作家、南陽街補教名師，主持網路版關鍵時刻「陳啟鵬顚覆歷史」、播客《如果歷史是一隻鵬》，著有歷史、作文、社會科等方面書籍，並多次擔任大考解題分析老師。

目次

上冊

賞析：故劍，之所以情深……◎陳啟鵬 002
楔子 009
一・參劾 011
二・失憶 025
三・墜谷 039
四・鑿冰 053
五・狼群 067
六・霍禹 081
七・仗義 095
八・遊俠 109
九・君兒 123
十・蓮勺 137
十一・大業 151
十二・指環 163
十三・命格 177
十四・封侯 191
十五・密藥 205
十六・小梅 219

十七・異端 231
十八・天馬 243
十九・賽馬 257
二十・西羌 271
二十一・心疾 285
二十二・杖責 297
二十三・燕雀 309
二十四・傾心 321
二十五・壽宴 333
二十六・主使 345
二十七・相逢 359
二十八・平疫 373
二十九・中毒 385
三十・結縭 399
三十一・繼后 413
三十二・鳶去 427
三十三・江充 441
三十四・辱身 455

下冊

三十五・妊娠 007
三十六・劉奭 019
三十七・暗算 033
三十八・棋局 047
三十九・禪讓 061
四十・國喪 073
四十一・新帝 087
四十二・亂政 099
四十三・脫困 111
四十四・廢帝 125
四十五・登基 139
四十六・山陽 153
四十七・追諡 169
四十八・故劍 183
四十九・封后 197
五十・出兵 211
五十一・乳毒 225
五十二・藏器 239

五十三・抱負 253
五十四・陰謀 265
五十五・夭亡 279
五十六・附子 293
五十七・恭哀 307
五十八・綠衣 321
五十九・霍后 333
六十・替身 347
六十一・羌平 361
六十二・光薨 373
六十三・哭陵 387
六十四・削權 399
六十五・傾塌 411
六十六・昭宣 423
番外一・海昏侯 437
番外二・劉解憂 443

楔子

後元二年，漢天子劉徹病勢纏綿，往來於長楊、五柞宮[註1]。此時星相客說長安獄中有天子氣，多疑的劉徹便遣使者分別通知京師諸官府，將獄中在押犯人，無論罪刑輕重，一律處死。

夜裡，內謁者令郭穰至郡邸獄。

廷尉監邴吉大義凜然，道：「皇曾孫在此，他人尚且不可無辜濫殺，何況陛下的親曾孫？」心想門一開，衛太子一族最後的血脈、巫蠱之禍唯一的倖存者，便要葬送於此了。於是不管郭穰怎麼威逼，邴吉就是不開門。

郭穰無奈，待天明後，便回宮稟告劉徹。此時劉徹也醒悟了，說了一句：「天意。」隨卽大赦天下。四歲的皇曾孫劉病已這才得以保全小命，離開郡邸獄。

劉病已出獄後，卻碰上一個尷尬的問題——雖然他身上流著皇族血液，卻沒有得到皇家撫養的詔令，邴吉只得用自己的俸祿繼續供養他。

善良的邴吉前後找來兩名獲釋的女囚，哺育劉病已半年有餘，卻遲遲等不來官家收養的消息，只得將劉病已送至魯國外曾祖母家中。

同年，劉徹崩於五柞宮，遺體運回長安未央宮前殿入殮。翌日，年僅八歲的太子劉弗陵卽皇帝位。劉徹葬於茂陵，史稱「漢武帝」。

後來劉弗陵下詔，將劉病已收養於掖庭，上報宗正[註2]列入宗籍，此時劉病已宗室身分方才得到承認。

註1：戰國時秦昭王築，漢代沿用，宮中有垂楊數畝，故以爲名。五柞宮：秦置，宮中有五棵柞樹，故以爲名。

註2：官名，九卿之一，掌皇族事務。

一・參劾

元鳳元年。

未央宮以清香的木蘭和雅緻的杏木所雕築，殿檐斗拱、額枋、梁柱上裝飾著青藍點金和貼金彩畫，熠熠生輝。窗櫺繪飾著菱花花紋，莊嚴的大門裝飾著鎏金銅鋪首，黃金為璧帶，間以和氏珍玉，委實富麗堂皇。

漢初蕭何建未央宮，漢高祖劉邦見其壯麗，怒道：「天下匈匈，勞苦數歲，成敗尚不可知，何以建造宮室如此奢華？」

蕭何從容不迫地道：「天下尚未平定，因此可建造宮室，況且天子以四海為家，不壯麗就沒有威嚴。」劉邦這才轉怒為喜。

未央宮北面的清涼殿內陳設著線雕精刻的白玉石床，床邊擱著一只水晶盤，盤裡裝著從凌室[註1]送來的冰塊。

夏天時，皇帝劉弗陵都宿在清涼殿，入冬時就移到溫室殿，此時他正躺在床上午寢。

枝頭上蟬聲唧唧。

兩個侍女在皇帝身邊搖著長柄羽扇，一室靜寂。

「呈上來。」劉弗陵微動眼簾，聲音透著一絲慵懶。

殿內立著三個侍中，金賞、金建、金安上，前兩人是託孤大臣金日磾[註2]之子，後者則是他的姪子，三人均有一半的匈奴血統，闊臉，顴骨高，鼻翼寬，體態高大。

金安上立即呈上錦袋。

劉弗陵抽出錦袋裡的帛書，展開，奏書內容指大司馬大將軍霍光到長安郊外檢閱，考試郎官和羽林將士練武時私用皇帝儀仗，還派皇帝的膳食官為他準備飲食。且蘇武從前出使匈奴，被拘留二十年不投降，回朝後才擔任典屬國[註3]。而霍光的長史楊敞沒有功勞卻身任搜粟都尉，霍光還擅自選拔增加大將軍幕府的校尉。

霍光專權放縱，懷疑他圖謀不軌，燕王劉旦願交回封國的符節印璽，入宮擔任宿衛，以監察奸臣之變謀。

劉弗陵面無表情地看完帛書，就扔在地上。

這霍光，便是漢武帝遺詔輔佐幼帝的四位託孤大臣之首，漢武帝曾讓黃門署畫工畫了幅「周公背成王朝見諸侯」的畫賜予霍光，要他履行周公職責。如今霍光官至大司馬大將軍，封博陸侯，一人之下萬人之上，政事全由他一人決斷。註4

想必霍光的存在威脅到誰，有人坐不住了，乘他休沐不在宮中時上了這封參劾奏書。若皇帝有意剷除霍光，只須將奏書下傳有司處置，自然能以迅雷不及掩耳的速度，將霍光及一干黨羽拿下。

「他們走了嗎？」劉弗陵語氣聽不出喜怒。

「還候在殿外，說要面見陛下。」

「告訴他們，朕乏了。」

「諾。」金安上退出殿外，不多時返回，只見劉弗陵面色凝重，於是道：「陛下，左將軍、驃騎將軍、御史大夫都離開了。」

劉弗陵淡淡地嗯了一聲，像是自言自語，聲音輕得只有他自己才聽得見，「這封以燕王名義上奏彈劾霍大將軍的奏書……」隔了良久，才道：「是假的。」

而霍光在宮中黨羽眾多，不可能沒聽到風聲，那麼這位被先帝委以重任、行事從無差錯的託孤大臣之首，會如何從容應對？

翌日，未央宮中殿路寢。

天子常朝，六百石以上官吏齊聚一堂，皇帝隨儀仗步入，朝臣們手持笏板分列兩班，左武右文。

侍中金建站在劉弗陵身後，高聲唱讚：「衆官拜。」

衆臣跪下，行拜禮。

「制曰：可。」

衆臣起身，禮畢。皇帝登御座。衆臣分兩列入席。最前者爲大將軍霍光、左將軍上官桀兩位中朝大臣獨席而坐，下首外朝大臣則以丞相田千秋、御史大夫桑弘羊爲首。

劉弗陵目光一掃，卻不見霍光，於是問：「何以不見大將軍？」

左將軍上官桀眸心浮現一抹幸災樂禍的神采，聲音朗如洪鐘，在殿內擴散開來，「回陛下，燕王告發他的罪行，故留在畫室不敢入朝。」

劉弗陵神情淡淡，「宣詔。」

金建朗聲道：「宣大司馬大將軍霍光——」

不多時霍光闊步走至陛階前，二話不說便摘下頭上高山冠，稽首下拜。

朝堂上湧起一片騷動。

劉弗陵不動聲色，「大將軍請戴冠，朕知道燕王奏書有詐，將軍無罪。」

此言一出，上官氏父子——左將軍上官桀和驃騎將軍上官安、御史大夫桑弘羊以及一批尚書朝臣均勃然色變。

霍光重新將高山冠戴起，緩緩起身，鎮定自若，「陛下何以知道奏書有詐？」

劉弗陵不疾不徐地道：「大將軍到廣明郡演練郎官是最近幾日的事，調選校尉也不過十日。燕王遠在燕國，千里迢迢，如何得知？況且將軍若有反心，根本不須調遣校尉。」

霍光嘴角微揚，「陛下聖明。」

劉弗陵目光向上官桀、上官安、桑弘羊一瞟，口吻雲淡風輕，「大將軍乃先帝遴選輔佐於朕的忠臣，日後若還有誰敢詆毀大將軍……」眼中一痕殺氣一閃而逝，「連坐罪處之。」

皇帝這句話似有千鈞重，沉沉地打在上官桀、上官安、桑弘羊的心頭。三人均是冷汗重衣，不敢吭聲。

這三人在朝堂上早與霍光鬥得你死我活，於是上官桀等人與皇帝的哥哥燕王劉旦、姊姊鄂邑蓋長公主勾結，命人僞造一封燕王的奏書，構陷霍光出行時，搞皇帝排場，僭越禮儀，又擅自調兵入府，意圖不軌。上官桀等人上書告發，不料竟被年僅十四的劉弗陵識破。

之後劉弗陵下令嚴查此事，僞造奏書者得到風聲後，立卽逃之夭夭，雖沒查到幕後主使，上官桀等人卻惶惶不可終日。

與其坐以待斃，不如鋌而走險，上官桀等人開始佈署第二次計畫。

長安城上空，瀰漫著一縷山雨欲來的氣息。

雲陵爲漢朝皇家陵寢之一，乃當今天子劉弗陵生母鉤弋夫人的陵墓[註5]。漢武帝末年，劉弗陵被立爲太子，爲了防止子幼母壯，外戚專政，武帝便下令賜死鉤弋夫人。劉弗陵卽位後，尊生母爲趙太后，起建雲陵，並賜錢、田、宅，募民遷徙至雲陵居住。

漢人重孝，雲陵作爲一個新建的陵邑，能在彈指數年內遷入上萬戶居民，足見劉弗陵對生母的孝心。

街上人流熙攘，車馬輻輳，商販吆喝聲此起彼落。賣吃的、賣喝的，甚至是一些風情迥異、稀奇古怪的西域特產，一應俱全。

普通百姓一日兩餐，朝食叫「饔」，夕食叫「飧」。這時正是朝食時分，食肆區十分熱鬧。

蒸餅舖前，劉病已在懷裡摸了半天，就是摸不到錢。

他從長安騎馬出發，孤身至雲陵遊玩，沒想到竟倒楣地遇上一小偷。這會兒身無分文，只能跟賣餅的老頭兒大眼瞪小眼，腹中鬧飢火。

老頭兒一連使了幾個白眼，像有一隻蒼蠅不停在身邊打轉，嘀咕一句：「沒錢就沒錢，裝什麼裝？」到底看他年幼，便抓起蒸籠裡一個熱騰騰的蒸餅，扔給他，「去去去，別妨礙我做生意，瞅瞅你那寒磣樣兒，客人都給你趕跑了。」

劉病已本不想受這嗟來之食，無奈飢腸轆轆，只能做小伏低，道了一聲謝，就蹲在街角一邊默默吃著，一邊摸出懷裡一枚身毒國寶鏡，凝眸細看。

幸好只是掉了錢，寶鏡沒丟。這寶鏡大如八銖錢，以合彩婉轉絲繩編成的長命縷繫著，是祖母衛太子妃史良娣贈予，也是他深夜裡思念死去族人時的一點慰藉。

彼時距漢朝史上著名的巫蠱之禍，忽忽已過十餘年。漢朝在霍光行仁政、與民休息的帶領下，已是一派昇平氣象，百姓已漸漸淡忘了這段驚心動魄的歷史。

漢武帝晚年連連患病，傳言宮中有蠱作祟，使漢武帝久病不癒。過不多時，便在衛太子劉據宮中掘出刻有武帝生辰八字的桐木偶。這突來乍現的桐木偶，令衛太子措手不及，他萬萬沒想到這禍根竟會埋於自家牆院。衛太子含冤莫白，申訴無門，只能匆匆發兵自保。當時長安無論官員還是百姓，均認定太子有謀逆之心。衛太子勢單力孤，潰不成軍，一時長安死傷無數。皇后衛子夫絕望自盡，衛太子一族及舍人均被誅連，僅剩一個皇曾孫劉病已。

後來有大臣替衛太子昭雪，武帝便下令徹查此事，終於查明太子冤屈，於是嚴懲構陷太子的相關人員，還修建一座思子宮，以寄思懷。

逝者長已矣，存者且偷生。

劉病已說好聽點，是皇室血脈，其實不過空有一個皇族宗籍，沒俸祿，沒采邑，沒侯爵封號，沒功名福蔭，和那個譏笑他的賣餅老頭兒相差無幾。

他握著手中寶鏡，一時思潮起伏，本就不甚可口的餅，竟漸漸咀嚼出一縷苦澀，難以下嚥。

忽聽一聲少女啼哭，「父親，求您別把女兒賣到歌舞坊，您要女兒做什麼我都願意，女兒求您了。」

劉病已目光一瞥，見一少女被一位虬髯漢子拖著走，引來路人注目。

那漢子一臉不耐，「女兒生來只會糟蹋食糧，家裡都沒錢了，妳有什麼法子掙錢？」

「女兒可以刺繡掙錢，可以幫人洗衣，只求您別把女兒賣了。」

「我已和胡姑談妥，由不得妳。」

少女被他拖著踉蹌幾步，驀地一低頭，往漢子手背咬去。漢子疼得嘶了一聲，隨即鬆手，再反手搧她一耳光。

「啪」一聲，清脆響亮，少女面頰登時腫起。

少女撫著臉，淚眼婆娑，倔性一起，「若不是你嗜賭，否則怎麼會把搬遷的錢輸個精光？今日你便打死我好了。」

「好，我今日就打死妳這賤貨。」

劉病已見漢子又要動粗，趕忙搶到少女身前，「別打了。」

漢子見是個十一二歲的少年，毫不放在心上，「不關你小子的事，讓開。」

劉病已聽他叫自己女兒爲「賤貨」，又見少女骨瘦如柴，一看就是有上頓沒下頓，不禁義憤填膺，「做父親的竟如此輕賤女兒，豈不教人心寒？」目光從漢子面上飄到圍觀群衆，「你們說說，有這麼當父親的嗎？」

一陣騷動。

漢子有點招架不住，怒了，「哪來的黃口孺子，跑來這兒多管閒事。我自己的女兒，要打要罵，有你插嘴的份？」

劉病已正色道：「我只知男兒女兒都是寶，不是畜生，給你出氣甚至拿來當交易！」

漢子目光閃爍，「你既當成寶貝，那好吧！只要你拿出三金，這賤貨就送給你。」

三金，也就是三萬錢。皇帝元日賜予宗室子弟的錢也不過五千。劉病已臉一紅，硬梆梆地道：「我沒錢。」

漢子早料定他沒錢，不願與他繼續扯皮，「沒錢滾遠一點兒，否則休怪我不客氣。」

劉病已向少女投以一瞥，一臉歉意，「姑娘對不住，我幫不了妳。」

少女眼中的喜色像開到荼靡的煙花，轉瞬沉寂。

劉病已向漢子拱拱手，「打擾了。」說著走去道旁，躍上從長安騎來的棗紅馬，一夾馬腹，便要離開。

漢子冷笑，「算你識相。」便要去拉女兒。

忽然眼前一花，卻是劉病已從身旁掠過，彎腰把少女嬌小的身子抱了起來，驟轡揚鞭，棗紅馬在劉病已的驅喝聲中奮蹄疾奔，瞬間已在丈外。等他反應過來，罵罵咧咧要去追，卻給一夥看不慣的行人故意攔住去路，只能眼睜睜看著女兒這個掙錢貨給人捲去了。

出了雲陵市，劉病已卻一陣犯難。

方才一時仗義救了少女，是看不過父親當街打罵女兒。要知道劉病已的族人都死於巫蠱之禍，出獄後，他先是被邴吉收養，再來被送至魯國外曾祖母家，最後劉弗陵下詔，又被送回掖庭，牙牙學語的年紀，竟像個皮鞠似的。當時擔任掖庭令的張賀曾侍奉過衛太子，張賀心沐舊恩，著簪不忘，對衛太子的孫兒劉病已視如己出，飢添食，寒添衣，無微不至，並用自己的俸祿供他讀書。對劉病已而言，這毫無血緣關係的邴吉與張賀，就像親生父親一樣。

所以，他看不慣少女父親醜惡的嘴臉。

此刻，義氣逞是逞了，卻如何把人安置？總不能就這麼撒手不管吧。

他這兩日只是到雲陵野遊，沒想到因爲少女，計畫全打亂了。

他勒馬回頭，看著少女那張沒有一點菜色的臉，問：「我叫劉病已，妳叫什麼名字？」

少女垂首，小小聲：「彘兒。」

「哪個彘？」

少女更小聲了，「人彘的彘。」

他皺眉，嘀咕：「這名字不好，怎麼有這樣起名兒的……」忽然想到自己的曾祖父，也就是漢武帝劉徹小時候就叫這名兒，心一跳，便不再說下去了。

彘兒忽然抬頭，凝視著他，「公子救了彘兒，那彘兒往後就是公子的人了，彘兒很能幹活的，請公子不要嫌棄。」

他微微苦笑，「我哪配稱什麼公子。」

她眨巴著眼看著他，不明白他爲何忽然妄自菲薄。

他輕嘆：「我一無所有，妳跟著我，對妳無益。」

彘兒面色一黯。

劉病已靜默片刻，心念忽動，「我有個從小玩到大的妹妹，姓許，家在長安城南東闕尙冠里……」

他說起這位許家妹妹的時候，眼裡有一縷似水溫柔。

「許叔叔在掖庭當差，五日一休沐，才能返家。許家就兩母女，剛好缺個幫襯做活的，我帶妳過去吧。」

彘兒當年就是跟家人從長安遷入雲陵的，自然曉得長安東闕一帶是出了名的富人區，放眼長安，能蓋過東闕的，也唯有未央宮以北的北闕。許家又是劉病已推薦，想必可靠，於是點點頭。

劉病已頗為歡喜，「許家挺好的，到時讓許夫人給妳改個名兒。」

到長安後，已是未時五刻，兩人早已飢腸轆轆，尤其習慣一日三餐的劉病已更像蔫苗兒似的，又兼一日顛簸，說話都沒了力氣，趕忙帶彘兒到大市裡找間食肆充飢。

彘兒忍了一下沒忍住，愣愣地問：「公子不是沒錢嗎？」

劉病已眨眨眼，笑了，「賒帳啊，我和肆主熟著呢。」說完拉她下馬，把馬兒交給小廝，大搖大擺進去了。

說是和肆主熟，其實人家是看在他是張彭祖的好友，才不和他一般計較的。那張彭祖，乃是光祿大夫張安世的小公子，而張安世，又是權臣霍光的親信。

有著這層關係，劉病已才能暢通無阻，他心裡也明白，自己不過是沾了朋友的光。

肆主見張彭祖今日沒和他一道，態度便有些敷衍了，但還是叫人將食案擺上堂，吃食也不遜於往日。

劉病已好歹用過朝食，彘兒整日水米未進，早就吃開了，幾乎是吞下去一半，食案上漏了一半，少頃已扒完一碗麥飯。星眸一抬，見劉病已優雅地拿著匕匙，吃相斯文，粟飯、荇菜魚羹均未撒落，再看他一身衣著，雖然沾了塵埃，卻是剪裁合體的襜褕騎裝，經緯雙股線紡得極為細膩。一頭烏亮的黑髮，束髮的是根刻花白玉簪，白潤無暇，無論氣度還是打扮，都是望塵莫及，不禁臉一紅，訥訥地不吃了。

「還要再來一碗麥飯嗎？」劉病已看她忽然停了動作，細心地問。

她搖搖頭，聲細如蚊，「飽了。」

他倒了一盞梅漿給她，「方才忘了提醒妳，應該先飲梅漿，開胃。」

彘兒正要接，忽聽身後響起一道清脆的女聲，「夥計，你們這梅漿這麼難喝，要姑娘怎麼入喉？」

劉病已循聲望去，見說話的是一名少女，年歲和自己相當，髮梳雙鬟，嫩臉勻紅，妝金佩玉，穿戴體面，只是神情太過張揚，一看就是個不好惹的主兒。

夥計搓手陪笑，「姑娘說笑，這梅漿啊，飲過的人都是讚不絕口，從來沒人說難喝。」

少女柳眉輕蹙，說話跟連珠炮似的，「難道我還冤了你不成！這梅漿，我家隨便一個庖人都做得比你們好，不單梅漿，還有這鯽魚，有腥味，只這肉巾羹還算勉強，只是比起我家，卻還是雲泥之別。」

夥計強笑道：「未必這麼差吧。」

少女一臉鄙夷，正要說話。她身後的侍女倒是搶著動口，「就你們這一點本事，也敢開肆做生意。」

夥計臉色一變，再也按捺不住，「不知姑娘是何人，留下個名兒，好讓小人長個見識！」

「似你這般低三下四之人，還不配知道我的名字。」少女說完，對侍女瞟了眼，「采薇，我們走。」

夥計氣不打一處來，「姑娘還沒付錢呢！」

少女冷笑，露出一口珠貝皓齒，「東西這般難吃，還要我付錢？天下沒這個道理。」

夥計虎著臉，「不付錢，就不許走人。」

少女鳳眼含威，哂笑，「你敢？」

夥計正要反唇相譏，肆主忽然一溜小跑，出來制止，接著對少女打躬作揖，「小肆禮數不周，還請霍姑娘見諒。」

少女撇撇嘴，走過劉病已身邊，見他眉含慍色，冷冷盯著自己，便罵一句：「醜八怪，瞧什麼瞧，小心我剜了你眼。」說完挺著腰，像隻高傲的孔雀般走了。

劉病已眼裡燃起一星火苗。他長得眉清目秀，只是一日策馬，風塵僕僕，絕對不到「醜八怪」的地步。他忍了又忍，最終把這口氣咽了下來，不跟這小女子一般見識。

「肆主，你幹什麼攔我？」夥計一臉雲山霧罩。

「你知道那是誰嗎？那是霍大將軍的小女公子，霍成君。」

「什……什麼？」夥計驚得下巴都快掉下來了，聲音癟了下來，「霍成君？」

「你有眼無珠，連霍家的千金都敢得罪！霍大將軍有七個女兒，但聽說他最疼小女兒霍成君，簡直是掌上明珠！別說霍姑娘，就是隨便一個霍家奴僕，那也是開罪不起的。」

劉病已聽到這裡，心下冷笑，原來霍家的女子是這副德行。

霍成君離開後，肆內又恢復平靜。

彘兒擱下木箸，柔聲道：「公子不要介意，霍姑娘口沒遮攔，不是有意的。」

劉病已悻悻地道：「誰知道呢，這般驕縱矜貴的女子，誰被她纏上誰倒楣。」

忽見一輛彩繪木軺車緩緩駛過肆前，一個錦衣男子坐在裡面。木軺車所及之處，行人皆退避兩側。

隔壁一個客人小聲道：「是丁外人。」

另一人猥瑣一笑，「哦，原來是鄂邑蓋長公主的……」

「過幾日便是鄂邑蓋長公主的壽辰，長公主要在府裡置辦酒宴，款待皇親貴胄。當今皇帝自生母趙太后被先帝賜死後，一直由長公主照養著，長姐如母，皇帝對長公主可重視了，這不，日前又把藍田加賜給長公主作爲封邑，連同公主一母同胞的兄弟廣陵王劉胥、燕王劉旦也各加賜封邑一萬三千戶[註6]。」

「那麼霍光、桑弘羊、上官桀都會出席長公主壽宴？」

「你這是明知故問，這三位是受先帝遺詔輔佐幼主、匡扶社稷的股肱大臣，怎麼可能不在受邀名單之中？這三位出席，那長公主該多有面子。」

「昏禮者，將合二姓之好，上以事宗廟，而下以濟後世也。霍光和上官桀本是姻親，霍光長女就嫁給上官安，生了個女兒做了皇后，兩家關係肯定友好，倒是鹽鐵會議[註7]，讓霍光與桑弘羊結下嫌隙。我希望，他們能在長公主酒筵上握手言和。」

接著又聽這二人刻意壓低音量，調侃長公主與丁外人的荒唐事。說那丁外人是河間郡人，原爲公主兒子的門客。公主中年守寡，不耐寂寞，一次對丁外人驚鴻一瞥，便對他癡迷入骨，寵愛無限，儼然是另一個竇太主，皇帝也睜隻眼閉隻眼。當今上官皇后就是上官氏父子透過丁外人向長公主舉薦的，長公主對丁外人言聽計從，安排讓年僅六歲的上官如歌進宮，同一年從婕妤封到皇后。

這些風流逸事，劉病已長在掖庭，便有耳聞。他還知道，就是這丁外人，成了長公主、上官父子等人與霍光對立的導火索。漢家故事，列侯方可尙公主。上官父子爲了報答丁外人和長公主的恩情，便替丁外人求封。霍光卻以「無功不可封侯」擋了回來，大大駁了長公主的顏面。這不，就有了僞造燕王奏書彈劾霍光的事件？

朝堂鬥爭，向來開弓沒有回頭箭。

註1：古代藏冰之室。
註2：本是匈奴休屠王太子，和母親閼氏、弟弟金倫一起投降漢朝，先是到黃門署養馬，後得漢武帝賞識，逐步提拔重用，最後成爲武帝的託孤大臣之一。
註3：官名，秦始置，西漢延之，掌管少數民族之事務。
註4：四位輔政大臣爲霍光、上官桀、桑弘羊、金日磾。金日磾輔政一年多，病卒。
註5：鉤弋夫人趙氏是漢武帝的妃嬪，因她總是握拳，又稱「拳夫人」。漢武帝過河間，「望氣者言此有奇女」，一日召見她，她才將手展開。傳說因爲掌中握有一玉鉤，因此被稱爲鉤弋夫人。
註6：古代貴族封地的一類。
註7：鹽鐵會議由劉弗陵召開，御史大夫桑弘羊，主張繼續推行漢武帝在位時的財政模式，實施鹽鐵等民生開銷交由官府特許經營，不許百姓販售私鹽，然而鹽鐵公賣制度，造成價格水漲船高，弄得百姓不堪負荷，怨聲載道。然而霍光的政見卻與桑弘羊背道而馳，以霍光爲首的賢良派、六十多個來自各郡縣的賢良文士被召來長安參議。他們帶著儒家思想，主張藏富於民，國不可與民爭利，發展農業，廢除武帝以來的鹽鐵官營、酒榷、均輸等經濟政策，與桑弘羊、丞相田千秋爲主的權貴士族針鋒相對，論題不僅於此，還擴及到當朝政治及討伐匈奴的各個層面。最後劉弗陵下令廢止酒榷，在部分地區停止鐵器專賣。

二・失憶

出了食肆，劉病已和龕兒前往許家。

前方人煙稀少，林木深深，地上遍生刺灌木，馬兒寸步難行。

劉病已催馬上前，馬兒偏不聽使喚。他眉尖蹙起，道：「這畜生使小性子呢，不如將馬兒放在林外，步行過去，等送妳至許家，我再回頭牽馬。」

龕兒哪有什麼主見，聞言點點頭。

林子裡甚是難行，有些地方幾乎不成路。落木蕭蕭，鳥鳴悠悠，忽聽一個陰沉的聲音道：「小皇帝偏袒那老匹夫，咱們只能來暗的，長公主壽宴上，就看你安排了。」

「待長公主假裝失手打翻酒樽，到時我佈署在廳外的伏兵，就會立即要了霍光的狗命。」另一人似是公主親隨。

「上回燕王上書沒能扼住霍光咽喉，這回我就不信還治不了他，若非小皇帝處處偏袒霍光，我上官家在朝中豈會如此左支右絀！」

「只是尚有一層顧慮，霍氏黨羽盤根錯節，手中又有羽林、郎衛、校尉等眾多兵力，依小人之見，此事尚須借助燕王的力量……」

「如要向燕王借兵，那麼就要許以帝位，否則燕王豈會做這蝕本買賣。」

「殺霍光，廢少帝，迎燕王登基，這次行動只許成功，不許失敗。」公主親隨略頓，又問，「那皇后怎麼辦？皇后不是你親生女兒嗎？」

另一人便是上官安。他面色一沉，咬牙道：「追逐麋鹿的鬣狗，還顧得上小兔子嗎？別看皇后如今有了椒房之重，一旦皇帝另結所好，身為外戚的上官家就是黜免為庶人也不可得，當年顯赫一時的衛氏一族不就如此？」

劉病已聽到「衛氏」兩個字，心猛地一震，生男勿喜，生女勿悲，獨不見衛子夫霸天下。曾經傳唱天下的歌謠，如今隨著巫蠱之禍，早已化為塵埃。

上官安續道：「皇后雖姓上官，眼下也不得不作為棄子，別忘了，她母親是霍光的嫡長女，本來就是兩家聯姻的一枚棋子，如今霍光對上官家不講情面，那皇后也沒什麼用處了。」

劉病已聽到這裡，額際冷汗涔涔，在彘兒手心一捏，示意她危險。

彘兒也是害怕得緊，冷不防踩到地上落葉，發出一聲輕響。

「什麼人？」一聲厲喝斷然響起，驚動了枝椏間的宿鳥。

劉病已暗叫不妙，摁住彘兒肩膀，搖了搖頭，示意她：「躲著別動，我去引開他們。」

彘兒嚇懵了，噙淚點頭。

劉病已邁步朝林外狂奔。

「哪裡逃！」林中二人，見劉病已健步如飛，急忙追去。

彘兒躲在林深處，身子瑟瑟發抖，淚眼婆娑，掩住了嘴，不讓自己發出聲音，心下十分自責，公子，都是我連累了你，你千萬別被捉到。

一瞥眼，見腳下有一物，是一枚寶鏡。

劉病已到底年幼，腿力不及成人，不一會兒便給公主親隨追上，摁倒在地，嗆了一口塵土，說不出話來。

上官安眼睛遛了一圈，見四下無人，低聲道：「一不做二不休，斷不能留下活口。」刷的一聲，劍光一閃，便要刺向他心窩。

公主親隨忽道：「慢著。」

「你攔我做什麼?」

「你這一劍下去,難免濺血,又無馬車遮掩,宵禁將至,差役巡行,就怕給人撞見,引來不必要麻煩,影響大局。」

上官安暴躁道:「那你來。」

公主親隨嘿嘿一笑,少頃,劉病已腦袋便給人用力砸向地面,碰了一聲,眼冒金星,又一下,溫熱的血液蜿蜒淌落。

竹林裡僥兒聽到撞擊聲,只是死死捏著寶鏡,咬著牙不敢哭出聲音,身子縮在樹影裡,輕易不敢挪動。

劉病已委頓在地,腦子痛得快要裂開,鮮血糊了眼睛。

難道我就這麼死了嗎?衛氏一族最後倖存的血脈,就這麼窩囊地死於叛黨手裡了嗎?他氣息奄奄,身子幾下掙扎,彷彿垂死前無聲的控訴,眼前無數人影重重疊疊,有郡邸獄裡護他周全的廷尉監邴吉,有撫育他長大的掖庭令張賀,最後腦海異常清晰地刻著一個女孩兒,髮梳雙鬟,嫩綠襦裙,猶如水濱蒹葭,鬱鬱蒼蒼。

她是他的青梅竹馬,許平君。

那是他失去知覺前最後一絲牽掛。

九月,鄂邑蓋長公主、左將軍上官桀、驃騎將軍上官安、御史大夫桑弘羊等人,動用郵傳驛騎,與遠在燕國的燕王劉旦通謀結盟,策劃讓長公主安排酒筵,埋伏兵格殺霍光,召立燕王做天子。然而此事卻被公主府一個舍人燕倉得知,燕倉將陰謀告訴了直屬上司大司農楊敞,楊敞又告知諫大夫杜延年,此人正是霍光親信,消息就這麼曝光在霍光與劉弗陵眼下。

於是，精明的霍光以其人之道還治其人之身，命丞相府少史誘騙上官安入丞相府，擒之，丞相府征事則擒殺了上官桀。

打雁的，反被雁啄瞎了眼睛。霍光先發制人，叛黨盡數伏誅，鄂邑蓋長公主、燕王劉旦亦自盡謝罪。上官氏一族僅年幼又同是霍光外孫女的上官皇后得以倖免，保住后位。

朝夕榮辱，不過是一再重複著前朝舊事。

籬角寒梅，香色半開，過幾日便是立冬。

午後稀疏的陽光投射下來，九歲的許平君盈盈立在廡廊上，稚氣的臉上有著一絲令人心悸的憂傷。長公主等人謀反一事，雖然震盪朝野，普通百姓卻也沒當一回事，照樣繼續著原本的生活。

許家的支柱卻垮了，原來許平君的父親——掖庭丞許廣漢奉命在未央宮官署的上官氏父子值宿殿廬裡搜繳罪證，因未能搜出藏匿於篋裡的數千條縛人繩索，被視為同謀，現已下獄待罪。

偏偏能入得掖庭獄探視父親的劉病已卻在此時鬧失蹤，許平君的心就跟這天氣一樣，涼透了。

終南山遍生離合草，葉似蘼蕪，紅綠混雜，氣味如蘿勒。山上有一種樹，高約百尺，樹頂叢生的枝條盤結如車蓋，樹葉有青有紅，望之如斑斕錦繡，長安人稱之為丹青樹，或是華蓋樹。註1

劉病已站在樹下，整個人被樹影裹著。

他頭上纏著紗布，目光投向雲煙深處，神情如迷路之人，夢囈似的呢喃：「病已……我叫劉病已……」名字是邴吉取的，巫蠱案禍延衛氏一族，襁褓中的他被扔進獄中，惡劣的環境令他大病小病不斷。邴吉希冀他平安，故取名「病已」。

此刻他頭遭重創，唯一能記住的，只有自己的名字。

長安舊事，宮闕煙雲，似乎都被隔離在山野之外。他越是努力回想，越是頭疼欲裂。

雲深霧渺，一陣風來，他身子泛起一絲寒意。

身後響起一道嬌軟的嗓音，「這兒風大，你身子才剛復原，怎麼跑來了？」

劉病已回頭，眸中垂下一縷黯然，「寒姊姊，我仍是記不起過往。」

女子叫寒月，十六歲年紀，身穿緋紅襦裙，蓮步姍姍，衣袂飄飄，有著一張宛如秋曉芙蓉般清麗絕倫的臉龐，五官比尋常漢家女子還要精緻深邃。

寒月似乎觸動心事，幽幽地道：「若是傷心往事，忘了也是福氣。」

劉病已一怔。

她回過神來，輕笑，「以後，明月閣就是你的家。」

他深深一躬，「病已再次多謝寒姊姊救命之恩。」

「不謝，師父說我們習武之人，仗義爲先。那日我到長安採買物什，見你快要被人打死了，不插手相救，有違師訓。我救了你，醫者卻說你已無救，要我準備後事。我只能賭一把，雇車運你回明月閣。長安離明月閣雖不遠，但一路舟車勞頓，我只道你捱不過，十之八九會死在途中，想不到你求生意志頑強，竟然硬是挺了過來，留著最後一口氣，好讓我師父出手救你。」

「如妳所言，我必要當面拜謝尊師了。」

「師父給你服用珍貴無比的續命轉生丸，多虧靈丹救命，你才能活下來。」

劉病已想起自己昏迷期間，似乎有人餵了什麼東西，想必就是她所說的續命轉生丸。此丹藥彌足珍貴，她師父與自己素昧平生，捨得相贈，足見俠骨仁心。

寒月瞅了他一晌，「我看你現在精神似乎恢復得差不多了，這就帶你去見師父。」

明月閣有個不算小的庭院，院中有座結了薄冰的湖，湖岸青石累累，幾株梅樹迎著風，起舞弄影，梅枝低垂。

寒月領著劉病已去見師父。

二人一路無話，寒月忽然停下腳步，道：「是莫師姊和東閭師兄在切磋。」纖手一指，劉病已順著方向望了過去。

湖面上，兩抹人影持劍，飄忽往來。在劉病已發出驚嘆的瞬間，二人已接連變換數個方位，手中三尺青鋒數度交纏，迸出飛瀑濺玉般的綿綿清音。

劍光閃爍，二人身法輕靈飄逸，乍看之下眞是翩若驚鴻，矯若遊龍，若非寒月說他們在切磋，還以爲是朝陽透過流雲投射到湖面上的浮光掠影，又或是在浩渺煙波中爭逐嬉戲的天外飛仙，如夢似幻，難以聯想到是兩個正在比試的凡俗中人。

劉病已只瞧得目瞪口呆。

二人鬥得正酣，渾不知寒月和劉病已正津津有味地觀戰，被寒月喚作「莫師姊」的女子，衣袂輕拂，長劍倏忽如匹練，直直地嵌入梅樹幹上，劍身輕顫，發出密如連珠的聲響。她捨卻利劍，仍氣勢如虹，足尖在湖冰上輕輕一點，身子凌空而起，徒手代劍，以短擊長，頃刻間在那東閭師兄的劍影下拆招數回。

劉病已瞧得心緒顫顫，熱血沸騰，嘆道：「徒手迎劍，還絲毫不落下風，眞是大開眼界。」

寒月道：「你有所不知，比起劍術，莫師姊更擅長暗器，劍術和東閭師兄拆招百回仍不分軒輊，傻瓜也曉得要改用暗器取勝。」言下之意，似乎東閭師兄必敗無疑。

只聽莫師姊嬌斥一聲，道：「承讓。」寒光閃爍間，一叢細如牛毛的銀針射出，卻在東閭師兄身前寸許處落下，若她沒有刻意控制力道，只怕早已銀針入體。

「愧不敢當。」東閭師兄抱拳一揖。

莫師姊斂衽還禮，眼角向寒劉二人淡然一瞟，一聲不吭，水袖輕拂，宛如雲中鶴般絕塵而去。

東閭師兄道：「雕蟲小技，在師妹和劉兄弟面前，眞是獻醜了。」

劉病已拱手行禮，「東閭兄此言忒謙，方才一戰，委實令人佩服。」

寒月輕笑，「師姊的暗器功夫，看來已臻化境，師母在天之靈，必感欣慰。劉病已，我們走。」蓮步輕移，劉病已隨後跟上。

穿花拂樹來到大堂，一名男子正擦拭著一對薄如蟬翼、色澤如墨的短劍。

寒月輕聲道：「師父，我帶劉病已過來了。」

劉病已隨卽拜伏在地，「病已謝閣主救命之恩。」

男子將劍放入玉匣，伸手攙他，殷切道：「你身子才剛好轉，就別鬧這虛禮了。」

劉病已望著男子，見他四十來歲光景，相貌清瘦，頦下三綹長鬚隨風飄拂，像是從畫中走出來的仙人似的。

男子甚是平易近人，「我叫東閭殊，是明月閣閣主。你頭還疼嗎？」

劉病已見他臉上全是關切愛憐之色，喉頭一哽，「不疼。」

「你失去記憶，日後定會慢慢想起的，別急，先養好身子才是。」

劉病已心念一動，忽又跪下，一拜到底，「求閣主收我爲徒。」他方才冰湖觀鬥，胸口熱血沸騰，激起好武之心。

東閭殊扶他起身，微笑如和風細雨拂面，「我一見你，就有一股親切感，這應該是世人常說的眼緣吧！你既求我收你爲徒，怎麼還叫我閣主呢？」

劉病已一怔，這才乍驚乍喜開顏笑，「師父。」

東閭殊瞧他的神情越發和善，「你既喊我師父，我必將畢生所學傾囊相授，絕不藏私。在明月閣，只須遵守一條規矩，那就是不可用我傳授的武藝，行傷天害理之事。我這人隨興，不喜歡立一堆規矩來束縛自己，只要不爲非作歹，不同室操戈就好。」

「是，徒兒定不負師父所望。」

東閭殊輕拍他肩頭，「等你傷勢完全復原，我再教你功夫，山上風大，趕緊回房添件衣裳，仔細受了風寒。」

劉病已眸中水光漾動，「是，徒兒告退。」

他回到房中，睡了一個時辰，忽聽敲門聲響，連忙下床，開門見是寒月，立即脆生生地喊了聲「師姊」。

寒月道：「我要去長安把我的浮雲騎回來，你跟不跟？」

「浮雲？」

「浮雲是我的坐騎，我騎浮雲到長安，雇車跟你一道回來，把浮雲扔在長安傳舍[註2]好多天了，甚是掛念。」

「我跟。」

她嫣然一笑，「外頭飄雪了，多添件衣物。」

他一看，天穹彤雲密布，細雪霏霏，風颳得更緊了，方才顧著說話，不覺得冷，此刻朔風襲身，寒意入骨，連忙回房取鶴氅披上。

這鶴氅不曉得是誰在他歇息時送過來的，以鶴羽捻線織成面料裁成的廣袖寬身外衣，略顯大。他穿在身上，暖在心頭，似有一種回到家的幸福滿足。

漫天楊花飛雪，馭夫駕著軿車，駛向長安。

途中，寒月對他說起不久前長公主等人謀反一事，「我救你時，只聽得那兩人說要殺人滅口，以免洩漏『殺霍光，廢少帝，迎燕王』的計畫，顯然你是給攪和進去了。」

劉病已抱著腦袋，一陣頭疼，目光迷惘，「我不記得了。」

她面露不忍，伸手摸摸他的頭，「又頭疼了吧？別想了，都是我不好，提那個幹什麼。」

他們距離很近，劉病已聞到她氣息如蘭，不由心一蕩，面染紅霞。他這年紀，正是「知好色而慕少艾」，不可能對美艷少女的肢體觸碰沒有感覺，只是納悶，漢家女子多保守，怎麼寒月竟顛倒過來。

她殷殷地道：「說不定你這趟來長安，會想起些什麼。」

「嗯。」他垂首，不敢直視她。

她掀開擋門的竹簾，道：「路上無聊，我給你講講明月閣的事兒吧。明月閣創建二十年，在江湖頗有名氣，師父擅劍術，師母擅暗器。師母去世較早，臨去前，把暗器功夫傳給莫師姊。莫師姊根骨奇佳，是天生習武的好料子，就連東閭師兄也有所不及，才獨得師母垂青。

現在的明月閣，連同你一共四名弟子，還有兩個蒼頭[註3]。同門資歷依序是東閭琳師兄，他是師父的獨子，再來就是莫鳶師姊，我與你，弟子不算多。雖然這些年不少人登門拜師學藝，師父卻一個也不收。師父收弟子，講求一個緣字，一不收富家子弟，二不收王公貴胄。師父閒散慣了，弟子一多，這個要教，那個要管，再多時辰也不夠用。

他向來無爲而治，只要不傷天害理，同門手足不自相殘殺便可。他對我們要求不多，即使我偷懶，他也從未有一聲半句的苛責。師父他沒什麼脾氣，對我來說，就像父親一樣，師父很好，總是替我們著想。對了，你身上這件鶴氅，就是師父放在你房裡的。他怕你在山上著涼，怕你沒衣裳保暖。你說，咱們師父是不是就像父親一樣？」

寒月說到這裡，側頭凝視著他，兩剪秋水充滿孺慕之情。

劉病已目光和她有一瞬相觸，「無言不讎，無德不報。師父待咱們好，咱們將來長大，定要好好報答師父。」

到了長安，寒月去牽浮雲。浮雲是匹青白相雜的馬兒。她說，因這馬兒奔跑迅疾，若空中浮雲，故以此命名，接著，她又說要去南郊拜神祈福。

廟裡青煙裊裊，香客寥寥。寒月和劉病已抵達前，已有個綠衣女孩背對著他們，跪在神明前，闔眼喃喃祝禱。

寒月道：「我每回來長安，都會來這兒祈福，你等我一會兒。」

風乍起，悠悠穿過神龕前的靜穆時光。

劉病已走到門前，看著雪沫子簌簌而落，忽聽兩僧人低聲交談：

「那小姑娘又來爲父親禱告了。唉，這都多少天了，天天來，一跪就是整日，只盼神明能看在她的孝心上，佑她父親早日脫離囹圄。」

「據說是宮裡受過腐刑的，現在和燕蓋謀逆之事扯上關係，被判連坐罪，這……這可不好說。」

劉病已聽到這裡，回眸，望著神像前那抹纖秀的綠色人影，心中微瀾，似乎被觸動什麼回憶。

一個婦人驀地衝了進來，抱住那女孩，喜極而泣：「平君，判了，妳父親不會死了。」

女孩不敢置信地睜大眼睛，「母親，這是眞的嗎？」

「是眞的，是掖庭令去求了情，才免了妳父親的死罪，給判了三年鬼薪的徒刑，在宮裡作室服刑受役。走，跟母親回家，咱們要好好謝謝掖庭令！」

女孩兀自懵然，兩眼發直，不由自主給婦人拽著走。

劉病已凝視著她，心中隱隱牽動著什麼。

母女倆此時眼裡只有至親的前程，哪還顧得上周遭光景？將至輧車，女孩似是感應到了什麼，猛地回頭朝內一望，正好劉病已被寒月擋住，凝眸望穿，卻只望得絮絮細雪，煙薄景曛。

婦人溫聲催促：「走了，張望些什麼？」

女孩眼裡浮起一抹失落，呆呆地道：「肯定是幻象……」說完上了輧車。

落雪中，車轍咔咔響起，漸行漸遠。

劉病已還沒進入明月閣之前，寒月在弟子間排行老么，平時跟二位同門手足說話，都不能太過率性。東閭琳爲人拘謹，和她話題不多；莫鳶內斂孤僻，不愛交際，對她愛理不理。寒月在他二人面前，眞難敞開心胸，暢所欲言。

明月閣雖有打掃掌廚的僕役，卻有一段年齡差距，話不投機。唯有劉病已，性情溫和，身爲師弟的他，事事都聽自己的，這讓寒月好不威風。

寒月彷彿他鄉遇知己，不覺話漸漸多了，話多了，那淸曉鶯啼般的悅耳笑聲，也時時在劉病已耳邊縈繞。

劉病已初見寒月時，雖覺她不算一個冷若冰霜之人，眉宇間卻隱隱有一縷若即若離的氣息。不曉得是不是自己較為年幼，總覺得她言談間帶著一股威嚴，漸漸熟稔後，才發現這是她的特色，她驕矜自傲，有時卻平易近人，臉色說變就變，但很快就雨過天晴。這樣集親和、高傲於一身的女子，讓人想一探究竟。

二人共騎浮雲，劉病已在前，寒月在後，少年男女身子牢牢熨貼。

寒月毫無男女大防，劉病已卻身子僵硬，面色潮紅，但聞佳人香澤，幽幽裊裊，教人心中波瀾頓起，久久不能平靜。

註1：終南山華蓋樹，載於《西京雜記》。身毒國寶鏡亦是。
註2：指住宿之所。
註3：指奴僕。

三・墜谷

二人回到明月閣，已過正午，去時細雪飄飄，回時雪停了，步行間卻積雪覆履，雪濺如珠，放眼望去，樹梢蒙上一層銀霜，隱約綻露幾抹蒼鬱。

明月閣大堂聚集所有人，東閭殊、東閭琳、莫鳶，一隅還有個十七八歲的陌生青年。青年雖衣著簡樸，骨子裡卻散發出一股遊戲人間的憊懶，打量人時，也流露出一抹高高在上、睥睨萬千的神采。

這樣一個肥馬輕裘的閒散公子，應是出現在富麗長安，而不是世外林泉。

大約是寒月與劉病已歸來晚了，那青年已拜入門下，排行第五，名叫東禹。

寒月驚詫萬分，雲山霧罩，這調調兒的人，師父怎麼會收他？

其實不只寒月有此疑惑，東閭琳、莫鳶也深感意外，就連入門不久的劉病已，也覺得東禹那一股吊兒郎當的氣質，不像東閭殊會收留的人物。

東禹見劉病已小小年紀，一臉稚氣，身高比自己矮了一截，卻要喊他一聲「師兄」，面色雖霽，心中如何服氣？這聲「師兄」喊得十分勉強，眞是有耳朵的人，都聽得出來。

劉病已卻全然不放在心上，這兩日他多了許多同門手足，又有師父作爲喬木，到底孩子心性，雀躍不已。東閭殊父子對受傷失憶的劉病已可說是關懷備至，而莫鳶始終孤拐清冷，隱在角落，不動不語，一雙幽潭似的眸子透著一切都事不關己的淡漠。

劉病已還以爲莫鳶不喜歡自己，心中不免難過，後來看她對任何人都是雲淡風輕，才漸漸釋懷。

過了片刻，東閭殊對衆人道：「今日起，病已和東禹正式加入我們明月閣，此後我們就是一家人，大家一定要和睦相處。琳兒、鳶兒、月兒，你們入門較早，一定要好好照顧兩位師弟，作爲表率。病已、東禹，三日後，於校場集合，爲師要傳授你們輕功。」

眾人齊聲答應，離開大堂。

寒月輕扯著劉病已的衣袖，「喂劉病已，我們來打雪仗。」從前她排行最小，可不敢大聲對師兄姊喊「喂」，又直呼其名。這聲「喂劉病已」喊得可眞神氣活現。

劉病已微笑，「是，師姊。」

她臉上樂開了花，一時彷彿海棠春睡初醒，頰紅夭桃芳綻，令人怦然心動。

他看呆了。

她拽著他到外頭，忽聞一縷香氣，雙眸隨卽一亮，「是榛栗糕的味道，今天廚房做榛栗糕！」

「原來妳喜吃甜食。」

她美孜孜地道：「哪個女子不喜甜？我的家鄉沒有榛栗糕，第一次嚐，只覺得外酥內軟，入口卽化，舌尖上還瀰漫著淡淡栗子香，久久不散，我一輩子也忘不了那滋味。」

他嚥了嚥口水，「那我們今天可有口福了。」話音方落，驀地一顆雪球扔了過來，正中他臉頰。

他一怔。寒月撫掌大樂，「打你個措手不及。」彎腰又搓了一顆雪球，纖手一揚，就要朝他身上砸去。

劉病已忙側身閃避，眼見第三顆、第四顆雪球密如連珠地飛了過來。他手忙腳亂，無暇回擊，只有一味閃躲的份兒。

寒月昔日都是孤零零地在雪地上玩耍，東閭琳為人一本正經，莫鳶眼裡只有習武，怎麼捨得消磨在玩樂上？如今有劉病已嬉戲同樂，眞是一掃胸鬱，整個人精神了起來。

劉病已見寒月黛眉翠煙，秀靨潤玉，在雪地上又奔又跳，輕盈如翾，舉手抬足間，都是風情萬種，天光雲影凝聚在她身上，一時竟無法用凡人的角度去直視。

他一呆，恍然有股不知今夕何夕的感覺，這麼失神片刻，雪球已連連飛來。

寒月瞪眼道：「劉病已，你發什麼呆？只挨打不還手，真不好玩。」

「誰說不還手？當心了。」

二人在雪地上縱情享樂。

寒月忽然心血來潮，婉聲吟哦：「摽有梅，其實七兮！求我庶士，迨其吉兮。摽有梅，其實三兮！求我庶士，迨其今兮。摽有梅，頃筐塈之！求我庶士，迨其謂兮。」

歌聲婉轉嬌柔，別具韻味。

寒月唱完後，興致沖沖地道：「怎麼樣？我唱得可好？」

劉病已頷首。

寒月盈盈一笑，「這是我新學來的，你大概沒讀過書，不知道意思。」又細聲嘀咕，「不知道也好，反正不是唱給你聽的。」

這年頭，有學問的人不多。寒月會這樣認爲，也不意外，卻不知劉病已幼時就拜東海郡人澓中翁爲師，熟讀《詩經》。他知道寒月唱的是《詩經》中的〈摽有梅〉。這是一首求情詩，把自己喻爲暮春成熟的梅子，要心儀自己的小夥子趕緊追求，莫負了好時光。

幾顆黯淡的星子遙掛碧空，垂下幾許稀疏的光亮，月上林梢，不覺夜幕已降臨大地。

遠處忽有一人嚎開了嗓子：「師妹師弟，快來用飯。」正是東閭琳的聲音。

「走吧。」寒月挽著劉病已的手，往大堂跑去。

明月閣和當時普通百姓一樣，是一次兩餐。此刻，東禹瞪著食案上的餅餌、麥飯、甘豆羹和野菜，眉間擰著一團疙瘩，嘀咕：「甘豆羹是低等吃食，怎麼明月閣竟如此寒酸。」而野菜也令他下不了箸，《詩經·采苓》云：「采苦采苦，首陽之下。」可見其之苦味，當時普遍爲百姓所食用。

寒月一看，心中翻了個白眼，大約是吃多了山珍海味，反而不習慣粗茶淡飯，這般公子哥似的拿腔作勢，師父到底爲什麼讓他坐在這兒！

劉病已倒很捧場，把油餅泡在甘豆羹裡，一口氣就吃了三張。飯畢，衆人陸續離開，劉病已主動留下，幫忙拾掇。

掌廚的是個老婦，起初推辭，後來見劉病已主動挽起衣袖洗碗，才含笑答謝。有劉病已幫忙，也有個人說話，老婦心情頗佳，嘴巴就閒不下來，開始叨叨絮絮說起明月閣弟子的往事。

從東閭琳小時候在山中迷路，最後被一隻猴子送了回來，到莫鳶剛來不久，有一回失足跌進湖裡，高燒三天不退，然後又到寒月幼年時，愛吃葡萄石榴等西域產物，師父疼她，只能托人買來。

劉病已一直含笑聽著，隨著老婦娓娓道來，笑容逐漸斂去。

「莫鳶和寒月，都是可憐人。莫鳶自幼喪父，她母親是帶著她改嫁的，不料遇人不淑，婚後丈夫染上酒癮，又好賭成性，成天流連賭坊，賭輸了就伸手要錢，沒討到錢或是喝醉了，就動手打人。這兩母女成天活在暴力中，有一回她父親又喝糊塗了，掄起木棍就打，莫鳶母親爲了護她，被丈夫活活打死。莫鳶目睹慘況，嚇得跑了出來。當時的她，還只十歲，全身傷痕累累，又餓著肚子，昏倒在街上，被閣主救了回來。

「寒月母親是漢人，父親是烏孫[註1]貴族，過去漢朝曾有兩位公主遠嫁烏孫，一位是江都公主，一位是楚公主[註2]。烏孫漢朝，天涯海角。可寒月母親爲了愛人，甘心拋下一切，離開故鄉，萬里迢迢遠赴烏孫，做人家的侍妾，不久後有了寒月。可這母女二人在烏孫家裡卻沒有地位，過沒幾年寒月父親死了，母女二人當日就被趕了出來，在西域無依無靠，於是想返回長安，路遠迢迢，想要回來，不僅要經過匈奴的地盤，在沙漠中還要防盜賊，避沙暴，更要承受烈陽酷曬。一日不小心在大漠迷了路，水囊都快見底了，她母親把水全都留給她，自己活生生渴死，據說死時曝屍荒漠，被曬成人乾，寒月守著母親遺體，哪裡也不肯去，就像母親還活著似的。當時她不幸被毒蠍子咬到，整個人形容難辨，也是上蒼眷顧，在她瀕死之際，遇到了當時雲遊西域的閣主。閣主的弟子，都是舉目無親、孤苦伶仃的可憐人，就連你也不例外。令我這老太婆瞠目結舌的是東禹這人，方才你沒看見，那拿木箸的手勢，完全是大戶人家來著，以我對閣主多年的觀察，裡頭必大有文章。」

老婦講到這裡，倒像是自言自語來著。劉病已完全與她隔絕，整個人陷溺在寒月不堪回首的過往中，忽然想起那日她見自己失去記憶時，說了一句話：「若是傷心往事，忘了也是福氣。」

原來竟是這樣。劉病已心微微一抽，酸楚、悲憫、愛憐，從內心深處無聲地漫延開來，像是一隻隻螞蟻，啃咬著他的體膚。

他不知自己是怎麼走出廚房的，彷彿一具行屍走肉，耳聽院子裡燕語鶯呢，似乎是寒月那悅耳的嗓音，便撒腿跑了過去。

月光下，卻見寒月宛如沒了骨架似的偎在東禹懷中，霞染玉頰，媚眼如絲，她身子高挑纖長，和偉岸壯碩的東禹在一起，卻似小鳥依人般柔弱可欺。

劉病已心中一震，像被雷霆輾過一般，腦海一片空白，依稀有個聲音不斷催促自己離開。他深吸一口氣，努力讓自己鎮定下來，轉頭飛奔而去。

依約聽見東禹的吟哦聲迢迢傳來，「關關雎鳩，在河之洲。窈窕淑女，君子好逑……」

當時諸人食畢後陸續離開。寒月見劉病已留下幫忙，覺得無聊，想起庭院紅梅吐蕊爭艷，間或有暗香盈袖，便想過去折些花枝。

踏月而行，腳步輕盈，似怕踏碎了那一地月光。院子裡，只見東禹閒閒地佇立在一叢梅樹旁，正抬頭賞月。

寒月想起他吃飯的做作模樣，很是不爽，童心忽起，悄無聲地溜到青石後，探出螓首，從懷裡摸出平時打鳥兒的彈弓，又拾起地上一顆石子，想也不想，對準東禹的額頭彈了過去。

啪的一聲，正中東禹眉心，那石子有稜有角，登時鮮血飛濺。

「誰打我？」東禹按著傷口，怒不可遏地朝石子飛來處望去，雙目猶似要噴火，待見到傷己之人是貌美如花的寒月，呆了一瞬，冷厲如電的眼神驟然化作繞指柔。

寒月原以為他會閃躲，沒想到他賞月賞到魂都飄到廣寒宮了，竟沒意識到夾著風勢的飛石。

但見他額上鮮血直流，只嚇得玉容失色，不知所措，連忙道：「對不起，我只是鬧著玩兒，我沒想到你竟不閃躲。」說完，又怕師父知道後責罵，竟哭了出來。

東禹又好氣又好笑，自己都沒哭，反而偷襲之人卻嚎啕大哭，一把鼻涕一把眼淚，鼻子紅咚咚的，好似受盡委屈的孩子。

他無奈地嘆了一口氣，從懷裡掏出方巾，一邊輕輕拭去滿臉鮮血，一邊道：「妳我有什麼深仇大恨？我今日才剛入門，還沒見到明日的太陽，甚至連話都還沒跟妳交上十句，妳劈頭就賞我一顆飛石，原來這就是師姊歡迎我的方式。」

寒月急得赤眉白眼，「我不是故意的，我……我只是想嚇唬你，誰知你竟似個木頭般不躲不閃。」

東禹見她哭得宛如海棠凝露，眸光楚楚，心中倒也不忍，換作旁人，他早就發火打人了。

他溫言道：「算了算了，妳別哭了，只是一點皮肉傷，大不了留下一道疤。」

她唬了一跳，急咻咻地道：「留疤？這麼嚴重？對不起，我……我一定想法子除掉疤痕。」

東禹眼裡閃過一絲促狹，拿腔作勢道：「身體髮膚，受之父母，回家後，讓我父母看見我額上的疤，可心疼死啦！明日師父見了問起，我該怎麼回答？嗯，就說師姊妳是不小心的，還是說我自己失足跌倒的？師姊覺得師父會聽信哪一種說法？」

寒月越聽越緊張，一溜小跑挨近他身旁，「隨我過來，我拿藥給你擦，以前我跌倒破皮，擦了藥後，疤痕都不見。」

東禹見她緊張兮兮的樣子，再也忍不住，捧腹大笑。

寒月一呆，心頭倏地燃起無名火，旋即拋卻罪惡感，「你笑什麼？有什麼好笑？」

「喲！」東禹忍笑，「師姊生氣了！」

「隨便你在師父面前怎麼說，大不了罰我閉門思過一個月。」寒月蓮足輕跺，星眸含慍，「哼，我不理你了，你自己找藥擦去。」

東禹兩手一攤，「我才是受害者，我都沒掉淚，也沒生妳的氣，反倒妳一會兒哭泣，一會兒發怒。女人心，霧裡花，我眞是搞不懂妳。」

寒月瞪眼道：「要不是你一副富家公子的矯情模樣，惹人討厭，我也不會扔你石頭；要不是你看月亮看到走神了，不閃不躲，更不會被我弄到頭破血流。總之，都是你咎由自取，怨不得人。」

東禹忍笑道：「我不是富家公子，誰說我是富家公子？」

寒月奇道：「可不是？我瞧你一舉一動都充滿貴氣，若說你是尋常百姓，誰信呢！」

東禹眉間銜著一抹自嘲，「我家的確有錢，可卻是士農工商中的商，屬末流。我父親嫌我沒出息，死也不肯讓我繼承家業，還把我趕了出來。那時候我身無分文，連吃飯都要跟兄弟借錢，這般窩囊，算哪門子富家公子呀？」

寒月聽他說得可憐，突然覺得不好意思，連忙轉個話頭，「額頭還疼不疼？」

東禹走近她，忽然俯下頭，用一種把人內心看透的目光，深深地凝視著她的臉，「妳的關心，就是一帖良藥，再怎麼深的傷口，遇到妳的溫柔，都會不藥而癒。」

兩人離得那麼近，寒月感到他身上散發出一股成熟的男子氣息，如楊柳拂面，身子一陣麻酥，心頭一陣搖蕩，雙頰緋紅如火，體溫迅速飆升。

這種感覺從所未有！

她的身體宛如失了依附的藤蘿，軟綿綿地毫無支撐力，感到氣氛曖昧不明，扭身便跑，不料倉皇中被自己的裙裾絆倒，一個踉蹌，向前撲倒。

眼見要摔得七葷八素，一雙手用力地將她拽了起來。她身子一晃，跌入東禹懷裡，他的唇，輕輕掠過她的眉間。

她全身宛如竄入電流，一陣顫慄，輕輕一掙，竟無法從他胳膊抽脫。

她急道：「放開。」

他用溫柔得快要膩死人的語氣道：「原來月亮摘下來近看，是那麼嫵媚動人，蝕骨銷魂，都說西子之容沉魚落雁，那是因為世人沒見過月神轉世。」

哪個女子不喜歡被人讚美？況且寒月從沒聽過甜言蜜語，內心像圈了一頭小鹿，恣意亂撞。

東禹在她耳邊輕輕吹氣，「妳的〈摽有梅〉唱得含情帶韻，如訴心事，甚是動聽。來，再唱一次給我聽。」

「我……我要回房了。」寒月只覺得呼吸急促，語聲竟變得十分旖旎，連她都不敢相信這是自己的聲音。

他揶揄：「師姊今晚睡覺，可別胡思亂想。」

寒月臨走前，惡狠狠地剜了他一眼，「你再戲弄我，日後有你好受。」話雖如此，卻一點責怪的語氣也沒有。

東禹目送她的身影消失在無邊夜色中，眼神興味盎然，這才高聲吟哦起〈關雎〉。

玉漏三更，月明星稀，不只如東禹所言，寒月無法交睫，就連劉病已也是耿耿難眠。想起寒月和東禹纏綿相擁的那一幕，他心中很不是滋味，輾轉反側良久，乾脆披衣起身，走出房門。信步而行，心之所繫，不覺竟走到了庭院。晨光下，但見一個令自己魂牽夢縈的人影俏立在梅樹旁，身段玲瓏，花容綽約，一霎間像被春風撫過他內心最柔軟的地方，好似有什麼東西一點一點湧了上來，令他呼吸急促。

「師姊。」

「你起得眞早，難道也是因爲睡不好？」寒月講到最後，臉色像抹了胭脂似的，「難道也是因爲睡不好」這一句，不就表示自己也睡不好嗎？

劉病已年幼不悉人事，怎知道她睡不好是因爲東禹的調情？他怔怔地凝睇著她，嘴唇翕張，想問她昨晚爲何與東禹相擁，卻又不知該如何啟口，內心脈脈亂如絲，明明滿院紅蒂雪梅，花繁如錦，卻猶如獨處萬里西風中，任它吹得心裡一片荒蕪。

寒月見他發怔，眉眼一挑，輕斥：「愣頭愣腦想些什麼？師姊問你話，都不用回答了。」

劉病已正要應答，曲欄深處忽然傳來爽朗的笑聲，「當局者迷，旁觀者清。我說妳才愣頭愣腦呢，天下有哪個男子，見了九天仙女而不意亂情迷呢。」

寒月和劉病已循聲望去，見東禹憑欄而立，風拂衣袂，儀態瀟灑，一臉似笑非笑。

寒月想起昨夜之事，全身發軟，「你……你……我不睬你。」逃難似的撒腿跑了。

此後，寒月視東禹如瘟神，能避多遠就避多遠，有時迎面碰上，也是一溜煙扭頭就跑。眾人都是雲山霧罩，問了又得不到回答，只有劉病已和兩位當事人心照不宣。

這日天才濛濛亮，東閭殊在校場傳授劉病已和東禹輕功，指導二人竄高撲低、縱橫飛掠的技巧，並叮囑東閭琳與莫鳶從旁督學，如有走岔便立即糾正。

寒月見同門手足全都齊聚校場，自己孤零零地在院子裡望著天光雲影，說有多無聊就有多無聊。她想過去湊熱鬧，卻又羞於見到東禹，想起他帶著一絲揶揄戲謔的笑臉，就恨不得找地洞鑽進去。

劉病已悟性極高，又肯苦練，連日下來，已能在山林間飛奔疾走，往往一口氣就奔走數時辰，樂此不疲。倒是東禹，看得出對習武興趣索然，但師兄姊的兩雙眼睛，眨也不眨地盯著自己，也不便太過疏懶，練習幾次，便藉口說這裡疼那裡痛，找地方偷閒去了。

時光如流水，一眨眼，便來到元鳳三年正月。

劉病已十四歲了，正是換嗓子的時候，身子挺拔了不少，劍眉星目，膚色玉曜，楚楚風流年少。

這日劉病已在林中追逐小鹿，忽然背後生風，一抹窈窕人影掠到他跟前，「你再這麼苦練下去，我都給你超越了，難不成換我叫你一聲師兄？」說著裝腔作勢一禮到底，「劉師兄，師妹我悶得緊，勞你駕，陪我去找雪兔好不好？」

劉病已眉目含笑，澹澹如風，「只要師妹妳一句話，師兄必捨命奉陪到底。」

寒月唇角漾起一朵漣漪，「我知道哪兒可以找到雪兔，隨我來。」話音甫落，玉足在雪地一點，身子輕巧地躍了出去。

二人並肩飛奔，不覺離明月閣越來越遠。

寒月笑了，「輕功學得不錯，都快追上我了。」

「那麼師姊不能再偷懶散漫了。」

「要你管。」

二人你一言我一語，玩興正濃，對頭頂上的鉛雲低壓恍若未見。

寒月瞥眼見兩隻雪兔跑到危崖邊，喜孜孜地道：「劉病已，那兒有兩隻雪兔，你去給我捉來，快啊，別讓牠們溜掉。」

劉病已一聽，身子如箭離弦，瞬間已竄到雪兔旁邊，正要伸手去抓，忽然哎喲一聲，蹲在地上，招手道：「師姊，妳過來瞧瞧。」

寒月依言過去，蹲在劉病已身旁，也是一聲驚呼：「是個鳥窩。」

崖下峭壁凹陷處，有個小小的鳥窩，裡面有兩隻幼鳥，還有一隻不知怎地脫離了鳥窩，在一旁掙扎著想要爬進窩裡。

只見那幼鳥越爬越是偏離鳥窩，勁風一吹，小小的身體微微抖顫，險些便滑落深谷。

那峭壁平滑如鏡，毫無立足點，縱使輕功再精，也有失足之險。鳥巢築於此，雖避開老鷹視線，但就怕幼鳥會不小心跌落深淵。

「那隻幼鳥有危險了，如果母鳥回來看到幼鳥少了一隻，一定會傷心欲絕，吃不下東西的。」寒月火燒火燎，拽著劉病已的胳膊，眸光漣漣，「劉病已，你想法子把牠撈起來，好不好？」

劉病已不用她軟語央求，也會想辦法救幼鳥。他想了一下，道：「妳抓住我的腳，我探下去撈。」

「好，你自己小心一點。」她握住他的雙踝。

他慢慢俯身下去，將幼鳥握在手心，小心翼翼地放回鳥窩，「行了。」

「眞是太好了。」她見幼鳥回巢，歡喜地幾乎快流下眼淚，當年母親在大漠，把僅剩的一口水留給自己，就是怕自己會渴死，母愛不就是如此？外出覓食的母鳥回巢看到三隻幼鳥安好，不正是一種天倫幸福？

怔忡的瞬間，她想起大漠慘死的母親，觸動柔腸，盈淚欲滴。

「師姊，快拉我上去。」他喊。

她醒過神來，「好，我馬上拉你上來。」驀地一陣朔風撲來，漫天大雪紛飛，猝不及防下，寒月單薄的身子被吹得劇烈搖晃，腳一滑，在一片失聲尖叫中，連同劉病已一起墜了下去。

註1：西域古國，位於巴爾喀什湖東南、伊犁河流域，立國君主是獵驕靡。
註2：江都公主：劉細君，江都王劉建之女；楚公主：劉解憂，楚王劉戊之女。

四・鑿冰

谷極深，二人還以爲自己要一命嗚呼了，不料最後撲通一聲，竟墜入一座水潭之中。

幸好潭面只結了一層浮冰，否則便要撞得頭破血流了，從崖上筆直下墜，衝力無比猛烈，幾乎都要碰到潭底。潭水浮力將二人身子托了上來，連忙奮力游到岸邊。

二人嗆了幾口水，甚是難受，但煎熬的是，此時風雪交加，他們皆渾身濕透，朔風如刀，吹在身上，嚴寒刺骨，嘴唇凍得發紫，頭髮也覆上一層薄霜。

「師姊，妳怎麼樣？」劉病已急問。

寒月冷得牙齒格格相撞，抱著身子，道：「凍死我了。」

劉病已一顆心雖然火燒火燎的，臉上卻波瀾不驚，力持鎮定，放眼望去，隔著茫茫白雪，隱約見不遠處似有個山洞，便道：「那兒有個山洞，師姊，我們過去避雪。」

寒月冷得說不出話，此時她身逢絕境，不由自主地對較爲年幼的劉病已產生依賴之情，任他攙扶自己，慢慢走近山洞。

臨近洞口，她驀地臉色一變，掙開他的胳膊，踉蹌倒退一步，像一隻驚恐的小獸，「我不……我不進去……」

「山洞可阻擋風雪，如不進去一避，只怕不出一個時辰，便會冷死。」

寒月雖知山洞可避寒，但就是不願走進去，「我不要。」

他殷切道：「風颳得緊，難道妳真要凍成一根冰棍兒嗎？」

她咬牙，躑躅地邁出一步，旋卽遠遠跑開，一臉驚惶，好似洞裡有什麼妖魔鬼怪。

寒風絲絲縷縷沁入肌理，劉病已強勢地牽起她的手，不容她推拒，硬起口吻，「進去洞裡。」

這句話似有一股讓人乖乖聽話的魔力，寒月半推半就地進了洞裡。

山洞狹長幽黑，裡頭黑得似有野獸蟄伏，露出陰森森的眼睛盯著獵物。雖然偶有寒風竄入，風勢卻大大減緩。寒月立在洞口，雙足便像生了根似的，不願走入深處。

劉病已要拉她進去，才碰到她的手，便見她彷彿被錐子戳了一下，整個人從原地跳了起來，發出一聲尖呼：「我不進去！我站在這兒就好！」

他不懂她為何反應這麼劇烈，還是殷殷勸道：「裡面風勢較小，快進去，這兒冷。」

「你自己進去，我冷死算了，不要管我。」寒月雙眼發紅，聲嘶力竭。

他凝眸注視著她，忽地心念一動，「妳是不是對幽閉黑暗感到恐懼？」

她深頷首，眸中淚花隱隱，「這兒太過黑暗狹窄，我害怕。」

他喃喃地道：「原來如此……」不知聽誰說過，有一種人害怕處在逼仄幽暗的環境裡，輕則頭暈目眩、呼吸不順，重則死亡。

他心下悽惻，就不再勉強，「那妳就待在這兒，別往裡頭走，我想法子生火烘乾衣物。」

洞口雖有枯草萎枝，但懷裡燧石已濕，極不易點燃，試了幾次，都是徒勞，再沒有火，很快就會失溫而死。

「我去洞裡瞧瞧，妳一人待在這兒行嗎？」他問。

她勉強鎮定下來，「你快點回來。」

「放心，我馬上回來。」他說完往洞裡走去。

山洞極深，驀地被一物絆倒，伸手一摸，似乎是一片衣料，下面是一節一節的硬物，原來是一具人骸，不知死了多久。

他駭得險些叫出聲音，連忙按住嘴，就怕寒月聽到自己驚呼後會更排斥這個山洞，驚魂稍定，當下就要返回洞口，驀地腦海靈光一閃，說不定死人身上會有燧石。便硬著頭皮，在那骨骸上摸索，一摸到東西，就先扔在地上，最後全部搜集起來，順便剝除那死人身上的衣裳，一番功夫，這才返回洞口。

他定睛細看，雜物堆中，有錢袋、匕首，還有最重要的燧石。

「有了！」劉病已宛如黑暗乍見曙光，心中燃起無限希望，連忙就地生火。

寒月見他忙得團團轉，開口想幫忙。劉病已本想叫她坐著歇息，轉念一想，活動筋骨有益抗寒，便任由她。

火光熊熊，和暖如春，二人靠近火旁，衣裳半乾，寒意驟散。

劉病已瞄了眼洞外，「等風雪小了，我出去找吃的。」

寒月點點頭，抱膝沉默不語，整個人猶如石像。

劉病已安慰，「師父一定會找到我們的。」

寒月茫然盯著火堆，眼裡是一潭死水。

劉病已見她臉色蒼白，朱顏憔悴，從失足墜谷到山洞取暖，不過一個時辰，卻像受盡世間最非人殘酷的折磨。

他沉默半晌，終於鼓起勇氣，「妳的寒，是從母姓吧？烏孫可不是這樣取名。」

她嬌軀一震，雙眸露出森森寒芒，一瞬也不瞬地瞅著他，「你……你怎麼知道？」

「不管我怎麼知道的，現在我已經明白妳的過去了。妳的頭髮在陽光下細看是褐色，妳的五官遠比漢家女深邃，妳的睫毛濃密捲曲……」他緩緩地說，眼裡如沐四月風。

她悽楚呢喃：「是啊，我父親是烏孫人，我母親是漢人。」講到「母親」兩個字，眼中珠淚瑩然，扭過頭去，不願被人看到自己流淚的模樣。

劉病已見她肩膀微微顫抖，知道她在哭泣，心下憐惜更熾，「師姊，我知道妳很想母親，從妳方才對幼鳥脫巢的反應我就看出來了。」

寒月怔忡半晌，幽涼一笑，「我很想，天天想，夜夜想，直到今日，我還是會夢到母親因我而死。」

「妳的母親不是因妳而死，而是老天不忍心讓她受苦，把她接到天上去了，現在妳長大了，還遇到那麼好的師父，她在天上也能欣慰了。」

「不！」她帶著一絲哭腔，「爲什麼老天要這麼殘忍，要帶走我唯一的親人？爲什麼不連我也一起帶走？爲什麼？」

「師姊，妳大聲哭出來吧，哭出來會比較好。」

她用力抹淚，一臉數九寒天，厲聲道：「我不要哭，我在烏孫已經哭得夠多了，我爲什麼還要哭？我母親死的時候，我一滴淚也流不出來，我被蠍子咬到性命垂危的時候，更是沒哭！」

「傷心流淚是一種宣洩，妳何必故作堅強？妳天上的母親樂意看到妳變成這樣嗎？」

寒月像被人狠狠剜開胸口，露出一顆千瘡百孔的心，在裂開的傷口上灑了一把新鹽。

她極不願那段不堪回首的往事被揭開，在人前展現軟弱的一面，霍地起身，大聲道：「劉病已，你以爲你是誰？管我那麼多幹嘛？你不要太自以爲是！我的事，你沒有插嘴的份兒！」

劉病已起身道：「我只是心疼妳。」

「住口！住口！」往事如流水，一幕幕呈現在寒月眼前，她眼中有著歲月的憂傷，剎時只覺得自己像被剝了一層皮，血肉模糊，醜陋不堪，「誰要你心疼！誰要你同情！」語畢，轉身就跑。

他急切道：「師姊，妳去哪兒？」

「別跟來！」寒月瞪著他，眼淚奪眶，像是珍珠般簌簌而落，她對哭泣厭惡透頂，眼淚才剛滑落，就用力地抹去，「讓我……讓我一個人靜一靜。」

他惻然道：「那我離開，外頭風大，妳留在洞……」尚未說完，寒月已絕裾而去。

劉病已惶惶然瞧著她漸行漸遠，最後消逝在渾然一色的白雪中，想追去，卻怕刺激到她，在洞口踱來踱去，不時引頸望著寒月離去的方向，雪花飄在他身上，很快就將他堆成一個雪人，他卻恍然不覺。

少頃，忽聽一聲尖叫劃破天際，夾著勁風呼號，像是誰受到極殘忍的酷刑一般，聽起來尤甚淒厲可怖，「劉病已，你在哪兒？救我，快救我。」

劉病已大驚，「師姊！」

寒月悽烈的呼救在曠谷中形成回音陣陣，四面八方都傳來「救我，快救我……」。

劉病已力持鎮定，凝神細聽，辨明方位，顧不得風雪強勁，循聲而去。

聲音越來越近，劉病已放眼望去，白雪漫天，哪有寒月身影？他縱聲呼道：「師姊，師姊，妳在哪兒？」

「我在下面，快點拉我上來，我好怕……」

劉病已聞言，悚然動容，猛地衝上前去，撲倒在地，見足下有條狹長裂縫，寒月竟活生生被夾在冰隙裡！

「師姊！」他急得眼都紅了，冰隙甚深，他完全不知該如何是好。

原來寒月心智狂亂，慌不擇路在風雪中狂奔，沒注意到足下有一條被白雪覆蓋的冰隙，一腳踩空，筆直墜落，當即跌斷右腿，疼得站不起來。

冰隙幽深狹隘，伸手不見五指，四周死寂無聲，瀰漫一股詭祕的氛圍，任何人墜入都會感到惶恐不安，何況寒月又有幽閉恐懼！她試著縱身躍出，可腿骨折斷，連起身都有困難。

縱使她四肢無恙，也無法從這幽深冰隙中脫險，冰隙兩面均是滑溜堅冰，任何輕功在這裡都是徒勞。

「病已，我好怕，我怕極了……」

劉病已心急如焚，探入冰隙裡瞧，裡頭漆黑一團，什麼也看不清，「師姊，妳等等我，我想法子拉妳上來。」

她哭道：「你有繩子嗎？」

「沒有，我以鶴氅代替繩子，試著拉妳。」他當下脫下鶴氅，探入冰隙，「妳抓得到嗎？」

寒月雙手伸得高高的，在半空中亂抓一通，卻什麼也抓不到，知道衣物畢竟不夠長，可自己腿斷了，又站不起來，心中越發絕望，「我抓不到。」

劉病已聽到她的哭聲，心中簡直比刀割還難受，又將外衫脫掉，和鶴氅綁在一起垂入冰隙裡，「這樣抓得到嗎？」

她頹然道：「差了一截，還是抓不到。」

他單衣沐在寒風中，內心卻是油烹火燎，怎麼也無法鎮靜，「妳撐著點，我再想法子。」

寒月只覺得萬念俱灰，這番注定在暗無天日的冰隙裡等死的滋味，實是人生中最慘烈的折磨。

她不斷顫抖啜泣，聲音斷斷續續，「我好怕，我不要待在這兒，救救我，救救我。」

「師姊，妳冷靜下來，我一定想法子救妳。」

寒月哭得聲噎氣堵，夢魘似的大叫：「母親，母親，姊姊把我鎖在箱籠裡，我快沒呼吸了。姊姊，求妳放我出來，求求妳，我不要待在裡面，好黑，好可怕……」說到這裡，意識模糊狂亂，彷彿回到小時候被關在箱籠裡的那段時光，口裡不斷嚷著「救我」。

劉病已剎時心中雪亮，原來她會恐懼幽閉，是因爲小時候被人鎖在箱籠裡，想到這裡，好似有萬千利箭刺入臟腑，難以想像她在烏孫家是如何被欺凌羞辱！

寒月呼聲越來越微弱，他急得手心全是黏膩的冷汗，明知寒月可能會在裡面沒了呼吸，卻一點法子也沒有！

他突然心念一動，語氣隱隱有釋然的溫柔，「師姊別怕，我來陪妳。」雙眼一閉，躍入冰隙裡。

就在他下躍的瞬間，一雙手將他拽起。劉病已登時穩穩地落在雪地上。

「師父。」他喜出望外。

風雪中的二人，正是東閭殊和東禹。

東閭殊見劉病已和寒月遲遲未歸，心知有異，於是率眾外出找尋，就怕二人遇上暴雪或是墜谷，因此繩索鉤環等能派上用場的器具全都帶在身上。

東閭殊和東禹一組，東閭琳與莫鳶一組，雙方分頭找尋。東閭殊二人到了危崖時，東禹一眼便見寒月的耳璫落在崖邊，連忙叫師父過來看。東閭殊心想二人可能墜崖，於是將長繩綁在樹幹上，和東禹慢慢沿索而下。

握著繩索快到谷底時，見底下是碧水深潭，潭面結薄冰，便輕輕躍下。二人站在潭邊，正要深入谷中找尋，忽然聽見寒月的哭喊，當下快步而去。

只見劉病已縱身就要跳入冰隙中，東閭殊連忙飛身向前，拽住他的胳膊，輕輕地放在地上。

劉病已喊完一聲「師父」，旋即指著底下冰隙道：「師姊掉下去了，還折了腿骨，受了驚，怕是支撐不久。」

「你們誰下去抱人上來？」東閭殊將一條粗繩垂入冰隙中。

劉病已正要喊出聲，一旁東禹迅速握住繩索，像猿猴般溜了下去。

莫約盞茶工夫，只聽他的聲音從底下遙遙傳來：「師父，快拉我和師姊上來。」

劉病已喜上眉梢，東閭殊也舒了一口氣，師徒二人連忙合力拉起繩索。東禹一手握繩，一手抱著寒月，緩緩上來。

寒月見到東閭殊，緊繃的心弦頓時一鬆，低聲道：「師父……」再也支持不住，頭一仰，暈倒在東禹懷裡。

寒月身心飽受折磨，當日就病倒了。劉病已守在她房中，無論旁人怎麼勸，都不肯離去。她昏睡三日，燒了又退，退了又燒，反反覆覆就是不見起色，滿口胡亂囈語，柳眉深鎖，顯然睡夢中也極為不適。

病來如山倒，病去如抽絲！

第四天深夜。劉病已伸手摸她額頭，依然燒得燙手，垂眸，愣愣地瞧著手上的空藥碗……

少頃，突然將藥碗重重擱下，疾步衝去院子，拿著小匕鑿著冰湖，不多時便鑿出大大小小的冰塊。

一不小心割傷了手，血花點點濺在冰湖上，宛如綻開朵朵紅梅。

這時風雪交加，人人都躲在屋內，只有他任凜冽如刀的風一寸寸割著身體。

鵝絨般的細雪，撲簌簌堆在他身上，竟不消融。

他將冰塊包了起來，鋪在寒月身上，然後又衝去院子鑿冰塊，來來回回，從深夜直至破曉。他不確定這笨法子到底管不管用，但藥已無助退燒，也只能放手一試。

「母親！母親！不要離開我！」寒月忽然夢魘似的大叫，雙手亂揮亂抓。

劉病已大慟，伸手擁她，那樣呵護的力道，像擁著一生不可多得的溫柔，「月兒別怕，我在這兒。」

寒月喃喃囈語一陣，又沉沉入夢。

劉病已的付出沒有白費。寒月終於退燒了，但他連日目不交睫，加上終夜沐在風雪中，心力交瘁之下，只要意志稍微鬆懈，便會不支倒地。

房門咿呀一聲敞開，晨光抹亮一地。

東閭琳和東禹一前一後步入，東禹手上端著一碗湯藥，藥香幽幽。

東閭琳見劉病已面無人色，身體搖搖欲墜，哪知他整晚都沐在風雪中，還以爲他疲累過度，於是敦促道：「我瞧你都沒什麼睡，趕緊回房歇息。」

劉病已搖頭，「不，我要親眼看著師姊醒來，我要親自餵師姊喝藥。」踉蹌走到東禹面前，伸手要端藥碗。

他正換嗓，又兼病中，嗓子甚是難聽。東禹嫌惡已極，身子一側。劉病已抓了個空，微怒道：「拿來。」

「只怕藥碗給你端，沒走幾步便打碎了。」東禹皺眉冷笑，「你連路都走不穩，還指望能照顧好師姊嗎？」

劉病已頭痛欲裂，重重地咳了兩聲，懶得和他爭辯，伸手又要去奪藥碗，忽然一陣暈眩，身子一晃，仰頭便倒。

東閭琳連忙攙著他，「我瞧你八成被師妹過了病氣，我扶你回房，回頭我命人熬藥送進你房裡，聽我的話，別再來師妹這兒了。」

劉病已縱然萬般不願，但頭重腳輕，四肢無力，只能任他攙扶回房，臨走前，回眸深深地瞅了床榻上的寒月一眼，像要將她的模樣帶入自己的夢中，直到寒月的身影完全消逝，他才悵然地移開視線。

東禹闔上房門，嘴角銜著哂笑，「黃口小兒，也不掂量掂量自己，竟妄想抱得美人歸！」

忽聽寒月嚶嚀一聲，無意識地道：「水，我要喝水……」

東禹連忙倒了一杯水，扶她坐起，將水送入她口裡，不料餵進去的水，倒有一半從她口角流了出來。

他昔日何曾伺候過人？不過就是餵水，寒月衣上已濕濡一片。他突然火起，將水杯湊近唇邊，飲了一口，隨即俯下臉，以嘴相渡，將水徐徐吐了過去。

這麼餵了幾口，寒月悠悠睜眼，正對上東禹一雙迷濛的眸子，而東禹的舌，正與自己唇齒相依。

她本能地放聲尖叫，卻一點聲音也發不出來，想用力咬下，但東禹顯然是「箇中高手」，隨著他舌尖的挑逗，竟是全身發軟，想咬也沒那個力氣。

她十指本來是緊緊掐著東禹的手臂，幾乎掐出指印，隨著他熱情擁吻，十指漸漸鬆開，任由他輕輕摩娑自己的臉和身體……

他的手，似有魔力，所及之處，本已退燒的體膚，又開始灼熱起來，嗅到他身上急遽膨脹的陽剛氣息，呼吸不禁一窒，漸漸意亂情迷，渾然不知人間天外……

東禹吻了良久，才輕輕鬆開她的嬌軀。

她垂眉斂目，不敢迎視他赤裸裸的目光。

二人沉默著，室內靜若深潭，只清晰聽見彼此的心跳，聲聲澎湃著說不清、道不明的曖昧。

東禹勉強克制住賁張不已的情慾，柔聲道：「藥快涼了，我來餵妳。」

寒月急忙道：「不，我自己喝，你不要再用嘴……來餵。」說到最後，聲細如蚊，頭也越垂越低。

他一怔，隨即笑了，「妳想到哪兒去了？我又沒說要用嘴餵妳。」說完托起她下巴，春風般的目光拂過她眉梢眼角，「還是，妳比較喜歡用嘴巴？」

她又羞又氣，別過臉，鼓著蓮腮，「拿來，我自己喝。」

他似笑非笑，「師姊連生氣著惱都這麼明豔動人，只恐天仙下凡、西子轉世都要自慚形穢了。我霍……咳咳咳，我東禹從來沒有服侍過人，第一次就獻給師姊了，還望師姊不要嫌棄。」端起藥碗，坐在寒月身旁，拾起小勺子，柔聲道：「來，張嘴，喝藥。」

寒月手指捻被，「我自己來。」

「不，我來。」東禹語氣溫柔而堅定。

寒月紅著臉點點頭，不再推遲。

餵完藥後，東禹去開竹牖，「出太陽了，妳好幾日沒曬陽光了。」

寒月看著他走向窗邊，一顆心恍恍惚惚，「我昏睡中，好像感覺有人緊緊抱著我，那人身體很冷，是不是你呀？」

東禹開窗的手一滯，隨即笑道：「妳大概做夢了。」

寒月喃喃地道：「是嗎？我怎麼覺得這夢很眞實，東禹，當眞是你嗎？」似乎連她內心，也希望是東禹。窗牖半敞，一束微光投入室內。東禹走回她身邊，撫著她的面頰，「別東想西想，趕緊養好身子，才能到外頭踏雪跑馬。」

寒月輕輕頷首，在她內心深處，東禹越是迴避自己的問題，越是相信夜裡抱著自己的人是他，而她醒來後發現身邊的人是東禹，不禁認定自己昏睡這幾日，便是東禹衣不解帶悉心照料。

是東禹……

寒月瞅著他，像迷途之人找到了歸路。

可憐的劉病已，連日勞苦，沐雪鑿冰，最後卻是爲人作嫁。

寒月初癒後，換劉病已臥病在床，他幾次想下床去看寒月，在旁照顧他的東閭琳，卻怎麼也不肯放人，說是等你身子復原再去看她，因此一眨眼足足一個月沒有見到寒月。刻骨相思，繾綣柔情，像是一股股蠶絲緊緊纏著他的心。

好不容易劉病已大病康復，終於可以下床了。

白雪消融，春寒料峭。他緊了緊身上鶴氅，經過庭院，隔著縹緲晨曦，只見寒月拄著拐杖佾立在湖邊，岸上一叢蘆葦，微微遮住她的身影，她仰頭望著淡淡疏梅，影飄池裡，花落衫中，嘴角銜著一抹嫣然巧笑。

劉病已看著這一幕，霎那間，腦海湧現一句：「蒹葭蒼蒼，白露爲霜，所謂伊人，在水一方。溯洄從之，道阻且長，溯游從之，宛在水中央……」

細細咀嚼詩意，不正是此刻情境！

寒月似感到身側有人，眼波望去，見是他，笑顏立即凋零。

兩廂靜默，唯有風流過。

少頃，他問：「師姊，妳身子還好嗎？」

她淡笑，「還好，聽說你也病了，眼下覺得如何？」

「我……我還好。」他喉頭發澀，不知怎地，寒月明明近在眼前，卻覺得她好生遙遠，而她的那抹笑，似乎和往昔不同了，到底哪裡不同，一時卻也說不上來。

「我要回房了，這兒風大，你仔細別被風撲著。」寒月蹣跚而行，經過劉病已身邊時，目光完全沒有停留在他身上，好似他是院裡的一株梅樹，或是天光中的一縷晨曦。

劉病已回眸，凝視她的背影，「妳是不是還在生我的氣？」

「生什麼氣？」她頭也不回。

「妳知道的。」

她轉身，眼裡縠紋不興，「你不提，我倒沒想起。那日在山洞裡，你說的每一句話，如今我就算努力回想，也記不太清楚了。」復又輕輕一笑，道：「師弟，一切就當沒發生過，我眼下只看得見明日，再也沒有過去。」

語畢轉身便走。

劉病已猶如隆冬冰雕般凝在廊下，雖然寒月笑得輕鬆，可他就是覺得這笑容並非發自本心，她越是漫不在乎，越是讓自己侷促不安。

他們之間，是不是哪裡變了？不過短短一個月，曾經貼身踏雪跑馬，耳鬢廝磨，雪地談笑嬉戲，齊心協力將臨危幼鳥救回巢裡的兩人，何以變得如此疏離？

而他也察覺到了，寒月碰到東禹，不再落荒而逃，不知是不是幻覺，他總覺得寒月整個人變得不一樣了——她會莫名其妙臉紅；她會露出若有似無的嬌笑；她偶爾會在院裡，望著某一處遐思悠悠；她走過東禹房前，會稍稍地停駐片刻，即使拄著拐杖，也能明顯感受到她的腳步變得輕盈跳脫。

這些細節像芒刺一樣落入劉病已眼裡，隱隱生疼。

他們之間如隔千山萬水，彼此遙不可及。

昔日寒月神氣活現地喊「劉病已」，如今這兩個字只剩下陌生與客氣。

五·狼群

晝夜交替，光陰流轉。

一日東閭殊把劉病已和東禹叫來校場，考較兩人的劍術。寒月也拄著拐杖，隨同兩位師兄姐過來觀摩。

興許寒月就在一旁，東禹這會兒已收起慵懶神態，只是眼波飄向寒月時，會露出一抹狡黠。

少頃，東閭殊命劉病已和東禹各自揀了拿手劍器，旨在較藝，點到即止。

二人肅立，禮畢。

當下劉病已縱身躍出，身子凌空，長劍出鞘，聲若龍吟，轉眼間已從數丈外掠至東禹身邊，劍尖洋洋灑灑挽了無數劍花，令對手目眩神馳，自己再乘隙進逼。

東禹俐落地揮劍一格，將劉病已的進攻化爲虛無，旋即足尖輕點，藉勢向後大退兩步，手中青鋼劍將自身護得滴水不漏，同時凌厲猛烈的招式綿綿而出。

二人倏忽來去，雙劍相交，蹦出一串零星火花，鬥了數十招，仍不分軒輊。

東禹劍式宛若百丈洪濤，頗具千鈞壓頂之勢。劉病已在他連連進攻下騰挪閃避，幾次看似將至窮途，卻又不疾不徐地避開。明明對方走的是迂迴崎嶇的劍路，他卻如履平地，巧妙拂開眼前劍雨，少頃看見對方破綻，立即乘隙而入。

東禹不料他竟不費吹灰之力地突破重圍，心一驚，就這麼閃神片刻，眼前寒光爍爍，劉病已已化解他的劍招，劍尖如靈蛇般迫近他胸前。

東禹眼見敗勢已定，暗叫不好，忽萌惡念，身子一晃，不著痕跡地將胸口微微一挺。劉病已倉促間發覺不對勁，連忙將劍往旁邊一撥，但劍鋒還是劃過他的胸口。

嗤的一聲，劃破衣衫，東禹胸前已是一片殷紅，宛如紅花怒放。當時他背對著東閭殊等人，是以衆人沒瞧見他使詭，聽到東禹一聲慘呼，才知事態不對，紛紛上前關照。

寒月扶住東禹身軀，叫道：「東禹，你怎麼樣？」

東禹按著胸膛，鮮血從他五指間汨汨滲出，雖只是皮肉傷，但他疾首蹙眉，表情猙獰，不知情的人還以為是什麼非死不可的重傷。

東禹咬著下唇，偷偷地握住寒月的柔荑，在她手心一捏，「師姊，我不要緊，就是有一點疼。」

寒月急切道：「你流那麼多血，還說不要緊？」

東禹假意忍痛，有氣無力地道：「眞的……眞的不要緊，劉師兄一定不是故意的。」

劉病已聽了心頭火起，明知東禹故意被自己所傷，可這番話說出來，在場有幾人相信？

寒月橫了劉病已一眼，「不是說點到為止？怎麼出手不知分寸！」

劉病已心中一片酸楚，氣極反笑，脫口道：「師姊，若今日受傷流血的人是我，妳會這般對東禹怒目相向嗎？」

寒月瞄了東閭殊一眼，臉上紅一陣，白一陣，眉間怒氣斂了三分，「大家都在這裡，你……你這是說什麼呢？」

劉病已自知失言，別過臉不吱一聲。

東閭殊看出東禹傷勢不重，敷藥包紮即可。他是有德之士，君子可欺之以方，哪想得到東禹是暗施詭計，便向東閭琳道：「扶東禹去敷藥。」

東閭琳頷首，旋即扶著東禹便走。

怒火焚心後，劉病已只覺得齒冷。寒月狐疑的眼神如刀，刮得他遍體生疼。

他拜倒在東閭殊跟前，大聲道：「師父，徒兒下手不知輕重，盼師父責罰。」

「刀劍無眼，負傷難免，爲師相信你不是有意的，起來吧！」

劉病已不敢起身，怔怔地問：「師父不罰我嗎？」

「東禹傷在皮肉，未及筋骨，休養三日便可痊癒。你的心性我了解，我知道你不是有意的，爲了這事兒罰你，與我本性相違，這件事就到此爲止吧！」

劉病已這才起身，不再多言。

衆人聽東閭殊都這麼發話了，當卽各自散了。寒月走過劉病已身邊，哼了一聲，蓮步姍姍，足不驚塵去了。

東禹傷口不深，加上金創藥用得奢侈，不出三日便好轉。

這三日寒月對劉病已視而不見，令他的心幾乎燃成死灰，整宿難寐。

一日劉病已與寒月廊上相逢，二人佇立片刻，相顧無言。

劉病已見寒月態度冷淡，終於按捺不住，「師姊若氣我，可以罵我，打我，這般漠視於我，可教我比死還難受。」

寒月神情淡淡的，「我可不敢打你罵你，免得胸口多了一個血窟窿。」

他忿忿地道：「若說東禹是故意被我所傷，妳信不信？他見敗局已定，故意行此詭計，博取妳垂憐……」

她冷笑一聲打斷他，「劉師弟仗劍傷人在先，血口噴人在後，師父慈心，不忍責罰，沒想到竟是錯看了你！哼，我這就去告訴師父，你等著閉門思過。」

他目意蕭瑟，「在妳心裡，我便是這般不堪？妳我相處至今，還不明白我的爲人？因我傷了東禹，妳便惱我如斯？」

「我是你師姊，又長你五歲，想如何便如何，難道不能惱你？」

劉病已的心一分一分地涼了下去，「罷了罷了，如今妳視我如豺狼，無論我說什麼，妳都聽不進去。仰不愧於天，俯不怍於人，我就只有這一句，天下萬事，都抬不過一個理字，他日妳必有所悟。」

她冷笑，「你倒會引經據典，替自己詭辯。」

他無語，少頃，道：「師姊，妳房前擱著一只竹筒，裡頭的榛栗糕，大概涼了，妳拿去扔了，免得瞧了厭煩。」說完邁步便走。

她一愣，「你站住。」

「師姊有何吩咐？」

「什麼榛栗糕？」

劉病已目光有著傾世溫柔，深深地凝視著她，好似要將她的模樣鐫刻在靈魂深處，「那日我們打雪仗，妳說過妳喜歡吃榛栗糕，當下我便在心裡許諾，將來有一天，一定要親手做給妳吃。很久以前我便向喜娘請教做法了，但中間我勤習武，加上妳受傷斷骨，是以拖到今日才把它做出來，而妳也徹底厭惡我了。不管怎麼樣，我總算是兌現了內心的承諾，妳吃不吃，都無所謂了。」

寒月聽得怔怔出神，眼裡泛起一泓湮水色，「你說……那是你做的？」

劉病已點點頭，「妳說過的話，我一直都放在心上。」

寒月想起當日雪中同樂之景，一顆心頓時化作一池柔波，怔忡道：「連我都記不清自己說過的話，你竟一字不差地牢牢記著，何苦呢？」

劉病已雙眸清炯，宛如黑夜中的熠熠星火，「我的眞心，妳當眞瞧不見嗎？」

寒月囁嚅道：「你年紀比我小很多，我……我一直把你當成孩子，從來沒有動過男女之情。」

劉病已沉默良久，像是接受這個事實，「妳我失足跌落的山崖，那兒築了新巢，可惜小鳥還沒孵化，不能看牠們剛出生的可愛模樣。不過另一處的竹林裡，有一頭母鹿剛生了小鹿，妳願不願隨我去看？就當這是最後一次，以後我再也不會叨擾妳了。」

寒月本非鐵石心腸之人，想起當日危崖救鳥的光景，又聽他說有母鹿剛生小鹿，霎時動了孺慕之情，對他的一腔怨惱轉瞬卽散。

少頃，一聲輕嘆飄了出去，緩緩散落於風中，「好。」

二人當下施展輕功，往竹林疾行而去。劉病已習武三年，身子拔高了不少，又兼體力好，不多時竟把寒月拋在腦後。

寒月天性高傲，見師弟超越自己，無論怎麼追，總是差他一大截，不禁惱羞成怒，乾脆停下腳步，「我腿疼，用走的。」

劉病已見她面有慍色，哪知道她因落後自己而動怒？還以爲她腳傷雖癒，卻不堪長途奔行，於是道：「腿還好嗎？不如我揹妳。」這要換作東禹，早就將寒月橫抱起來，一通油嘴滑舌，「小女子裝模作樣，眞以爲我理不清妳那幾根花花腸子？妳想要人抱，那我就抱妳抱到天荒地老。」

她惱道：「我自己會走，不用你揹。」

劉病已早就習慣她這副說來就來的脾氣，苦笑一聲，伸手一指路邊方石，「坐下歇腿。」

她假裝蹣跚地走向方石，緩緩坐下。

他拿出水囊，「消消渴。」

她接過水囊，骨嘟嘟喝了一大口，大概是喝得太急了，被水嗆著，咳嗽連連，一張俏臉咳得通紅，好不狼狽。

他伸手欲拍她的背，手才剛伸出去，轉念又覺不妥，默默地將手抽回，「好點了嗎？」

她點頭，「你自己也喝一點。」

「嗯。」

昔日二人可以天南地北閒聊，如今並肩無語，雖彼此就在身旁，卻像隔著千山，遙不可及。

劉病已仰視天邊雁字，忽然幽幽地道：「師姊，倘若我比妳年長，又會說些甜言蜜語來哄妳，是否此刻，妳便不會對我這般生分？」

她歛眉，「我一直把你當成弟弟，從來沒有想過你會對我動情。我有什麼好？我總是對你頤指氣使，總是藉故發脾氣，像我這樣不完美的女子，哪值得你對我情深如許？」

「人無完人，妳不是說：『我是你的師姊，又長你五歲，想如何便如何。』我從來不會介意妳對我頤指氣使，也能包容妳的性子，更從來不會生妳的氣。」

她微感不耐，「我不愛聽這些，別再說了。」

「不，我現在不說，以後哪有機會？」他目光熠熠，直直地逼向她的雙眸，「師姊，妳眞的了解東禹嗎？妳知道他的來歷嗎？妳知道他心裡在想些什麼嗎？他爲什麼會來明月閣，這些妳都清楚嗎？」

「他說他家裡很有錢，但父親不重視他，把他趕了出來。」

「他家是幹什麼的？父母都在嗎？有幾個兄弟姊妹？他父親爲什麼不重視他？」

「他家是經商……」寒月忽然一呆，這才驚覺自己對東禹的家族底細完全一無所知。

劉病已苦笑，「妳都不知道，還傻傻地把心交給了他。師姊，妳眼不盲，心卻盲了。」

他的話字字錐心，寒月摀著耳朵，「夠了，別再說了。」

「不，我還要說。」他話講得又急又快，「妳因一時意亂情迷，卻要錯負自己一生。我就算再如何不諳世事，從那日比武中，也能看出東禹並非至誠君子，爲何冰雪聰明的妳卻是看不透？爲何妳總是用自己的角度看世界？爲何妳總是陷在自己的鏡花水月裡？」

「我叫你別再說了！」寒月一連聽了三次「爲何」，心火直冒，起身，手如利戟般指著他，「你到底爲什麼先是提及我那段不堪的過去，如今又來干涉我的未來？劉病已，你什麼時候變得這般咄咄逼人，這般處處與我過不去？」

劉病已起身，迎向她凌厲的目光，「良藥苦口利於病，忠言逆耳利於行。師姊，若妳肯沉澱下來，靜心思量，必能領悟我的話。」說完轉身便走。

寒月喝道：「你去哪？」

劉病已的心像是被人用力擰住，悶悶地疼，充耳不聞，往前疾行。

斜暉脈脈，暮靄沉沉。不消一刻，忽聽一聲狼嚎悠悠響起，跟著四野狼嚎聲此起彼落，聲音越發響亮，不知有幾頭狼隱匿於林中。

他只聽得心驚肉跳，本能地去拔劍，想起孤身獨行的寒月，連忙回頭急奔。

林木掩映下，只見寒月握著長劍，眼觀四路，耳聽八方，神色極爲緊張。

「師姊！」他隨即奔向她，護在她身前。

「師弟！」她緊繃的心弦頓時一鬆，「我們快走。」

二人正欲離開，驀地塵土翻揚，一頭頭灰狼張牙舞爪，從兩側撲了過來。

劉病已揮舞長劍，瞬間便刺死兩頭狼，隨即竄至寒月身後，一劍便令偷襲她的狼身首異處。二人背貼背，環伺群狼，屏息凝神，不敢稍有鬆懈。

群狼見同伴被殺，都是露出森森白牙，口涎一絲一絲滴了下來，忽然一齊仰首呼嘯，跟著聽聞不遠處隱隱有狼嚎呼應，聲音充滿怨毒、飢餓和肅殺。

寒月嚇得面無人色，握劍的手不住顫抖，「我昔日跋涉沙漠，知道狼的習性，這聲呼號，是要把近處的同伴喚來。一兩頭狼倒也不足為患，但若是上百頭狼群起圍攻，那可真是屍骨無存之禍。」

果然狼嘯過後，地面一陣震動，塵沙滾滾中，無數頭狼從四面八方竄了出來，將二人團團包圍，目眥盡裂，蓄勢待發。

劉病已道：「合妳我之力，也敵不過這麼多狼。妳先跑，我斷後。」說完劍光起落，數頭狼悶聲不吭，倒地斃命。

他替寒月闢了一條生路，「師姊快走。」說話同時，劍勢不緩，瞬間又斬殺幾頭圍繞在寒月身旁的狼。

寒月早就嚇得六神無主，當下邁步便跑。

她跑了幾步，猛地回頭，只見劉病已身影已隱沒在狼群中，唯有劍上的一抹幽光，在狼群中飄忽閃爍。她心一緊，咬牙又跑幾步，突然下定決心，匆匆回頭，飛身投入狼群中，「棄你不顧，非我所願。」

劉病已一呆，片刻說不出話來。

「發什麼呆？啊啊！當心身後。」

劉病已倏地回神，劍若蛟龍，將身後撲來之狼劈成兩半。二人在狼群夾擊下，身上都各自負傷，分不清是自己的血，還是狼的血，雖然臨近的狼都被斬殺，可狼還是前撲後擁，群起圍攻。再這麼鏖鬥下去，還沒膏於狼吻，便先力盡而亡。

劉病已道：「不宜戀戰，找棵高樹避禍。」

寒月急得都快哭出來了，「這四周都是矮樹叢，哪兒有高樹？」

劉病已倒也鎮定，「往西走。」

寒月不再說話，揮劍從狼群中殺出一條生路，驀地勁風襲頂，竟是一頭狼飛身撲來。她尖叫一聲，正要舉劍抵擋，已然不及。

劉病已見她危在旦夕，飛身過來，抱住她的身子，在地上滾了幾滾，避開此劫，旋即鬆開她。

寒月死裡逃生，驚魂未定，急忙朝西狂奔。劉病已又殺了幾頭進攻的狼，才隨她而去。

二人竭力奔跑，終於見到前方的葳蕤松林，當即飛身躍上樹梢，這才鬆了一口氣。

此刻他們身心俱疲，身上都是血汙汗垢，俯首，見群狼在松幹上爬搔抓躍，不斷咆嘯嘶吼，目光透出狠戾殺機，都是心頭一悚。

寒月按著怦怦狂跳的心口，嬌喘吁吁：「總算脫險了。」身邊少年驀地一晃，險些便從枝上栽落。

她急忙抱住他，眼角一瞥，竟見他背後衣衫裂開，露出血肉模糊的一個傷口，鮮血宛似泉湧，滴答而落。

她驚呼：「你怎麼……」驀地想起他方才護住自己，在地上打滾，直覺就是在那時候被狼抓傷。

「不要緊，妳……妳有沒有哪裡傷著？」他受傷後不停殺狼，又奮力狂奔，本來只是小傷，卻隨著他的大幅度牽動越裂越大，最後竟是從肩及腰，宛然被人狠狠砍了一刀！

她見他一張臉全無血色，怔怔地道：「你爲了保護我而受傷，卻還一心記掛著我。」

他勉強一笑，「我不記掛著妳，還能記掛著誰？」

她不勝悽然，「傻瓜，再這樣下去，你會死的。」

他雙眸彷彿被火光照耀，「妳哭了？」

她一呆，伸手摸臉，眼淚在渾然不覺間流淌而出，幾如潰堤。她難以置信地道：「我哭了？我怎麼會哭？我因誰而哭？我……」

他慘然一笑，「妳心裡……心裡還是有我的，只是妳自己不知道罷了，妳的眼淚爲我而流，卽使傷得再深，我也視之如甘。」語畢，吊著的一口氣立卽鬆懈，再難自持，暈了過去。

寒月眼淚落得更兇，「師弟，你醒來，師……病已……」聲聲病已，聲聲痛惜。

她不斷叫嚷，可劉病已雙目緊閉，昏迷不醒。她驚懼交加，連忙撕開衣袖，揉成一團，塞在他傷口上。少頃，那團布已被血水浸濕，她連忙又塞了新布團，如此三次，方才止血。

手忙腳亂一陣，她驚覺劉病已呼吸越來越微弱。

「病已，你起來，我再也不責惱你了，誰教你沒事揭開我的瘡疤？我想深埋、想隱藏我的過去，誰教你雞婆提起！」寒月摟著他，語聲悽咽，「誰教你這般自以爲是地叫我哭，你就那麼想看我哭嗎？我現在哭了，你可高興了？你起來，你張眼看。」

夜色如墨，腳下狼群仍不退散。

寒月見他背上傷口鮮血雖已凝住，但方才失血過多，恐有性命之憂，喃喃地道：「再這麼熬下去，肯定支撐不住，可恨這群畜生陰魂不散，看來是打算不離開了，一旦我們落地，就非死不可，難道眞的躲不過眼前此劫？」抬頭望天，又道：「蒼天慈悲，求你保佑劉病已能夠不死，我願……我願……」突然愣住，我能夠爲他做什麼？我願意捨自己一命，換取他的無恙嗎？

她低頭望了他一眼，喃喃傾訴：「我心裡當眞有你嗎？我不過只是把你當成弟弟看待……」心想倘若劉病已年紀稍長，自己是否就會如情人般平視著他，而不是以師姊的角度、俯視的目光去對待他？

她心如亂麻，從當年在長安救了瀕死的他，雪地裡嬉戲逐樂，危崖救雛鳥，一同摔落谷底寒潭，雪窟烤火取暖，一直到方才他替她擋下致命的狼爪……

往事一幕幕，如海潮跌宕般拍打著她的心礁，這三年來，不管是精彩或是黑暗的時刻，她身邊都少不了他！

曾經同甘苦，共患難，在最快樂，最絕望的時候，劉病已就像影子，對她不離不棄，但影子最可悲之處莫過於太容易被忽視了，高高在上的主人不會格外上心，永遠不會用珍惜的角度，彎下腰去審視著腳下的它。

她忽然心念一動，難道是因爲劉病已斷梗漂萍的身世，使得自己打從一開始就不將他視如伴侶？只因自己父母早喪，是以才希望自己另一半是擁有完整的一個家來彌補此生的缺憾？又或是他較爲年幼，是以一直將他當成弟弟，未曾動過男女之情？更或是東禹英武偉岸的外表，又與自己年歲相當，本就是自己心中所屬，加上他時不時的軟語溫存、含情調笑，才使自己墜入情網，如受桎梏？

寒月想到這裡，越發迷惘，用力搖了搖頭，索性不去想。

溶溶月光流瀉一地，好似鋪上一層碎玉。

徘徊不去的狼群見皓月當空，一齊仰首嚎呼，聲音充滿興奮，靜夜裡聽起來，格外瘮人。

劉病已身子越來越冷，寒月急得五內如焚，拍著他的臉，「你不能睡，快起來。」

便在此時，一抹紅衣人影翩然而至，奇怪的是，那影子竟能在不驚擾狼群的情況下穿梭自如，彷彿對敏銳的狼而言，只是一縷清風。

她倏地背脊發涼，不會是鬼吧？

她在這世上最害怕的兩者，莫過於幽閉與鬼魂，越想越害怕，嘀咕道：「不久前才失足跌入冰隙，害得我折斷腿骨，還因此大病一場，如今又夜裡撞鬼，今年可眞不吉利。」

而唯一的依靠劉病已卻昏迷不醒，眞是欲哭無淚，只盼師父能夠找到此處，替她趕走惡鬼與餓狼。

這般左思右想，狼嚎聲戛然而止，四下靜得葉落可聞，反而更顯詭異可怖。

她驚覺有異，低頭下望，不禁呆住。

群狼全都伏在地上，頸子軟垂，不知生死！

一縷低沉冰冷的聲音道：「狼已被我迷暈，妳可以下來了。」

六・霍禹

這聲音對寒月而言簡直比狼嚎更爲恐怖，驀見紅影一晃，那「女鬼」不知何時現了身，立在林蔭處，一張白如素帛的臉毫無表情地仰視著自己。

寒月嚇得尖叫都忘了，一股涼意從足心竄了上來，哪肯下去？淡淡月光下，卻見那「女鬼」身後曳著一道長長的影子，才知她是活人，心神一鬆，連忙抱緊劉病已一躍而下，走到女子身前。

她定睛細看，此人是個四十來歲的女子，面容娟秀，眉目間卻隱隱透出幽怨之色。

她抱著劉病已的胳膊微微酸麻，於是小心翼翼地將他放下，讓他躺在柔軟的草地上，心知今日遇到高人，連忙拜伏在地，「大恩難言謝，請受小女子一拜。」

「起來吧。」

寒月起身，環顧一地群狼，奇道：「狼警覺性極高，不知高人施展什麼手段，竟能悄無聲息地到來，又能迷倒狼群？」

「泰山有大石自起立，上林有柳樹枯僵自起生，世間有諸多說不清道不明的異端，迷暈狼，有什麼奇怪？」

寒月不再多問，見女子背著一只竹簍，裡面裝滿藥草，猜想她是採藥人，心中燃起希望，「我這位弟弟被狼抓傷，流了很多血，還請恩人賜我一些治傷良藥。」

她指的是外敷藥草，沒想到女子從懷中掏出一顆紅色藥丸，道：「先給他吞下。」

寒月喜出望外，「多謝了。」雙手接過藥丸，將藥丸塞入劉病已口中。那藥丸如鴿蛋般大，寒月怕他昏迷中難以吞嚥，又解下他身上水囊，拔開軟塞，餵他喝水。

女子道：「此藥入口卽化，具補血還陽之效，估計不出一刻，他就會醒轉。」

寒月驚喜交加，道了聲謝。

女子卸下竹簍，緩緩地道：「算妳幸運遇到了我，否則再這麼耗下去，他必失血過多而死。」說話間，劉病已呻吟一聲，眼皮顫動幾下，看似即刻便會醒轉。

寒月歡呼：「這藥眞是神奇，想必您一定是個江湖高人，請問恩人尊姓大名？」

「我不過是個山野採藥人罷了，無足輕重，那裡算什麼江湖高人！」

寒月一聽便知她不願告知身分，於是不再多問。

片刻後，劉病已茫然睜眼，眼前寒月分化成兩團模糊的人影，最後重疊在一起。

「我死了嗎？」他極吃力地道。

寒月聽到他的聲音，面容頓如夜雪初霽，「小兒家，盡是胡唚！多虧這位高人的靈藥，你才能保住小命，否則不管我怎麼喚你，你都不肯醒來瞧我一眼。」

劉病已聞言，便要向那女子施禮。他雖然靠藥丸吊住氣息，但傷口未經治療，一動之下，又是一陣劇痛，勉強道：「多謝閣下救命之恩。」

女子充耳不聞，只是凝視著他的臉，怔怔出神，嘴唇輕顫，像是想說什麼卻又說不出來。

寒月一語打破女子的凝思，「恩人，求您再賜些外敷傷藥。」

女子從竹簍裡摸出一把紫色藥草，遞給她，目光一垂，忽然注意到她腰懸佩劍，臉色一僵，道：「你們是明月閣的人吧？」

寒月道：「正是，小女子姓寒，名……」

女子涼涼地打斷她的話，「原來竟是東閭殊的弟子。」說到「東閭殊」三個字，語聲充滿無限的幽怨、悲涼、淒楚。

劉病已嗅到不對勁，心想此人敵友難分，暗暗輕扯著寒月衣袖，示意她留心。

寒月不說話了，空氣中霎時飄著一股微妙的氣息。

女子靜默半晌，突然冷笑一聲，喃喃地道：「東閭殊，東閭殊，這整個終南山都是他的，我早該猜到你們是他的門下，我竟……我竟親手救了東閭殊的弟子。東閭殊，當年我對東閭良的債，這下可以一筆勾銷了吧？」手一揚，方才從竹簍裡掏出來的藥草四處飛散，冉冉落地。

寒月驚呼一聲，上前要撿，卻被劉病已拽住。

女子幽幽地道：「回去告訴東閭殊，今日此劫，是我楚笙化解的。從今而後，就只剩下他對我的債。」語畢一聲長笑，笑聲中隱隱聽她吟唱：「願得一心人，白首不相離……」歌聲未歇，廣袖一拂，頓時鴻飛無影。

女子離去後，劉病已茫然道：「師姊，楚笙是誰？我們師父哪裡得罪她了？東閭良又是誰？妳可曾聽師父提及？」

寒月一頭霧水，「我不知道啊！楚笙這個名字，我聽都沒聽過。病……師弟，你還好嗎？哎喲，那女子把藥草都扔了。」

劉病已雖然覺得傷口疼痛難忍，卻不願她擔心，道：「還撐得住，回明月閣敷上金創藥，將養幾日便可。」

寒月聽他說話已不如先前那樣氣若游絲，鬆了一口氣，「那就好，你流了好多血，又昏迷不醒，快把我嚇死了。」

劉病已怔怔地道：「我竟不知道妳是這般擔心我。」

寒月微微覺得彆扭，硬梆梆地道：「我是你師姊，基於同門之情，我擔心你也是應該的。」環顧一地暈死的狼群，忽然怒從心頭起，惡向膽邊生，臉色一變，恨恨地道：「畜生眞是該死！」說著撤出長劍，劍光一閃，將臨近幾頭狼的頸子殘忍地割斷。

劉病已呆了一瞬，不敢相信雙眼所見，「師姊，妳幹什麼？」

寒月回頭望了他一眼，目光似有怨毒的燐火，陰森森地道：「這群畜生害得我們吃足苦頭，我若不將牠們全數斃了，如何對得住自己！」

劉病已聞言又是一呆，眼前的寒月，恍若變了個人，既陰狠又冷酷，見她提劍又要再殺，連忙上前握住她持劍的手，「住手。」

寒月甩脫他的手，「別忘了你爲什麼受傷，我這是以牙還牙，不要攔我。」

「大概是我們侵略到狼的地盤，爲了捍衛家園，牠們才不得不群起攻擊。妳比狼還要有智慧、理性，更有一顆柔軟的心，懂得包容、寬恕，妳天生就優越於狼，難道還要與無知畜生計較嗎？」

寒月猶疑半晌，忽然淚盈於睫，深深吸了一口氣，道：「當年我和母親被烏孫親人趕出來，在大漠顛沛流離，受盡苦難。有一頭落單的狼，鎖定了我們，我們在烈日下只能不斷奔逃，最後我摔在地上，那狼撲過來咬住我的肩膀。母親爲了保護我，以血肉之軀和狼拼死搏鬥，最後的結局，是狼夾著尾巴落荒而逃。母親絲毫不會武功，平時連踩死一隻螞蟻也不敢，但她爲了保護我，可以把力量發揮到極限，卽使被扯掉了右胳膊，她也能瘋狂地咬住那狼的咽喉。那狼只是圖一頓溫飽，可我母親是爲了保護自己的骨肉，所以人狼搏鬥，最後狼敗逃。我母親傷得很重，大概她覺得活不了了，也是累了，絕望了，又或是她不想成爲我的負累，把水全部留給我，自己一口也不願喝。你聽到的故事，是我母親把最後一口水留給我，其實不是，她是不想活了，想拋下我獨自去了，所以寧願渴死，也不願喝一滴水。是狼害死了我母親，是狼害得我失去唯一的親人，是狼，都是狼！」她越講越恨，聲音越來越尖銳，「不，不對，要不是烏孫親人趕走我們，我們也不會遭受到這種劫難，她們才是罪魁禍首！」

劉病已眸光靜靜，「倘若此刻躺在地上的，是欺侮妳們母女的烏孫親人，妳是不是連死也不想輕易成全她們？」

寒月極不願提及自己不堪回首的過去，她方才所以肯親口告訴劉病已，實是一看到狼，便想到母親慘死，又想到幼年飽受欺凌的那段光景，積怨潰堤，一發不可收拾。她講到最後，臉上殺機畢露，似乎地上躺的，都是往昔欺淩她的仇人。

她冷道：「是，卽使過了數年，我仍然忘不了她們輕視我的眼神；卽使睡著了，我也放不下對她們的仇恨。劉病已，你阻止不了我，你也沒資格阻止我。」

「退一步海闊天空，妳本可活得漂亮，活得瀟灑，爲什麼非要讓過去的仇恨扭曲自己？妳看看自己現在的樣子，還像個人嗎？」

寒月大怒，「夠了，我不願聽你說教！你閃邊，否則刀劍無眼，莫怪我誤傷了你。」

劉病已大慟，心緒牽動傷口，劇痛徹骨，可體膚之痛，怎抵得過內心的煎熬？他悽悽惶惶地瞅著她，「我阻止不了妳，也沒那個餘力去阻止妳，與其看妳殘忍殺戮，滿手血腥，不如我一走了之，眼不見爲淨。」這一語，充盈著壯士斷腕的決絕、情場末路的悲哀，言畢，對她一眼不瞧，扭身便走。

寒月喝道：「你帶傷要去哪？」

他腳步微滯，語氣如薄雨初寒，一點一點滲透人心，「妳此刻人不人、魔不魔的樣子，已不是我熟悉的師姊，我的生死，不勞妳掛心。」

她氣往上衝，「好啊，你走，你就算傷重而死，也與我無關。」

雖是無心氣話，但此刻多愁善感的劉病已卻字字都聽進心裡，當下只想儘速離開這裡，顧不得傷口疼痛，邁開長步，狂奔而去。

寒月說出這句話，當下便已後悔，可心性高傲如她，怎麼肯低聲下氣地解釋？她懊惱又疲累，想追上去，卻又放不下顏面。

她心中突然晃過一個念頭，何以對劉病已是這樣盛氣凌人，不甘示弱？對東禹卻如小鳥依人，婉轉順從？

身後忽響起一道冷淡的聲音：「好一個眞心換絕情，師妹，妳對自己的救命恩人，竟這般刻薄尖銳嗎？」一片墨色裙袂飄過，一女子面無表情地俏立在樹旁。

「莫師姊，妳怎麼會在這裡？」寒月一陣驚愕，見莫鳶提著包袱，奇道：「師姊，妳要去哪兒？」

莫鳶不答，只道：「妳斷腿臥病，是誰衣不解帶悉心照料？是誰整宿不睡沐雪鑿冰，只爲了使妳高熱不退的身體降溫！」

寒月一呆，「什麼？」

莫鳶道：「襄王有夢，神女無情，可憐劉師弟一片癡心，卻愛錯了人。」

她向來不苟言笑，這般感慨哀憐的話從她嘴裡說出，也是僵硬死板。

寒月彷佛五雷轟頂，既暈眩又震撼，喃喃地道：「是……是劉病已！怎麼會？怎麼會是他？」霍地提高音量，「師姊，妳既然看到了，爲什麼當下不阻止他？爲什麼眼睜睜地看著他犯傻？」

「他那股執拗勁兒，便是師父親自來勸，也無法改變他的決心，我又何必多此一舉？劉病已對妳一片眞心，盼妳別辜負了他。」

寒月呆若木雞，連莫鳶何時離去都不曉得，喃喃地道：「病已，你這傻瓜。」下一瞬，往劉病已離去的方向奔去。

她一邊奔行，一邊放聲喊他。

空山寂寂，林木森森，唯聞一縷回音蕩漾，卻哪有他的影子？

她心想劉病已負傷走不遠，必定就在附近，當下四處尋找。她身處密林，黑暗中不辨道路，一襲襌衣被刺灌木劃裂，身上多處擦傷。

疲憊、疼痛、煩憂，把她折騰得委頓不堪。她彎腰揉著痠疼的腿，氣喘吁吁，忍不住罵道：「劉病已，臭小鬼，故意不出聲折騰我嗎？」

忽聽不遠處水聲潺潺，登時感到口乾舌燥，心忖先解渴再說，於是飛奔過去。

出了密林，月光一瀉千里，前方是座水塘，水塘被山壁環抱，一道銀練從巍峨陡峭的山壁上飛流而下，在水面上濺起珠玉般的水花。

她走近水塘，俯身掬水便飲，眸光一飄，只見劉病已閉著雙眼，斜倚石頭。

她心一驚，顫巍巍地伸出手，去探他鼻息。

還有呼吸，她登時鬆了口氣！

劉病已忽然睜開雙眼，一臉波瀾不興，「妳是來瞧我死了嗎？」

寒月身心俱疲，又見他一臉憔悴，連生氣都懶了，「開口閉口便是死，真晦氣！我找你找到腿都快斷了，喊得嗓子都快冒煙，可你死活都不肯應答一聲，這下好不容易找到了你，劈頭夾腦便賞我這一句。算了，我還是不睬你了。」

劉病已見她頭髮蓬鬆，還夾著落葉枯枝，顯然方才慌不辨路地找尋自己，不禁心一軟，道：「妳腿復原不久，不宜劇烈奔波，坐下歇會兒。」

寒月便要坐下，驀見草地上一片殷紅，劉病已背後傷口裂開，血如泉湧。

她大驚，「你又流血了，怎麼辦？怎麼辦？這兒離明月閣太遠，又要提防夜裡狼群出沒，倘若血止不住，怕是撐不到明日。」突然心念一動，眸中喜色盈盈，「你在這兒等我，千萬別亂跑。」走了幾步，回頭又道：

「我給你生火，免得狼群攻擊。」

劉病已想問她要去哪，卻力氣不濟，說不出話，見她燃起篝火後匆匆離去，一片裙裾消逝在無邊夜色中。

等待的時刻總是格外漫長，良久，還是不見她歸來。他一顆心七上八下，即使疲乏欲睡，卻也不敢闔眼，只是目不轉睛地盯著她離去的方向。

少頃，只見寒月踏著落葉快步奔來，手上不知抓著什麼東西，懸在心上的一顆大石總算穩穩放下，氣若游絲道：「妳終於回來了，我好擔心妳。」

她氣喘吁吁，邊跑邊笑，「你還是先擔心自己的傷吧！」

他淺淺一笑，寒月臨近時，這才看見她額頭高高腫起，顯然在闃暗中跌了一跤。她手中緊緊攥著一把紫色藥草，模樣有些熟悉，正是被那紅衣女子扔掉的。

「妳……這不是……」他震驚不已。

寒月舉袖拭汗，嬌喘微微，「我把藥草撿回來了，幸好……幸好沒有被風吹散。」

劉病已瞠目道：「妳去這麼久，就是摸黑撿藥草？」

她頷下螓首，喘到不想說話。

他心神激盪不已，訥訥說不出話來。

二人靜默片刻，她才道：「你轉身，我替你敷藥。」

劉病已轉身。寒月將他背後衣衫撕開，嚼爛了藥草，敷在他傷處，接著撕下裙角，纏住他上身。

忙到此刻，寒月只覺一股疲憊感從骨髓裡漫延出來，只想好好睡個三天三夜，「累死我了，讓我小躺一下。」說完躺在劉病已身側，望著耿耿霄漢，閉眼休憩。

「師姊辛苦了。」

「你是因爲我才受傷的，我替你敷藥包紮也是應該。」

劉病已不再說話。那藥草敷上去涼絲絲的，不久血便止住了，且藥草似有凝神安眠作用。他也是累到骨子裡，不知不覺就沉沉入夢。

忽地一聲狼嚎劃破天際，聲音未歇，跟著群狼齊呼，靜夜中格外淒厲。二人都是一驚跳起，手按劍柄，環顧四周，生怕狼又來侵擾。劉病已此時帶傷難敵，寒月勢單力衰，若遇狼群，必膏於狼吻。

黑夜中響聲簌簌，似有什麼東西踏草而來，一雙雙閃著精光的眸子不住移動，越來越近，越來越近……

二人全身冷汗涔涔，倒抽口氣，眼前是一群狼，咬牙切齒、兇狠殘暴的狼。

劉病已足一踢，將身旁枯草樹枝全都踢入火堆裡，瞬間助長火勢，火燄高高竄起，一天燦亮，宛如白晝。

狼怕火，當下倒退數步，嘴裡發出嗚嗚低鳴，左右徘徊，不肯離去。

二人身後是水塘山壁，退無可退，前面唯一的路又被狼群占據，幸好有火有水，情況還不算太糟。

二人目光交纏，從對方眼中讀出深深的恐懼。他們已無力和狼周旋，何況狼數量太多，根本就是一場毫無勝算的仗！

劉病已身子忽然一軟，無力支撐，「罷了，人死如燈滅，但憑天意。」

寒月撐著一股力，燃起兩個篝火，布成一道防線，防止狼入侵。忙完後，她軟倒在劉病已身邊，喃喃地道：「反正狼也不會善罷甘休，不如坐下來烤火，圖個以逸待勞。」

朔月中天，夜幕朦朧，宛似垂下一襲輕紗。

劉病已閉著雙眼，不知寒月一雙星眸正眨也不眨地盯著自己。

二人沉默半晌，寒月方才幽幽一嘆，聲音無限溫柔，無限愛憐，「整夜沐雪鑿冰，你以爲自己是鐵打的身子嗎？」

劉病已微微驚訝，睜眼道：「妳都知道了？」

「你這傻孩子，爲什麼不告訴我？」

「我原先就不打算讓妳知曉。」

她靜默片刻，低聲道：「病已，你這般待我，我……我何以爲報？」

他彷彿不敢相信自己耳朵聽見的，聲線竟顫了，「妳方才……方才喚我什麼？」

她聲音低了又低，「病已……」

劉病已凝視著她，雖然她頭髮蓬亂，滿身血汙，衣衫破損，樣子說有多狼狽就有多狼狽，可對他而言，卻是說不出的嬌美可愛。

此刻寒月眼裡，沒有疏離，沒有淡漠，她還是初見時的樣子。

他本是謙謙君子，但受傷後定力大減，身旁又是夢中盈繫之人，這一聲「病已」，喚醒了他的情慾，粉碎了他的抑力。驀地血氣上湧，伸臂便將寒月擁入懷中，向她吻去。

一垂眼，猛地見寒月衣衽微敞，香肩露出一道傷疤，傷疤呈現粉紅，顯然形成已久。他愣了片刻，才醒起那是狼咬過的痕跡，是一生不可抹滅的印記，代表著一段不堪回首的記憶。

這一吻終究沒有吻成。

他們之間的鴻溝仍然存在，除非雙方都往前跨越，否則也只是單方的情纏意綿。

劉病已看見那道傷疤，腦海湧現她揮劍戮狼的冷酷模樣，這一吻，竟吻不下去。

他輕輕地鬆開她。

寒月以爲他要吻，心跳如擂鼓，等著他吻下去，沒想到他竟扭過頭，對自己一眼也不瞧，眼裡不禁流露出失望的神色。

二人陷入漫長的沉默。

劉病已抬頭，見銀河懸於天際，南北兩側各是牽牛星與織女星，雙星隔著璀璨銀河，遙遙相望。

「盈盈一水間，脈脈不得語。」他低聲吟哦，閉上眼，沉溺在牛郎織女的美麗傳說中。

狼群一刻不散，便一刻也不得離開此地。

地上有狼糞，寒月拾了幾塊，丟入火中，只希望師父等人能看到狼煙，前來救援。

夜色流殤，闃寂無聲。

寒月見劉病已傷口鮮血止住，正昏沉入睡，氣息沉穩，顯然是傷後體力不支。

她累了一天，也想闔眼歇息，但身體又是汗水，又是血汙，黏膩難受，於是悄悄起身，走進水裡。

她本想簡易清洗一番，沖去血汙，就上岸守著篝火，不料一進水裡，身子竟不由自主地被一道暗流吸了過去。

寒月慌到極處，隨著急流湧動，身子似乎經過一條通道，隱隱有月光窺入，急流力道漸緩，她索性順勢而上，嘩啦一聲，探出水面，游目四顧，原來是通到山壁另一側的溪流。

有救了！腦海瞬間浮現這個念頭，轉念一想，又頹然喪氣。劉病已傷重，怎能靠潛水逃離困境？

正想潛水返回，月光下忽見不遠處的拱橋下有一竹簍，好奇心起，於是游了過去。

竹簍裡圈著兩條肥魚，猜想是山中居民夜裡設下的捕魚陷阱。

她肚子餓得咕咕響，心想老天還不算殘忍，這兩條魚得來全不費工夫，當下便要順手摸走竹簍。

便在此刻，忽見火光搖曳，似有人持火把而來。她喜出望外，便要衝出水面，大喊救命，猛地醒起自己衣衫破損，肌膚盡露，於是整個人又縮回水中，生怕鬧出動靜，讓人看見自己的裸身。

跫聲橐橐，來人共有兩位。

「此處山路千迴百轉，林遮木掩，黑暗中甚不好找，明明見狼煙便在前頭，想不到一路走來，竟是一堵山壁。」

「沿路看到不少狼，不知師姊師兄是否安好。」

「依原路折返，想辦法繞過山壁，我想他們應在山壁另一側。」

正是東閭殊和東禹。

寒月一心只盼師父能來援救，如今師父終於來了，當下顧不得玉體裸露，形容狼狽，便要探出頭來呼喚。

「舅舅，趁東閭師兄，不，趁表兄去解手，這兒只有你和我，我就開門見山地問了，我何時才能下山回到長安？」

寒月大吃一驚，頓時忘了喊救命，表兄？舅舅？東禹叫東閭琳爲表兄！又叫師父爲舅舅！

東閭殊的聲音似有不滿，「你心心念念就想著回長安，回去高車駟馬，曳朱腰金，做你的世家公子。你父親煞費苦心將你送來我這兒修身養性，信中囑咐我要好好管教你，看能不能雕琢成一塊璞玉。結果才過三年光景，你便這般耐不住，霍光怎麼會有你這般不成器的兒子？」

寒月在水中只驚得全身發顫，霍光？哪個霍光？難道……難道是當今權臣、大司馬大將軍霍光？怎麼會？不會吧？那麼……那麼東禹竟是霍禹？

「連舅舅你也這般瞧我不起，是不是母親死得早，你們都要聯合起來輕賤我？」

東閭殊聲音轉柔，「舅舅不是這個意思，舅舅是……恨鐵不成鋼。」

「當年母親一病不起，過沒多久，父親就將霍顯扶正，父親對她很好，對她所生的女兒霍成君更視如掌珠。霍顯算什麼東西？當年不過是我母親的婢女，就連那個霍字也是冠了夫姓。可恨的是，父親對她們母女極其寵愛，我倒覺得他們才是一家人，而我根本是多餘的。如果不縱情享樂，我如何能宣洩心中多年的苦悶？」

「你……罷了罷了，你給我老實待著，哪兒也不許去。你父親要你待在這兒五年，五年一滿，你就回去，我管不動你。」

東閭殊從不疾言厲色，這句話語氣甚重，顯然十分氣惱。他說完這句話，當先離去，霍禹隨即跟在他身後。

寒月只覺得這口氣憋到快要窒息，耳聽腳步聲遠去，當即浮出水面，大大地吸了一口氣。

她的心彷彿投入一顆巨石，掀起層層駭浪，原來那個吊兒郎當的東禹，竟是當朝權臣霍光之子！

七・仗義

東禹就是霍禹，而霍禹的母親，竟是師父的妹妹，霍光已逝的原配妻子，而非現今的霍夫人。

難怪東禹這個調調的人，竟能蒙師父青睞，收爲門下，原來是霍光傳信所托。

她原以爲東禹只是尋常商賈之子，無權無勢，想不到啊，萬萬想不到他身分竟如此顯赫！

她埋在內心深處的貪慕種子，悄悄茁壯起來。幼年在烏孫的那段時光，因母親身分微賤，被烏孫貴族視如草芥，肆意踐踏，時常嘲諷「非我族類，其心必異」。她內心除了憎恨她們，卻也渴望擁有她們高貴的血統、權勢、威風，還有人人仰視的目光。

一邊放不下怨恨，一邊又渴望自己能飛上枝頭，坐享權柄風光，居高臨下地迎著庶民豔羨的目光，這就是寒月。

人性貪婪，情愛可當作一種手段，多少人一念之差而陷溺其中，終生抱憾！

也許就是因爲劉病已一無所有，所以打從一開始，就沒有動過男女之情，又因他年歲較輕，所以她對他，一直以來都是用一種俯視的角度。

而東禹……不，是霍禹，霍禹愛慕自己。

霍禹的父親霍光，權傾朝野，一手遮天。這整個漢朝，可說都是他霍家的，多少人渴望能與這「霍」字沾上一點關係？又有多少人企盼因這「霍」字一步登天？

她就像仰望上空的池魚，而霍禹就是他嚮往的那隻飛鳥。

寒月茫然潛水游回，雖然通道幽閉，但她整顆心早已不知飄到何方，是以全然不覺得可怕。

她淡淡地掃了眼沉睡中的劉病已，撥弄一下篝火，將頭埋在雙腿間，心亂如麻。

恍惚聽見他逸出一聲若有似無的溫柔呼喚：「月兒。」

她全身巨震，抬起頭來，迷迷惘惘地凝視著他。這聲「月兒」像是累世的呼喚，似曾在自己高燒昏睡中聽過。她遲疑片刻，才伸出手，輕輕撫著他的眉、他的眼、他的鼻與唇……

她的動作宛如對待小嬰兒般輕柔，生怕驚醒了他。

她不知道此刻自己的眼神，充盈了無限的呵護與愛憐，彷彿也聽到自己嘴邊無意識地逸出一聲「病已」。皎潔的月光，將二人身影勾勒得溫情脈脈。

曉月墜，宿雲微，東閭殊、東閭琳、霍禹找了上來。東閭殊遠遠地看到狼煙扶搖，猜想二人可能有傷，於是火把、傷藥、木筏子等物一應俱全。

東閭殊和霍禹手持松脂火把，火裡摻了不知名的草藥，薰出來的煙腥臭難聞，群狼不等他們走來，嗚嗚咽咽地夾著尾巴閃開。

寒月看見東閭殊，依戀感立刻蒙上心頭，快步投入他懷中，像個受盡委屈的孩子般哀啜：「師父，我還道再也見不著您了。」

東閭殊撫著她的頭髮，道：「傻孩子，妳一定嚇壞了。」

寒月抬起頭來，「您再不來，病……師弟就撐不住了。」

東閭殊當下指揮起來，「仔細將病已移到木筏子上抬回去。」

劉病已敷上金創藥，休養一個月，身體才漸漸復原。他養傷臥床前三天，寒月天天來探視，接著第四天沒來，第五天沒來，第七天像是心血來潮似的來了一下，然後再也看不到她的身影。

他傷好後，走出房間。

一個清朗的聲音遙遙傳來：「月出皎兮，佼人僚兮，舒窈糾兮，勞心悄兮。月出皓兮，佼人懰兮，舒懮受兮，勞心慅兮。月出照兮，佼人燎兮，舒夭紹兮，勞心慘兮。」正是霍禹的聲音，間或聽得寒月銀鈴的笑聲。

他微微躑躅，走了過去。

鶯飛草長，已是春深。

院子裡，不知誰搭了一架鞦韆，鞦韆繩纏著藤蔓，藤蔓上開出紫色小花。

霍禹正推著寒月盪鞦韆。二人笑容滿面，幸福洋溢。

「再高一點。」寒月的笑意如春風吹綻梅英。

「還要再高？妳都要飛出去了。」

「飛出去就飛出去唄，我要當小鳥，在天空自由自在翱翔。」

彼時月光溶溶，距離又遠，理應視線不清，但寒月燦爛的笑容，卻清晰地像從內心浮出來似的，深深地灼痛了他的眼。

劉病已胸口宛似被人重重捶了一拳，腦海一陣天旋地轉，趔趔趄趄倒退兩步，旋即轉身便走，佯裝沒看見二人，滿心淒涼，一步一殤。

世事癡怨悲歡如荒煙暮雲，離合無常。

寒月望著他離去的方向，眼底浮現一縷黯然。

那日劉病已與寒月受困水塘，劉病已伸臂擁她，她沒有抗拒。那一刻，他真實地感受到自己與寒月之間沒有千山萬水，怎知傷後醒來，一切又回到了原點，回到那段只有疏離與淡漠的歲月，回到那段只有他一人在曲欄深處望眼欲穿的時光……

心中微渺的希望，到頭來只是一場泡影。罷了，他的心早已傷痕累累，再多的傷害，也只是在千瘡百孔的心上多一道刻痕。

此刻的他怎麼曉得，自己輸在一無所有，而霍禹卻贏在他的姓氏。

一日，劉病已將楚笙相助之事告知東閭殊，旋即，他在師父眉間撞見一抹怔忡。

他躊躇片刻，才啟齒，「她還唱道，願得一心人，白首不相離。」

東閭殊喃喃地道：「這麼多年了，她依舊把我當作她的司馬長卿[註1]……」

劉病已嘴唇動了動，又問：「那位前輩，是不是師父的舊情人？」

東閭殊笑了笑，面色如遠山閒雲般從容淡定，「我與楚笙都是楚國人，我們是青梅竹馬，從小一起長大……」

劉病已聽到「青梅竹馬」四個字，心緒微微一動，好似有一枚花蕊落在記憶深處，眼前又是一個綠衣姑娘，風姿綽綽，玉容隱約。

這三年來，他偶爾會在深宵夢闌處邂逅她，醒來後，內心縈繞著一縷親切的熟悉感，卻始終想不起她是誰。

此刻，在「青梅竹馬」四字的導引下，他唇角夢囈似的飄出一聲喚：「平君。」

「病已？」東閭殊溫和地注視著他，「是不是想起什麼了？」

劉病已點點頭，復又茫然搖頭。

「慢慢來，還想聽師父的故事嗎？」

「想。」

東閭殊靜默片刻，才道：「我和她互相喜歡，約定白首不相離，直到過了兒時，離開舊地，遇到新的人事物，又有幾人能維持初衷，至死不渝呢？」說到這裡，見劉病已一臉茫然，於是一笑，「幼時對情愛懵懂無知，以爲喜歡就是一輩子相守，直到遇到了你師母，才明白這份喜歡，只是兒伴的依戀、兄妹的情感，並非眞正的男女之情。沒有不得見時的黯然神傷，也沒有道別時的依依不捨，之後我娶了你師母，有了琳兒，楚笙始終無法接受，恨我負心薄倖。原以爲過了這些年，她會稍稍放下，沒想到仍是這般執著。

後來，她蒙藥王垂青，習得一身醫術。我有個妹妹，叫東閭良，當時病重，民間醫者、宮中太醫都束手無策。我去拜託她，她不肯答允，後來良兒就病逝了，當時我怨她見死不救，她惱我不守承諾，我們互相埋怨、憎恨，從兒時的兩小無猜到形同陌路。最近這十餘年我離群索居，在山水的細潤下，才慢慢放下對她的不諒解。」

「您說楚醫者乃俠骨仁心、樂善好施之輩，卽使恨師父入骨，怎麼也不該遷就他人才是。」

「良兒死後，我想當時她必定十分懊惱，只是不顯於色罷了。我猜她的藥王島之所以收容一些身有殘疾、孤苦無依的孩童，除了有濟世情懷，還有一部分原因，是想彌補自己對良兒的愧疚。」

「師父與楚島主，都是兼愛天下之人，卻不知那藥王島位在何處？」

「蓮勺鹵中。」

京兆尹、左馮翊、右扶風三地合稱三輔，隸屬京畿之地，蓮勺縣便是左馮翊所轄，其地勢高低起伏，多丘陵，有鹽池，縱廣十餘里，其鄉人名爲鹵中。

藥王島就位在鹽池內。

「病已。」東閭殊凝視著他那雙平湖秋月般的眼睛，「別再糾結月兒和東禹的事了，我看你習武有成，不如下山闖蕩，增廣見聞，說不定能找回你遺失的記憶。」

劉病已想到要離開終南山，當下便有些不捨，沉沉喊了聲：「師父。」

東閭殊神情越發溫和，「若是想不起，也不打緊，明月閣永遠是你的歸宿。」

劉病已下山前，東閭殊將一對薄如蟬翼的短劍贈予他，道：「這對寶劍，分雌雄，名為淑女與君子，乃我與你師母的定情之物，今日交給你，盼你能找到相知相惜的女子。」

劉病已起先推辭，但東閭殊十分堅持，便鄭重收下。

離開終南山，劉病已頓覺自己是無根之萍，茫茫然不知所歸，最後決定去長安，也許，他能在那裡找回遺失的自己。

他先是去當年寒月救他的地方靜靜佇立，試圖撩開覆在記憶上的一襲面紗，許久才覺衫袖微涼。仍是一無所獲，最後他漫無目的地在城裡兜兜轉轉，覺得餓了，便找間食肆果腹。

飧食才吃到一半，一個少年大搖大擺走進來，叫了些酒菜。肆主見他衣著寒酸，怕是來吃白食，要他先付錢。

「別瞧不起老子，老子有錢。」少年在懷裡摸呀摸，少頃，臉色一沉，嘴裡嘀嘀咕咕，「錢呢？哎呀，掉哪兒了這是，一銖錢逼死一好漢。」

肆主一哂，甕聲甕氣地道：「沒錢就滾，別在這兒打腫臉充胖子。」

少年啐道：「我只是掉了錢！等我把錢找回來，整間食肆都給你包下！」

肆主見他神態慵懶，嘖了一聲，懶得理他。

「兄弟若不嫌棄，便過來跟我坐一起，今日我作東。」開口的正是劉病已。

「好嘞。」少年喜上眉梢，飛奔過去，大馬金刀地坐下。

兩人自報姓名。少年名叫楚堯，年十七，金城郡令居縣人，後徙居長安。

劉病已笑道：「萍水相逢是前緣，兄弟儘管吃喝，不用跟我客氣。」

楚堯咧嘴一笑，「誰要跟你客氣？朋友之間不拘小節。」

食案擺上來，楚堯像餓了一天似的，一頓猛吃，吃得七八分飽，就擱下木箸，擦去嘴邊油膩，開始對劉病已刨根問底。

待聽見劉病已師承明月閣，楚堯雙眸一亮，似乎午後的陽光都凝聚在他眼裡，喜孜孜地道：「原來你是東閭閣主的弟子，眞好，我多想拜他爲師。」語意隱隱有一絲悵然。

劉病已聞言一笑。

楚堯很快收拾了悵然，笑著往他的耳杯裡倒酒，「不過，能和他的弟子交朋友，也是三生有幸。」

食罷，楚堯打了個飽嗝，摸摸肚皮，很是滿足，「帶你去個好玩地方。」也不管他是否肯去，一躍而起，挽著他的胳膊便走。

「你要去哪？」劉病已被他拖著走了幾步。

楚堯笑道：「去了你便知道，你既然是明月閣出來的，身法一定不弱，跟緊我。」話音方落，疾步如飛。

劉病已也不甘示弱，足尖點地，衣袖生風，跟了上去。

當下二人穿梭在熙攘的街道上。楚堯身法矢矯如虹，迅捷靈動，但比起明月閣的輕功，還是稍遜一籌。他回頭一看，劉病已如影子般跟在身後，始終維持固定的距離。

楚堯奔得汗出如漿，面紅氣喘，而劉病已卻顯得意態閒雅，他知道技不如人，要是眞比，非給劉病已追上不可，笑道：「兄弟果然了得。」

「謬讚。」

城外一間矮舍，一群人可著勁地吆喝，熱鬧無比，原來正在鬥雞。

楚堯清了清嗓子，揚聲道：「讓讓。」

他是鬥雞舍熟人，衆人聽到這嗓音，都是一邊讓道，一邊和他寒暄。

楚堯爲人任情率性，不拘小節，灑脫不羈，在鬥雞舍逢人便稱兄道弟，人緣頗佳。他眼睛遛了一圈，隨口道：「今天鬥雞翁和彭祖沒來啊？」

一人答道：「鬥雞翁吃壞肚子，張三公子前腳剛走，你今日來晚了。」

楚堯嗯了一聲，當下將劉病已介紹給衆人認識。衆人都過來親近，彼此好似認識多年的朋友一般。

有道是「物以類聚，人以群分」，楚堯平易近人，這群人自也不難相處，即使是女流之輩，舉手抬足間也是落落大方，毫不扭捏。

這小小的鬥雞舍，宛然就是另一片天地，這裡的人，隻字片語便能交心，他們舉止豪邁，說話爽快，待人熱忱，令劉病已心裡一陣喜歡。

籬笆內，兩隻鬥雞咯咯叫著，相互啄咬，來回撲擊，毛羽蓬飛，鬥得難分難解。

圍觀之人看得血脈賁張，頻頻鼓掌喝采。

「你還有錢嗎？」楚堯湊近劉病已耳邊。

「有的，你要賭嗎？」

「生我者父母，知我者病已，你覺得哪一隻會贏？」

劉病已目光向兩隻雞瞥去，伸手指了左邊那隻，「牠。」

「何以見得？」

「眼睛。」

楚堯搭著他的肩頭，會心一笑，「好眼力，我也是這麼覺得。兄弟，莫非你之前鬥過雞？」

劉病已搖搖頭。

過了盞茶工夫，一隻雞明顯落於下風，不久後敗下陣來，雞冠濺血，啼叫無力。

楚堯賭贏了錢，攬著劉病已大笑，「贏了，爽快，才剛認識你就贏錢，足見你是福星啊！」便要將贏來的錢還給劉病已。

劉病已不收，「此乃身外之物，生不帶來，死不帶去。你掉了錢，怕是找不回來了，這些錢你留著用。」

楚堯正色道：「那怎麼成？我不喜歡欠人情。喏，拿著。」

「不如你幫我找住的地方，我不喜歡傳舍，總覺得沒有家的感覺。」

「傳舍是給旅人暫住的，若要久居，不但是一筆龐大開銷，且一個人住房，沒人跟你說話，不覺得寂寞嗎？要不你就來跟我一起住，我跟左鄰右舍都熟得很，大伙兒就像家人一樣。」

「好極，那麼今晚就去叨擾了。」

「說什麼叨擾，你來跟我作伴，我求之不得。」

世上有人一見如故，有人白頭如新，楚堯在劉病已心中，便是屬於前者。二人中楚堯性子動如脫兔，劉病已靜若修竹，雖認識不久，便已稱得上肝膽相照。

楚堯離開鬥雞舍後，又帶劉病已逛了賭坊，大概是今日手氣好，用方才鬥雞贏來的錢，這會兒又贏了不少。

「病已簡直是福星啊！」楚堯抓著劉病已的肩膀直搖。

劉病已被他搖得暈頭轉向，說不出話來，只覺得和楚堯眞是說不出的投契。

二人把臂出了賭坊。楚堯心情甚好，提議沽酒回家。

還沒走到酒肆，便見前方亂哄哄的，一群人圍住酒肆，不知在瞧什麼。

楚堯見有熱鬧瞧，興奮不已，挽著劉病已的胳膊，三步併作兩步跑了過去。

人人都愛看熱鬧，觀者如堵。楚堯這回可不是人人都熟，和劉病已千辛萬苦擠到最前面。

只見一名衣飾華貴的青年公子被隨從簇擁著，看似喝醉了，正在調戲賣酒的胡女。那胡女眉目姣好，身段婀娜，一雙星眸沁著晶瑩淚珠，對青年的調笑毫無招架之力，頻頻向路人求救，可旁觀之人便如眼盲耳聾，竟無一人上前勸阻。

劉病已和楚堯都是心頭火起。劉病已低聲罵道：「無恥。」箭步上前，卻被楚堯一把扯了回來。

劉病已道：「你拉我幹嘛？」

楚堯拉著他退到人群外，道：「你知道那人是誰嗎？那是霍大將軍的監奴馮殷！馮殷雖是區區一條走狗，但他深得霍光寵信，甚至有傳聞說他是……他是霍光的男寵。」

劉病已一怔，目光瞥去，見馮殷唇紅齒白，秀美若處子。

楚堯又道：「他的出現便代表了整個霍府，民不與官鬥，這道理你懂不懂？如今霍光權傾天下，宮中禁軍和羽林軍都在他的掌控中，他的家奴在長安橫行已久，百姓們只能忍氣吞聲。我告訴你，寧可得罪天子，也萬不能得罪這個霍字。」

劉病已不服氣了，「咱們不能明著和這廝結下樑子，可私下也不能讓他逍遙快活。」

楚堯鬼點子甚多，挑眉低笑，「是極，你我真是英雄所見略同，不能明著用槍，那就背後放箭。」

劉病已奇道：「你有什麼主意？」

楚堯在他耳邊唧唧咕咕說了一句。

劉病已一邊聽，一邊忍笑，最後實在忍耐不住，揉著肚子，笑得前俯後仰，自從和寒月生份後，他的性子越發沉靜，已許久沒有這樣開懷大笑了。

他笑得氣喘吁吁：「好主意，準那馮殷今後再也沒臉橫行霸道。」

「兄弟同心，其利斷金，走，尋那小白臉晦氣囉！」

那馮殷調戲完胡姬後，便和隨從大搖大擺往位在長安城北闕甲第的霍府去了，將至人稀處，兩道人影忽然凌空而落，衆人眼睛眨都未眨，還來不及看清，便聽得一陣呼痛聲，隨駕之人紛紛倒地，均折了一隻胳膊、一條腿。

馮殷鑽出馬車一看，頓時嚇得酒醒一半，顫聲道：「怎……怎麼回事？」

昏暗中，兩個蒙面人緩緩走出，行進間有股生殺予奪的凜然意態，令人心頭爲之一寒。

「你們……想幹什麼？你們可知我是誰？」馮殷嚇得「花容失色」。

二人一言不發，猱身而出，身影如鬼似魅。

「啊——」馮殷發出一聲尖叫，衆目睽睽下，他突然憑空消失，只留下三個目瞪口呆的隨從，平素的囂張氣焰都沒了。

次日清晨，東市一株參天古木下懸掛著一個男子。男子被打得鼻青臉腫，赤著上身，蹬著雙腿，大吼大叫：「放我下來，放我下來。」

越來越多的行人被呼叫聲吸引過來，人人幸災樂禍，指手畫腳，臉上都是揶揄奚落。

想他馮殷仗著霍光恩寵，在長安城魚肉百姓，比霍光本人還要威風，如今眞是作繭自縛。他羞辱別人，反而被人以牙還牙，尊嚴掃地，威風不再。

非。

　　馮殷被救了下來，之後再也沒人看過他出現在長安街上，就連其他霍府家奴，也大爲收斂，不再惹事生

馮殷被襲擊那夜，雖有霍府隨從和路人目擊，但偷襲之人戴了面罩，此事無從查起，只能不了了之。

而目擊者形容那夜情境不免加油添醋，繪聲繪影，如此一傳十十傳百，傳到最後，竟變成老天派了天將，下凡鏟奸除惡。雖然荒誕，卻是信者恆信。

　　經此一事，再也沒有人敢調戲賣酒胡女，或者應該說，再也沒有人敢欺侮良家婦女，後來更有人將此事寫成詩賦〈羽林郎〉，並譜成曲子，一時傳遍長安街巷，人人茶餘飯後便拿來吟誦一番：「昔有霍家奴，姓馮名子都。依倚將軍勢，調笑酒家胡……」註2

註1：司馬長卿，即司馬相如。

註2：馮殷，字子都，又稱馮子都。

八・遊俠

楚堯住在北煥里，這是處嘈雜喧鬧的平民閭，閭牆不高，里內民宅一間緊挨著一間，修建得破敗不堪，像極了互相攙扶才能站立的老叟。

北煥里閭門太小，輜車無法駛進，因此門外聚集著幾個馭夫照料車馬。閭內路凹凸不平，並不好走。

劉病已忽然停住腳步，怔怔地看著某一處出神，腦海瞬間閃過零星的模糊片段，那是一個面白無鬚的中年男子領著兩個七八歲的男孩走進閭里一隅，然後這一縷記憶便如被吹散的蒲公英，再也無跡可尋。

「發什麼呆？」楚堯關切地問。

劉病已目光迷惘，「我以前好像來過這裡。」

「或許吧，你不是說你失去了記憶？肯定是想起了什麼。」

「嗯。」

楚堯家不大，陳設簡陋，一個人住剛好，兩人便覺擁擠。

此時他們並肩坐在屋頂上，望月飲酒，涼風習習，說不出的愜意悠哉。

劉病已素來滴酒不沾，這時醇酒下肚，不覺醺然，笑逐顏開道：「儒以文犯法，俠以武犯禁，歷來皆是，想不到違背這個『禁』字，竟是這般痛快淋漓。」

楚堯也笑，「我們這幫遊俠，日日都在犯禁。『言必信，行必果，輕生死，重然諾。』這是我心中的道。」

劉病已一聽，胸中熱血沸騰，「鬥雞舍裡雖有幾個不是正經人，但都有一副真性情，仗義每多屠狗輩，比起踩低捧高、嫌貧愛富之流，更值得深交一場。」

「是啊，我等雖被長安百姓視爲不務正業、遊手好閒之徒，但我們所作所爲，無愧於天地。否則《遊俠列傳》的人物怎麼會如此震撼人心？」

劉病已眼睛一亮，「我也喜讀太史公的《遊俠列傳》。魏有信陵，趙有平原，齊有孟嘗，楚有春申，皆借王公之勢，競爲遊俠……」

楚堯接口道：「雞鳴狗盜，莫不賓禮。我從小便立志成爲一名遊俠，怒馬江湖，杯酒交心，快意恩仇，一諾千金，置生死榮枯於度外，視名利富貴若浮雲。有個莫逆之交，縱使居江湖之遙，也是肝膽相照。」

「人之相識，貴在相知，人之相知，貴在知心。我眞開心叫你一聲兄長。」劉病已舉起酒壺一笑，「相逢一醉是前緣，從此後，我們共衣一尺布，共食一斗粟，病已先乾爲敬。」

楚堯笑道：「你從方才便一直敬我，只怕我還沒醉，有人就要從屋頂上栽下來了。」

劉病已微笑不語，和楚堯在長安城晃悠整日，直到此刻方才空閒，酒一壺接一壺，如飲白水，望著天際一彎月牙，突然醒起一事，眉間便有一縷黯然，「你便讓我醉一回，我好久沒這樣痛快了。」說完仰著脖子，一飲而盡。

楚堯聽他語氣悵然，問：「你有什麼傷心事？不妨說給我聽。」

劉病已不語，將空酒壺拋了下去，又拿新酒，仰頭便飲。

楚堯愣愣地瞧著，心想他翻臉比翻書還要快，方才還跟自己談笑風生，幾杯酒下肚，轉眼便一臉愁雲，見劉病已簡直把酒當水喝，連忙奪走他手中的酒壺，發現壺裡一滴不剩，忍不住碎念：「哪有人這樣喝酒的，你好歹留一點給我。唉，罷了罷了，這回就讓你喝個痛快。明日我帶你到妙音坊，眼睛欣賞妙舞，耳朵聆聽雅樂，還有美人爲你倒酒，這酒才喝得夠味。」

劉病已似乎沒聽清他說什麼，眸光忽然一黯，彷彿流星殞落在寂寂黑夜中。

他靜靜凝視著明月閣的方向，良久，才喃喃地道：「你知道嗎？今天是她生辰。」聲細如蚊，楚堯根本聽不清。

楚堯挨近他，道：「你說什麼？大聲一點。」半晌不聞回應，正感納悶，肩上一沉，劉病已腦袋已靠了過來。

楚堯一怔笑罵：「這小子，酒量這麼差，還跟我搶酒喝。」

少頃，只聽劉病已低沉的嗓音鑽入耳裡：「都說酒能忘憂，我想試試。」

次日酒醒，用罷朝食，楚堯便迫不及待地拽著劉病已出去玩樂，才剛出門不久，便聽得一縷蒼老的嗓音自某一處院牆裡傳來：「蓼蓼者莪，匪莪伊蒿。哀哀父母，生我劬勞。蓼蓼者莪，匪莪伊蔚。哀哀父母，生我勞瘁……父兮生我，母兮鞠我。撫我畜我，長我育我。顧我復我，出入腹我。欲報之德，昊天罔極……」

楚堯見他眉間擱淺著一抹怔忡之色，便道：「那是澓中翁的吟聲，原是東海郡人，現居於北煥里，精通《詩經》，他老人家脾氣古怪，輕易不收學生。」

「澓中翁……」劉病已喃喃念著這名字，耳邊忽然響起一道稚嫩的嗓音，「先生說：『父兮生我，母兮鞠我。撫我畜我，長我育我，顧我復我，出入腹我』可我從未見過我的父母，也未曾受過他們的養育，這篇〈蓼莪〉，我可不可以不學了？」

跟著一道蒼老的聲音回答：「掖庭令就是你的再生父母，你當報之德。」

「先生教誨，病已謹記於心。」

「好好，真是個悟性高、尊孝道的好孩子。」

一老一幼的聲音到了這裡便被楚堯的聲音切斷：「今日目標，喝酒，六博，鬥雞，歌舞坊，走囉！」

劉病已醒過神來，身子不由自主地被他拽著走。彼時浮雲蔽日，天際一片晦暗，他回眸望著琅琅書聲傳來的方向，心裡那雙迷茫多時的眼睛似乎漸漸變得通徹明晰。

六博在漢代流傳甚廣，當年還是太子的漢景帝劉啟與吳王太子博棋爲了「爭道」，結果一時衝動，用棋枰將吳王太子打死，由此埋下了吳王挑頭發動「七國之亂」的仇恨種子，差點摧毀了漢初的文景之治。

楚堯顯然是箇中高手，兩個時辰下來，面前堆放的銖錢累得有半人高。他自己玩膩了，又當起師父，手把手教劉病已玩，不覺已到了飧食時分。

大把的錢攢在手，楚堯便提議找個上等的酒肆吃酒。

正是飯點，道路兩旁市肆座無虛席。楚堯拽著劉病已繞了一條街，感嘆那些上等的酒肆都給人占了，絲毫沒注意到一旁泊著一輛輜車，車簾微微掀開，乘者正注視著他們。

少頃，一個身穿曲裾深衣，腰佩印綬的中年男子緩步下車，走到二人身前，目光閒閒地向楚堯投以一瞥，隨即落在劉病已面上。

劉病已見男子身長七尺三寸，膚色白皙，長鬚美髯，有股久經滄海的氣度，顧盼間凌厲如電，教人不敢迎視，心裡思量著此人是否認識自己，一旁楚堯是個有見識的，連忙拱手長揖，「草民見過霍大將軍。」隨即拽著劉病已衣袖，要他不可失禮。

劉病已立即施禮，「病已見過霍大將軍。」面容平靜，氣度從容，並無一般小民初見當朝權臣的拘謹惶恐。霍光是知道劉病已的，但顯然，他對這位衛氏遺孤不感興趣，只淡淡詢問：「尊師東閭閣主近日可好？」

劉病已微微訝異，「家師一切安好，敢問霍大將軍何以知曉病已是明月閣弟子？」

「你腰佩的君子劍與淑女劍，天下只有東閭殊才有，他曾說將來要送給最鍾愛的弟子，看來那人便是你。」

劉病已雖知寶劍是師父師母的定情物，卻不知還有這層含意，最鍾愛的弟子，想不到自己竟是師父最鍾愛的弟子。

霍光微笑，「站著不好說話，我們找個地方坐坐。」

霍光就是霍光，一開口，一個隨從隨即走進一間上流酒肆，跟肆主交代兩句，原本沒座席的酒肆也給騰出個寬敞的空間來。

三人坐在簇新的加緣藺席上，片刻後，肆主夫婦親自端了食案上來，滿臉堆笑，還親自爲三人倒酒、添飯，生怕怠慢貴客，說了幾句恭維話，便退下了。

楚堯冷眼看著，心想自己來這兒吃酒數回，從未有一次得肆主夫婦款待，世人眼睛簡直長在頭頂上了！

霍光喝了一杯酒，淡淡地看著劉病已，道：「我才納悶長安城何時有個身法一流之人，現在看來，那馮殷是栽在明月閣手裡了。」

劉病已和楚堯只聽得心驚肉跳，好一個霍光，聞一知十，如此機智，難怪位極人臣！

霍光說這話時臉上喜怒不顯，便如說今天天氣極好的口吻似的，少頃，道：「也是我馭下不嚴，府裡缺乏整飭，才使那馮殷做出這荒唐事，令霍府蒙羞，百姓埋怨，家族基石險些毀於一旦。」

二人一聽，心神一鬆。霍光胸襟似海，廣納百川。楚堯心想要是換成了蠻橫驕縱、目空一切的霍禹，又或是魯莽衝動的霍山、霍雲二人，早就沉不住氣，即刻算帳了。

楚堯立即道：「草民在民間深聞霍大將軍責己重周，體恤民情，造福萬民，今日一見，果然所言非虛。」

霍光淡然一笑，轉眸又看劉病已，溫言道：「霍禹這小子，不對，應該說東禹在明月閣，可有給你們添亂？」

劉病已一愣，手上的酒險些灑落，「霍大將軍說什麼？病已聽不明白，誰……誰是霍禹？」

「東禹便是霍禹，難道他竟瞞到現在？」霍光一向古井不波的面容這才有了一絲驚詫。

劉病已胸口大震，彷彿巨石從天墜落，正中心口。他瞠目結舌，完全不敢相信，手上的酒灑了一地也不自覺。

「東禹便是霍禹……」他嘴裡無意識地呢喃。

霎時間，他想起被狼抓傷後，昏睡靜養的某一天……

似乎是臥床靜養的第七天，寒月只來了一下，之後便再也沒出現。

彼時他雖然閉著眼睛，意識卻已是半醒。

恍惚中，他感到寒月緊緊握住自己的手，她的聲音是杜鵑泣血、鴛鴦孤棲的決絕，「情愛如酒，權柄如命。」

這句話沒頭沒尾的，他當時根本聽不明白。她說完後便絕塵離去，從此再也沒來過。

彼時夜闌更深，萬籟俱寂，而他，就是深宵夢迴中最清醒的孤獨者。

默默承受夜的黑，夜的冷，夜的寂。

他傷癒後目睹院落鞦韆上的那一幕，有關寒月的音容笑貌、往昔的任何隻字片語，每每想起便心如刀割，是以逼迫自己不去回想。寒月最後這句話，便沉入心湖，直到此刻才又重新想起。

若說東禹便是霍禹，那這一切登時全都連貫起來了。

劉病已只覺悲憤如洪，幾乎便要潰於一瞬，霍地起身，顧不得禮儀，向霍光匆匆一禮，聲音如即將繃斷的弦，「病已身子不爽，怕冒犯霍大將軍，請容病已先行離開。」

他說完，人影一晃，消失在門口。

楚堯暗罵劉病已我行我素，不知輕重，霍光隨從也勃然變色，反而霍光夷然自若，未將劉病已的魯莽擱在心上。

楚堯連忙向霍光行禮致歉，立即衝出酒肆，環顧街道，卻不知劉病已往哪個方向去了。

劉病已幾近癲狂，展開輕功，出宣平門，來到城外壩上，霍然停步，唰的一聲，拔出君子劍，劍光凜凜，映著他慘白的面容，倍添一絲寒意。

他行雲流水舞起劍來，劍氣縱橫，激得四下飛沙走石，長草勁舞，落葉紛飛。悲傷像夏季不期而遇的雨，打得他滿心淒涼，手垂落，再也無力使劍，佇立於壩河邊，廣袖當風，衣袂翩翩，那單薄的身影好似要乘風而去。

他身體紋絲不動，陽光將他的影子曳得狹長，越發清寂，縱使還有日照，卻覺得四肢百骸都涔入了寒意。內心萬千情絲慢慢抽了去，最後只剩一縷孤獨。

也不知站了多久，時間點滴流逝，亦無法沖淡他對人性的失望與厭惡，無論睜眼閉眼，都是那人的音容笑貌，一絲一縷鐫刻在內心深處，往昔還覺得動人可親，此刻卻只有齒冷。

他只想躲在一個無人的角落，將自己放逐在內心的曠野流浪，不願面對人群，好似這樣，就看不見人性的不堪。

楚堯逢人便問起劉病已去處，也是劉病已腰繫雙劍、神態癲狂的特徵太醒目了，很快便找到了他。楚堯氣喘吁吁正要開罵，驀見他迎風凝立不動，目中淚光一點，意態蒼涼，便不上前打擾。

少頃，劉病已轉身，面色波瀾不興，朝氣不存，下唇破皮，汩汩流血，猜想他方才便用力緊咬。

楚堯嘆道：「何必憋在心裡，委屈自己？若你願意，我將是最好的聆聽者。」

劉病已淡淡道：「我只是想保留那人最後一絲尊嚴。」

楚堯反問：「那人若還要你來替她保留尊嚴，怎麼還值得你自苦自傷？」

劉病已聞言，心一動，良言一句三冬暖，周身冷意慢慢退散。

他喉頭發澀，喊道：「兄長……」突然渾身脫力，僵直的軀體如落葉簌簌，頹然而落。

楚堯一把攙住他，見他臉上終於有了精神，不再是一片暮氣沉沉。

「你有愛過人嗎？」劉病已淡淡地問。

楚堯先是搖頭，想了一下，又點點頭，「歌舞坊的姑娘算嗎？」

劉病已還道他眞愛上風塵女子，別有一番可歌可泣、纏綿淒婉的情史，不料他嘻皮笑臉地接著道：「我覺得桃夭姑娘眞的算得上妙音坊的第一美人，幾日未聽她唱曲兒，就覺得渾身不對勁。」

劉病已當下只覺得好笑，「這算什麼愛？我看你是見色起意！」

楚堯嘆道：「我是眞的很喜歡她，但人家是頭牌姑娘，又是妙音坊二老闆，只怕瞧我不上，有首詩怎麼唸來著？」

「南有喬木，不可休思。漢有遊女，不可求思。」

「看來我們都患了相思病。」

劉病已嘆道：「我眼下便把一切都告訴你。我說出來後，自當拋開執念，重新振作，不再苦苦追尋。情愛不該占用我太多心力，人的一生，握拳而來，撒手而去，從無到有，從有到無，什麼也帶不走，哪怕是一絲雲彩。如今我有一顆強壯的心，任何人都傷害不了我。」

楚堯豎起拇指，「說得好，情啊愛啊就只是給生活錦上添花的玩意兒，太較眞，就輸了。」

劉病已微微一笑，拉著楚堯並肩坐在壩河邊，將他與寒月的往事娓娓道來。

楚堯眞是個好的聆聽者，從頭到尾不插嘴，任劉病已抒發胸鬱。

斜暉脈脈，籠罩著二人身影。

楚堯聽完後，道：「寒月沒心沒肺，哪值得你寄情絲。」

劉病已正要回答，楚堯隨即笑著摟了他一下，在他面頰輕輕一啄。

「你幹嘛！」劉病已大驚跳起，面紅得似要滴血，圓睜著眼瞪著他，身上起了雞皮疙瘩。

楚堯大笑起身，「我本來不想說的，那晚某人喝醉了，滿口夢話，把我當成了寒月……」

劉病已甚是尷尬，「什麼？怎麼可能？」

「你別酒醒後什麼都當沒發生，我只不過把你那晚對我做的拿來用在你身上，你現在是不是一身雞皮疙瘩？那就是我當時的感受。」

劉病已訥訥不言，恨不得找個地縫鑽進去。

楚堯見他發窘，越發好笑，「除了我，你可不能隨便和其他人喝酒，尤其是女的，不然你可得把人家娶回家當夫人……」

劉病已聽得面紅耳赤，轉身落荒而逃。

他哪知道楚堯是爲了博他開懷，故意瞎說來著，當下只想離某人越遠越好。

才剛進城沒多久，便見前方一個五六歲的男孩忽然甩開母親的手，要去撿路中央一個形狀奇特的小石頭。此時一輛馬車疾馳而來，急剎不及，便往男孩撞去。

「讓開！」馭夫駭叫一聲，行人和男孩母親都是發出一聲驚呼。

只那男孩呆呆地蹲在原地，全不知危險。

眼看那馬蹄子便要踏在男孩身上，劉病已驀地一躍而出，劍柄往馬頸部劈落，馬兒受驚，嘶的一聲，人立起來。

電光石火間，劉病已已拽起男孩退至道旁。

男孩哇的一聲哭了，母親驚魂未定，垂淚抱起兒子，對劉病已連連道謝。

行人見事了，各自散了。

但劉病已此舉可得罪了馬車上的乘者，只見一個十四五歲的華服少年從車裡顛顛地爬出來，額頭給磕了一枚紅印，形容狼狽。

「方才哪個不識相的踢了本公子的馬？」少年公子怒目道。

劉病已連忙上前，拱手道：「事急從權，在下失禮了，請閣下勿怪。」

本以爲接下來會得到對方寬宥或是追究的言詞，沒想到那少年公子只是呆呆地直視著他，嘴唇似動非動，像是想哭又想笑的表情。

劉病已微微抬首，目光與他相對，正要相詢，卻聽少年公子顫聲道：「病已，眞是你，我沒看錯吧？」

劉病已一怔，那少年公子已不顧形象地急奔而來，一把牢牢地抱住了他，正換嗓的聲音哭得甚難聽：「你這些年到底死哪兒去了？我還以爲再也見不到你了！」

劉病已靜靜地任他抱著，須臾，才十分不應景地問了句：「你是誰？」

少年公子一愣，鬆手，倒退一步，不敢置信地打量著他，像是確認眼前之人是否就是他的兒時好友。

「張彭祖，你方才抱我兄弟做什麼？半路認親嗎？」開口的正是楚堯。

楚堯入城不久，未目睹方才的意外，只遠遠瞅見張彭祖抱著劉病已，一把鼻涕一把眼淚，額頭紅腫，髮絲蓬亂，模樣十分滑稽。

少年公子正是張彭祖。

待得張彭祖知道劉病已失憶後，開始嘰嘰呱呱地說起他和劉病已的往事。原來張彭祖是掖庭令張賀的侄子，張賀擔心劉病已孤身去北煥里澓中翁家中求學會感到寂寞，便給他找了個同齡孩子作伴，那人便是張彭祖。張彭祖雖食甘肥，居廣廈，久於富貴，爲人卻沒半點驕矜，否則楚堯也不會當衆直呼其名。

張彭祖這一晚就待在北煥里，從他們的兒時瑣事說到劉病已自身，什麼劉病已有一次睡覺時，房間曾發出光亮，幾里外都看得見；每次上街買餅，當天賣餅的那家舖子生意就特別好，種種異像令人嘖嘖稱奇。說完張彭祖還攜著劉病已去找復中翁，可無論這一老一少怎麼給他灌輸記憶，劉病已仍是一臉迷惘。

「怎麼會一點也想不起？」張彭祖不禁氣餒。

劉病已無語。

靜了片刻，楚堯忽然插嘴道：「要不，你抓著病已的頭撞地上試試？」

張彭祖沒好氣地白了他一眼。

楚堯笑，「說不定這一撞，就把記憶給撞回來了。」

張彭祖罵道：「你這嘴巴是專門出餿主意的嗎？」

「還有喝酒。」楚堯笑著搬來一只沉甸甸的瓦瓮。

張彭祖來了興致，「這什麼酒？」

「黍酒。」楚堯拿了三只碗，將酒分別倒了進去，「沒有什麼事是一碗酒解決不了的，如不行，多飲幾碗就是。」

當下三人飲起酒來，張彭祖和劉病已均是心緒不佳，若非楚堯打諢插科，這酒倒眞喝得愁腸百結。

「還以爲眞的找回病已了。」張彭祖喟嘆。

劉病已聞言，既愧歉又無奈。

楚堯搡著張彭祖的肩，「這說的是人話嗎？至少人回來了，難不成你要像之前那樣望穿你的綠豆眼嗎？」

張彭祖連忙倒酒，端到他面前，「趕緊喝，堵住嘴。」

劉病已笑了，「你倆湊在一起，眞有意思。」

張彭祖一邊小酌，一邊把嘆息抿進酒裡，少頃，忽然想到什麼似的，那黯淡的眸子有了一絲光亮。接著，他轉眸直視著劉病已，緩緩啟口，說出一個極關鍵的名字。

「平君，明日我帶你去見平君。你們是青梅竹馬，兩小無猜，平君肯定有辦法。」

九・君兒

尚冠里位於長安城南，是長安權貴聚居區，京兆尹治所也在此中。里內路面平整寬綽，車馬可隨意進入。從北煥里到尚冠里的路上，張彭祖向劉病已細細說起了許家：「平君父親——許廣漢原爲昌邑人註1，少時爲昌邑王郎，孝武皇帝在世時，昌邑王劉髆有次來京朝會，身爲郎官的他有幸隨駕侍奉，卻錯拿別人馬鞍擱在自己坐騎上，落了個『從駕而盜』的罪名，被處以宮刑，做了掖庭丞，之後妻女隨他落戶長安。燕蓋之亂後，掖庭丞參與搜索部分罪犯，因搜捕不力，被判『鬼薪』之刑，後來做了暴室嗇夫。

皇帝下詔將你收養於掖庭後，你便和許嗇夫一起同住在掖庭官舍裡，有次許嗇夫休沐帶你回許家，見你和平君玩得甚是愉快，便讓你在許家住下了。」

他說到這裡，略頓，目光炯炯地看著劉病已，道：「許家就是你的家。病已，你要回家了。」

一會兒車馬到達目的地，張彭祖幾乎未等車停穩便興沖沖地拉著劉病已跳下車，見許家大門未關嚴實，便熟絡地進去了，一邊脫履上堂，一邊喊道：「平君，看我給妳帶回了誰？」

劉病已像個牽線偶人般被他拽著走，心裡充盈著一縷親切的熟悉感，彷彿一個迷途經年的游子突然望見了家中的燈火。

張彭祖喊了兩聲，都沒人回應，嘀咕：「一早就不見人影，難道那丫頭隨她母親去東市了？」

片刻後，一個身著繒布短衣、頭戴綠色巾幘的老蒼頭從後院走了出來，道：「張三公子好，姑娘一早用罷朝食，就到竹林裡採筍去了。」

張彭祖道：「知道了。」

老蒼頭正要請客人上席，自己去備茶點，待見到劉病已，整個人便似活見鬼了，踉蹌倒退一步，一屁股坐倒在地。

他這反應落在劉病已眼裡，以爲是熟人見自己失蹤回來的正常反應，便要上前去扶。這下老蒼頭更恐懼了，看都不敢看他，不斷後退，把劉病已弄得莫名其妙。
劉病已扭頭看了張彭祖一眼，眼神疑惑。張彭祖也是一頭霧水，這老蒼頭名叫江悟，是劉病已失蹤後才到許家幹活的，照理說這二人今日是初見，江悟不該有這樣激烈的反應。
「江悟，你怎麼了？不舒服嗎？」張彭祖問。
江悟這才艱難起身，平定心神，一揖道：「小人突感暈眩，客前失態，讓張三公子和皇曾孫見笑了。」
張彭祖奇道：「你怎麼知道他是皇曾孫？我方才可沒說啊。」
江悟語塞，眼神古怪。
張彭祖納悶道：「你平時很穩重，從未有過反常的舉止，為何今日一見皇曾孫，便如撞鬼似的？」
「我……」江悟額際冷汗涔涔，在張彭祖和劉病已迫人的目光下，他才深吸口氣，平平穩穩地道：「許姑娘閨房裡有皇曾孫的畫像，所以小人才知道今日張三公子身旁站著的人，便是失蹤多時的皇曾孫。」
「原來平君房裡還掛畫像，我都不知道。」張彭祖為人粗疏，聽了江悟的話後，疑惑盡散，向他擺擺手，「你不必招待了，哪兒忙哪兒去，我和病已這就去竹林找平君。」
江悟身子似卸去了千斤擔，向二人一揖，隨即往後院去了。
劉病已盯著江悟離去的背影，面沉不語。他心思縝密，把江悟的失態琢磨片刻，仍無法根除心中的疑慮。
張彭祖拍拍他的肩，「走吧，我帶你去見平君。」
劉病已應了一聲，跟著張彭祖來到里內一角的竹林。

修竹珊珊，綠影婆娑。
尚未見到許平君，便聽一縷溫柔甜美的歌聲在風中蕩漾。

「蒹葭蒼蒼，白露為霜，所謂伊人，在水一方。溯洄從之，道阻且長，溯游從之，宛在水中央……」

歌聲有股魔力，能使人卸下心中的束縛，六根清淨，縱使滿心瘡疤，也能被撫癒。

劉病已驀地心一震，腦海裡湧現一幕模糊的畫面，一個少年握著少女的手，在沙盤上練字。少女著綠衣，沙面上正是「劉病已」三個字。

少年道：「這是我的名字。」

「蒹葭萋萋，白露未晞。所謂伊人，在水之湄。溯洄從之，道阻且躋。溯游從之，宛在水中坻……」

純淨，清亮，愉人心扉，不帶一絲塵俗煩憂的嗓音，藉由林下風徐徐送至每一處，像母親的手，溫柔撫挲著大地。

腦海畫面中，少年握著少女的手又寫了三個字，道：「許平君，這是妳的名字，記住了。」

「蒹葭采采，白露未已。所謂伊人，在水之涘。溯洄從之，道阻且右。溯游從之，宛在水中沚。」

唱到這裡，歌聲戛然而止，唯聞風動林梢，鳥囀滴瀝。

陽光透過枝椏迤邐而落，細碎的光暈間，隱見一角綠衣。

少頃，一個少女聲嬌嗔道：「靜姝姊姊，說好了一起採筍，怎麼妳竟遲到這麼久！」

劉病已一怔，顯然少女聽到腳步聲，以為自己和彭祖是那靜姝姊姊，正遲疑要不要開口，轉眸，見張彭祖躡手躡腳要溜走，竟是要將自己扔在這個陌生之地，與少女獨處。他心中莫名一急，追上前一步，嚷道：「彭祖你等我。」

身後忽然傳來一聲驚呼：「病已哥哥？」

這聲呼喚，聽在劉病已耳裡，像是一顆滾燙的巨石砸入心湖，瞬間沸騰起來。

他轉身，只見一個十二、三歲的綠衣少女倚著修竹，盈盈佇立，一雙水光漾動的眸子，正怔怔地凝望著自己。

一時天地間靜得只剩風聲。

劉病已嘴唇輕顫，像是想喊出一個名字卻喊不出來。

綠衣少女一步步靠近他，腳步極輕，彷彿怕一個動作稍重了，就會驚散這久別的重逢。

她貪戀地凝睇著他，唇角上揚，一抹純淨的笑容如雪蓮花開，眼淚隨即潸潸落下，「你終於回來了，病已哥哥。」

這聲「病已哥哥」像是累世的呼喚，瞬間衝破了記憶的匣門，紛紛揚揚的思緒中，劉病已清晰地看見了過往的自己。

而她，是從他記憶中走出來的那一抹綠衣。

他伸手，緊緊擁住了她，思潮如湧，悸動難抑，少頃，哽著聲音道：「君兒，我的君兒。」

昔日只有許平君抱恙身子不快，或是心情不佳時，劉病已才會以「君兒」相哄。此時許平君聽得這聲深摯的呼喚，又喜又悲，伏在他懷裡只是嚶嚶啜泣。

「君兒。」劉病已嗓音如陽春薰風，「我回來了，我們再也不分開了。」

這日飧食就在許家吃了，老蒼頭江悟對劉病已已無初見時那種驚惶失措的反應，而許夫人對劉病已的歸來，除了驚訝，就再無其他情緒，倒像劉病已只是去哪兒野遊三天似的。

劉病已這時已恢復所有記憶，知道許夫人對他一直不冷不熱，雖說他是許平君的青梅竹馬，但只怕在許夫人眼裡，他的存在就跟院子裡養著的一隻大黃狗沒什麼兩樣。

用罷飧食，劉病已念及楚堯，當下要和張彭祖一起離開許家。

許平君牽著劉病已衣角，熱烈地注視著他，模樣可憐兮兮的，像隻要討食的小貓，「病已哥哥，你能不能留下來陪我？」須臾，又補充，「像以前那樣哦。」

劉病已猶豫，一旁許夫人冷冷開口：「你們都長大了，過幾年，該嫁人的嫁人，該娶妻的娶妻，不該像從前做孩子那樣，成天湊在一起，言行舉止全無大防。」

許平君噘起嘴兒，嘟囔：「可是母親，妳昨天分明說：『珠珠啊，在我心裡，妳永遠都只是個孩子。』」

尋常百姓習慣給孩子取個賤名，以求好養活，許平君小名「豬豬」，劉病已剛來許家那會兒，天天跟在她身後喊她「豬豬」，把她惹惱了，說天下只她父母能叫，你算老幾。

後來許平君嫌「豬」這個字不雅，許夫人便把「豬」改成「珠」字，音一樣，卻吉祥多了。

許平君拿腔作勢學母親說話，許夫人立卽瞪了過來，她一下子蔫了，訥訥地道：「何況病已哥哥好不容易才回來，我們有好多話要說呢。」

許夫人加重語氣，「有話明天說！」

許平君氣得跺腳，扭頭衝回內室。

許夫人的逐客之意已經很明顯了，劉病已只得道：「那麼病已告辭了。」

張家車馬駛離許家，張彭祖褰簾回顧，心頭納悶，道：「許夫人怎麼忽然對你這麼不友善？一副拒人於千里之外，防你跟防什麼似的，方才都不讓平君跟你一起挨著吃飯。」

劉病已於黑暗中微微一哂，哪個母親會讓自己女兒和一個兩袖清風空有宗籍的少年扯在一起？方才許家一頓飯，許夫人始終沒正眼瞧過他一回，倒是對張彭祖——已由光祿大夫擢升爲光祿勳，位列九卿的張安世的小公子極爲親近。許夫人那點功利心，也就只有張彭祖這缺心眼的看不出來。

劉病已心裡很清楚，自己衛氏遺孤的身分，多少犯忌諱，若不是巫蠱之禍，皇位是絕不會傳給當今天子的。記得有一年，掖庭令張賀攜他去弟弟張安世家中，張氏兄弟在二堂敘話，他和張彭祖在院子裡蹴鞠。張彭祖把皮鞠踢遠了，劉病已去撿，正巧聽見張安世提高了嗓音道：「漢室君主在上，大哥不宜在他人面前稱頌皇曾孫，畢竟是衛黨遺孤，這點利害關係大哥想必明白……」

「是你看不慣我疼惜病已，還是陛下眞容不得一個無足輕重的皇曾孫？」

「你是我親大哥，我這麼說也是爲你好。不，爲了我們張氏一族。」

「想必你是不願我成爲你的絆腳石吧？你且放心，我一個閹人，帶著一個落魄皇孫又能構成什麼威脅？」

張安世知張賀動怒了，有點不安，「大哥，我絕沒有那層意思。」

張賀靜默片刻，才深深嘆道：「我知道你一向謹小愼微，否則先帝就不會破格重用你爲尙書令，讓你與霍光同在先帝跟前爲官。張氏一族因你而興，你說什麼都有分量。當年巫蠱之禍，我身爲衛太子舍人，本應受死，若非你上書爲我求情，我才得以赦免……」

張賀說到這裡就止住了，下面的話不言而喻，逃過死劫的他身下蠶室，被處以宮刑，痛不欲生。也許只有撫育皇曾孫，看著他平安長大，才是張賀殘缺的生命裡唯一一絲慰藉。

當時劉病已聽呆了，還是張彭祖氣呼呼地過來喊他，把他手中皮鞠搶走。堂上張氏兄弟這才驚覺劉病已在側，張賀面上愛憐橫溢，張安世則面無表情。

張彭祖嘮完了許夫人，見劉病已魂遊天外，於是搡了他一下，道：「想什麼？心事重重的樣子。」

劉病已當然不好告訴他方才所想，道：「我在想，從前平君纏著我要學《詩經》，彼時我們在渭水邊，晨曦抹亮了大地，見岸上蘆葦棲棲，霜露正濃，我便教她一首〈蒹葭〉，她很喜歡。」

他心中晴暖，眼裡有光，「是她，找回了我遺失的生命。」

到了北煥里，張彭祖打道回府，臨去前，叮囑劉病已，說大伯張賀對他十分想念，要他儘快入宮一敘。

楚堯一見劉病已便問：「可想起了什麼？」

劉病已點點頭，將自己皇曾孫的身分說了。楚堯聽完後，默了一會兒，道：「恭喜你找回記憶，可是，這是你想要的記憶嗎？」

劉病已不答，漫視著案上跳動的燭火，緩緩地道：「巫蠱案發生時，先帝在甘泉宮養病，衛太子求見，卻被繡衣使者江充和黃門內侍蘇文一黨擋在門外。衛太子滿腹冤屈，無法自辯，又聽了太子少傅石德用趙高借秦始皇之手逼死公子扶蘇的例子，無奈發兵自保。之後在衛皇后的支持下，先殺了江充及其餘孽，內侍蘇文卻僥倖逃脫，跑到先帝面前告發太子謀反，先帝立卽命丞相劉屈氂發兵鎮壓。雙方兵馬在長安城激戰五日，血流成河，死傷無數，最後衛太子兵敗，攜兩位皇孫，在駐守城門的司直田仁的幫助下逃至湖縣鳩泉里，藏在一處好心人家裡，不料卻被縣令李壽的手下發現，派兵前去緝拿。衛太子走投無路，於是自縊身亡，兩位皇孫和好心人被殺。天子一怒，伏屍百萬。先帝速辦太子謀逆一案，衛氏一族及其門客均被下獄處死。昔日博望苑[註2]賓客如雲，轉眼間風流雲散，人丁凋零。衛皇后在椒房殿自盡，生前極盡榮寵，死時僅草蓆裹身……」

他神情平靜，彷彿說著別人的故事。

楚堯安靜地聽著。

「巫蠱之禍，是我最想忘掉的有生記憶。它讓我一出生便失去了所有，自我懂事以來，便以這尷尬的身分飽嚐世態炎涼。」劉病已淺笑著，但低眉垂首，沒有讓楚堯看見他眸中一抹幽光，「我雖是先帝的曾孫，卻連個侯爵也沒有，而這世上大多數的人，都是趨炎附勢的。」

楚堯嘆道：「此刻，我倒希望你永遠遺忘。」

「如果遺忘了，那麼，我就會失去很多珍貴的東西。」劉病已微笑，「比如平君、彭祖，還有掖庭令張公。」

楚堯遲疑片刻，問：「你恨先帝嗎？」

「我恨他無情。」劉病已嘴角微揚，「但帝王本就無情。」

楚堯沉默。

「這麼不愉快的話題就此打住吧。」劉病已道：「你人脈廣，幫我打聽一樣物什。」

「什麼？」

「身毒國寶鏡。」

隔日一早劉病已攜門籍，經未央宮作室門抵少府官署去見張賀。

張賀是個五十來歲的男子，一見他，頓時擱下手邊活兒，抱著他哭得涕淚縱橫。

劉病已也是哽咽，「張公，您別哭了好不好？這樣哭很傷身體的。」

「好，我不哭。」張賀抹抹淚，隨即握著他的手，枯瘦的手背青筋浮現，那麼用力，像是欲抓住唯一可維繫生命的東西。

他看著面前的俊秀少年，出了好一會兒神，道：「你長高了，也結實了，眉眼甚似衛太子。」

巫蠱案雖然過去了十幾年，但張賀忠於舊主，對衛太子的主僕之情絲毫不減，這樣有情有義，令劉病已敬佩不已。

這時有人叩門喊道：「張令！」

劉病已認出是許廣漢的聲音，連忙去開門。

許廣漢這三年遭逢大變，臉上皺紋深重，有如刀工鏨刻，兩鬢如霜，明明比張賀年輕，卻顯得像個飽經滄桑的老頭子。

那年許廣漢被判「鬼薪」，在作室服刑，幹的都是下等奴隸的雜役，沒年俸，沒休沐，自覺愧對妻兒，可謂是身體與精神上的折磨。幸好三年鬼薪的刑罰遇到皇帝大赦天下，許廣漢才可以離開作室，回家與妻兒團聚。

可等在他面前的，卻是妻子把個叫江悟的男人帶回家中，名為家奴，實際上，妻子看江悟的神色透著一絲耐人尋味。

許廣漢當下沒表示什麼，自他受了宮刑，就已算不上真正的男人，於妻子有愧，又長年累月待在宮中，連起碼的就近照拂都做不了，所以不管妻子做什麼，他都會無條件包容。

何況那江悟對許平君是真的好。

「許叔叔。」劉病已喊道。

許廣漢早聽宮人說劉病已回來了，是特地過來見他的，他雖不像張賀那樣痛哭流涕，眉眼卻頗有欣慰之色。

三人敍舊完畢，張賀忍不住說起近日宮中大事，他身為掖庭令，所言也只涉及宮闈。原來近日霍光下令要掖庭所有女子一律將袴腿縫襠，腰繫重帶，使得皇帝難以與宮女們親近，只能專寵霍光的外孫女——上官皇后。

皇帝的掖庭，居然受一外臣的主宰，簡直聞所未聞！從霍光「縫襠窮袴」一聲令下開始，宮女們見到皇帝，竟如臨大敵，生怕被召去臨幸，觸及霍氏的底線。

劉病已聽完後，問道：「霍大將軍這作爲，無非是想讓皇后先懷上龍嗣吧？陛下是什麼反應？」

張賀道：「陛下一向不近女色，倒沒什麼太大反應，沉默地接受大將軍給他的安排，只與皇后親近。」

劉病已道：「本以爲只有朝堂是霍光說了算，沒想到如今這掖庭，也變成霍光的一言堂。」

張賀道：「一入掖庭深似海，到頭來又有幾人能飛上枝頭作鳳凰？哪怕眞成了鳳凰，給拘在這四方天裡，難道眞能快活嗎？北宮那一位，年僅十一歲就嫁給了自己的舅舅，一生無寵，後來被廢……」

劉病已道：「孝惠張皇后，不過是權力傾軋下的一顆棄子。」[註3]

張賀道：「宮中的女子，大多暮氣沉沉的，有子萬事足，若一生無寵無子，卻又被困在這華麗的牢籠中，倒不如簞食瓢飲居陋巷的民間夫妻來得好。」

他這話說的是昔日鄂邑蓋長公主爲劉弗陵進獻的御幸之女周陽蒙，周陽蒙只被寵幸一次，就淪爲這寂寂深宮裡的一粒塵埃，轉眼卽忘。對於一個女子來說，她的花期早在入宮那一刻就凋零了，將來的命運，不是等老了放逐宮外，就是給皇帝守陵。

許廣漢卻想到了自己的夫人，心頭一酸。

「想必這皇帝做得也無趣得緊。」劉病已忽然低聲冒出這一句。

「愼言。」張賀看了他一眼，「離宮這麼久，忘了這裡是個無風三尺浪的地方了嗎？」

劉病已臉一紅，只聽張賀絮絮地道：「從前我就告誡過你了，別把什麼想法都掛在嘴上，那可是要吃虧的。」

「我知道，我這不是看此處只有咱們三人嗎？」

張賀正色道：「從來禍從口出，你自己注意一點。」

劉病已忙道：「是，病已明白。」

張賀從櫃子拿出一只漆盒，打開，「這裡一共有四萬八千四百二十錢，一部分是元日陛下賜給宗室的，一部分是魯國史家你外曾祖母史太夫人托人送來的，還有一些四季衣裳，是史太夫人一針一線縫的，你拿了去。」

劉病已只拿衣裳，把漆盒退回去，「張公請先生教我讀書，花費已是不少，如今家中又有孫兒孫女要養，我如何敢要這錢。」

張賀把漆盒塞回他手裡，「你也不小了，不能無錢傍身，是你的就是你的，我養孫不要花你的錢。」

劉病已還要說話，許廣漢忽然插嘴道：「病已你再推辭，張令不會安心的。」

劉病已只得收下。

張賀溫柔的目光拂過他的眉梢眼角，「今日你就在掖庭住下，明日，你去給你衛氏族親上香。」

劉病已昔日住在掖庭裡本和許廣漢同宿，今日張賀非要他過來和自己一起睡。晚上，張賀拉著他的手，坐在塌前，一臉嚴肅，道：「病已，你對張敏印象如何？」

張敏是張賀的孫女，年歲和劉病已相當，過去十年張賀回鴻固原老家，常帶劉病已一道去。

「挺好的姑娘。」劉病已道：「張公問這個做什麼？」

張賀很滿意他的答覆，笑道：「沒什麼，睡吧。」

月隱星移，炷盡煙沉，牖外漏聲迢遞。

他看著劉病已的睡容，心中已有計較。

次日，張賀來到張安世的值宿官舍，將昨晚的念頭告訴弟弟——他想將孫女許給劉病已。

張安世愣了一瞬，接著怒道：「皇曾孫是衛太子後人，僥倖當個庶人靠朝廷養活，就該滿足了！大哥竟還想把張敏嫁給他？」

張賀不料弟弟反應這麼激烈，一時倒也有些無措，「病已為人正直善良，何況與張敏不算陌生，這樁婚事想必會很圓滿的。」

「大哥休得再提！」張安世面色鐵青，「對於彭祖和病已的來往，我已做到睜隻眼閉隻眼了，為何大哥仍不肯放過！非得讓咱們族人都和皇曾孫扯在一起！」

張賀聽得心頭火起，冷冷地道：「我倒忘了你一向積極迎合權力，哪兒勢頭大就往哪兒倒，當然瞧不上一無所有的皇曾孫！」

張安世不吭聲。

張賀又道：「病已是先帝骨血，就是人才下等，將來成年後也有望封個關內侯……」

張安世沉不住氣，難得不再嚴守長幼有序之禮，打斷道：「爵拜關內侯？劉病已什麼身分你當我不知道嗎？長安城內皇親宗室少說也有幾百人，宗室遠親都能混上一官半職，他要真有前途，能托養掖庭多年，連個立錐之地都沒有？」

張賀啞口無言，只覺得多瞧他一眼心就涼了一分，臨走前淡淡地留下一句：「你一向謹小慎微，目光獨到，但願你回回都能押對注，站對了位置。你瞧不上病已，我倒還瞧不上你的功利！」

回到少府官署自己的住處，見裡頭無人，纖塵不染，屋室整潔，顯然劉病已離開前還不忘幫他拾掇。他不由心頭一酸，喃喃地道：「這樣的好孩子，一出生就無辜遭罪，長大後竟還要飽受世人白眼。」

註1：西漢封國，國都昌邑（今山東巨野）。
註2：博望苑爲漢武帝爲太子所建，以供其廣交賓客。
註3：張嫣，詳見《漢書外戚傳》。

十・蓮勺

衛子夫和衛太子妃史良娣就葬在長安城南，近衛太子的博望苑。生前人上人，死後不過是兩個小小的黃土堆，土堆四周荒草叢生，上面只插了兩根木條，沒有寫任何字。

劉病已打開竹筒，將祭品一一擺在墳前，接著稽首三拜，拔去及膝亂草。

一陣陰風吹來，殘葉旋飛。

楚堯不插手也不吱聲，彷彿是要讓劉病已獨自盡孝。

劉病已愴然仰面，悠悠地道：「衛皇后當年母儀天下，有太史公『嘉夫德若斯』的美言。衛氏一族極盡榮寵，衛皇后替先帝誕育三女一子，可隨著年歲增長，容顏遲暮，後宮又多了王夫人、李夫人、鉤弋夫人。衛皇后的椒房殿，逐漸冷清下來，自烈侯[註1]薨後，衛家便再也沒有獨當一面之人了。一代賢后，死後僅一口小棺收斂，荒野孤墳，淒涼無限。而先帝生前最寵愛的李夫人，不僅以皇后之禮安葬，還得以陪附茂陵。先帝駕崩後，霍光依照先帝遺願，在宗廟中以李夫人配享祭祀，並追加尊號為孝武皇后。」

楚堯心裡沉甸甸的，不敢輕易說話。

劉病已又道：「當今皇帝即位後，調遣二萬士卒修雲陵，設置陵邑三千戶，有邑長、丞受命守護，而我，卻什麼都不能做。」

楚堯斟酌片刻，道：「人沒了，那些追尊啦修陵邑啦，都是虛的。你要想盡孝，就好好活著。」

「只是活著就好嗎？」劉病已喃喃。

楚堯知道他心裡有個未癒合的傷口，輕輕一碰就會滲出血來，不敢再說話，見他默默地走開，心裡擔心，只得跟在他身後。

劉病已在博望苑前跪下，雙手撫上厚重的門板，身子紋絲不動。

博望苑階壁前雜草叢生，一派荒蕪衰敗的氣息。楚堯坐著靜靜陪他。

落日鎔金，暮雲凝碧。一輛雙馬車在不遠處停下，一對男女躍了下來。

因逆著光，劉病已和楚堯看不清二人面目。二人也沒注意到雜草後有人，男的道：「費了好大一番功夫，終於將那幫奴才甩脫了！成日跟前跟後，鞠躬哈腰，不嫌煩嗎？」

「再怎麼說，他們也是擔心大王的人身安危，長安可不比我們封國。」

大王？漢朝八月祭祀高祖廟，諸侯王、列侯須遣人或親去獻金助祭，稱為「酎金」。這是哪個諸侯王？楚堯伸長脖子偷覷一眼，望出去只有密集的荒草。

劉病已心一動，這女子聲音好熟悉，是誰？一時卻想不起來。

那諸侯王指著博望苑道：「昔日先帝為衛太子廣聚賓客，特建博望苑予這位嫡長子，博望苑門前車如流水馬如龍，何等熱鬧？可妳看現在，哪裡像人待的地方？那衛子夫，生前是天下最尊貴的女人，死後不得同葬茂陵，衛太子也只能草草葬在湖縣。富貴如浮雲，離合無常，說得就是這光景。」

這話如一拳重重擊在劉病已胸口，瞬間他痛得無法呼吸。

「妾不懂朝堂風雲，只願永遠相伴大王。」

那諸侯王摟著她膩聲道：「這兒也不會有人來，不如就在馬車上……」

「大王別……唔，這太刺激了……」

一陣衣衫摩娑，少頃，女子發出一聲嬌啼，男子也喘著粗氣。

劉病已楚堯面面相覷，表情都是尷尬無比。

劉病已越聽臉越紅，索性掩住雙耳。

楚堯暗暗好笑，竟有人選在這鳥地方野合！長安是都沒地方風流了？瞥見劉病已害臊的模樣，童心忽起，胳膊伸去，將他的手掌從雙耳移開。

這無聲的舉動，立即換來女子一聲嬌叱：「誰？」

好敏銳的耳力！劉病已腦海登時浮現一張面容。不及多想，那女子語聲方落，人已從數丈外直撲而來，身法如流星趕月，所到之處風行草偃。

楚堯見獵心喜，縱身躍起，忍不住讚道：「好俊的身手。」

女子微微冷笑，先發制人，劍出皮鞘，輕挽劍花，向楚堯攻來。楚堯這幾日找不到人幹架，早就心癢難忍，以他的任情率性，即使天塌下來，也要和女子痛快淋漓比試一場，當下掣出長劍，急刺而去。

女子哂道：「雕蟲小技。」劍如流星飄絮，劈、刺、擊、撩、絞、穿、提、斬，連綿不絕施展出來。

楚堯功夫和她相去太遠，在她盛氣凌人的劍勢下，只能一味躲閃，狼狽不堪，忍不住破口大罵：「天子腳下，這是要逞兇殺人嗎？大漢律法第一條，殺人者死，妳動手行兇，是要付出代價的。」眼見恫嚇勸阻無效，急切道：「喂喂，妳眼裡還有沒有王法？」

女子冷笑，「大漢皇帝姓什麼？」

楚堯被她沒頭沒尾的一問，微微一愣，酣鬥之際哪容分神？頸邊被劍風掠過，沁膚生疼，怒道：「姓劉啊！」

「諸侯王姓什麼？」

「廢話，不姓劉不然姓什麼？」

「如果藩王遇到刺客，該不該立即格殺？」

楚堯窮於避招，無暇多想，「廢話。」一愣之下，猛覺不對，怒道：「我不是刺客。」

女子冷笑，「既然承認自己是刺客，那就不能手下容情了。」本來存著貓捉耗子的戲弄心態，欲擒故縱，盡情戲弄，此刻劍勢倏變，風馳電掣般攻去，招招淩厲狠辣。

楚堯這才知道她先前兩問都是衝著最後這一問，不禁又驚又怒，在對方鋪天蓋地的劍風下被逼得喘不過氣來，一旁的劉病已卻一絲動靜也沒有，心裡連珠價罵著他，好傢伙，你兄長都快一命嗚呼了，還在一旁見死不救！

正要出聲喊劉病已，便聽他冷聲道：「莫師姊，妳忘了本門不可濫殺無辜的規矩了嗎？」

「莫師姊」三個字甫出，女子如遭電擊，耳內轟鳴，只見劉病已從長草後翩然躍出，斜陽下，他神色冷漠。

女子正是莫鳶。

莫鳶心一凜，劍懸半空，身子凝住，呈現一個古怪的姿勢。

劉病已雖是她師弟，但她向來寡言少語，是以他第一時間認不出莫鳶聲音，不過向來矜持倨傲、佼佼不群的莫鳶，怎麼會和諸侯王走在一起？且言行舉止完全判若兩人？

他施禮道：「見過師姊。」

「你怎麼在這兒？」

「妳能在這兒，我爲什麼不能在這兒？」

莫鳶想起自己方才的嬌喘微微被他聽了去，不由面如火燒，「你別聲張，尤其是師父。」

劉病已頷首道：「我有好多話想問妳，但估計妳不會讓他枯等太久。」

莫鳶聽到「他」這個字，臉上又是一燙，「若爲私事，無可奉告。」還劍入鞘，翩然躍上馬車，駕車疾行而去。

楚堯見馬車駛遠，忙拉著劉病已問道：「那女的是妳師姊？」

「是。」

楚堯嘀咕：「難怪我打不過，她功夫在明月閣排行第幾？她方才使的劍術叫什麼？你和她的輕功誰比較厲害？」

楚堯兀自喋喋不休，對劉病已來說，卻似過耳清風，悄然無聲。他凝眸望著二人離去的方向，胸口煩惡難言，一股不好的預感油然而生。

離開博望苑，劉病已又去廣明苑祭祀父母與姑姑，就返回北煥里。

一進門，就見張彭祖和許平君雙雙坐在堂上。張彭祖抱怨道：「去哪兒了？可把你們盼回來了。」

劉病已愕然道：「去博望苑廣明苑了，你們怎麼來了？」

張彭祖聽他去了那兩個地方，頓時收起不耐的神色，指著許平君道：「這丫頭叫我帶她過來找你，我們從未時等到傍晚，粒米未進，飢火難耐，好人難做啊。」

許平君戳著他的腦袋，笑道：「你來之前不是在馬車上吃了兩張燒餅和半隻紫蘇葉烤雞了嗎？說把自己撐壞了，怎麼轉眼又餓了。」

她說完，又道：「楚大哥，方才我用了你家廚房，請勿見怪，現在飯菜已經做好了，我再去熱一熱。」

說完像隻蝴蝶般到廚房裡忙活了。

不一會兒，簡單的家常菜端了上來，韭卵、藿羹、豆飯、葵菜、藕片、蒸魚，菜式簡單。楚堯和張彭祖一個誇許平君賢慧，娶婦當娶許家女，一個道窈窕淑女，君子好逑，說完雙雙埋頭大吃。

許平君噗哧一笑，「橫看豎看，你們倆眞像一對兒。」

「呸，誰跟他一對兒。」楚堯和張彭祖怒看對方一眼。

許平君笑道：「哎不說了，我要走了。」

「你不吃了再走？」劉病已問。

她搖搖頭，「我得回家了，否則，母親會生氣的。」

「我送妳回去。」

他不吭聲。

返回尙冠里途中，許平君落寞地道：「送我至門口卽可，你就……別進去了。」

她小聲道：「母親對你好似有什麼誤解，我怕她擺臉色，或是不小心說出什麼不中聽的話，不是我不歡迎你啊。」

他凝視著她，忽爾笑了，「妳是怕我受傷吧？」

她扯著他的衣角，歉然道：「病已哥哥，對不起啊，我一定跟母親好好溝通一下。」

「不要緊，妳的病已哥哥，沒那麼容易受傷。」

「那就好。」她眼裡亮晶晶的，抱著他的腰，臉頰貼著他胸口，「我明日再過來北煥里找你。」

此後一連幾天，許平君都找藉口出門，來北煥里找劉病已。有時劉病已帶她去郊外跑馬，看金秋田野，霞飛日落；有時窩在家中，陪閒不下來的許平君針黹女紅，醃菜釀酒，或是投壺蹴鞠，擊丸打鳥，擊筑踏歌等逸樂。

忽有一天，許平君來晚了，劉病已正思忖會不會路上出了什麼事耽擱了，許平君忽然出現在門口，難得目有愁色。

「怎麼了？」劉病已上前握住她的手，但覺冰涼無比。

她道：「江叔叔這幾日噩夢連連，老說有鬼抓他。家中燃了安神香都無效，睡不好，病來如山倒，母親一連請了幾個醫者過來，都不見起色。」

「鬼要抓他？」劉病已想起江悟初見自己時那驚慌，可不是見鬼了嗎？

她吐吐舌頭，「弄得我以爲我家鬧鬼了，怪瘆人吧？」

「從來只有疑心生暗鬼，哪有什麼鬼。」他唇角微揚。

「誰知道啊！今日一早母親又請了一個醫者，那醫者說，藥王島遍生奇藥，這病還得藥王島島主來治，還說島主治病有個規矩，窮人不收診金，要是富人呢，便隨她開口喊價，只要她喊得出口，就要給得起。我這幾年攢了一筆零花錢，只要她能治好江叔叔的不眠，我願意把所有錢都給她。我當下問了那醫者藥王島在哪，但醫者只聞其名，不知地點。」

她說完霜打茄子似的蔫了，「說了這麼多，倒像個藥王島的門客似的，結果連在哪兒都不知道，這不是白說了嗎？」

劉病已聽到「藥王島」三字，瞬間愣住，腦海浮起那一抹紅，一縷歌聲縈繞耳際，「願得一心人，白首不相離。」

許平君見他發呆，笑著喚他。

楚堯正在吃麻餅，見狀插嘴道：「他這人老這樣，話說著說著就魂遊天外了！」

劉病已回過神來，「我知道藥王島在哪。」

許平君又驚又喜，「眞的嗎？」

他頷首。

「太好了！」她振奮握拳，「若江叔叔能解夢魘之苦，母親定會深深感激你的。」

這話說得劉病已心中一動，那老蒼頭江悟，眞讓許夫人如此看重嗎？於是旁敲側擊一番，但那傻呼呼的許平君愣是沒覺察出什麼異樣來。

次日許平君留下字條，告知母親要去藥王島，隨即便和劉病已一同前往蓮勺縣。她大字不識幾個，那字條上的字還是劉病已先寫過一遍後，她一邊模仿一邊學認字才寫完的，寫得如道士畫符似的，令劉病已忍俊不禁。

至蓮勺鹵中，登舟上島。島不大，東邊一叢桂樹露出一片碧瓦，想必是楚笙的居所。

這時有個小廝迎來，年紀約十一、二歲光景，左眼黯淡，竟是瞎了。小廝對劉病已二人拱手道：「二位貴客是來求醫的吧？請隨我來。」

藥王莊建於桂林深處，彼時正是深秋，金桂一簇簇地開，風過處，香飄十里。劉病已目不斜視，跟在那小廝身後，許平君卻一個勁兒東張西望，見四處栽滿琦花瑤草，如斑斕錦繡，忍不住嘀咕：「這麼多奇異的草藥，不怕給人盜去嗎？」

小廝停步，回頭道：「藥王島的草藥非等閒之藥，其藥性藥理只有島主才知道如何配置，一絲錯不得。何況，若真有人盜藥，島主也只管他有進無出。」

說話間已至藥王莊，三人脫履上堂，小廝遞茶奉巾，接著入內通報。

金陽搖盪，晴絲裊裊。這時大堂一隅忽然響起細細吟誦聲：「舜發於畎畝之中，傅說舉於版築之間，膠鬲舉於魚鹽之中……」

許平君聽不懂，劉病已卻聽得好奇心起，循聲過去，見是個十五六歲的矮小少年捧著竹簡，坐在窗邊朗讀。

少年瞥見地上影子飄來，抬眸看了劉病已一眼，又一頭栽入書香中。

竹簡上，不少字旁做下記號。那少年遇到這些做了記號的字，撓頭搔耳，支支吾吾地不知道如何唸，突然掩卷長嘆：「姑姑昨兒才教過我的呀，怎麼又給忘了？姑姑知道了定會覺得我貪玩不用功。」

劉病已當下坐在他身旁，低聲吟哦：「管夷吾舉於士，孫叔敖舉於海，百里奚舉於市。故天將降大任於斯人也，必先苦其心志，勞其筋骨，餓其體膚，空乏其身，行拂亂其所為，所以動心忍性，曾益其所不能。」

少年猛地抬頭，既驚且喜，「你識得字？」

「自然。」

少年伸手指了幾個竹簡上做記號之字，問：「這個字怎麼唸？那個呢？」

劉病已一一唸給他聽。他當下跟著唸了幾次，又重頭到尾讀了一遍，朗朗上口後，頓時喜上眉梢。

少年又道：「看不出你肚子裡竟有點墨水，那你繼續讀給我聽。」

他甚是無禮，劉病已也不以為忤，吟道：「人恆過，然後能改；困於心，衡於慮，而後作；徵於色，發於聲，而後喻。入則無法家拂士，出則無敵國外患者，國恆亡。然後知生於憂患，而死於安樂也。」他唸到哪，就指到哪。少年也不怠惰，跟著他反覆吟誦。

一個教，一個學，教者上心，學者用心。許平君坐在一旁笑咪咪地瞅著，雖然無法參與，但見二人沉浸在書香之樂，也十分歡悅。

劉病已和顏道：「兄弟叫什麼名字？」

「我叫青兒。」

劉病已點點頭，伸出手指，在他手心上寫下自己的名字，「這是我的名字。」

「你姓劉？」青兒詫異，隨後臉一沉，「這個字，是我最討厭的字。」

劉病已一怔。

「我的哥哥全都死在戰場上。」青兒眼中有著過往的憂傷，像是湖面上的浮冰，「先帝志闢四方，南誅百越，北伐匈奴，東併朝鮮，又為了得到汗血馬，傾二十萬兵力西攻大宛。如此窮兵黷武，好大喜功，弄得海內虛耗，在繁重的兵役徭役下，百姓苦不堪言。打勝仗後，金帛重賞、封侯拜相的還不是那些王公貴族？然而拋顱灑血、家破人亡的卻是我們平頭百姓。我父親早亡，哥哥全死了，母親也發瘋了，神智不清下，她失足墜井，被撈起來時，已沒了氣息。此後我被送入我舅舅家，那時是先帝末年，吏治混亂，民不堪命，起為盜賊，關東紛擾。舅舅家土地被豪族吞併了，一家子全成了流民，日子難過，舅母嫌家裡多一口子累贅，遷怒於我，打殘了我的右腿……」

劉病已和許平君聽得一呆，目光雙雙落在他的右腿上。

劉病已問：「你知道《鹽鐵論》嗎？」

青兒搖搖頭。

「周道衰，王跡熄，諸侯爭強，大小相凌。是以強國務侵，弱國設備。甲士勞戰陣，役於兵革，故君勞而民困苦也。今中國為一統，而方內不安，徭役遠而外內煩也。古者，無過年之繇，無逾時之役。今近者數千里，遠者過萬里，歷二期。長子不還，父母愁憂，妻子詠歎，憤懣之恨發動於心，慕思之積痛於骨髓。此杕杜、采薇之所為作也。」

青兒沉靜地聽著。

劉病已道：「《鹽鐵論》道出千萬百姓心聲。當今天子視民如傷，處處為百姓設想，做了諸多打擊豪族、輕徭薄賦的改革，重新深化了大漢初年與民休息的政策，才使海內昇平，百姓和樂，使漢朝國力恢復到文景之治的水準。」

一個女子聲從背後悠悠飄來：「劉弗陵再如何賢德，這皇位原本就不是他的。」

劉病已心中一凜，何人竟敢直呼天子名諱！

楚笙款款走出來，道：「當年若非小人得志的江充和蘇文設計出一樁巫蠱之禍，衛氏也不至於族誅，先帝劉徹又怎麼會把江山社稷交給一個乳臭未乾的小兒？劉徹晚年迷信長生不老之術，導致一群搬鬼弄神的騙子屢出不窮。迷信使他變得剛愎自用，性情殘忍，一場巫蠱之禍，妻子兒女全都無情殺了。後來壺關三老令狐茂冒死上書，分析巫蠱之禍的破綻，以及當時負責看守太廟的田千秋也替衛太子鳴冤，劉徹這才意識到太子有冤，誅滅江充一族，燒死宦官蘇文，以及在巫蠱之禍中，討伐衛太子的丞相劉屈氂，只要是當年劍指衛太子者，一律找理由誅殺。後來，劉徹在衛太子被殺的湖縣建立思子宮，弔念太子，還頒了『罪己詔』來反省自己，又重拾文景時期的『與民休息』政策，做了諸多政治改革，不過卻有何用？人死不能復生。劉徹因爲迷信，連兒女都能殘忍殺害，令人髮指！」

劉病已不知該回答什麼，連忙拉著許平君行禮，「晚輩劉病已見過島主。」

「小女子許平君見過島主。」

許久不聞回應，堂上靜得只有彼此細微的呼吸聲。

劉病已甚是奇怪，抬眸看她，卻見她神色劇變，身子簌簌顫抖。

「島主……」劉病已喊了聲。

楚笙回過神來，目光細細地打量著劉病已面容，像要確定什麼似的，聲音不由顫了，「你……你說你叫什麼名字？」

「晚生姓劉，名病已。」

楚笙呆了半晌，幾乎控制不住自己的音量，既是沙啞又是尖銳，「你多大了？生辰何時？那枚……那枚身毒國寶鏡可帶在身上？」

劉病已怔住。

一旁許平君見他沒反應，倒是替他答了，答完後，才後知後覺地看向劉病已，奇道：「你的身毒國寶鏡呢？怎麼都沒看你隨身佩戴？那寶鏡是你祖母衛太子妃給你的啊，傳言此鏡能照見妖魅，得佩之者爲天神所福，這麼重要的東西，你不會是搞丟了吧？」

楚笙一踉蹌，險些便要摔倒。青兒就在一側，連忙上前攙扶，「姑姑怎麼了？妳今日好反常啊，若是不喜歡這兩人，青兒這就請他們出去。」

楚笙充耳不聞，目光直視著劉病已，從眉毛、眼睛、鼻子一直瞧到嘴巴，呼吸猛地一窒，一瞬間只覺得周遭太過安靜，靜得只有胸腔間急劇的律動。

怦怦，怦怦怦……

終於，她用盡畢生全力，張開了嘴，艱澀地吐出一句話：「你的眉眼極似衛太子，而我有眼無珠，竟不識得皇曾孫。」說完，掙開青兒的攙扶，伏地拜倒。

劉病已大驚，「使不得，島主快請起。」攙她起來，見她眼中淚光隱隱。

楚笙細看他，發現他眉眼銜著一抹與他年紀不相符的沉靜冷寂，不由心中悽惻，「昔日我在長安受貴戚家奴欺侮，是你祖父衛太子救了我，衛太子賞我錢帛，又遣人送我回老家。馬車上，我暗暗立誓，來日必向太子衛環報恩。那一年我十四歲。

「等到我有能力報答衛太子時，一場巫蠱之禍將衛氏一族連根拔起，我只能每年去湖縣祭拜衛太子。幾年前，有一男子乘黃牛車，身著黃衣黃帽，來到未央宮北門，自稱衛太子。這件事傳了開來，公卿、將軍、中二千石等高官們均被點名前去識別眞僞……」

劉病已聽到這裡，不由陷入回憶裡，當時張賀也攜他去了，不過衛太子歸來一事鬧太大，不僅朝廷派官吏前去辨識，就連百姓也聞風而來。北門人頭攢動，群情沸騰，還出動右將軍王莽率羽林衛出來維持秩序。

「我當時也在北門前，想一睹衛太子眞僞，後來那男子被京兆尹帶走，經審訊，才知是僞太子。男子因貌似衛太子，所以才想藉此詐財，最後被處以腰斬，死有餘辜。待我知北門男子是僞太子，心裡好生失望，不吃不喝一整日……」

劉病已澀澀地道：「掖庭令張公自得知北門男子是僞衛太子後，也是不吃不喝一整日。」

「他倒忠心。」楚笙握著劉病已的手，目中有火焰跳動，「你幼時去北煥里求學，我曾幾次在路邊遠遠地瞅著你，時間過得眞快，一眨眼你竟這麼大了。那好，是時候了，我也該把我的計畫告訴你了。」

「什麼計畫？」劉病已心一跳。

楚笙看了青兒一眼，吩咐：「我與皇曾孫有要事相談，好生招待許姑娘。」說完挽著劉病已的手要入內室。

劉病已蹙眉道：「許姑娘不是外人，什麼事不能讓她知道？」

楚笙盯著許平君若有所思，少頃，道：「妳也一起進來吧。」

註1：指衛青，諡稱爲烈侯。

十一・大業

內室裡，青兒遞了茶後就出去了。楚笙面色凝重，像要商談軍國大事似的。許平君如坐針氈，想要退出，卻又好奇楚笙醞釀著什麼計畫。

風透過窗隙湧了進來，帶了一脈蕭瑟之意。

茶涼了，楚笙這才徐緩地道：「我行醫救人有個規矩，窮人不收分毫，富人隨我開價，你們曉得這其中深意嗎？我用收來的診金，在長安和昌邑國分別買了歌舞坊，既是置產，也是利用歌舞坊作爲情報網，爲的就是助你將來登基。」

此言一出，劉病已和許平君都是呆若木雞。劉病已反射性地開口：「我從沒想過當皇帝。」

楚笙淡淡道：「這皇位本就是你衛氏一族的，哪輪得到劉弗陵？」

「陛下雖膝下無子，但他還年輕，將來若有子嗣，這皇位必是他一脈……」

「他不會有子嗣。」楚笙斬釘截鐵地打斷他的話。

劉病已愕然，「什麼？」

楚笙道：「我不是說我利用歌舞坊作爲情報蒐集嗎？有一回，太醫令在長安妙音坊喝醉了酒，被我的人穿針引線套出一番驚人言語。太醫令說劉弗陵體質羸弱，不能生育，永遠不會有子嗣。」

劉病已只聽得心驚肉跳，幾乎不敢相信雙耳所聞。

楚笙又道：「我想這位太醫令早在劉弗陵被立爲太子前，就被他的生母鉤弋夫人收買了，最後劉徹爲防子幼母壯，牝雞司晨，賜死鉤弋夫人，這個祕密也跟著帶到了九泉。劉弗陵大概知道自己的身體狀況，所以讓太醫令、丞等人嚴守祕密。他若不能生育，那將來誰繼承大統？一定是從劉徹子孫中選擇。撇除已故的燕王劉旦，還有廣陵王劉胥、昌邑王劉賀。廣陵王生性火爆，桀驁不馴，有匹夫之勇，無治國之能，江山交給他，必不會是如今風調雨順的局面。加上廣陵王一母同胞的哥哥燕王和姊姊鄂邑蓋長公主都因霍光而死，霍光想必不會擁他登基；昌邑王性好漁色，遊戲風塵，他在王宮裡無所事事，每日就只知道獵豔、豪飲、聚賭、狩獵……」

許平君小時候住在昌邑，父親許廣漢曾爲昌邑郎官，侍奉昌邑哀王劉髆，也就是現任昌邑王劉賀的父親，聞言好奇心起，插嘴道：「妳怎麼知道？」

楚笙道：「劉賀的枕邊人小梅，如今是昌邑王的八子，是我安插在昌邑國麗心坊的眼線。小梅和昌邑王有不共戴天之仇，可爲我所驅，我便安排她進入麗心坊。她有歌舞資質，但凡授受，無不心領神會，侍奉貴客，更是曲承意旨，馴謹無違。她又生了一張絕美容顏，不多時便是麗心坊的翹楚。小梅跳起楚舞來，便如劉賀的祖母李夫人一樣，一顧傾人城，再顧傾人國[註1]。劉賀聞名而來，立即對擁有傾國傾城之貌的小梅驚爲天人，當下把她收入王宮，一切水到渠成，所以劉賀的行爲舉止，我可說是瞭若指掌。」

許平君聽得怔怔出神，忽想到一位昌邑故人，喃喃道：「小梅……」

楚笙道：「廣陵王、昌邑王都不適合坐皇位，唯有你，先帝的曾孫，你願爭一爭嗎？」

劉病已腦海亂紛紛，根本無法思索，「這一切來得太突然，容我再想想……」

楚笙目光如炬，瞬也不瞬地迫視著他，似要將他的生命熊熊燃燒，「你在民間長大，深知百姓疾苦，且你有一顆仁心，必能以劉弗陵眼下的治國策略爲繼，善待天下百姓。漢朝就是需要這樣的皇帝，你的家人，以及那些枉死的冤魂，若知你即位找回衛氏榮光，九泉之下也能安息。」

劉病已怔怔地道：「皇帝，我豈能當皇帝？」

楚笙激動地道：「爲什麼不能？單憑你是衛太子血脈這一點，就足夠了！難道你要一輩子做個碌碌無爲的宗室子弟？你就不想爲你的衛氏族親設園邑，議謚號？」

她緊緊地握住他的雙手，目光篤定，「只要你點頭答允，我願做你的後盾，我這幾年的佈署，都是爲了你！我要扶持你上位，親眼看著你穿上龍袍，戴上龍冕，端坐在未央宮高台御座上，受百官朝拜！」

劉病已聽到最後，不禁熱血沸騰，雙手握拳，顫抖不已，「妳說的話，我會深思熟慮的。」

楚笙只覺得虛脫無力，宛似生了一場大病，「你好好想想，不管決定是什麼，一定要告訴我。我乏了，你們先出去吧。」

劉病已起身道：「病已不打擾島主歇息了。」說完攜著許平君邁步出室。

一夕涼夜，疏星淡月。

劉病已用完飧食後就獨自走出去，穿行於樹影婆娑的林間，最後凝立在一株花開如雲的桂樹旁，閉著眼，迎著風，衣袂翩翩，月光盈袖，頗有幾縷孤清之意。

忽聽一陣熟悉的腳步聲，他頭也不回道：「我想一個人靜一靜。」

許平君走到他身邊，拿著一件鶴氅披在他身上，道：「不管你做什麼決定，我都支持你。」

劉病已淺笑點頭。

許平君說完，就回藥王莊裡，做桂花糕和桂花蜜水給孩子們嚐鮮。

「桂花糕眞好吃，姊姊手藝眞好。」

「桂花蜜好甜啊。」

「姊姊留下來別走好不好？」

「姊姊快來和我奕六博棋。」

孩子們圍繞著許平君，一時嘰嘰喳喳，十分熱鬧。許平君一邊和孩子玩，一邊留意門外，心思倒有七分懸在那人身上。

銅漏滴滴，長夜迢迢。楚笙過來叫孩子們上床睡覺。孩子們嚷道還要再玩一會兒，楚笙架不住這蜜糖似的央求，連忙喚來青兒。

青兒虎著臉道：「誰不睡覺，就去抄寫〈關雎〉二十遍！」

孩子們立即一哄而散，堂上頓時安靜下來。

許平君看了咯咯直笑。

楚笙望向她，道：「妳來此處，是求藥呢？還是請我出診？」

許平君這才想起自己此趟的目的，一敲腦袋，嘀咕道：「真是豬腦袋，怎麼把這茬給忘了。」連忙扯出笑容，「我家有個病人，近來蒙受夢魘之苦，每晚幾乎是輾轉難眠，好不容易睡著了，過不多時又被驚醒，伴隨著胸悶、氣短、心悸的症狀，夜夜如此，導致身體每況愈下，纏綿病塌，島主可有辦法改善此狀？」

「妳來這兒之前，想必尋遍民間醫者，試過無數藥方了吧？」

「是，但對江叔叔來說，卻是毫無助益。」

「做什麼惡夢？」

「江叔叔只說有鬼抓他。我多問一句，他就趕我走。」

楚笙冷笑，「想必他幹了什麼虧心事，否則何以夜不安寢？就像劉徹的舅舅田蚡那樣，設計害死灌夫與竇嬰，不久後病倒，天天嚷著有鬼抓他，群醫束手。妳那江叔叔罹患的是心病，心病唯有心藥醫，這道理妳懂不懂？若他自個兒過不了心裡的那道坎，即使是天下最珍貴的藥材，也只能是白白浪費。」

許平君脹紅著一張臉，絞著衣袖，道：「不會的，江叔叔人很好，怎麼會是田蚡那種小人？」

楚笙哂笑，「知人知面不知心，妳太天真了。」

許平君可憐巴巴地望著她，囁嚅道：「島主，妳就看在病已，看在我方才哄孩子的份上，不要讓我空手而回嘛！」

那表情像雨中討食的貓兒似的，楚笙刀子嘴豆腐心，不禁心一軟，嘆道：「好，我想辦法。」

許平君笑逐顏開，連忙一揖到底，脆生生地道：「謝島主。」

楚笙正要回房，瞥眼見劉病已翩然步入。

許平君一溜小跑上前，替他拂去髮上金桂，嗅了一下，笑道：「站在桂樹旁久了，連衣裳都薰染了桂香。」

劉病已目有暖色，「這時辰妳早該上床睡了，瞧妳，眼裡都是血絲。」

許平君依依地拽著他的手不放，「我不累，我擔心你啊。」

劉病已微微轉身對著楚笙，見她神情萎靡，想是適才心潮大起大落，激動難抑，不禁有些不忍，道：「島主為了我的事，真是辛苦了。」

「我唯一能報答你祖父的，也只有盡力助你，做你馬前卒與傍身樹，九死無悔。」楚笙望進他的眼裡，語氣隱有期待，「你考慮得如何？」

劉病已目光如炬，「大丈夫當雄飛，安能雌伏？若我活得像庶民一樣無聲無息，那活著和死了有什麼分別？」

「自當如此。」楚笙欣慰一笑，「你回長安後，必須做的第一件事，就是讓霍光站在你這一邊。」

「該怎麼做？」

「兩條路。」楚笙緩緩道：「第一是脅迫，拿住霍光的把柄。」

劉病已蹙眉，「霍光為人謹慎，行事滴水不漏，否則怎麼會在先帝身邊服侍多年，絲毫沒犯任何過失，最後被提拔為託孤大臣之首！這樣的人會落下什麼把柄？」

楚笙道：「是人終有過失。不知你師父有沒有告訴過你，東閭良是霍光髮妻，霍禹是她親生兒子。」

劉病已微微訝然。

楚笙道：「當年東閭良病重，我雖不曾臨榻親診，但從東閭殊的描述中和幾名醫者口中探知，東閭良本是很精神的一個人，一朝突發急病，幾天後就撒手人寰。我覺得其中大有蹊蹺。東閭良自幼身強體壯，很少生病，爲什麼會猝死？多番打聽下，我得知當年東閭良的陪嫁婢女霍顯，也就是現今的霍夫人和霍光走得很近，東閭良常因此事和霍光鬧得不愉快。那陣子霍顯常和一名巫女接觸，過沒幾日，東閭良就突然病逝了。我懷疑霍光爲了扶正霍顯，而默許霍顯對東閭良下蠱，是以無論民間醫者還是宮廷御醫，都對東閭良的病束手無策。」

劉病已聽到「蠱」字，想起死於巫蠱之禍的族人，目光遽然一跳，像是被疾風掠過的火焰，緊緊攥起拳頭，咬牙道：「姑姑這般推測極有可能，不過我想那名巫女，一定早被滅口了。若無證據，如何能夠要脅霍光？何況霍光這人是能輕易受要脅的嗎？」

楚笙露出一抹世故的微笑，「誰說要證據？霍顯在長安飛揚跋扈，目中無人，早弄得民怨沸騰，若將她和霍光聯手戕害正室的消息散播出去，以百姓對她的印象，相信的人會有幾成？這世上有些事根本不需要證據，只要有人相信，那就成了。何況巫蠱之禍殷鑑不遠，堂堂大司馬大將軍博陸侯的夫人，竟又與巫蠱扯上一邊！霍光這人最愛惜名聲，最在意世人對他的評價，要是他和霍顯聯手殘害糟糠之妻的事傳到民間，那他苦心經營的形象便會化作流沙。」

「我明白了。」

「霍光肯定不希望此事被揭發，因爲他的寶貝獨子霍禹是東閭良所生，若讓霍禹知道此事，以他的性子，必會去尋霍顯晦氣。霍顯這人心高氣傲，什麼心思都擺臉上，質問幾次後，難免露出破綻，到時候，只怕霍府要雞犬不寧了。」

許平君插口道：「若霍光要滅病已哥哥的口，那該怎麼辦？」

楚笙道：「病已是衛太子後人，霍光不會背負擅殺皇族的罪名。」

許平君歪著小腦袋瓜，「若是他派出殺手呢？」

劉病已微笑，「明月閣弟子，有那麼容易被殺嗎？」

許平君噢了一聲。

劉病已又問：「第二條路呢？」

楚笙道：「拉攏。」

「我與霍禹不睦，莫非島主要我去接近霍光最寵愛的小女兒霍成君？」

「如果你能抓住霍成君的心，那就等於和霍光的關係親上一層。雖然你曾祖母衛子夫的外甥霍去病是霍光同父異母的哥哥，但霍光這個人為了家族利益，即使是至親都可以翻臉無情，更何況他本和你的關係並不親密？他把霍成君當成掌上明珠，只要你能得到霍成君的芳心，對你的復位之路有很大的幫助。」

劉病已啼笑皆非，「長安世家公子多如繁星，我無官無爵，霍成君怎麼可能看得上我？」

楚笙似笑非笑地瞥他一眼，「你不妨攬鏡自照，似你這般芝蘭玉樹的美少年長安能有幾位？霍成君正是『知好色則慕少艾』的年紀，少女懷春，情思蕩漾，最怕碰上你這翩翩公子。」

劉病已蹙眉不語，心想要去色誘霍成君，便頗為排斥。以色事人，從來是後宮美眷的手段，想不到自己竟有一日將成為以色事人者！

隨即又想起昔日在食肆裡初遇霍成君，她罵了他一句：「醜八怪，瞧什麼瞧，小心我剜了你眼。」當時他說：「這般驕縱矜貴的女子，誰被她纏上誰倒楣。」

眞是世事難料，當初賞他白眼的女子，現在竟要去討好她！

「病已，你要學會喜怒不顯於色，否則別人很快就會推知你的心思。橫逆事來，治之以忍，快意事來，處之以淡，藏淚於心，匿怨無跡。男人三妻四妾，根本沒什麼大不了，更何況皇帝？你若成爲未央宮的主人，就會有皇后、婕妤、良人、美人等。要得到霍光扶腋相助，霍成君是一條捷徑，你可以不對霍成君動情，但絕不能冷落她，記住，這是一樁政治交易。劉徹娶阿嬌，許以金屋藏嬌之諾，結爲秦晉之好，不正是近在眼前之事嗎？」

劉病已頷首，隱隱聽見身後許平君心被撕開的聲音。

楚笙道：「明日你回長安，我這裡還有雜事要處理，先讓青兒跟著你。他雖有足疾，但跟我多年，辦事伶俐，你可以放心。」

次日破曉，劉病已、許平君、青兒和楚笙揖別。

楚笙拿了一個繡袋遞給許平君，「這是我獨門調製的安神香，可以幫助入眠。」

許平君眼睛一亮，一把抱住楚笙，道：「謝謝姑姑，我就知道姑姑最好了。」

楚笙被她的熱情弄得頭暈目眩，「馬屁精，這麼快就學孩子們改口叫姑姑了。」

許平君吐了吐舌頭，放開了她，小心翼翼地將繡袋收入懷中。

楚笙整理一下被許平君弄亂的頭髮，望著劉病已道：「你去一趟明月閣，讓東閭殊知道咱們的計劃。他和霍光關係很好，對你會有幫助的。」

劉病已道：「我正有此意。」想到將見到寒月，不覺心一沉。

楚笙看向青兒，「你要好好聽病已的話，知道嗎？」

青兒正解下纜舟繩，聞言笑道：「姑姑放心，從今日起，皇曾孫就是我的主子。」

當下三人乘舟，青兒起棹，向煙波深處盪去。

白雲悠悠，荻花瑟瑟，舟行漸遠，藥王島漸與湖光山色融爲一體。

回長安的路上，劉病已話很少。許平君只覺身邊的他，彷彿隔著長江天塹，他的眉頭亦鎖著千重心事，蕭索如一剪西風。

前方就是尚冠里。劉病已霍地止步，回首深深地凝視著她，柔聲道：「記得初見妳時，妳著一襲嫩綠春衫，在院子裡採桑飼蠶，眸光清澄，如一脈泉水。我見妳只顧著那些蟲子，不理睬我，便故意問這蟲子可否拿來油炸，晚上加菜，把妳氣哭了，扭頭跑去跟父母告狀。」

回憶襲身，她不禁笑靨如花，「記得當時我還大聲問父親爲什麼要帶你回家？能不能不帶你回家？父親只說，以後病已就是妳哥哥，妳要敬他愛他。」

劉病已緊緊咬唇，目光向青兒一掃，「你迴避一下。」

青兒微微頷首，「我去買點吃的。」他早嗅到一縷山雨欲來的氣息，一路忐忑，巴不得趕緊開溜。這句話正合他意，幾乎是落荒而逃。

「平君。」劉病已輕喚。

雖然他的語氣溫柔如春風，但許平君竟莫名惶恐，這聲輕喚似乎醞釀著什麼。他目光有著陌生的氣息，眸心籠煙罩霧，怎麼也看不分明。

「我不要聽。」她本能地掩住雙耳。

但他清冷如碎冰撞擊的聲音還是穿過耳膜，寒透了她的心，「我們斷了吧，以後妳是妳，我是我，各過各的，再無瓜葛。」

她雙手頹然垂下，應之以一雙如水清眸，怔怔問：「爲什麼？」

他竭力壓抑著澎湃的心緒，「不爲什麼，就當妳的病已哥哥已經死了。」

她默了會兒，忽然心念一動，面上悽楚之情散去，像被拂去塵埃的花朵，「是不是因爲你的計劃？不要緊啊，我說過，不管你做什麼我都支持。」

「平君，妳聽我說。」他摁住她的肩，目光懾人，「我如今前途茫茫，本不該把妳拖下水。妳是個好姑娘，當以生命中最美好的年華去享受歲月靜好，與相宜的男子白頭到老。」

她仰起下頜，漣漪自唇際綻開，「琴瑟在御，莫不靜好。這是你從前教過我的一句，我只願與你歲月靜好，白頭到老。」

他嘴唇微挑，面上卻無笑意，「若是從前的劉病已，無爵秩，無宅第，只娶得起一個女子，但現在，我要走的那條路，充滿未知與兇險。我若失敗，便會誤了妳；我若事成，妳就要和別的女子共侍一夫，妳可願意？」

她一呆，霎時面無血色。她不是沒有想過和別的女子共侍一夫，楚笙不就當著她的面，叫劉病已去接近霍成君嗎？但當劉病已單刀直入地問起，她內心還是霧鎖樓台般迷茫不已。

他又道：「妳胸無城府，心思單純，如何能在笑裡藏刀、勾心鬥角的後宮生存？」

她垂首斂眉，淚珠在眼眶裡打轉，終究不爭氣地落了下來。

那淚似在劉病已心尖灼了一下，他伸手，似想抱她，很快地又縮了回去，只怕若把持不住，那就再也狠不下心了。

他艱難地轉身，邁步便走。

每一步都似有千斤重。他此刻全靠著一股力量，勉強邁開腳步，就怕這股力量會在許平君迷濛淚眼的攻勢下支離破碎。

他越走越快。

許平君僵在原地，衝著他的背影，放聲大叫：「病已哥哥——」

這呼喚在劉病已耳畔轟然作響，他全身一震，幾乎便要轉身奔向她，內心卻隱隱有個聲音在提醒他，不要回頭，不要回頭……

在許平君撕心裂肺的呼喚聲中，他的力量幾乎就要崩於一瞬，只怕再不從她望穿秋水的注視中抽身，百煉鋼也會化作繞指柔，當下展開輕功，絕塵而去。

彼時秋陽普照，玉宇無塵，他的心卻淅瀝瀝地飄起雨來，眼裡漸漸濕潤。

青兒在去終南山的道上等他，似乎早料到他與她將是各奔東西的局面，一句話也不多問，只遞給他一片西域甜瓜，「吃點甜的，心裡才不苦。」

劉病已看都不看，「走吧。」

青兒一嘆，默默把瓜吃了。

一滴水珠忽然落在劉病已面前的地上，青兒想，是下雨了嗎？卻見劉病已衣裳一旋，飄離他的視線。

水珠滲入土裡，轉瞬不見。青兒仰首望天，天藍如水，哪有一絲雨意？

註1：出自李延年《佳人歌》，李延年曾唱道：「北方有佳人，絕世而獨立。一顧傾人城，再顧傾人國。寧不知傾城與傾國？佳人難再得！」武帝聞此曲，極為感慨：「世間哪有你所唱的那種佳人。」武帝姊姊平陽公主便告訴武帝，歌中的佳人就是李延年的妹妹。李氏隨後得武帝召見，武帝見她果然是個絕色佳人，於是深得寵幸，受封為夫人。不久李夫人懷孕，生下兒子劉髆，封昌邑王。

十二・指環

深秋的終南山，層林盡染。

二人穿行於暮煙籠罩的山林中，踏著綿軟的松針徐緩前行，約莫半個時辰路程就可到明月閣。

一縷熟悉的嬌笑忽然鑽入劉病已耳中：「東禹，你今晚還要不要陪我喝酒呀？」

他心登時一震，氣血上湧，沒想到回到明月閣，第一個遇見的竟然是她！

霍禹笑道：「妳酒品太差，我可不敢領教。」

寒月嬌嗔：「喂，難不成你要自己把金漿喝光光嗎？那可是我拜託東閭師兄下山買來的！」

「金漿是什麼稀罕物？下山後我給妳造個大酒窖，裡面裝滿西域葡萄酒。」

說話間，二人共乘浮雲，信馬由韁，慢慢出了松林。

寒月身子倚在霍禹背上，下頷抵著他的肩膀，環抱著他，一臉女兒嬌態，春風無限，柔若無骨。

她輕笑，「我小時候住在西域，早就喝膩葡萄酒了，哪有什麼稀……」驀地見到一張熟悉的面容，身子一震，一句話登時噎住。

「師姊，別來無恙。」劉病已微施禮。

寒月莫名心慌，順了口氣，「你……你怎麼突然回來了？」

劉病已不置一詞，冷看霍禹，須臾一笑，「大將軍畢竟是高估你了。」

霍禹一愣，「什麼意思？」

劉病已淡笑，「本想雕琢為美玉，卻不料是顆頑石。」

霍禹大怒，下馬便要揍他一頓，卻被寒月拽住。

霍禹回頭瞪她，「鬆手！」

寒月被他怒氣沖沖的模樣嚇了一跳，欲鬆手，卻聽劉病已道：「你學功夫向來是三天打魚兩天曬網，卻是哪來的自信，認為你打得過我？」

霍禹氣得面色鐵青，深呼吸幾下，才勉強壓制住怒火，寒月也不顧了，當下拂袖而去。

寒月甚是尷尬，連忙催馬上前，去追霍禹。

「他就是霍大將軍的公子？」青兒問。

「是。」

青兒笑，「哥哥，你比他高貴。」劉病已大他一個月，於是他喊他「哥哥」，以示親切。

「什麼？」

「你的高貴，流露於你平舒的眉間、輕抿的嘴角，即便你現在處境不如他，卻也不容置疑。」

劉病已嘴角微挑，算是一笑。

進入明月閣拜見東閭殊，劉病已讓青兒退到門外，自己與師父閉門長談。他將自己皇曾孫的身分說了，末了，簡單而直接地道：「師父，我要皇位。」

東閭殊眼裡全是震驚，到底是有修為之人，一會兒後面色如常，道：「其實我初見你時，就隱隱覺得你不屬於這片山林，你是大鵬鳥，當扶搖直上九萬里。如今你第一步怎麼做？」

「皇帝不能生育的消息一旦曝光，那麼，就必須立個劉姓皇室宗親作為嗣子，以綿延社稷。所以，我不能一生躲在掖庭角落裡，活得如影子一般，我要走到人前去，讓那些股肱大臣、天橫貴胄注意到我。現在這天下幾乎是霍光一人說了算，所以，我的第一步，是必須與他打好關係，有了這基礎，我做什麼才會比較順利。」

「天下事我不懂。」東閭殊道：「霍光是我妹婿，我與他一直互通書信，彼此問候，我看得出他對良兒念念不忘，對我也懷著一絲歉疚……」

劉病已心中奇怪，若照楚笙的推測，東閭良的死，與霍光脫不了干係，但師父這樣一說，霍光倒成了個重情之人。這樣的性情，怎麼會和婢女聯手戕害髮妻？

轉念又想，或許楚笙情場失意，連帶著將天下男人都視爲涼薄之徒，才斷定東閭良是霍光和霍顯聯手害死的。無論如何，這件事絕不能向師父提起，畢竟巫蠱害人一事本就只是單方臆測，沒有任何實證。

他一出神，直將東閭殊的話略去一大半，只聽東閭殊道：「……你拿著這枚指環去霍府找他，他絕不會不見你。」

劉病已低頭一看，是一枚陳舊不起眼的指環。

東閭殊又道：「雖他一心二用，但良兒一死，從此人鬼殊途，反倒讓他念念不忘。這枚指環是當年良兒貼身之物，良兒臨去時，將指環給了我，對我說了一些匪夷所思的話。」

「說了什麼？」

東閭殊想了一下，「若將來大哥有求於君侯，就拿這枚指環去找他。君侯若念舊情，必能發現指環上的祕密，只要他發現祕密，再如何違心之事，他都會傾力相幫。」

劉病已點點頭，接過東閭殊遞給他的指環。

「霍光當時翻天覆地尋找這枚指環，還道良兒氣他拈花惹草，藏了起來，卻不知竟是在我手中。」東閭殊神色鄭重，「病已，霍光是最有力的風帆，你定要好好利用。」

秋夜無邊，風寒露重。

劉病已仰首望月，憑欄而立，不斷思量著東閭殊的話，師父要我利用霍光，單憑一枚指環就能讓霍光站在我這一邊？肯定不會，最多只能是一時倚仗而已。霍光再如何念舊，終究逝者已矣，東閭良的遺物，發揮效果有限。而帝后若一直無子，以霍光的敏銳，會不會發現陛下的身體狀況？到時候又會是如何的局面？

思前想後，心亂如麻，一道女聲在身後響起：「病……師弟。」

劉病已早已做好與她單獨碰面的心理準備，不料聽見這嗓音，內心仍有一股難言的滋味。

他轉身，語氣不冷不熱，「師姊。」

寒月凝眸看他，他孑然迎風的身影如這秋夜，泛起一絲微涼，心裡頓時湧起千言萬語，卻又不知如何說起。

「師姊若沒事，那我要回房了。」他說完便走。

「等等。」

他頭也不回，「師姊有何吩咐？」

她看他一晌，這才發覺劉病已個頭已高過自己，氣質也和往日不同了，像秋夜曉風，蕭蕭肅肅，卻終究知道自己在追尋什麼。

她心中忽然浮起一個念頭，霍禹也算英武，卻流裡流氣，比起劉病已的秀逸風姿，倒像是清輝玉樹旁的一枚青苔。

她靜默片刻，才輕嘆：「你變了很多。」

他笑了，「逝者如斯夫，不捨晝夜，我沒變，妳也沒變，只是有些東西，已成覆水。」語畢，揚長而去。

她愣在原地，細細咀嚼他話中含意，今夕何夕，竟形同陌路，心念翻湧，嘴角漾起一絲苦澀的漣漪。

清風吹起幾朵落花，卻吹不散院裡的寂寥。

劉病已和青兒在終南山住一晚，次日抵長安。

青兒很喜歡長安，興奮得跑到東西九市轉悠，用楚筌給他的錢東買西買。劉病已則回到北煥里。日上三竿，楚堯還在呼呼大睡。

他坐在床邊，拍了拍楚堯的肩，笑道：「都什麼時辰了，還在睡，昨晚喝通宵了？」

楚堯拉起被子蒙住頭，語聲含糊，「別吵我睡覺，再吵，老子一腳把你踹到井裡。」

劉病已忍俊不禁，掀開棉被，「你再不起來，我才要踹醒你。」

楚堯睜眼怒道：「你好大膽，敢踹老子，你……病已，你可回來了！」

「是誰說要等我回來和我一起通宵暢飲？結果你倒先喝得爛醉。」劉病已掩鼻蹙眉，「你幾天沒洗澡了？身上一股味兒。」

楚堯嗅了嗅，笑道：「我又不像你有平君那樣的紅顏知己，弄得人模人樣給誰看。」

一席話令劉病已神色一黯。

「你在這兒時我天天沾你的光吃平君做的飯菜，你一走，我一夕間回到了大饑荒時代。平君什麼時候要來？我好想念她的雕胡飯。」

劉病已勉強一笑，「先不提她，我有重要之事要告訴你。」

「什麼事？」

劉病已道：「天下我最信任的人，有我師父、掖庭令張公、暴室嗇夫許叔叔、彭祖，還有平……」心頭隱隱抽痛，底下那個字怎麼也說不出口。

他深吸口氣，平復心緒，「還有你，我們是情逾骨肉的好兄弟。」

楚堯難得收起一貫的散漫，咽了咽唾沫，「你到底想說什麼？」

劉病已輕描淡寫將自己的計畫說了。

楚堯聽完後，驚得大氣不敢出，冷汗涔涔，忍不住激動地握住他的手，壓低聲音道：「你安安分分做你的宗室子弟不好嗎？幹嘛非要乾坤復位？你知不知道此舉會替你招來禍患？」

「士不可以不弘毅，任重而道遠。仁以爲己任，不亦重乎？死而後已，不亦遠乎？兄長，既然老天讓我活，那我就不能白活。人有無限可能，路是人走出來的，只看你敢不敢放手一搏，哪怕是飛蛾撲火，我也一定要重新找回衛氏的榮耀。」

楚堯嘴唇微顫，呆了片刻，忽然正色道：「將來若你即帝位，做兄長的不求和你共享榮華，但若要挨刀，有我替你在前頭擋著。」

劉病已眼角微濕。楚堯說這番話時，眞情流露，眼底彷彿有火焰燃燒，令他的臉熠熠生輝，漆黑的眼瞳映著兩個小劉病已，而他心裡也只有劉病已一人。

士爲知己者死，誰說知己難尋，莽莽湖海間不就讓劉病已交上楚堯了嗎？

許平君回家後，人變得沉默，幾乎不吃不喝。

江悟用了楚笙祕製的安神香後，果然一宿無夢，安眠到天明。

家裡兩人，一個日漸消瘦，一個恢復朝氣，讓許夫人不知是喜是憂。許夫人旁敲側擊，才從女兒嘴裡套出話來，原來女兒已和那身無長處的劉病已斷了關係。

這下轉憂爲喜，對女兒的衣衫漸寬面目憔悴也不掛心上了，小小年紀，懂什麼是愛？難受幾日就好轉了。待許廣漢休沐返家時，許夫人才敦促丈夫趕緊給女兒找個好人家，把親事定下來。

許廣漢向來唯妻是從，一番張羅，很快便找到少府歐侯內者令作爲親家。

許平君知道後，氣得又哭又跳，「你們怎能問都沒問過我就草率把我許給別人？不嫁！我不嫁！」

許廣漢和許夫人對視一眼，許廣漢好聲好氣道：「歐侯內者令是六百石吏，這門親事，是咱們高攀了，妳該慶幸。」

許夫人幫腔道：「是啊，歐侯家與咱們家一直交好，歐侯公子妳是知道的，人老實，性情好，一定會好好愛護妳，珍視妳的。」

許平君更怒，耍起脾氣，撒潑跺足，「不要不要，我已經拒絕過他很多次了，他爲什麼總要這般死纏爛打？我不喜歡他！我只要病已哥哥，我只嫁給病已哥哥！」

許夫人也怒了，厲聲道：「婚姻大事向來父母作主，哪來這麼多廢話？這門親事早已說定了，過兩天歐侯家就要上門納采了。」

許平君從未見過母親如此疾言厲色的模樣，心中委屈，扁嘴道：「妳不講理！明知人家心裡只有病已哥哥，還要把我塞給那歐侯公子。」

許夫人冷笑，「滿口都是病已哥哥，妳的病已哥哥呢？妳有本事倒是把他領上門，我親口問他娶不娶妳。」

這話戳痛許平君的心，她哇的一聲哭了出來，扭頭衝出去。

一出家門，險些撞到迎面而來的歐侯公子。

歐侯公子見她哭得梨花帶雨，心中一蕩，見她要走，情急之下握住她的手腕，道：「君兒，妳怎麼哭了？妳要上哪兒去？」

許平君滿肚子氣，無處可撒，剛好這倒楣鬼送上門來，又無禮地握著自己，還不要臉地喊著「君兒」，氣得摔開他的手，道：「走開，別來煩我。」說著拔腿就跑。

歐侯公子追了上去，哭喪著臉道：「君兒，妳等等我。」

許平君怒道：「煩死了！誰是你的君兒！你再跟著我，我……我乾脆死給你看。」

歐侯公子嚇得猛叫：「別別別，我不跟妳就是了。」

許平君一路脫韁野馬般奔向北煥里，她要把許婚之事告訴劉病已，她就不信他真的心如鐵石，聞之無動於衷。

奔得額頭見汗，氣喘吁吁，正要停下歇會兒，目光忽然定在一處酒肆裡。

一對少年男女旁若無人，輕輕相擁，狀似親暱。

少年的臉正對窗外，眉眼溫情依稀，卻不是對她。

許平君如被人重擊一拳，有幾許眩暈感，僵立在原地，眼淚重又簌簌落下，須臾，摀著臉，腳步虛浮地踏上返家之路。

劉病已自從找回記憶後，大半個月，倒有一半的日子都宿在掖庭張賀住處。他思忖再三，終究沒將自己計畫對張賀和盤托出，只因他很清楚，張賀是刑餘之人，又加上年歲已高，早已禁不起一絲動盪，所以把計畫咽在腹中。

這日他出宮，要去找楚堯和青兒。未央宮離尙冠里很近，出東門沒多久就到了，每次經尙冠里，都覺心裡空落落的，止不住悵然。

一路踽踽而行，忽見旁人一窩蜂地往前方奔去。他好奇心起，揪住一個大漢詢問，才知前方有西域歌舞團表演，每個胡女都是眉目如畫，體態曼妙，風情萬種，能歌善舞。

他很好奇西域歌舞光景，於是隨人潮而去。

前方空地圍了一圈人，人人一臉期待。

空地兩側設有帳棚，歌舞團男女有的懷抱樂器，有的手抱彎刀。

彎刀？劉病已一愣。

他踱了一圈，找不到屬意的位子，於是往一側酒肆走去。

肆裡因今日有歌舞表演，早已高朋滿座，唯靠窗雅席花費較貴，所以還有空位。他一進門，不等夥計招呼，便將楚笙相贈的一枚金餅拋出，夥計立卽眉開眼笑，替他安排一個視野絕佳的好座頭。

劉病已閒閒靠窗，支頤而坐，騁目四顧，忽見一輛綺幔軿車駛近，一個丫頭挽著少女下車，施施然走入酒肆，立卽給安排坐在劉病已左側的雅席。

劉病已只覺少女面熟，從她下車時便不禁多看兩眼，登時認出她便是霍成君！

正不知如何接近她，她倒自己送上門來。

霍成君察覺似有人在看她，眉含秋霜，鳳眼生威，要瞪過去，驀見劉病已面如美玉，目若朗星，只是靜靜坐在窗邊，卻像初生霞光似的光彩奪目。

她一呆，隨卽霞染玉頰。

當年在食肆僅是匆匆一瞥，轉眼卽忘，她哪裡想得到那個受自己白眼的少年竟是眼前這位翩翩佳公子！

這時帳篷裡兩個褐髮碧眼的胡女姍姍走出，向觀眾行禮。眾人吆喝助勢，鼓掌若狂。

其中一個胡女講了一口彆腳的漢話：「給諸位問好，奴家姊妹非常喜歡漢朝的富庶壯麗，因此遠從龜茲[註1]跋涉近八千里而來，立志踏遍漢朝各地，接下來獻上一支彎刀舞，還望諸位慷慨解囊，贊助旅費。」

語畢，一側樂師奏起奔放熱情的樂曲，兩個胡女舞著彎刀，踩著輕快的步伐，婀娜起舞。

晶瑩剔透的膚色、勾魂蝕骨的眼波、纖如弱柳的素腰、裸露無遺的藕臂，裙袂流轉間、媚目流盼間、菱唇含笑間，均是旖旎萬千，春意無限。男觀眾情不自禁地撫掌叫好，甚至有人朝女子擲金丸。

數顆金丸滴溜溜滾落在地，一個胡女不察，登時滑跤，身子幾旋，摔了下去，彎刀飛出，帶著她舞動的勁勢，往肆裡射去。

一朝之患便在眼前，衆人一呆，驚呼連連。

霍成君哪料到歌舞看到一半，窗外便飛來橫禍，一時驚呆了，渾不知閃避。

在一陣驚聲尖叫中，劉病已挺身而出，抱著霍成君一閃，彎刀從他頭上擦過，噹的一聲落地。

肆裡衆人經歷生死一瞬，均驚得瞠目結舌。

劉病已鬆開霍成君，道：「事急從權，在下不得已冒犯了姑娘，還望見諒。」

墨染髮絲襯著劉病已如玉容顏。霍成君不由得心如鹿跳，呼吸急促，低聲道：「沒關係，多謝公子。」

丫頭采薇嚇得花容失色，扶起了霍成君，「姑娘沒事吧？」

霍成君羞看劉病已一眼，道：「還好有這位公子，我沒事。」

采薇怒道：「這群不三不四的外邦女子險些害死妳，要不要報官？」

霍成君剛撿回一條命，驚魂未撫，怒從心起，把胡女剝皮拆骨的心都有了，但劉病已在側，不願失了氣度，道：「不用了。」

采薇揚眉錯愕，咦了一聲，這不像霍成君平素的作風啊！莫非給嚇傻了？

「她們必定不是故意的，身在異鄉，生活不易，既然我毫髮無損，那就不要跟她們爲難。」霍成君和顏悅色，「采薇，妳拿些金餅賞給她們，以彰顯我泱泱大漢之氣度。」

采薇還以爲自己聽錯，遲疑不動。

霍成君見她目瞪口呆的樣子，暗暗不悅，道：「趕緊啊。」

采薇一臉狐疑地去了。

劉病已拱手道：「姑娘既沒事，那在下先行一步。」

霍成君忙道：「公子請留步。」

「姑娘還有事？」

霍成君斂衽一禮，「公子大義高風，小女子欽佩已極，請問公子尊姓大名，家在何處，日後方能報答。」

劉病已心中露出肥魚上鉤的笑意，臉上不動聲色，「人生相逢，何必相識，告辭了。」

「公子。」霍成君情不自禁邁前一步，瞥眼見一枚玉珮落在席上，似是劉病已遺落之物，俯身拾起，握在掌中。

玉珮觸手生溫，她的心也是一片暖意，將玉珮遞給采薇，吩咐道：「知道怎麼做了吧？」

采薇一笑，「姑娘放心。」

劉病已回到北煥里。楚堯上前嗅了嗅，道：「你身上有一股脂粉香，方才幹嘛去了？」

劉病已一愣。一旁青兒笑道：「你是狗嗎？鼻子這麼靈。」

楚堯瞪了他一眼，又對劉病已道：「說，是不是去妙音坊了？」

劉病已窘然道：「我哪有尋花問柳的心思？」於是將方才相救霍成君一事說了。

楚堯吃驚道：「霍成君？」

「三年前我與霍成君有過一面之緣，當時她還罵我是醜八怪呢！現在倒是認不出我來了。」

「人與人之間的緣分還眞是奇妙，她罵你醜八怪，這回兒見了你，怕是魂銷骨酥，春情蕩漾，不知人間天上了。」楚堯狡黠一笑，「都說霍成君艷麗無雙，你今日一見，如何？臉是圓是尖？是高是矮？是纖細還是豐腴？」

劉病已沒好氣地道：「那不是重點。歌舞表演發生意外純屬偶然，卻讓我救了霍成君一命，我故意落下玉珮，好讓她按圖索驥查找到我，估摸這幾日便有霍府的人要請我過去了。」

楚堯收起嘻皮賴臉，正色道：「我只問你一句，那霍成君，你打算如何？」

劉病已面無表情，「她是一條捷徑，一枚棋子，一陣東風。」

「平君呢？」

劉病已沉默。

楚堯慨然一嘆：「我明白了，怪不得這段時日都不見平君，也沒聽你主動提及。她是良家女子，想必你更願她過著相夫教子只知五穀、紡績織作主持中饋的簡單生活吧？」

「風波險惡，行路艱難，若你是我，也會這麼做吧？」

「儘早斷了也好。」楚堯雖感遺憾，畢竟也覺得他們還沒到多麼深刻的地步，很快就不把這事擱心上了，「霍成君是一扇門，裡面有你想要的東西。雖聽說霍成君眼睛長在頭頂上，又是用鼻孔看人，但到底也是小女兒家，你一表人才，氣宇軒昂，再多學一些取悅女子的技巧，不怕霍成君不對你死心塌地。」

劉病已道：「什麼技巧？」

楚堯賊眉鼠眼一笑，「等我一會兒。」快步入房，抱了一疊帛畫出來，大剌剌地攤在案上。他輕咳一聲，一本正經道：「拿去仔細研究。」

劉病已和青兒一看，登時面如火燒。

青兒摀臉，「下流。」

劉病已耳根子發燙，「你怎麼有這麼多……這個？」

「我就放在床底下，還以為你曉得哩！男人嘛，總是會有需求的，你兄長又沒有女人，當然只能靠自己囉！」

劉病已乾巴巴地道：「你要我看這個幹嘛？」

楚堯白了他一眼，「明知故問，牽手，摟抱，親嘴，再來是什麼？好小子，年紀比我小，卻是艷福不淺。」

劉病已和青兒面紅不語，屋內一時靜如止水。

楚堯忽地拍案大叫，將青兒嚇了一跳。青兒撫著心口，啐道：「你吃錯藥了嗎？」

楚堯指著劉病已，道：「寒月那薄情寡義的女子跟了霍禹，你又跟霍成君這個那個，這……這眞是亂七八糟，弄得我暈頭轉向。」

青兒看都不敢看帛畫，「你才亂七八糟，都給我們看什麼來著。」

「飲食男女，人之大欲存焉！毛還沒長齊嗎？連這都不懂。」楚堯嘿嘿一笑，目光瞥見劉病已邁步欲出，忙問，「你去哪？」

「外面曬太陽。」

「那這些畫怎麼辦？」

「你自個兒慢慢研究。」

註1：西域古國之一。

十三・命格

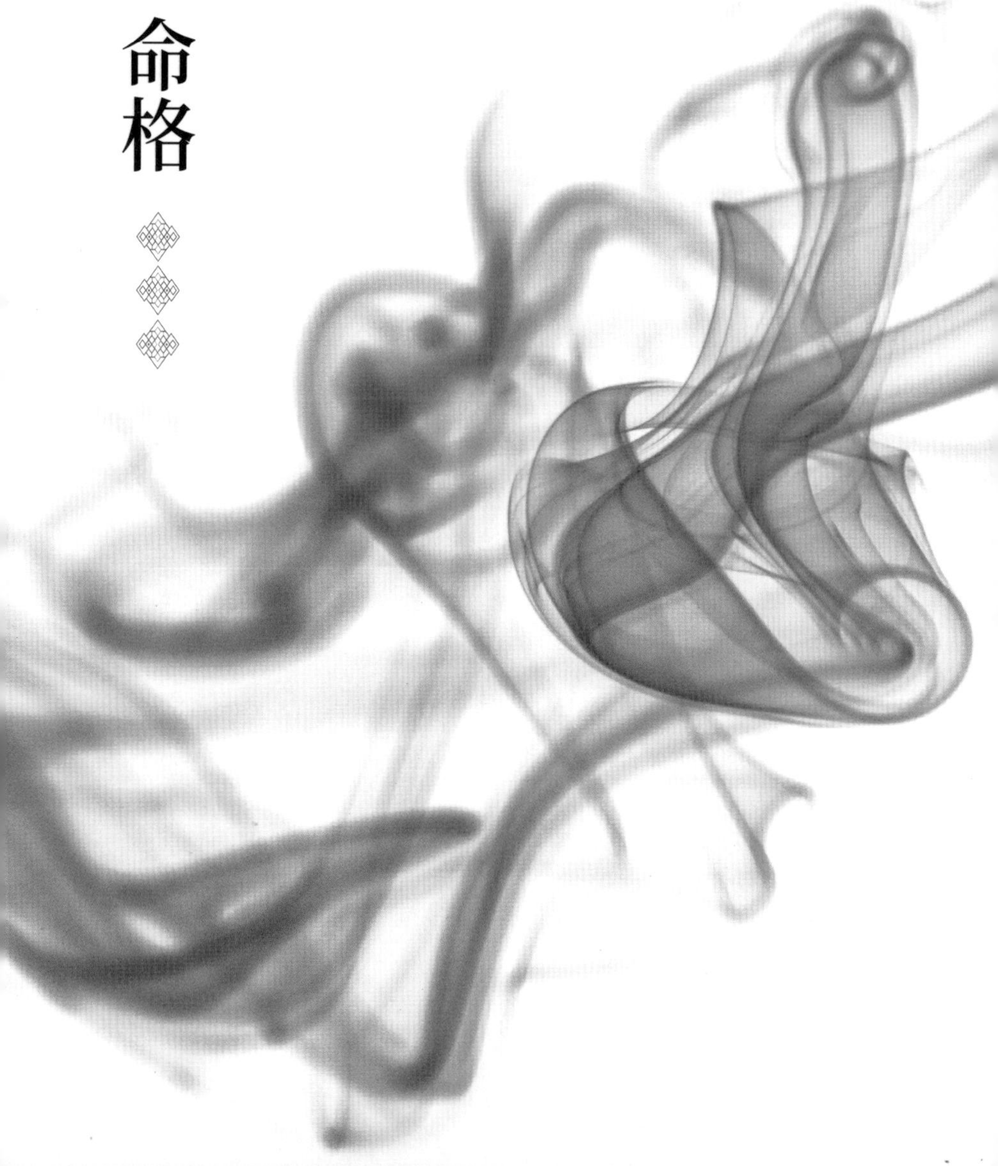

劉病已走到院子裡，對著晾衣裳的竹竿愣愣出神。

許平君來的那段時日，閒不住似的，甚是勤快，不僅日日下廚做飯，還主動搓洗他換下的衣物，洗好了就晾在陽光下。楚堯見了開玩笑要她一併把自己的洗了，許平君笑著說好，弄得楚堯連連搖手，她卻說洗衣做飯是女子的本分，從他手裡奪了衣裳。

耳邊依稀響起她昔日的嗓音：「病已哥哥，你力氣大，過來搭把手，把這件中衣擰乾一點。」

恍惚間一張嬌俏可人、宜嗔宜喜的容顏歷歷在目，明晰得像鐫刻在心裡。

劉病已用力咬唇，讓此間的痛覺抑制住如水漫延的悵然。

一瞬後回歸現實，想起楚笙要他「以色事人」，主動接近霍成君，沒想到一場偶發意外，反倒是霍成君對他留了心。

看來霍成君對自己很有好感，如今只能一步步走下去，究竟結果如何，唯有走下去才能知曉。

元鳳三年冬，遼東烏桓反。霍光遣女婿中郎將范明友為度遼將軍，領兵前去平亂。

這消息是張彭祖告訴劉病已的，說完，道：「遼東那麼冷，冬天寸草不生，呵氣成冰，聽說還有很多茹毛飲血的野人。大將軍怎麼會派自已女婿去？難道要女兒守寡嗎？」

劉病沉吟道：「不，大將軍讓范明友去，一定是經過深思熟慮的。這仗不但沒有危險，反而有數不盡的好處，封侯指日可待。」

張彭祖咋舌道：「這麼好的機會，可不是天上掉黃金嗎？怪不得世間男子都想做霍大將軍的乘龍快婿，一旦娶了霍家女，榮華富貴封侯拜相便如探囊取物。大將軍有這麼多女兒，現在好似只剩小女兒霍成君待字閨中吧？卻不知誰有這福氣能受她青睞……」

劉病已聽他滔滔不絕地說著，驀地有個衝動想將自己與霍成君之事告訴他，轉念又想，還是等水到渠成再說吧。且關於皇位之事張彭祖並不知情，劉病已也沒打算相告，只因張彭祖一向口沒遮攔，心裡藏不住事，若說給他聽還不知這愣頭青會捅出什麼簍子。

一日霍府遣人請劉病已過去。

楚堯在劉病已臨去前耳提面命，「霍成君無論容貌家世，均是上乘之選。長安多少世家公子妄想攀上金枝，可人家偏生就是不屑一顧！爲什麼？這些笨蛋不是對她熱情如火，便是敬奉如神。有的慕她權貴，有的媚她姿容。想必霍成君見多了，也看膩了，對付霍成君這種金枝玉葉，要欲擒故縱，若即若離，忽冷忽熱，讓她覺得你分明近在眼前，卻像隔著關山……」

他嘮叨不停，劉病已邊聽邊笑，心想楚堯又沒有過女人，反而一副身經百戰、閱女無數的模樣。

馬車駛至北闕霍府，丫頭采薇挽著霍成君在門廡上親迎。

霍成君顯然精心打扮過，臉上薄施粉黛，淡掃蛾眉，漫點朱唇，雲鬟霧鬢，珠翠琳瑯，一身戚里織成錦深衣[註1]，外罩白狐大氅，盈盈站在那兒，靄靄凝春態，溶溶媚曉光。

她親自將劉病已引至暖閣。

劉病已環視一圈。暖閣地上鋪氍毹，窗扉是綠琉璃，閣中架有雲母屏風、綈几、五色綾紋象牙火龍、白象牙簟，上方鋪了熊皮墊席，熊毛長二尺有餘，薰有奇香。坐上去，衣香經久不散。

須臾，有人端來食案。粟飯、蒸鯉魚、乳酪糜羹、炙獸脊肉、芍藥醬拌雞肉，還有一些常見的時令蔬菜，酒則是蘭香酒，另有石榴、葡萄、胡桃等西域瓜果。

此時屏風後有樂伎奏樂，使氣氛活絡。

霍成君悄悄地向杀薇遞個眼色，杀薇拿長勺舀了晶亮的酒液注入劉病已的耳杯裡，笑道：「案上佳餚都是我家姑娘親手做的，奴婢要幫忙，姑娘還不讓奴婢插手呢！」

「多嘴。」霍成君假意怒瞪她一眼，隨即笑對劉病已，「公子嚐嚐這紫蘇醃菜，很開胃。」

劉病已嚐了一口。

霍成君滿心期待，「可合胃口？」

劉病已淡淡道：「還好。」

霍成君俏臉立僵，隨即重拾嬌靨，又對杀薇使眼色，讓她夾一筷膾鯉魚給他，自個兒不緊不慢說道：「鯉魚是一早從池裡新鮮打撈的，無腥味，魚肉細緻綿密。公子嚐嚐。」

劉病已咀嚼片刻，微笑，「淡中知眞味，霍姑娘好品味。」

霍成君面如雨後初晴，笑道：「公子喜歡便好。」

杀薇在一旁看著，心想姓劉的眞是不識好歹，我家姑娘從不進廚房，爲了你，特地向一個卑賤庖人學做菜，不小心燙傷了手，結果第一道菜你就不給面子，還好第二道菜肯賞臉，否則豈不教姑娘心裡難受？

劉病已當下又嚐了幾道，時褒時貶，霍成君一顆心也跟著起起落落。

用完膳後，下人撤走飯菜。霍成君以袖掩面，淺淺飲酒，再用絹帕抿唇，道：「那日公子爲救成君，不愼遺落玉珮。成君知此物貴重，一直貼身保管，待和公子見面，便親手歸還。」說著命杀薇呈上玉珮。

劉病已道：「這枚玉珮乃家傳之寶，對我而言彌足珍貴，幸好是霍姑娘拾了去，否則落入他人之手，我還不知從何尋起。」他故意遺落玉珮，一來讓霍成君成爲主動方，二來藉此物製造兩人往來的機會，所謂家傳之寶也是信口編造。

霍成君淺笑間，梨渦盈盈，「完璧歸趙，成君由衷歡喜。」

劉病已起身，拱手道：「多謝霍姑娘盛情款待，我還有要事，不便多留，就此別過。」

霍成君不料他嘴一抹，說走就走，心一急，慌忙起身，疾步上前，衣袂不小心拂到青銅豆型燈，匡啷落地，火星飄到裙上。

她尖叫一聲，雙腿一軟，癱坐在地。劉病已搶先過來，以袖風滅了那欲燃的火花，隨即扶起她，見她裙幅被灼出一個醒目的破洞，忙問：「可有燙傷？」

一抹關切之色漾入霍成君眸心，她的心如飲醇酒，醺然欲醉，垂首低聲道：「沒有。」

「沒事就好。」

霍成君這會兒倒希望被燒傷，才能多挽留他片刻，眼見劉病已要走，心下無奈，只能尾隨相送。

劉病已出府後，霍成君見他要上馬車，這一去不知何時才能相見，情急之下，脫口道：「明日這時辰，公子是否得空？」

劉病已不答反道：「霍姑娘有何事須在下效勞？」

「投我以木瓜，報之以瓊琚。」霍成君鼓起勇氣道：「近日成君新得一張寶琴，若公子不嫌棄，成君願爲公子獻曲，若公子明日無事，我便遣人去請公子。」

劉病已沉吟道：「我明日有事，不如約七日後？」

霍成君芳心暗喜，眉梢眼角幾乎藏不住笑意，「好，成君在此恭候公子大駕。」

劉病已不願久待，躍身要上馬車，剛好另一輛馬車在府前停下，馭者掀簾，挽著一人下車。

霍成君喜叫：「父親。」

劉病已長揖，「見過霍大將軍，上回病已在您面前失儀了，望大將軍勿怪。」

霍光知道他是東閭殊弟子，心中頗有幾分親近感，道：「皇曾孫有禮了。」語畢，一縷斜陽投射在劉病已作揖的手上，折出一道光，刺入霍光眼裡。霍光側目閃避，隨即看清劉病已指間物什。

霍光心一震，對上他欲語的目光，須臾，淡淡道：「你要離府了嗎？若不急著走，可否隨我到書房一談？」

「但聽大將軍吩咐。」

霍光闊步入府。劉病已尾隨在後。

霍成君在旁聽著二人言語，得知他們早已相識，心中又驚又喜，見父親將劉病已叫入書房談話，雖然好奇，卻不敢明著多問，吩咐采薇備些茶點到書房。

霍光神色不變地收下指環，順便關切地詢問劉病已年齡、喜好、經歷，還考察他一些學問，結果令他大爲驚訝，十四五歲的少年，對《詩》三百篇幾乎倒背如流，《論語》《孝經》也是熟讀於胸，高材好學，喜遊俠，鬥雞走馬，具知閭里奸邪，吏治得失，不由心生好感。

二人一直談到華燈初上方才出來，談些什麼，霍成君自然不知，想從二人面上探些端倪，但這一老一少都是面沉如水，連談話時的心境都推敲不得。

霍成君送劉病已出府後，便折回書房，纏著霍光相問。霍光雖寵溺女兒，凡事千依百順，此刻卻隻字不提，只揮手趕女兒離開。

霍成君問不出一字半句，只能悻悻回房。

霍光待女兒走後，手掌攤開，凝視著掌心上的指環，目光漸漸迷離、失焦。

劉病已回到北煥里。

楚堯踞坐在門口打盹，聽得車聲轆轆，揉揉雙眼，一躍而起，「你終於回來了。」

劉病已心一暖，「你沒睡午覺嗎？怎麼不回房躺著，卻跑來門口吹風？」

楚堯打個哈欠，睡眼惺忪，「你去霍府那麼久，我放心不下。」

劉病已失笑道：「你太多慮了，難不成霍成君還會把我吃了？」

楚堯用手肘戳戳他胸口，露出一抹狡黠笑容，「霍成君是大家閨秀，想來不至於這般急躁，倒是你……」湊近嗅一嗅，「好香，霍成君用的這是什麼薰香？把你也弄得香噴噴的，莫非是臥褥香爐？」

劉病已頓時漲紅了臉，「滿腦子想些什麼？不跟你說了，光應付霍成君和霍光，快把我累死了，我去躺一會兒。」

楚堯笑著追問：「碰上霍光了？看來很順利啊！你們都聊了什麼？」

劉病已沒好氣地道：「等我起床再說。」逕自入房，躺在榻上，闔上眼，腦海立即浮起一抹綠衣，唇角漾起一絲溫柔繾綣的漣漪。

唯有閉上眼，才是他與她的世界。

良夜褪去，朝暾上窗。

劉病已和楚堯並肩坐在院子裡吹風。

劉病已問：「你認識的人裡，有沒有人擅長吹簫？」

楚堯撓首思索，「有啊，鬥雞翁啊。」

劉病已奇道：「關內侯王奉光會吹簫？」

「你不知道嗎？鬥雞翁逢人便吹噓自己是吹簫高手，這陣子他爲女兒王靜姝許親，連許三次，所適之人相繼死去，弄得大家都說王姑娘剋夫，無人敢娶，終日鬱鬱。於是鬥雞翁去鬥雞舍便少了，你問這個幹嘛？」

劉病已頓時想起那日竹林裡許平君等待的就是這個靜姝姊姊，原來是鬥雞翁的女兒，聽楚堯一問，便道：「霍成君說要彈琴給我聽，我若不通音律，便只有聆聽的份兒，倘若她彈琴，我吹簫，曲通人意，豈不更能拉近彼此距離？」

「臭小子，在兒女私情方面，越來越懂得運用心術了！」

「這不是你教我的嗎？取悅女子總要運用一點技巧。」

「不錯不錯，有把我的話聽進去。對了，你何時要聽她彈琴？」

「她本來說是今日，可我沒工夫練習，延到七日後。」

楚堯跳了起來，瞠目結舌道：「七日？你要在七日之內學會吹簫？你當你神人嗎？」

劉病已苦笑，「我小時候在魯國看我舅舅吹簫，好像挺容易的。」

楚堯邊跑邊道：「你在這兒等著，我趕緊把鬥雞翁請來。」

楚堯手腳眞快，過不多時便把那自詡爲一流吹簫高手的鬥雞翁王奉光「死拖活拉」了過來。

有道是人不可貌相，鬥雞翁生得獐頭鼠目，短小精悍，乍看之下還以爲是哪戶豪門的小廝，但吹起簫來，卻教二人屏息凝神，嘆爲觀止，一曲〈關雎〉，圓潤輕柔，幽深典雅，感心動耳，蕩氣迴腸，眞教二人從此對他另眼相看。

王奉光見二人神色，也頗得意，吹得更起勁，女兒婚事不順的陰霾霎那間都煙消了。當下王奉光爲師，劉病已爲徒，前者樂於授藝，後者天資聰穎，勤於練習，幾日後，劉病已已能完整地吹出一曲〈關雎〉。

這下倒讓王奉光對劉病已好感度倍增，等他吹完簫後，殷勤地挽著他的手，一個衝動，笑著說要把女兒許配給他。王家先人在高祖起兵反秦時有戰功，賜關內侯爵位。關內侯是秦漢二十等爵位中第十九等，僅低於列侯。王奉光蒙祖蔭世襲關內侯，若不是女兒無人敢娶，他是絕不會想讓劉病已做女婿的。

劉病已對著王奉光笑咪咪的臉只是發愣。楚堯火氣上來，暗想你女兒已許過三回人，對方也死三回了，你還要禍害人？可這話不好明著說，只好淡淡道：「上次你不是跟我說你找方士替王姑娘算過命了嗎？方士說王姑娘將來必定大富大貴，所以等閒之人皆不可攀，關內侯還是靜待命定的適宜之人吧。」

王奉光這才想起方士之言，暗悔方才一時嘴快，連忙笑道：「是了，我女兒命好著呢。唉，可惜了，病已我越瞧越投緣……」一邊打哈哈，一邊告辭去了。

王奉光走後，劉病已整歛心神，月下吹簫。楚堯微瞇雙眼，心旌搖盪，忍不住一聲輕嘆，「你不僅人長得俊，又能文善武，現在連吹簫也這般拿手，天下哪個女人不為你癡迷！」

青兒嘻嘻笑道：「你不說話，我還當你是一頭牛，病已正在對牛吹簫呢！」

楚堯睜目怒道：「你說誰是牛呀？病已，這沒上沒下的臭小子你是打哪兒帶來的？專門和我作對！」

青兒扮了個鬼臉，「好吧，你不是牛，你就是一隻咯咯叫的雞。」

楚堯大笑，「雞有什麼不好，你可知雞有五德？首戴冠者，文也；足博距者，武也；敵前敢鬥者，勇也；食相告者，仁也；鳴不失時者，信也。你楚堯哥哥的內心，就深深懷有這五德。」

「呸，自吹自擂，也不臉紅。」

劉病已一笑，不理會二人的唇槍舌戰，嗚嗚咽咽地繼續吹起了〈關雎〉。

納采、問名、納吉、納征，許平君便似個被動的人偶般走過定親每個流程。她的女伴中有王靜姝。王靜姝目光在她怏怏不樂的小臉上流連一晌，低聲問：「妳是不是不滿意那歐侯公子？」

許平君嘆道：「事到如今，我即使不滿意，還有選擇嗎？」

「父母之命，媒妁之言，我們都沒有選擇。」王靜姝頗感傷，握著她的手，「那歐侯公子妳自幼相識，想來這樁姻緣不會太差，別像我，不知還能否找個知冷知熱的人長伴一生……」

王靜姝是關內侯之女，容止端雅，性情嫻靜，知書達禮，通翰墨丹青，是衆多長安公子心儀的對象。許平君一直覺得她將來必定會覓得如意郎君，結果老天一再跟她開玩笑，一時倒不知該如何安慰她。

不料一月後，歐侯公子在家中無故暴斃，這下人人都說，許平君和王靜姝非一母所生，卻是同樣的剋夫命。

姊妹倆走出門，頓時成了尚冠里人人指指戳戳的對象。許夫人知道後氣得幾欲暈厥，連忙帶女兒去尋方士算命。

方士先是瞟了許平君一眼，接著問了生辰八字，閉上雙眼，左手手指掐算起來，嘴裡唸唸有詞。

許夫人緊張得大氣不敢出。許平君一早被母親從被窩裡拖出來，不甘不願地來到這裡，已是倍感不耐，忍不住道：「好了沒有？」

許夫人低聲喝道：「別打擾大師。」

方士忽地睜開眼，撚鬚微笑，「姑娘命相貴不可言，當紫氣盈門。」

許夫人大喜，連忙塞了一袋錢過去，「大師神通廣大，能否再說詳細點？」

「妳女兒命中金貴，等閒男子無福消受，輕則家破，重則人亡，故不可輕易許人。」

許平君翻了白眼，忍不住譏諷：「你怎麼不乾脆說我以後要當皇后？我和靜姝姊姊都當皇后。」

許夫人狠狠在她臂上一掐。許平君吃痛，氣鼓鼓地扭過頭去，只聽母親急切又問：「到底怎樣的夫婿才能匹配？」

方士神祕兮兮一笑，「天機不可洩漏。」

許平君撇唇：「就會故弄玄虛。」

許夫人既得到這樣的讖語，女兒剋夫的陰霾也就一掃而空。

那日霍成君與劉病已分別後，晝夜更替，如度三秋，魂縈夢繫，便是渴盼與他鵲橋相依，終日撫琴，想像劉病已冠帶濟楚端坐案前，眉目傳情，唇角含春，偶爾仰起下頷，極目眺望著蒼穹雲捲雲舒，或是注視著庭前的夭夭紅梅，陷入漫漫如水的少女情思。

采薇隨伺在側，只覺得霍成君彈琴時，整個人容光煥發，像是一朵盛開到極艷的牡丹，不禁了然，原來不管什麼胭脂水粉，都不及情愛的滋潤。

一晃眼便是與劉病已相約的那一日。

閨房中，采薇替霍成君梳妝。鏡中映著一個曼妙少女，螓首蛾眉，明眸善睞。

采薇從妝奩裡取出一枚珍珠簪斜斜插入她的雲髻，讚道：「等會兒劉公子見到姑娘，只怕從此眼裡再也瞧不上其他女子了。」

這句話聽在霍成君耳裡不勝歡喜，她目凝春態，透過鏡子似笑非笑地橫了采薇一眼，道：「再幫我把眉色描深一點。」

劉病已於未時入霍府，霍成君還在梳妝，便由下人引至梅園。梅園已設坐榻，備茶點，他雖是一介布衣，卻是霍成君的貴客，誰也不敢怠慢。

天色碧藍，日光鎔金，梅花怡然而開，其嫣紅不遜美人顏，花枝被剪得參橫妙麗，有雲掩風斜之姿。

信步園中，衣染梅香，繞過假山，迎面見梅枝疏影裡有一少女，手持花剪，背對自己，且行且止，不時擇枝而修。

「摯兒別剪了，天冷，先來喝一碗熱呼呼的豆粥吧。」一家奴在廊上揚聲道。

那少女笑道：「這就來了。」

劉病已聽得「摯兒」兩字，心一震，摯兒？㚟兒？前塵往事倏地浮上腦海，野遊雲陵，救了一女孩，女孩跟他返回長安，林間窺破上官安等人通謀一事，最後他遭人重擊，一地血色狼藉，而她從此銷聲匿跡……

㚟兒的五官，早在記憶裡模糊，只依稀記得是一張憔悴不堪的臉。

劉病已疑惑的目光於空中拂過，正好那少女擱下手邊活計，側目而來。二人相視一眼，都是發出一聲驚呼。

那少女正是㚟兒！

㚟兒顫聲道：「你……公子，公子，當眞是你嗎？」

劉病已展顏一笑，「㚟兒，是妳。這些年妳可好？」

久別重逢，㚟兒乍聽他嗓音，心神激盪，飛奔撲入他懷中，一聲幽咽透過衣料傳來：「天可憐見，終於讓㚟兒再和公子重逢。」

劉病已對她來說，既是恩人，又如兄長，當年分別後，劉病已便生死未卜，音訊全無。她內心既愧且悲，總覺得劉病已的不幸，是受自己這不詳之人的連累。這三年多來，她總會朦朦朧朧地夢到他幾回，醒來後，身邊空蕩蕩，枕上濕漉漉，深夜靜悄悄，一腔都是難言的自責難過。

兩廂靜默片刻，劉病已問：「㚟兒，妳如何會在霍府？」

㚟兒仰起下頷，天光雲影凝聚在她眼裡，化作一縷淚霧，「當年你生死未卜，我心裡很慌，不知該找誰救你。我聽逆黨話中提及大將軍，便只能來霍府，向大將軍告發公主謀反之事……」

劉病已吃驚，「妳向大將軍告發此事？」

「外界都說是長公主舍人燕倉舉報，謀逆之事才曝光的，其實，早在燕倉告密時，我就將此事告知大將軍了。當年我跑到霍府求見大將軍，霍府的人不讓見，我又不敢公然嚷嚷長公主等人通謀一事，便守在大將軍返家的路上，要攔住大將軍的車駕，最後等是等到了，逆黨伏誅，大將軍也遣人尋你幾日，卻不了了之。後來大將軍憐我孤苦，便讓我在霍府養花弄草，七姑娘覺得我名字不雅，把我的『毳』換成另一個『摯』。」

她嘴裡的七姑娘便是霍成君，家裡行七，家奴都稱七姑娘。

劉病已含笑問：「哪個摯？」

「眞摯的摯，七姑娘還教我寫自己的名字。」摯兒笑，「對了，當年公子落下一枚寶鏡，被我撿了去。」

劉病已托楚堯尋寶鏡，一直未有消息，每次想到寶鏡不免鬱鬱，聞言喜出望外，目光一亮，「我的寶鏡在妳那？」

摯兒泫然道：「想不到我還能親手將寶鏡物歸原主，我眞歡喜……」說到這裡，又要落淚。

劉病已笑，「妳再這般哭下去，旁人瞧在眼裡，還道我欺侮了妳。」

摯兒抹淚一笑，「我不哭，我不哭，今日故人重逢，該盡情歡笑才是。對了，公子，你如何會到這兒來？」

劉病已聞言，暗叫不妙，這才醒起自己來霍府的目的。他一見摯兒，亂了方寸，登時便把霍成君拋到腦後。

猛地轉身，見霍成君一身醒目的華服，淒冷冷地倚著白玉欄。采薇抱著琴，立在她身後，臉上盡是怨憤不平之色。

註1：戚里，里名，長安城內，爲帝王姻戚所居之處。
織成錦，古代一種名貴的絲織品，以彩色金絲線織成，又名「織成」。

十四·封侯

霍成君梳好妝後，匆匆出門，一路上心如鹿跳，雀躍不已。不料才剛抵達梅園，便見那貌不驚人的婢子依偎在劉病已懷中，肩頭聳動，又哭又笑。

猶如驟然霜降，她面色立即冷了。彼時距離尚遠，聽不清他們的對話，但二人間的親密，卻表露無遺。霍成君的雙手在袖中簡直快要掐出血來，她竭力壓抑著內心熊熊的怒火，賤婢，若非霍府收留，妳焉有容身之地，如今卻來勾搭我的男人。

劉病已轉身見到霍成君時，她嘴角已扯出一絲雍容端莊的微笑，神色自若，意態閒雅，好似剛從哪兒賞花回來，施施然走向他，道：「成君讓公子久等了，不知公子和摯兒的關係是？」

劉病已嗅到她話語間竭力想調和的一縷酸楚，微笑道：「摯兒是我失散多年的一位故人。成君，我與她久別重逢，聊了會兒，耽誤了時辰，望妳見諒。」

霍成君聽他喚自己為「成君」，霎時氣消了，重拾笑靨，「原來如此，既是故人，那便是自己人。摯兒妹妹，以後妳見到我，無須行禮，亦不必喚我七姑娘，咱們從此以姊妹相稱。」

她眉宇間有幾分刻薄之氣，又有責打僕婢的前科，向來為霍府奴僕所懼。摯兒也是如此，聞言怯生生地道：「七姑娘千金之體，奴婢豈敢與您姊妹相稱？主母若知道，會責罰摯兒的。」

「母親那兒，我自會和她說去。」

劉病已冷眼看著，他昔日早已見識過霍成君飛揚跋扈的樣子，此刻絕不會認為她是真心與摯兒姊妹相稱。

霍成君莞爾道：「方才不是有人喊妳喝粥嗎？還不快去，否則粥要涼了。」

這話無疑是叫摯兒快滾，然而她毫無眼力見兒，否則也不會明知霍成君要待客還在那兒剪枝弄花。此刻霍成君拐彎抹角地說話，她一時如何能夠理解？

「多謝七姑娘關心，摯兒喝得慣涼粥的。」摯兒欣然望向劉病已，「公子稍等，我將寶鏡拿過來。」說著快步而去。

霍成君氣得全身哆嗦，她費盡心思地妝扮自己，還命人以價值不菲的散花綾[註1]星夜趕工裁製新衣，便是爲了今日，要在劉病已心中留下驚鴻之影。花好月圓，良辰美景，更能烘托出氣氛的曖昧，在這綺麗旖旎的夜裡，她再彈奏苦練多時的一曲〈子衿〉，作爲完美的收梢。

她借助天時地利，苦心安排，再來才有人合，一切都是有順序的，不料半路殺出一個摯兒，分了劉病已的心思、目光，打亂了她的計畫。采薇抱著的那張琴，此刻瞧來，眞是諷刺無比，而她濃妝靚飾，鉛華如雪，更因這賤婢，使得劉病已毫不上心。

眼見今日確非良辰，她按下失落與惱怒，佯裝不適，「公子，成君略感頭暈，今夜恐怕不能爲公子獻曲了。」

劉病已知她心思，略作擔憂之狀，「妳臉色確實不好。」

霍成君欠身，「成君改日再約公子。」讓采薇攙扶回房。

她一轉身，劉病已臉上的擔憂之色瞬間斂去，倦容立顯，此時方知，原來逢場作戲後，便只剩心力交瘁。

過了盞茶工夫，摯兒匆匆跑來，將寶鏡還給劉病已。

「多謝。」他端詳寶鏡一陣，便收入懷中，垂眸視摯兒，「摯兒，我走了。」

「公子何時再來？」

「不知道。」

「公子住哪？摯兒這就向馮監奴請辭，日後好服侍公子。」

馮監奴就是被劉病已戲弄過的馮殷，霍府統管奴婢蒼頭的監奴。

劉病已聞言一愣，「爲何要請辭？」

摯兒臉一紅，「公子是世上第一個善待摯兒的人，摯兒願一輩子爲公子驅馳。」

「霍府妳待得好好的，何必呢？」他輕嘆，「難爲妳能有此心，可我如今……連自己的宅第也沒有，告辭了。」

她忙跟上去，「公子，我送你。」

「不必。」他丟下這句，大步流星而去。

霍成君雖藉故離去，卻沒回房，而是隱在廊柱後，癡然凝視著劉病已。

采薇低聲道：「姑娘，妳日以繼夜地練琴，如今爲何不彈奏了？」

「今日本應憩於亭中，賞花撫曲，吟風弄月，小酌佳釀。」霍成君心境黯淡，「既然時機不適，奏與不奏，有何分別？」

采薇憤聲道：「若非那賤人從中作梗，姑娘本可與劉公子寄情絲竹，月下獨處。姑娘，采薇這就去教訓那賤人。」

「不許生事，也不許叫她賤人，若講得順口了，哪日不小心給劉公子聽了去，我該如何交代？」

采薇噘嘴道：「采薇替妳抱屈。」

「她與劉公子交好，再如何不滿，也要將這口氣嚥下去。」

一個丫頭快步過來，向霍成君欠身道：「七姑娘，主母請妳過去。」

霍成君隱約猜到母親要說什麼，微感頭疼，道：「我換件衣裳，隨後便去。」

霍夫人在二堂閒飲金漿，一見霍成君，立卽擱下鑲金錯玉耳杯。
霍成君上前欠身，「母親找我何事？」
霍夫人森然瞟了她一眼，「妳爲何不聽我的話，硬要跟劉病已來往？」
霍成君正容道：「不爲別的，就因她是女兒的救命恩人。」
霍夫人冷笑，「那麼妳給他一筆錢不就得了，幹嘛邀他到家裡？」
霍成君直視她，「女兒喜歡他，此生非他不嫁。」
霍夫人拍案起身，怒道：「妳是什麼身分？我們霍家是什麼地位？他到底給妳下了什麼蠱了？妳竟這樣好賴不分！」
「心悅一個男子，何必這麼功利。諸位姊姊都嫁重臣貴胄，已經達到你們想要的目的了，我總能自由擇婿吧？」
霍夫人氣得咬牙，「從小我對妳諸多栽培，可不是爲了白白便宜一個沒落宗室的，若劉病已膽敢進霍府一步，我必讓人抬著他出去。」
霍成君知道母親行事往往只憑一時意氣，不計後果，冷冷道：「母親若動他一根寒毛，那麼，我就殺死妳唯一的女兒。」
霍夫人氣得全身發抖，上前，揚手賞她一耳光。
霍成君臉頰登時紅腫，淚盈於睫，卻昂然無懼地盯著母親。
霍夫人怒不可遏，「爲了那空有宗籍卻一無所有的布衣皇孫、叛臣之後，妳竟這般忤逆我，這十幾年來，眞是白養妳了！」
忽聽一人冷冷地道：「別過慣了錦衣玉食，就忘了自己也是庶民出身。」

「父親。」霍成君縱身撲入霍光懷中，嚶嚶哭了起來。
霍夫人聞言，臉上陣青陣白，既驚怒又羞愧。
霍光見霍成君玉頰紅腫，心疼不已，對霍夫人厭惡更甚，冷冷道：「劉病已是皇室血統，務必注意妳的用詞，下次若再讓我聽見，休怪我以家法處置。」
霍夫人氣往上衝，「你最近何以對我這般苛刻？」
霍光冷然注視她片刻，不發一語，舉步便要回房。
霍夫人嚥不下這口氣，扯住他胳膊，嗓子尖銳幾可裂帛，「你今日便在這兒把話說淸楚，否則……」惶惶然環目四顧，忽然指著一堵牆，「否則我立卽撞牆。」
霍光深深吸了一口氣，「妳眞想知道？」
霍夫人下意識隱隱覺得不妙，但自己方才一番話覆水難收，只能硬著頭皮，大聲道：「你若還念著夫妻之情，便爽爽快快說出來，省得骨鯁在喉。」
兩道銳利的光芒自霍光眼裡噴薄而出，「良兒怎麼死的，妳當眞要我在下人前說出來？」這番話平吐平出，隱含憤怒、悲傷、懊悔，以及一絲最後的包容。
霍夫人聽到「良兒」兩個字，霎時面無人色，氣勢立餒，顫聲道：「你這是……這是什麼意思？」
霍光淡淡道：「別以爲我不曉得當年妳幹了什麼好事，我只是瞧在成君面上，不願追根究柢，如今妳自己逼我舊事重提，就別怪我讓妳在下人前抬不起頭來。」
霍夫人踉蹌倒退數步，一跤跌坐在地，面如死灰，「你私下調查我？」
「妳想殺那巫女滅口，卻逼得狗急跳牆，那巫女爲求活命，把妳的所作所爲全盤托出，只求我能看在她揭露事實、追悔莫及的份上，保她不死。」

霍夫人只覺得全身如墜冰窖，哆嗦不已，喃喃地道：「原來你早就知道了，那何以這些年，你對我竟無片刻的疏離？何以最近這幾日才視我如敝屣？」

霍光道：「若非生下成君，妳以爲妳那腌臢手段，還能容妳逍遙至今？成君的事不容妳插手，我話說完了。」一拂袖便走。

他返回書房，緊鎖的眉頭立卽鬆弛，只覺得宛如生了場大病，說不出的疲乏無力。

孤燈照壁，冷月敲窗，他拿出指環幽然審視，又打開一個匣子，取出幾樣物什輕輕撫摸，一聲嘆息飄出嘴角。

那日劉病已將指環交給他，他驟見髮妻遺物，心神激盪，睹物思人，撫著指環直到深更，忽覺指環上的飾物有異狀，試著旋轉，竟能轉動自如，飾物鬆落，裡頭有一方細窄絲帛，抽出來看，上面寫著有物什埋於院中老槐下。他當下命人挖掘，果然底下有個匣子，裡頭裝滿了昔日霍光贈予她的羊脂玉簪子、合歡圓璫、珊瑚玉珮等。

當年他與東閭良結縭已久，朝夕相處，感情如飲白水，平淡乏味，一時欲令智昏，竟看上東閭良的陪嫁婢女，也就是現今的霍夫人。

東閭良眼見二人眉目傳情，視自己如無物，內心積憤難平，時常與霍光爭執，幾回口角下來，昔日的細水柔情、輕憐蜜愛已付諸流水。

後來霍顯懷了霍成君，東閭良更是萬念俱灰，身心俱疲下，染上風寒，不料霍顯暗中以巫蠱咒害，本來只是微恙，竟從此一病不起。諷刺的是，霍光見東閭良大限將至，難以言語，耳根清靜之餘，忽又懷念起她的美好，直到東閭良香消玉殞，從此陰陽兩隔，才發覺她的音容笑貌早已深深烙在他心裡。

雖然後來得知東閭良病逝的眞相，但霍成君已呱呱落地，而東閭良飲恨而終，自己也難辭其咎，是以便隱忍不發。這些年來，他將對東閭良的思念深埋於心，然而卻在毫無預兆下，驟見東閭良生前長戴的指環，又掘出當年二人共有之物，霎時憤怒、懊悔、悲傷如長河潰堤，一發不可收拾。

他此刻臉上威風不再，只有無盡的蒼涼辛酸，一遍又一遍地撫著東閭良的遺物，回憶中的酸甜苦辣，一如周身的黑暗將他慢慢吞噬。

他此刻已非那不可一世的大司馬大將軍博陸侯，只是一個懊喪欲絕的平凡中年人罷了。

耳畔依約響起東閭良情深意切的那一句：「若君爲我贈玉簪，我便爲君綰長髮。洗盡鉛華，從此後，日暮天涯。」

霍光嘴裡夢囈似的呢喃：「從以後，日暮天涯。良兒，是我辜負了妳……」

一瞬間有冰涼的悔意浮上心頭，眼前依稀浮現一位少女，裙袂當風，簪花如雨，巧笑倩兮，美目盼兮，帶著一絲莫可名狀的縹緲意味，像是水中倒影，一觸卽碎。

少女柔聲說：「若我兩鬢如霜，容顏遲暮，你是否依舊牽起我的手，徜徉花間，給我你的傾世溫柔？」

霍光喃喃道：「若有來生，我一定會的。」

少女淺淺一笑，右眼角一顆紅痣似墜非墜，又說：「長髮挽君心，幸勿忘知己，唯願歲月靜好，現世安穩。」

霍光聲音哽咽了，悽楚呢喃：「良兒……」

似水流年，曾經驚艷時光的韶華少女，一段兩情相依的溫柔歲月，多少個濃情蜜意、纏綿繾綣的風流春夜，如今只是夜闌更深的失意與追悔。

正思潮如湧，忽聽敲門聲響，霍成君輕聲道：「父親，女兒能進來嗎？」

霍光回過神來，無力地嗯了一聲。

霍成君推門而入，逕自走到他背後，替他揉揉肩，柔聲道：「逝者已矣，來者可追。母親是做錯了，但她侍奉您多年，父親就原諒她好嗎？」

「我無法原諒她，亦無法原諒自己，我已給她該有的榮華富貴，這便足矣。」霍光嘆道：「成君，父親乏了，此刻別再提及妳母親。」

「好，女兒不提母親，女兒想問您那天在書房裡，和皇曾孫都說了什麼？」

「不過是閒聊幾句關於他的成長經歷，以及了解霍禹在明月閣都幹了什麼事。」

「那麼父親對他有什麼看法？」

「此人少年老成，氣宇深沉，舉止端正，談吐有禮，熟讀《詩經》《孝經》《論語》，正是我對霍禹的期望。」他略沉吟，「只是……」

「只是什麼？」

他淡笑，「只是他那看人的目光，像是要把人給看透了似的，自己卻如一潭深水，令人捉摸不透，到底長於憂患，舉止之間，便與同齡人有所不同。」

她望著七枝燈上搖曳的燭火，幽幽道：「要是沒有那場無妄之災，那麼他如今會是怎樣的性情呢？」

「巫蠱之禍是先帝平生一大痛事。」他嘆道：「我會請陛下封他爲侯，算是對衛氏一族的彌補。」

她大喜，「多謝父親。」

他愛憐的目光在她面上婉轉流連，忽道：「霍禹傳信說這幾日便會返回長安。」

她愕然，「哥哥學武未滿五年，怎麼說回就回？」

他笑得無奈，「他闖禍了，不回家不可。」

她奇道：「闖什麼禍？」

「等妳哥哥回來，妳就知道了。」

她雖然滿腹疑竇，但也不是急性子，心想過幾日霍禹回來便揭曉了，當下便不再發問。

他道：「妳吩咐下去，叫采薇等奴僕管緊嘴巴，別讓方才堂上口角傳到霍禹耳裡，免得再生波瀾。」

她點點頭，又道：「父親，摯兒你還記得嗎？」

他一時想不起來。霍成君便道：「便是那密告燕蓋通謀之事的奴婢。」

「怎麼了？」

「原來她是皇曾孫的舊識。我想，待皇曾孫封侯後，便立即打發她離開。」

他敏銳地問：「她惹妳不快？」

「她無心待在府裡，留著她的軀殼有什麼意義？」

「這點小事妳自己看著辦，不必特地告知我。」他溫言道：「成君，我想歇會兒，妳出去吧！」

她躬身道：「父親早點歇息，仔細別熬壞身子。」

霍光目送她離去，當下熄滅蘭膏明燭，闔上眼，輕撫指環。

俯仰間，半生已過，曾經儷影成雙的書房，如今空餘他一顆不再青春的心，獨自緬懷著那些再尋常不過的往事。

一個多月後，劉病已被封為陽武侯[註2]，入宮向皇帝謝恩。

這是劉病已第一次近距離目睹天子儀容。以往旦日，文武百官、各外邦使節、各郡國藩王諸侯均入宮朝賀。由於他無爵秩，只能排在人群最末，想看皇帝一眼，望出去只有影影綽綽的人流。他就像滄海一粟，無比渺茫，只能聽那高呼萬歲的聲浪響徹殿宇，在腦海裡想像一朝天子玄衣纁裳、十二旒冕的模樣。

清涼殿內，劉病已向劉弗陵行君臣之禮。

劉弗陵頭也不抬，淡淡道：「平身。」

「謝陛下。」

劉弗陵不再說話，逕自拿著一支錯寶翡翠天子筆，在雪白布帛上寫著一篇歌辭：「黃鵠飛兮下建章，羽肅肅兮行蹌蹌，金為衣兮菊為裳。唼喋荷荇，出入蒹葭。自顧菲薄，愧爾嘉祥。」

今秋兔毫細而尖，蘸墨書寫極富彈性，一筆一畫力透紙背。這篇名為《黃鵠歌》，是始元元年時，劉弗陵見黃鵠飛下建章宮太液池，以漢朝崇尚五行中的土為祥瑞，有感而做。

殿內宮人眼觀鼻，鼻觀心，擺設似的凝立不動。

偌大的宮殿，靜得只有皇帝落筆的聲響，如春蠶食葉。

良久，劉病已還以為劉弗陵忘記他的存在了。

提筆，收毫，劉弗陵端詳著帛上的《黃鵠歌》，微微抬眸，卻說了句不相干的話：「終南山是什麼光景？」

聲音毫無起伏，如一潭死水。

初見皇帝令劉病已微覺緊張，但這句話倒讓他緊張感消散大半，一愣，道：「山清水秀，與世隔絕。」

「躺在山坡上看藍天白雲是什麼樣的感覺？」

劉病已沒料到他會有此一問，又是一愣，立即答道：「心無罣礙，輕鬆自在。」

「晚上數過天上有幾顆星星嗎？」

劉病已想過皇帝可能會問的所有問題，例如生平抱負、成長經歷，就像霍光問他那樣，卻全沒想到他會問起這些不著邊際的話。

「數過。」他答。

「終南山的月色動人還是長安的動人？」

「回陛下，心境如一，此月與彼月，又有什麼分別？」

「終南山的鹿親不親人？」

「很親人。」

「有什麼奇花異草嗎？」

劉病已當下簡述華蓋樹與離合草。

劉弗陵沉默了。

蓮漏滴滴，劉病已正想著皇帝下一句要問什麼，忽聽他嘴角飄出一絲若有似無的嘆息：「眞好。」

劉病已又是一怔。

「抬起頭來，讓我看看。」

他用的是「我」，而非高高在上的「朕」。劉病已微微訝異，抬首視他。

那是一張極爲淸秀的臉，膚色蒼白毫無血色，尤其他的眼睛，蘊著一股濃得化不開的沉鬱。明媚日光斜入殿內，籠罩在皇帝身上，劉病已卻覺得他整個人暮氣沉沉，像是從墓室裡爬出來，沒有一絲朝氣。

「說來，我是你的叔祖父。」劉弗陵像是自言自語，後又道：「跟我詳細說說你在終南山的生活。」

劉病已於是細細告知。

末了，劉弗陵有些倦容，道：「你出去吧。」

劉病已行禮退出。

劉弗陵怔忡地看著他消失在殿外，嘆道：「在這金碧輝煌的籠子裡困了一生，倒不如他在終南山那三年的逍遙自在。」

侍中金建是知道皇帝心事的，聞言，問：「陛下何不移駕上林苑？」

上林苑爲漢武帝修建，建成時，群臣上下及遠方諸國，各自進獻了奇異的果木，名列二千餘種。苑中放養禽獸，以供皇帝射獵，又有昆明池，池中有豫章台、靈波殿以及一條石刻的鯨魚。石鯨長達三丈，每逢天將下雨，便首尾相動。池東西各立一個石人，一是牽牛，一是織女，做天河之狀，是劉弗陵遊獵休憩之地。

「楚有神龜，死已三千歲矣，王巾笥而藏之廟堂之上。此龜者，寧其死爲留骨而貴乎，寧其生而曳尾於塗中乎？二大夫曰：『寧生而曳尾塗中。』莊子曰：『往矣！吾將曳尾於塗中。』」劉弗陵悵然一嘆，「就是去上林苑，身後也少不了長長的儀仗尾巴，無趣得緊。」

金建、金賞、金安上面面相覷，少頃，才聽劉弗陵一聲悶悶的嘆息：「朕就只是想做一回普通的山中人罷了。」

封侯後賜北闕甲第。

按規矩，封侯後若無官職或娶公主，就要去封地居住，但皇帝卻把他留在長安，似乎另有打算。

侯府內，登門賀喜之人絡繹不絕。

霍成君親臨賀喜，劉病已忙得分身乏術，無暇顧及。霍成君雖感失望，但意中人飛黃騰達，被上門賀喜之人衆星拱月般圍繞著，她也由衷歡喜。

「你這侯府氣派啊。」張彭祖東張西望，大聲嚷嚷：「這下可出息了，否則我本想叫你到我家當舍人的。」

劉病已臉色一青。

「你不說話沒人當你啞巴。」楚堯連忙招來一個婢女，「快，拿個什麼糕點啊柘漿啊堵住他的嘴，免得語出驚人給陽武侯丟臉。」

張彭祖怒了，「我怎麼給病已丟臉了？我還不是為了病已好，沒封侯前到我家領個閒差，每天只要應個卯，不僅輕鬆還有錢拿，否則就憑宗正給的那些錢，哪夠他將來成家啊……」

劉病已摀臉做了個尷尬狀。

卻是一個婢女拿來漆盤端到張彭祖面前，笑道：「請張三公子嘗嘗這荷花糕。」

張彭祖本想繼續啾啾不休，但那荷花糕香味實在誘人，便伸手去捻一塊來嚐，暫時閉嘴了。

劉病已看向那婢女，微微詫異，竟是摯兒。

楚堯好不容易耳根清靜，立即湊近劉病已耳邊，語不傳六耳，「想不到那指環效益真大，竟能驅動權傾天下的大司馬大將軍為你在皇帝面前上奏。」

劉病已低聲道：「若某人天天出現在你面前，你不會有特別的感觸；但若某人從眼前消逝了，反而才知道珍惜，才會回憶她的美好。這便是人性。」

楚堯長長地哦了一聲，攬著他的肩，在他耳邊呵氣，「就像你去藥王島時，我才發覺我對你竟是相思入骨，意惹情牽，心剜腸斷……」

劉病已捶著他的胸口，打斷他的話，「你這招留著對付我未來的嫂子吧！」

註1：一種有疏散花紋的彩色絲織品，出自鉅鹿陳寶光家。
註2：劉病已被封為陽武侯，是在他十八歲被迎立為皇帝之前，小說情節需要有所變動。

十五・密藥

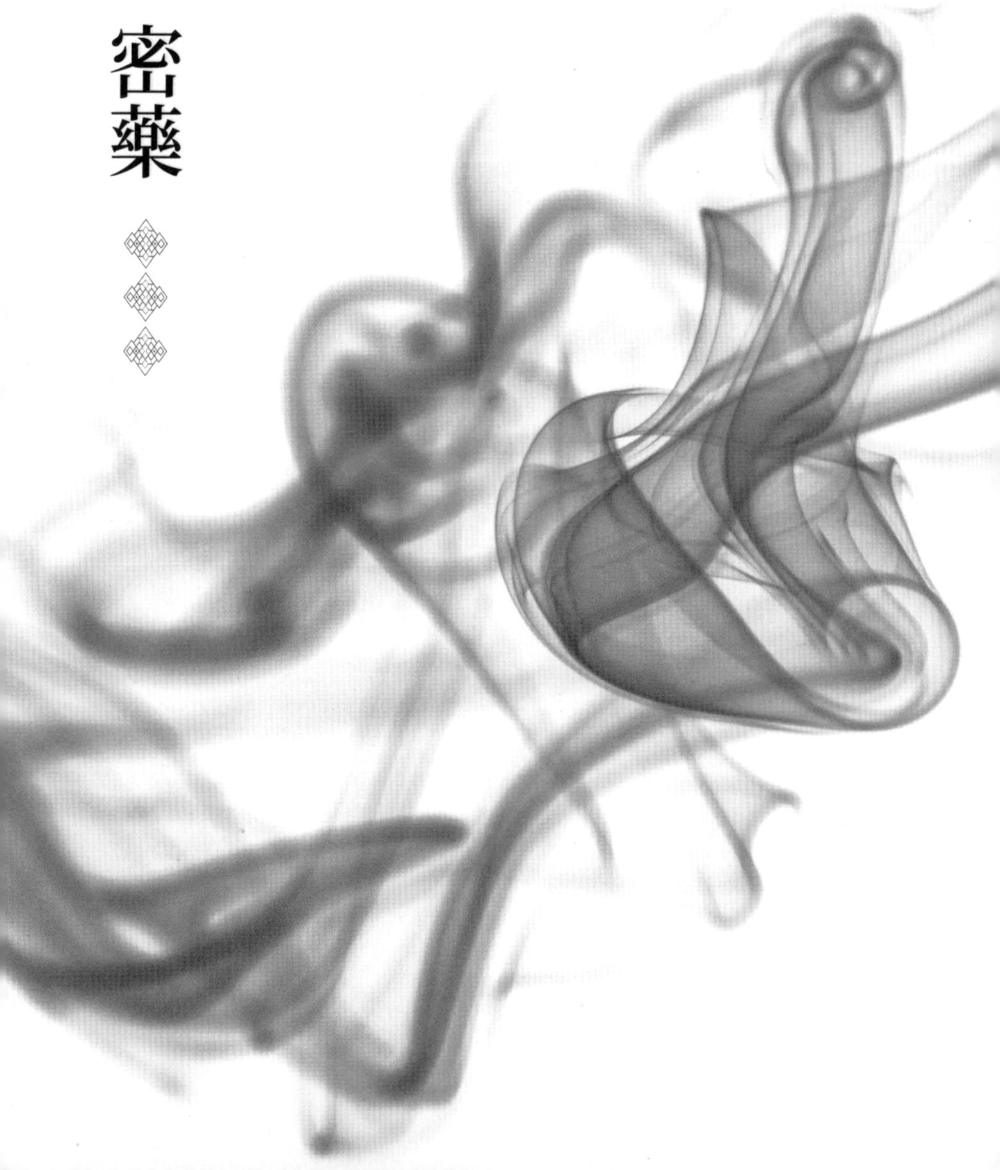

青兒忽道：「姑姑。」撒腿奔到門口，拽著楚笙的胳膊喜叫：「您怎麼來了？青兒好想您喲！」

楚笙笑道：「封侯這等大事，我豈能不親來賀喜？」姍姍步至劉病已面前，便要行禮。

劉病已連忙攙住她讓她免禮，「姑姑遠道而來，病已有失遠迎，於心有愧。您請坐，青兒上茶。」自許平君賴著臉喊她島主令她解頤後，他也就跟著這樣叫。

楚笙笑道：「我一會兒便走，倒也不必麻煩。病已，借一步說話。」言及此，雙目炯炯如暗夜驚雷。

劉病已微頷首，攜著她走到後院，命人備席上茶。

她抿了一口茶，這茶產自武陽，甚是甘口，此時茶是上層社會享用的珍稀之品，限於王公朝士，民間很少飲茶。

他問：「姑姑要說什麼？」

楚笙從懷中掏出一枚錦袋，低聲道：「這是我獨製的密藥，無色無味，能使女子無法受孕。你混在香料裡，製成香囊，讓她朝夕佩戴，她這一生便無法懷胎。」

劉病已臉一紅，道：「未經媒聘便……那個，不是君子所為。」

楚笙斜他一眼，「向來君子如玉，只能用來犧牲或是供奉，你是胸有丘壑之人，當不拘小節。」

劉病已將錦袋收入懷中，「明白了。」

「若他日你為皇帝，霍成君勢必入主椒房。她一得子，以她母家勢力，必然重導漢初呂氏外戚干政的局面，那這漢朝天下，焉有姓劉的一席之地？」

「姑姑教誨，病已銘記在心。」

「前事不忘，後事之師，切不可心慈手軟。」

劉病已雙手握拳，微微顫抖，「是。」

楚笙絮絮道：「皇帝壽宴與朝賀只隔半月，以往都會請近支宗室提前入京赴宴，到時小梅會隨昌邑王一道前來長安。之前小梅告訴我，昌邑王隱隱有不臣之心，具體是什麼，你們想辦法見上一面，她會詳細告知。」

「不臣之心？」劉病已微微驚詫，隨即警覺起來，「莫非昌邑王知道了什麼？」

「那昌邑王近日寵幸別的女子，冷了小梅好一陣子，所以她無法如往昔般清楚地掌握他的心思，但她直覺昌邑王對那女子只是一時新鮮，過不久便會對她棄若塵芥。以小梅的姿色、手段，不怕昌邑王不乖乖地回到她枕邊。」

劉病已心念一動，「以色事人，色衰則愛馳，愛馳則恩絕。那小梅與昌邑王有不共戴天之仇，卻爲報仇，不惜犧牲靈肉，投其所好，百般奉承，夜靜獨處時，想必她是舊愁難遣，新恨倍添。」

「如今小梅便在長安，你讓青兒去聯繫她。」

他好奇心起，「小梅本名叫什麼？」

「她本姓許，單名一個梅字。入我歌舞坊，改名爲梅影疏。」

他道：「梅影疏，梅影疏，想來她入歌舞坊正是隆冬時節，梅開滿堂，疏影橫斜，暗香浮動。」心念一動，姓許，又是昌邑人，眞巧。

「從前的梅影疏，不過空有一副美麗的皮囊，這會讓臥於脂粉叢中的劉賀寵幸一陣後，便轉眼卽忘。」楚笙隱有得色，「經調教，琴棋書畫無一不精，加上她善於推敲人心，投其所好，這才入了昌邑王的眼。」

他笑了，「如此，我定要好好會一會她，好知道姑姑調教出來的是多麼出色的女子。」

侯府畫棟雕樑，錦繡匝地，珠玉橫陳，但劉病已還是喜歡北煥里的小小棚屋；侯府院中植滿四時花卉，異香盈風，草木葳蕤，欣欣向榮。摯兒到來後，將花木重新整置一番，使人步入園中，便有巧奪天工之感。

劉病已卻時常往北煥里的小院跑。

這裡處處是許平君的影子。

劉病已獨立廊前，幽幽咽咽地吹著玉簫。

忽聽一縷歌聲從背後傳來，配合著他所吹奏的〈蒹葭〉吟唱：「蒹葭蒼蒼，白露爲霜，所謂伊人，在水一方。溯洄從之，道阻且長，溯游從之，宛在水中央……」

劉病已全身一僵，簫聲登時靜若止水。他屏住呼吸，慢慢挪過身，一見來人，不禁錯愕。

霍成君道：「公子雅樂，清心滌塵，便是在這炎日之下，也是燥意盡去。」

「謬讚了。」他斂下失望之色，「妳怎麼來了？」

「喓喓草蟲，趯趯阜螽。未見君子，憂心忡忡。亦既見止，亦既覯止，我心則降。」她吟哦的乃是《詩經》中的〈草蟲〉，語氣有著小別勝新婚的喜悅，「侯府不見你，楚公子說你定是在這兒。」

劉病已細細看她一晌，道：「妳好像很疲憊的樣子，可是昨夜睡不好嗎？」

「馬車駛至北煥里途中便出了些狀況，我只好下來用走的。」

這是她第一次來到北煥里，且還是步行，除了氣喘吁吁，又萬分訝異長安竟有如此髒亂不堪之地。

劉病已不知道她到底走了多少路，想她金枝玉葉，出門皆有車輿代步，時乃盛夏，便是上個街也汗流浹背，她一路走來，加上北煥里路況不佳，高一腳低一腳，髒亂破敗，哪是名門貴女吃得消的？

他知道她對自己一往情深，而自己卻是步步心機，虛與委蛇，內心既痛苦，又厭惡，略整心神，道：「腿痠嗎？」

她點點頭。

「坐下歇一會兒。」

「好。」

二人並肩坐在廊上。廊上有灰，但霍成君一路風塵僕僕，也就不計較了。

他柔聲道：「滿面風塵煙火色，當眞辛苦了，我替妳揉腿可好？」

這一語正中下懷，她含羞帶怯地點點頭。劉病已微微撩起她的羅裙，露出晶瑩剔透微微透著血管的小腿。他上身前傾，雙手來回揉捏，力道輕而柔，好似呵護著小嬰兒。

霍成君臉上春風無限，只希望時間能夠靜止，停留在這美好的一刻。

劉病已抬頭見她笑得明媚，愧疚立生，只覺得每瞧一眼，便更厭惡自己一分，原來以色事人，竟需要這麼大的力量來負荷自身的痛苦，於是把目光移向藍天，道：「好些了嗎？」

「好些了。」

「今晚睡前，用熱水浸泡雙腿，隔日較不會痠疼腫脹。」

霍成君展眉一笑，「明白。」

薰風習習，蟬鳴唧唧。二人目視影子，一時無語。

霍成君沒話找話，「對了，我哥哥回家了。唉，一回家就和父親吵了起來，家裡亂糟糟的，不像人待的地方。」

劉病已默不作聲，等她自己把話說完。

「他啊，去終南山習武強身，身子沒結實多少，倒讓他師姊有了身孕。」霍成君說到這裡，俏臉一紅，「我哥哥要納六禮娶她爲妻，我父親不允，兩人就這麼吵起來了。」卻見劉病已玉簫沒拿穩，掉了下去。

劉病已茫然不覺。

霍成君連忙彎腰去撿，回頭見他眼神空洞，宛似靈魂出竅。

霍成君雙手捧簫，欲還給他，不料他竟視若不見，於是輕聲喚道：「公子，公子。」

劉病已這才回神，心想霍禹是紈袴子弟，寒月又是在西域長大的，不拘禮教，有孕也是遲早之事。他接過玉簫，道：「想必大將軍欲另擇淑女爲配。」

「是啊。」霍成君垂首，不讓劉病已察覺她眼神流露的鄙夷，「哥哥是嫡長子，將來要繼承父親侯爵的，他的嫡妻只能出身簪纓世家，所謂合二姓之好，上以事宗廟，下以繼後世，往大裡說是兩國之間的姻盟，往小裡說是兩個家族之間的聯姻，若讓庶民女子聘爲正妻，那麼妾侍的出身豈不是不能越過夫人？我哥哥哪管這許多，吵了幾句，最後竟引火燒到我母親身上，想想就氣人。」

劉病已心下冷笑，霍禹必是說妳母親也是庶民出身，她就當得了主母，憑什麼到了我就要扯一堆大道理？抬眸，見霍成君懇切地望著自己，想必是要從自己這裡得到一絲安慰，當下柔聲道：「霍公子氣頭上，必是有口無心，妳何必與他置氣。」

霍成君悻悻地哼了一聲，「他啊，向來就不把我母親放在眼裡，難道還能指望他口吐蓮花嗎？」

劉病已不欲與她扯這一些家常瑣事，轉移話頭，道：「寒師姊這下如願以償了。」

霍成君這話聽得奇怪，「什麼？」

「我先前沒告訴妳，我乃明月閣的弟子。霍禹是我師弟，寒氏是我師姊。」

霍成君奇道：「我哥哥年紀比你大許多，怎麼會是你師弟？」

「他遲我兩日拜師，自是我師弟。」

霍成君欣然道：「原來如此，眞巧，你什麼時候來我家一趟，想必他們十分樂意見到你。」

劉病已心下苦笑，只怕霍禹二人最不樂意見到的人便是我，若妳知道我們三人間的關係，妳可承受得住這個打擊？

他臉上不動聲色，「霍公子是幾時回來的？」

「昨日傍晚呢！」

「既然他們在家，那我便隨妳回府，去見一見他們。對了，妳上回不是說要彈琴給我聽？現在還算數嗎？」

霍成君簡直樂壞了，眉梢眼角都藏不住綿綿情意，「當然。」

劉病已起身道：「走吧，我今晚想聽妳彈琴。」

霍成君赧然道：「我……走不太動了。」

劉病已默視她片刻，忽然橫抱起她。

霍成君嚇了一跳，隨卽臉泛桃花，玉頰貼著他胸口，聞到他身上的男子氣息，一陣魂銷骨酥，不知人間天上。

劉病已抱著她，出北煥里大門。

侯府馭夫候在門外，見了二人便驅車過來。上馬車，至霍府，劉病已又抱她下車。

一個是玉樹臨風的美少年，一個是羞花閉月的俏佳人，霍府門前上演這麼一齣，引起門衛路人的注意，霍成君渾不介意，反而因此沾沾自喜。

有路人認出陽武侯劉病已，亦有人認出霍成君，一傳十，十傳百，這麼一來，倒是公開二人間的關係了。

寒月自得知霍禹顯赫的身分後，便掐著日期千方百計使自己懷孕，對她而言，肚子裡這小生命，是她一世尊榮的保障，所以卽使孕期百般不適，也是咬咬牙，忍了。

現在霍禹眼裡只有她，她肚子裡的骨肉還是他第一個子嗣，工於心計的她夜夜在霍禹耳邊吹枕頭風，撒嬌弄癡，要讓他娶自己爲嫡妻正室，霍禹爽快答應。原以爲順風順水，沒想到卻撞上霍光這攔路石。

霍光上朝了，霍禹沒人可吵，霍府終於靜了下來，她鬆了一口氣。

她成日關在房裡養胎，這個不能碰，那個不能做，又老被逼著喝苦藥，喝得舌頭都不像自己的了。懷孕本就心緒起伏不定，加上她足不出戶，氣悶已極，便央求霍禹帶自己出門散心。

霍禹拗不過她，只好答應。

一時間，霍禹、寒月、劉病已、霍成君在廊上相遇。

霍禹和寒月驟見劉病已握著霍成君的手，都是一呆。

霍禹回過神來，手如利劍般指著劉病已，喝道：「你那犯羊癲瘋的賤爪子擱哪兒了？給我規矩點！」

劉病已淡笑不語，對他一眼也不瞧，全不將他的惡言惡語放在心上。

霍成君臉色一沉，「劉公子不是你師兄嗎？你見到師兄都是這般無禮？」

霍禹道：「我無禮？我還覺得我對他太客氣。成君，妳是何等身分，怎麼會和這山野鄙夫勾搭在一起？」

霍成君聽他竟將「勾搭」這字眼放在自己身上，氣急道：「你汙辱自己的妹妹不打緊，我不和你計較，但你若知劉公子今時的地位，還會對他出言不遜嗎？」

霍禹回長安不久，對劉病已封侯之事聞所未聞，「什麼地位？難道還能封侯拜相不成？成君，妳素日眼光極高，對任何王侯子弟都不假辭色。我便是想不通，何以妳竟會讓這山野鄙夫髒了妳的手？」

霍成君火冒三丈，「在你眼前的這位是陽武侯，劉姓子孫，皇室血胤，你態度放尊重一點！」

「陽武侯？我還陰武侯呢！」霍禹哈哈大笑，「我離開長安只三年多，妳眞當我成了眼皮子淺的傖夫一般好忽悠？這小子算什麼東西，也能封侯？他能封侯，那長安不就遍地王侯？可笑之至，可笑之至！」

霍成君正色道：「劉公子乃先帝曾孫，宗正那兒一目了然，難道我能憑空捏造一個皇室宗親不成？」

霍禹和寒月均是一呆，齊目望向劉病已，要從他臉上找到答案。時乃旺暑，寒月卻如臥冰霜，四肢顫抖，眼前望出去一片天旋地轉，幾欲暈厥。

劉病已意態清閒，一副事不關己的模樣。

霍禹呆了良久，「妳當眞沒騙我？」

霍成君不耐煩了，「你隨便抓個人來問，就知道我有沒有騙你。」

忽聽咕咚一聲，寒月仰天摔倒，雙眸微闔，半暈過去。

霍禹霎時愣住，嘴巴張得大大的，不敢置信地望著劉病已，全沒意識到寒月的死活。

「哎呀，妳醒醒。」霍成君離寒月最近，連忙扶起她，見霍禹呆若木雞，甚是不悅，「你愣著幹嘛？來人，快來人。」

霍禹這才醒神，忙抱起寒月，大聲道：「來人，去把淳于衍找來，快！」

府中奴僕有的去找女醫，有的上來掐她人中，按太陽穴，又拿銀丹草讓她嗅，亂成一團。

劉病已冷眼瞧著，須臾對霍成君故作遺憾道：「看來今夜我無福聽妳彈琴了。」

霍成君見這雞飛狗跳的光景，也覺得不便撫琴悅客，心想只不過期盼與他寄情絲竹，小酌花間，笑對風月，無奈卻總是這般一波三折，只能幽幽一嘆：「如此只能擇日了。」

劉病已不願繼續待在霍府，拱手道：「告辭。」

霍成君本希望他多陪自己一會兒，卻又找不到理由，眼見周遭亂如炸鍋，也不便留人，萬般無奈下，只能目送他大步流星離去。

劉病已見寒月受了刺激暈厥過去，到底昔日於他有恩，又曾起了傾慕之意，心中不免難受。步回侯府，本想找楚堯和張彭祖喝酒，但東尋西找，便是不見這二人，找來青兒一問。青兒先說楚堯鬥雞去了，接著神祕一笑，道：「以後摯兒在哪兒，張三公子就在哪兒。」

侯府離張府很近，封侯後，張彭祖簡直把侯府當自家了，不時找劉病已剪燭臨風，閒話西窗，但這幾日卻總不見人影，於是踱至後院，卻見張彭祖與摯兒並肩坐在夕陽下，張彭祖攬著她的腰，摯兒則軟綿綿地靠在他肩上。

只聽張彭祖低聲吟哦：「野有蔓草，零露漙兮。有美一人，清揚婉兮。邂逅相遇，適我願兮。」

摯兒自是聽不懂，劉病已驚叫出來：「彭祖，你們……」

張彭祖和摯兒都是嚇了一跳，從竹席上彈起。

摯兒俏臉一紅，低頭不語，一副做錯事的樣子。

張彭祖嘻嘻一笑，「終於被你發現了。」

劉病已笑道：「難怪你三天兩頭溜得不見人影，從何時開始的？」

「半個月前。」

劉病已掐指一算，奇道：「那不就是摯兒過來的第一天，你當天便瞧上人家了？你動作未免太快了吧！」

張彭祖笑道：「這世上既有傾蓋如故，當然也有一見鍾情，我若不積極勤快一點，似摯兒這般清純可愛、我見猶憐的俏佳人，還不被其他人拐走嗎？」

摯兒臉一熱，「才不會呢！」

劉病已道：「恭喜你，終於不用再抱著那堆帛畫，一解長夜寂寥了。」

張彭祖一怔，隨卽惡狠狠地剜了他一眼。

摯兒奇道：「什麼長夜寂寥？什麼帛畫？我也要瞧。」

原來楚堯已將他「珍藏」的春宮帛畫獻寶似的拿給張彭祖看，爲的就是讓他開竅。張彭祖正是青春期，果然沒讓他「失望」，夜裡抱著帛畫患得患失，卻被劉病已撞見。

劉病已和張彭祖見她神韻無辜，憨態可掬，都是忍俊不禁。

摯兒雲裡霧裡，「你們笑什麼？」

劉病已忍著笑，「摯兒，我跟你『借』一下彭祖，一個時辰之後便送還給妳。」

摯兒笑了，「說什麼借？張三公子又不是我一人的。」

張彭祖道：「摯兒妹妹，這小子八成犯了酒癮，想找人陪，我去去就回。」說著飛快地在她臉上輕輕一啄。

摯兒臉一燙，「公子還在這裡，你幹嘛呀？」

張彭祖就愛看她輕嗔薄怒、面泛桃花的模樣，「都是自己人，有什麼干係？病已，你說是不是？」

劉病已笑道：「什麼時候變得這麼開竅？簡直得心應手。」

「我要回房了。」摯兒巴不得找地洞鑽，匆匆一揖，飛奔而去。

劉病已和張彭祖相偕出府，來到間酒肆，肆裡一隅另有四位中年漢子舉卮暢飲。

張彭祖一現身，掌櫃便滿臉堆歡，迎了上來，知道他口味，不待他開口，食案便已擺上來。

張彭祖指著劉病已，對掌櫃道：「這位是陽武侯，你可要記住了。」

掌櫃臉上有一瞬的詫異，連忙笑著作揖，「小人有眼不識泰山，不知侯爺大駕光臨，請勿見怪，小人這就去請小女出來伺候。」

劉病已擺擺手，「不必了。」

四位漢子一聽見「陽武侯」，目光立卽瞥來，想看這衛氏遺孤是何面目。而他們僅看一眼，便又繼續飲酒，一輪推杯換盞後，便有些氣悶，其中一人嘆道：「如今的大王眞是讓人越發看不明白了，竟讓一介婢妾之流淩駕咱們頭上，說出去，豬都笑話咱們。」

第二人寬慰道：「大王如今寵她，她武功又遠在咱們之上，便是咱們兄弟四人聯手，也未必能傷及她一根汗毛。你沒見那日她使出的功夫有多麼淩厲狠辣？一個人就這麼蹊蹺地死了，豈是常人承受得起的？技不如人，這口氣，忍忍吧。」

劉病已聽得一愣，不禁向那頭瞥了一眼，這世上有哪個女子能使出淩厲狠辣的功夫令人死得蹊蹺？

先一人又罵：「哼，仗著大王寵愛，對衆兒郎竟是不假辭色，呼來罵去，如斥豬狗，三弟向來眼裡揉不進沙子，說話又耿直，冒犯了她，大王責打一頓就是，畢竟三弟是立過功勞的。那賤人偏將他舌頭割了去，她又有什麼處置的權力？令人寒心的是，大王得知後竟也不罰她，只給三弟金帛，就想草率了事，委實……唉！」

另外兩人也開始附和：「賤人便是賤人，也不知大王到底瞧上她哪一點，老子見了她那張死魚臉，便倒盡胃口，三天三夜食不下嚥。」

「她再囂張，也不過只是件暖床的工具，以前大王是如何寵梅影疏的？含在嘴裡怕化了，捧在手心怕摔了。那賤人如今的恩寵，尙不及梅影疏十分之一呢！」

「梅影疏侍奉大王後，就拔升爲八子，她侍奉大王這麼久，卻還只是個家人子。賤人年紀比大王稍長，大王定是一時新鮮，很快就厭膩了。」

劉病已聽到「梅影疏」三個字，心中雪亮，原來他們口中的「大王」，竟是劉賀！

「楚堯說你容易魂遊天外，神思不屬，一點也不假，酒都灑出來了，還不自覺。」張彭祖抱怨道。

劉病已低頭一看，原來酒卮拿斜了，全灑在衣襟上。

張彭祖道：「想些什麼啊？我方才喚你兩聲都沒聽見。」

劉病已連忙一笑，「別瞧我如今是外表光鮮的陽武侯，其中卻是如人飲水，冷暖自知。方才那掌櫃，你可曾看他這般殷情待我？還要他女兒親自作陪。富貴多士，貧賤寡友，事之固然也。」

張彭祖是權臣之子，百鳥朝鳳，才沒有他這樣的感觸，聞言笑道：「想多了吧？他從來都是畢恭畢敬的，屁都不敢多放一個，喝酒喝酒。」一笑嘻嘻地親自給他斟了滿卮的菊花酒，卻不知人家畢恭畢敬，那都是衝著他這位張三公子而來的。

喝完酒，回到侯府。這一晚，劉病已睡不著。

他腦子裡一團疑雲，昌邑王宮裡那武功高強的女子會是誰？一個有不臣之心的諸侯王得此女，究竟只是單純的男歡女愛，還是另有圖謀？

好不容易熬到拂曉，便喚來青兒，「安排一下，我要見小梅。」

十六・小梅

妙音坊既是娛樂場，也是情報網。劉病已初識楚堯時，楚堯便誇說妙音坊美女如雲，知好色而慕少艾，恰是用在劉病已這個年紀上，便跟楚堯去過幾回。當時的劉病已，哪知道妙音坊的主人竟是藥王島主楚笙！

這日，劉病已攜著青兒，在妙音坊後院竹林中的雅舍內等人。

靜候片刻，有人敲門。那人敲得極有分寸，先敲三下，略頓，再敲兩下。

青兒低聲道：「小梅來了。」隨即去開門。

一個高挑女子施施然走進來，行動間，若芝蘭扶風，淡淡飄落一縷幽香。她素手除冪籬，向劉病已歛袖一禮，「妾身見過陽武侯。」嗓音幽沉，如夜裡流入窗櫺的一縷習習微風，若有似無搔著心魂。

劉病已不是沒見過美人。寒月艷麗，許平君嬌俏，霍成君貴氣。眼前這女子，只靜靜站在那兒，便如謫仙般飄逸脫俗，他霎時明白何謂「驚豔」。

「梅姑娘有禮。」他道。

二人上席。青兒出門守著。

劉病已靜了會兒，這才問：「聽說妳本姓許？」

梅影疏不知他問這個做什麼，還是恭謹道：「是。」

他悠悠道：「我認識一個姑娘，名叫許平君，原是昌邑人，和妳年歲相當。」

她眼裡湧過一絲驚詫，朱唇微動，隨即恢復初時悠然不波的面色，「侯爺今日找妾身，是爲昌邑王之事，妾身此趟出門不易，時間寶貴，還請侯爺把重心放在正事上。」

劉病已早已捕捉到她眼角一縷尚未湮滅的異樣之色，這就夠了，不需要她親口承認什麼，於是微微一笑，「妳說昌邑王有不臣之心，這是爲何？」

梅影疏反問：「侯爺可知，昌邑哀王是怎麼死的？」

劉病已詫異道：「昌邑哀王是在先帝駕崩前一年，來長安朝拜，結果突發急病，回天乏術，難道其中另有隱情？」

梅影疏頷首，「昌邑哀王薨後，一個侍女隨即憑空消失，其私生子也早已遷至西域，且昌邑哀王出發前還好好的，怎麼會突發疾病？巫蠱之禍後，太子之位空缺，李夫人之弟貳師將軍李廣利便聯合自己的兒女親家，也就是當年的丞相劉屈氂，共同推舉昌邑哀王爲太子，後來劉屈氂的夫人被人告發行巫蠱術，劉屈氂全家被殺，外戚李氏覆滅，儘管劉李兩家倒台，昌邑哀王卻是先帝最寵愛的李夫人生的兒子，沒有受到牽連。雖然昌邑哀王沒能當上太子，但這件事不免讓某些人惴惴不安，先帝晚年性情不定，說不定最終還真讓他繼承宗廟了。因此，我們要看昌邑哀王死後，誰得利，誰就極可能是幕後兇手。」

劉病已一驚，「鉤弋夫人？」

「她的確最有可能，不過也只是猜測，事隔多年，人證物證早已湮滅。哀王死得離奇，劉賀此趟來，不是爲了給陛下賀壽，而是爲了親自查找昌邑哀王在長安的諸事記錄，從中理出一絲線索。」

「所以，昌邑王覺得當今陛下奪了他父王原來的位置？因爲這樣，才有不臣之心？」

「是，哀王之死刻在他心裡很多年了，他始終把鉤弋夫人，把陛下視作假想敵。他曾說，他是先帝最寵愛的李夫人的孫子，怎能輸給鉤弋子？」梅影疏說到這裡，心念一動，「這樣看來，先帝所有子嗣都不服以幼弟登基的當今陛下，燕刺王（燕王謚號）且不說，廣陵王見陛下無嗣，就在楚地迎來一個叫李女須的巫女，施法讓他成爲天子。李女裝成先帝附身，說定讓廣陵王繼承大統，這莽夫信以爲眞，當即賜了李女錢帛，似乎忘了自己早已被先帝所厭棄，先帝又如何能說出這句話？之後廣陵王讓李女上楚地巫山祈禱，這天子夢可做大發了，卻不想那李女是姑姑的楚地故人，姑姑都將此事當成笑話，說那廣陵王空有一身蠻力，徒手搏熊，卻頭腦簡單，如三歲小兒。」

她說著也覺得好笑，嘴角上揚，如春水漣漪。

劉病已靜靜看她，似乎這位來自昌邑的「許姑娘」讓他動了一絲移情作用，於是問道：「妳與劉賀有何深仇大恨？竟讓妳捨棄青春年華，不惜以色事人！」

梅影疏神色一冷，「我的意中人曾是劉賀的騎奴，因衝撞劉賀，被他杖殺。劉賀毀我幸福。此仇不報，枉爲人！」

劉病已素來淡漠的神情，倒也有一絲關心，「妳獨自飲恨，又得朝夕面對仇人，身邊可有人傾吐？」

「王宮的姊妹，我一個都信不過，若不是一心惦記著抱仇，這樣毫無一絲慰藉的日子，我一刻都嫌長！」

「後宮群雌粥粥，人爭名位如虎狼奪食，玩弄心術，笑裡藏刀，哪有什麼眞性情？一個良家女子最好的年華，本不該禁錮在四方天裡。」劉病已嘆道：「過去種種譬如昨日死，其實妳只要放下執念，何處不是海闊天空。」

梅影疏淡笑，「道理說得容易，卻有誰身陷其中又進退自如？快了，劉賀很快便會毀在我手中，我終於能解脫了。」

劉病已靜靜視她，那雙眼睛在她那年齡階段，本應黑白分明，此刻卻流露一絲渾沌與荒蕪。

他引導道：「告訴我，妳做了什麼。」

梅影疏目光越過他，落在竹影婆娑的窗牖上，娓娓低訴：「侯爺方才問及妾身，身邊可有傾吐之人，此刻，侯爺可願聽妾身嘮叨嗎？」

「妳說吧，一味隱忍，會生病的。」

梅影疏默了會兒，「劉賀的女人來來去去，有的溫柔體貼，凡事逆來順受；有的嬌蠻任性，稍不如意，便鬧得雞飛狗走。卻有誰敢對劉賀冷言冷語？又有誰敢將劉賀拒於門外？劉賀之所以專寵我多年，便是因爲我敢，我什麼都敢做。劉賀欲博我一笑，我偏不笑；劉賀想氣哭我，我偏不哭；劉賀故意刺激我，我偏偏漫不在乎；劉賀對我動怒，我偏偏給他冷臉。劉賀的女人，莫非不要這份榮華富貴，不要春恩雨露，否則誰敢這樣劍走偏鋒？就連他現在寵幸那個江湖武女，亦對他百依百順，萬事唯他馬首是瞻，不敢有絲毫違拗。」

她彷彿得到一個出口，將積壓內心的愁緒一股腦兒傾吐而出。

江湖武女？劉病已神情一動。

梅影疏絮絮道：「劉賀寵她數月，冷了我一陣子，府裡那些勢力的小人，開始對我冷言冷語，以爲我被劉賀厭棄，再無承歡的可能。我卻知道，劉賀寵那江湖女子，不過是一時新鮮，或是想從她身上得到什麼，一旦膩了或是達到目的了，那女子就會被一腳踢開。劉賀的心，早已牢牢地栓在我身上……」

劉病已正想問那江湖武女是誰，她又自憐自傷地道：「劉賀雖冷落我數月，但四下無人時，他瞧我的眼神，全是熱情，這和他看待那江湖女子的眼神不一樣。劉賀，劉賀，這幾個月來，他寵著別人，我終於不必時時刻刻面對他，終於可以稍稍喘口氣。我好累，眞的好累。」

劉病已心有戚戚，「以色事人，首先需要極大的力量來承擔自身的痛苦。若非一心報仇，否則何必活得如此苟延殘喘。」

梅影疏斂眉道：「劉賀專寵我時，人前我是極盡榮光，人後卻是無限淒涼，就連睡在劉賀身旁，我都不敢睡得太沉，就怕我夢到我的意中人，情不自禁喊出他的名字，那便教他起疑了。」

「報仇的方式有很多，妳何必讓自己活得如臨深淵？」

「我夜夜與他同衾共枕，本可乘他熟睡，一刀給他個了斷，如此乾脆俐落，當可令我早日解脫，不必時時承受這錐心之苦。但由於劉賀女人甚多，曾有人爭風吃醋，惡念陡生，拿簪子戳向睡夢中的劉賀，從此他再也不與人同床而眠，都是一番歡好後，再把人打發回去的。」

「這樣謹慎的人，妳欲如何毀了他？」

「姑姑給了我一種藥，無色無味，摻入劉賀飲食中，能使他慢性中毒，最後會神智錯亂，行事癲狂，醫者也診不出個眉目，只會被當成魔魘纏身，最後不了了之。他的皇帝夢，就此毀在我手中，這對高傲的他來說，比死了更難受。」

劉病已卻想，只怕劉賀知道妳要害他，心更難受。

「我身在王宮，不僅要面對劉賀，背後更要提防劉賀的女人。從來深寵招妒，女人間的衣香鬢影，彈指便可殺人於無形。我時時提心，步步爲營，活得比死還要煎熬。」梅影疏忽然一笑，笑容有一絲如釋重負，「但現在，劉賀專寵那江湖女子，總算把所有人的注意力都移轉過去了，我終於能停下來喘口氣，不必再時時扮演著我最深惡痛絕的那個角色。」

劉病已一臉沉靜，像是波瀾不興的湖水，「那江湖女子，名叫莫鳶，是不是？」

梅影疏眼中閃過一絲驚詫，語氣卻是毫無起伏，「不錯。」甚至連問劉病已爲何知悉也不感興趣，似乎除了報仇，已無任何人事物能令她上心。

劉病已心中冷笑，果然是莫鳶，「莫鳶乃我師姊，我雖極少與她相處，卻也知她心氣極高，自負無比。這樣的人，如今竟甘心給宮牆拘住心和眼，在那人心最爲幽暗、是非最多的地方，做諸侯王的一個家人子。」

梅影疏嘆道：「莫鳶對劉賀癡情衷腸，哪怕劉賀心思不全在她身上，她也甘願以千萬個活在雞爭鵝鬥的無聊日子，來換取他一刻的耳鬢廝磨。」

這話說得劉病已心一動。梅影疏善於察言觀色，道：「說不定，侯爺心儀的她，也願意。」

劉病已笑了，「妳看出什麼了？」

梅影疏小心翼翼道：「侯爺適才提到她時，平靜的眉眼溫柔湧動，隨即籠罩著一縷深深的悵然，後來您又跟妾身說了這許多，流露出您不願良家女子陷入爭相取寵、掐雞鬥狗的宮闈歲月裡，妾身便大膽推測了。」

劉病已微笑，「不是世間所有花，都能移入宮廷溫室裡生存的。山花爛漫，植入盆中，便失了靈氣；野菊清雅，是爲自賞，而非宜人。」

梅影疏嘆道：「莫鳶本是一株秀頎的木棉，可以獨自生長，在枝幹上開出美麗的花，現在卻像紫藤一樣，依傍喬木，久了，都忘了自己一身傲骨。」

劉病已不再延續這話題，問道：「妳既說劉賀對莫鳶只是一時新鮮，或是別有圖謀，以妳對劉賀的了解，他所圖爲何？」

「莫鳶的外貌在劉賀的衆多女人裡，算不上出類拔萃，她對劉賀亦是百依百順，言聽計從，這樣的女子，算不上有什麼特色，但她身上的草莽風霜之氣，是劉賀女人堆裡唯一沒有的。劉賀可能被她這點吸引，也極可能劉賀想得到的，不是她這個人，而是她身上的武功。」

劉病已笑了，「昔趙文王好劍，劍士夾門而客三千餘人。日夜相擊於前，死傷者歲百餘人，好之不厭。難道劉賀與趙文王一樣，喜看演武？」

「不是的，劉賀曾請來江湖高手訓練一批親衛，但我已經數月沒見到那位江湖高手了。有一回我隨口問劉賀：『怎麼許久不見嚴大俠。』劉賀回答：『不夠格，打發了。』倘若莫鳶肯替劉賀訓練這批親衛，那劉賀還不如虎添翼？」

劉病已面色鐵青，「莫鳶師承明月閣，竟對他人私授自家武學，可還把師父放在眼裡！」

「她早已不是從前的莫鳶了，自跟了劉賀，便殺人十五，傷人二十，但都是犯了過失的僕從。劉賀要她動手，她起初還面有難色，束手束腳，但殺到最後，竟是面不改色，眼皮不眨。」

「本門規矩便是不得濫殺無辜，她剛出手時必然投鼠忌器，但不忍違拗劉賀心意，牙一咬，心一橫，什麼仁義道德都抛在腦後，殺了頭一兩個，也不差再多殺幾個，至此滿手血腥，性情丕變，終難懸崖勒馬。劉賀若察覺莫鳶已完全受他掌控，開口命她訓練親衛，她還不爽快答允？」

梅影疏也有些感慨，「莫鳶雖是女流之輩，卻身手不凡，頗有巾幗不讓鬚眉的氣概，若沒遇上劉賀，她必是一俠女，怒馬江湖，仗劍天涯，卻偏偏深陷情海，不可自拔，如一具傀儡，被劉賀操之在手，肆意擺佈，哪日她幡然醒悟，必對自己助紂為虐的作為後悔莫及。」

「基於同門情誼，我不能眼睜睜看著莫師姊受人利用。」

「侯爺念及同門情誼，但莫鳶對劉賀情有獨鍾，若哪日陛下龍體狀況曝光，您作為衛太子後嗣，必成為他的眼中釘，他若要莫鳶對您下手，莫鳶難道還會顧及她跟侯爺之間的同門情誼嗎？」

「暮鼓晨鐘能驚醒世間名利客，幾聲眞言能喚回苦海夢迷人。為今之計，只有請家師出馬，方能給她一記當頭棒喝。」

梅影疏鄭重道：「有妾身在，必不讓劉賀陰謀得逞。」

劉病已喟然道：「面對劉賀，妳辛苦了。」

梅影疏笑如淡月朧明，「我最近常想，哪日劉賀發癲了，到時我活著，還有什麼目標？」

「即便劉賀死了，妳喜歡的那個人也不會復生，但妳今生的路還很漫長，只要妳願意，憑妳的才貌，何愁無良人。」

梅影疏低聲道：「我已是殘花敗柳之身，哪有如此好福氣。」

劉病已和顏道：「若是眞心相許，又豈會介意？若是心存介意，又豈是眞心？」

梅影疏笑了，「妾身受教了。」

劉病已微笑，「此番會晤，竟是覺得妳我有一點相像，但凡心有執念，就會為之拚搏，一定要達到目標，哪怕飛蛾撲火，哪怕磕得頭破血流，棄坦途而置險境，也絕不後悔。」

梅影疏笑道：「侯爺是千金之子，妾身不敢與您相提並論。」

劉病已笑道：「妳回去吧，否則劉賀要起疑了。」

梅影疏起身，像是突然想到似的，道：「平君是我堂妹，她離開昌邑後，我們就斷了聯繫了，她應該早已忘了我了吧？也好，忘了也好，我現在這面目可憎的樣子，哪還是她的小梅姊姊呢？」

劉病已嘆道：「妳一定還是她心中的小梅姊姊，莫要妄自菲薄，折損心志。」

梅影疏一禮，一抹笑顏從心裡亮出來，「承侯爺吉言，妾身告辭。」說完姍姍而去。

青兒入內，見劉病已眉頭深鎖，若有所思，便道：「不妨把煩惱告訴青兒，讓青兒替您分憂解勞。」

劉病已微微一笑，笑容卻殊無歡愉之意，「莫師姊竟違背師命殺人了，她現在的樣子，簡直和明月閣的她判若兩人。而且我總覺得，劉賀不是單純想讓莫師姊為他訓練親衛而已，一定還有其他圖謀。」

「什麼圖謀？」

「我此刻還不知道，就只是一種直覺罷了。」劉病已道：「青兒，回府後我修書一封，你替我親自送到明月閣。」

青兒答應一聲，忽聽窗外風聲簌簌，雨聲瀝瀝，嘀咕道：「今早出門還是杲杲出日，不想這雨竟說下就下，眞是變化無常。」

劉病已望著窗外，悠悠道：「天有陰晴，月有圓缺，可不就像人心一樣。」

青兒忽然哎呀一聲，「小梅似乎沒拿簦呢！」

梅影疏離開妙音坊，一時不想返回郡國官邸，於是在街上煢煢獨行。目光透出面紗，穿過影影綽綽的人流，悠然飄向遠方。

那是昌邑國的方向，孩提時光在那裡萌芽，卻也埋葬了她的少女時代。

許平君這名字驀地被劉病已道出口，她清楚地看見自己那段記錄著無憂無慮的生命在心裡脈脈湧動。

她本名許梅，是許廣漢弟弟許舜的長女，許家三兄弟，都生兒子，於是她和平君就成了小時候最好的玩伴，騎竹馬，玩兒戲，採桑飼蠶，折柳編籃，笑語如珠，童顏嬌憨，黑白分明的眼睛只有純粹的快樂。

後來，在昌邑哀王身邊當差的大伯父許廣漢犯了錯，受宮刑，過不久，妻女就遷至長安。

臨行前一晚，許平君泣不成聲，要小梅一定要來長安找她。許梅答應了，再後來，許舜給她挑的夫君被劉賀杖殺，許梅也死了，活下來的，是梅影疏。

一個只知曲意承歡、取寵獻媚的失節女子。

這樣的人，曾為她所厭惡，可世事無常，天公簸弄，最後的許梅，竟不偏不倚活成了當初自己最厭惡的樣子。

憂思恍惚間，蒼穹驀地響起一道驚雷，轉眼陰雲密布，初時微雨如酥，行人有持簦的便迅速舉簦，沒持簦的便舉袖遮擋，冒雨疾行，漸漸雨勢瓢潑，那些無簦之人只能匆匆找屋簷遮雨。

街上登時空曠許多。

她雖有冪籬遮掩，卻擋不住驚人的雨勢，不一會兒便遍身濕透。有好心人不忍她風吹雨淋，拿簦給她，卻被她冷冷搡開。

風雨如磐，她卻似樂在其中，心裡的塵埃太多了，唯有這樣潑天的雨，才能洗淨她的心。

天地間飄搖不定的昏晦，什麼也看不清，她終於能卸下心防，不必時時偽裝。

她倏地扯下冪籬，張開雙臂，仰視長空，嘴角銜著一抹恬淡的微笑，在淒風苦雨間孑然獨立。

行人都注視著她，交頭接耳。有人說此女舉止癲狂，遠之爲上；也有人想遞簦，卻覺得她面色安詳，似雨中作樂，頓時打消念頭。

青兒替劉病已舉簦，二人隱在長街一隅，目不轉瞬地望著她。

青兒有些鼻酸，低聲道：「小梅這是何苦？」

劉病已道：「她心裡一片荒蕪，需要雨的滋潤。」

一間酒肆裡忽然傳出酒器落地聲，一聲驚呼驟然響起，在風雨中格外清晰。

「小梅，小梅。」一位面容俊美的華服公子匆忙越出窗外，急趨向前，拽住梅影疏胳膊，怔怔地瞅了她片刻，見她一臉憔悴，彷彿西風中的一脈枯葉，隨時會零落成塵輾爲泥。

他情難自禁，一把抱住了她。

那公子身後，一個女子手忙腳亂地舉簦趕來，柔聲勸道：「大王，仔細淋壞了身子，還是趕緊帶梅八子回酒肆吧。」

那公子恍若不聞，緊緊地抱著梅影疏，似想以體溫熨熱她的身子。

一柄簦無法替三人遮雨，女子本和公子一道，孰料公子看到梅影疏，反而將她晾至身後。她此刻像是多餘之人，無法融入二人的世界裡，只能默默將簦全數遞去，自己沐在雨中。

雨幕迷濛了梅影疏視線，但她對公子卻是熟悉得刻骨銘心，一股深沉的厭惡感油然而生。她掙開他胳膊，冷斥一聲：「你走開。」或許雨淋多了，也或許是心疲至極，她走了幾步，忽覺眩暈，腳步虛浮，如履雲水，仰天便倒。

那公子箭步向前，抱緊了梅影疏，下巴熨著她的臉頰，眼中似有一簇火苗，映得她蒼白的臉如染紅霞，「妳怨我冷落妳，所以才要這般作賤自己？小梅，妳打我罵我都可以，便是不要傷害自己！」

他身後舉簦女子聞言，神色黯然。

梅影疏淡淡一哂，眉梢眼角，再無初時的恬淡安詳，帶著三分傷感、三分淒涼、三分厭倦，以及最後一分壓抑。王宮走到哪都能撞見他，倒也罷了，不想獨自走在街上，竟然也能和他不期而遇！

雨中的快樂時光，在老天刻意安排下，無情地被剝奪了！

梅影疏疲於掙脫，亦無力掙脫，只能任由他緊緊摟著。他懷裡是溫熱的，像是冬日裡的一床新棉，然而她的心卻漸漸失去了溫度，只餘灰燼般的冰冷。

細細雨絲織成的雨幕，宛如水晶珠簾。有行人目睹這光景，道：「公子抱著那個大美人，公子身後的姑娘爲這二人舉簦，自己卻風吹雨淋，而公子眼裡只有大美人，對身後女子無足牽掛。誰輕誰重，一目了然。」

劉病已瞄一眼那公子對梅影疏熾熱的目光，又瞄一眼那女子對公子深情的眉眼，登時想起梅影疏那句：「劉賀的心，早已牢牢地栓在我身上。」

劉賀對梅影疏情根深種，梅影疏不過只是淋了場雨，便教他心慌意亂，不顧貴人之尊，從酒肆裡越窗而出，任風雨撲面，狼狽不堪，還將一心刻意討好的莫鳶拋到九霄雲外。

劉賀眼裡只有一身濕漉的梅影疏，卻忘了身後的莫鳶也正在淋雨受苦呢！

劉病已道：「願得一心人，白首不相離。劉賀對小梅如此，莫師姊又何嘗不是如此？」

青兒懵然，「感情事，眞的是一言難盡。」

劉病已不勝唏噓，「咱們走吧。」

十七・異端

主僕二人返回侯府，彼時華燈初上，風消雨歇。
摯兒見了劉病已，擱下手邊活計，上前一揖，又命人取銅盆、葛巾，服侍劉病已淨手。
她笑道：「侯爺與霍姑娘今日是怎麼了，總是擦身而過。」
「什麼意思？」
「今早侯爺出門後，不久霍姑娘便來了，奴婢跟霍姑娘說侯爺出門了，不知何時回府。霍姑娘聽了，說要在府上等侯爺回來，這一等便是從早到晚，不久前才剛離開呢。」
劉病已嗯了一聲，無特別反應，邁步便要回房。
摯兒嘴裡嘮叨不休，「霍姑娘真奇怪，有馬車不乘，偏要用走的。她離開時這天還是晴朗無雲，怎知雨說下就下，霍姑娘主僕二人也不知有沒有被雨淋濕，那可真過意不去……」
她話還沒說完，劉病已便趔趄大步出門去了。
街上處處積水，他逕往霍府急奔，身如御風，所過之處，輕靈飄逸，竟是濺不起半點水花。
霍府下人對劉病已來訪已是習以為常，未封侯前是七姑娘的貴客，如今封了侯，身分更是不可同日而語，對他笑臉迎人，禮敬有加，絲毫不敢怠忽。
霍禹率著霍雲、霍山二人，鬧騰騰地正要出門。霍雲和霍山乃霍去病之孫、霍光之姪孫，二人管霍禹叫「小叔叔」，因年齡相近，自幼玩在一塊兒，骨子裡也沒將他當成長輩看待。霍禹本和二人嘻笑打趣，在前院見到劉病已，笑容立斂，口唇略動，正要說幾句刻薄的話。
霍雲怕他生事，忙扯了扯他衣袖，示意他隱忍。
霍禹想到自己回長安後，雖受封為中郎將，但劉病已是宗室，是列侯，不可過分無禮，便硬生生忍下這口氣，微微拱手，一聲不吭，悻悻去了。

霍雲、霍山倒是不敢失禮，表面上做足禮數。

劉病已既不將霍禹放在眼裡，自然也就不會置這閒氣。他在會客堂上候了片刻，采薇便匆匆而來，禮畢，憂心忡忡道：「請陽武侯隨奴婢過來。」

沿著廊廡慢慢地走，迎面見寒月姍姍而來。

寒月原只是在房裡待得悶，乘雨後夜涼如水，出來踱步散心，不想走沒幾步，竟會撞見劉病已，登時臉色一變，雙足扎根似的，嘴唇微動，欲言又止。

采薇向她一禮，抬頭時，瞥見她神色有異，心中大感納悶。

劉病已踏進霍府的那一刻起，早已做好和她相遇的心理準備，此時神色如常，向她微微拱手，便與她擦身而過，眼神毫不逗留，好似她的存在如玉欄上的爬藤一樣。

寒月不禁心酸，想回頭多瞧他一眼，卻沒那個勇氣。

劉病已走了幾步，忽然停了下來，回頭道：「師姊。」

這一聲呼喚極輕，寒月耳裡卻是平地驚雷，不由得一震，腦海登時浮現那個笑容可掬的少年，那個撲在自己身上，奮不顧身地替自己擋下狼爪的他。

「雨後天涼，妳懷著身子，好生保重。」

劉病已丟下這句，便大步去了，廣袖臨風，軒軒若朝陽舉。

寒月怔了片刻，勉強鎮定心神，轉頭望去，卻只捕捉到他消失在花徑的一片衣角。

她撫著微微隆起的肚腹，嘴角銜起一縷淒然苦笑。

她永遠忘不掉第一次在霍府遇見他時，他挽著霍成君的手，霍成君說他是皇曾孫、陽武侯，她心裡受到的強烈衝擊。此刻回想起來，亦是內心翻江倒海，難以平息。

她忘不掉在更早之前，他回到明月閣，在梅園留下的最後一句話。

那句話，在夜闌夢醒時，宛如心上的一根刺，拔也拔不去，深深扎入肉裡，潰爛化膿，隱隱生疼。

「逝者如斯夫，不捨晝夜，我沒變，妳也沒變，只是有些東西，已成覆水。」

從那刻起，他便已不是當年那天眞爛漫，眼裡只有她的劉師弟了。

她扶著玉欄，唯恐癱軟在地，自嘲一笑，笑聲中流露無限苦澀與蒼涼。她身後的婢女本想上前攙扶，見她反常，便躑躅不動。

寒月咬著下唇，竭力忍著不落淚，須臾，眼淚卻還是不受控地落了下來，和玉欄上的積雨融為一體。

曾經因他年幼，只把他當弟弟，對他的付出從不上心，甚至因他庶民身分，不夠格讓自己託付終身，而狠心傷他一遍又一遍，結果這個人竟是帝王血胤，就連霍禹見了他都要畢恭畢敬的皇曾孫！

而霍禹在春宵情濃處答允的「以妻禮聘之」「以雁爲信，互爲婚姻」，隨著霍光堅決反對，就像幾聲雷鳴，響過就沒了，竟是沒能在霍府掀起一陣暴風雨。

她終究只是婢妾之流。

她太高估了自己在霍禹心中的分量，也高估了霍禹在霍光面前的力量，最後，成了霍府茶餘飯後的笑料。

她十指深深地掐著玉欄，拇指指甲因過度用力而崩斷，鮮血汩汩淌下。婢女見了紅，慌忙喊人，寒月卻恍然不覺疼，好似受傷的並非自己。

霍成君雖在侯府久候劉病已不歸，卻目睹摯兒含羞帶怯地瞅著張彭祖，而張彭祖也含情顧盼，這才鬆了一口氣。

霍成君返回霍府時，雖途中下雨，卻有采薇替她舉簦，但雨勢滂沱，身體自也濕透了。

回府後先是一盞薑湯入喉，再回房卸去妝容、飾物，鬆髮髻，沐香浴，然後換了家常衣裳，由采薇替她捶著痠疼的腿，揉著僵硬的肩，聞著博山爐裡噴出來的裊裊香氳……

在采薇一番體貼入微的服侍下，霍成君身心舒泰，眼皮越發沉重，朦朦朧朧便要睡去。

不多時便聽下人說劉病已來訪，本來疲乏欲睡，登時精神一振，在采薇攙扶下匆忙起身，攬鏡一照，一頭青絲如瀑，妝卸後，膚色稍顯蒼白。都說「女爲悅己者容」，其實應該是「女爲己悅者容」才對，當下命采薇爲她整飭妝容，又怕劉病已等候太久，正委決不下，忽地心念一閃，面露狡黠，在采薇耳邊叮囑幾句。

采薇應了，匆匆去接待劉病已。

她領著劉病已，一邊走，一邊唉聲嘆氣：「我家姑娘身子骨本就孱弱，傍晚時又淋了場雨，寒氣侵體，略感不適。奴婢本伺候姑娘安睡，姑娘卻聽聞侯爺來訪，不忍讓侯爺白跑一趟，命奴婢趕緊去接待。奴婢勸她早生歇息，姑娘卻哪裡聽得進去？只盼侯爺見了我家姑娘，好生相勸，保重玉體要緊。」

劉病已聞言，心下歉仄更甚，「霍姑娘如今身子如何了？要不要緊？可有延醫問藥？」

采薇心下暗笑，嘴上卻嘆：「姑娘正鬧著頭疼呢！奴婢本欲去請淳于女醫過來，姑娘卻說：『小病微恙，何須大費周折？我睡一覺便可。』唉，姑娘如此不珍重玉體，做奴婢的急都急死了。」

劉病已蹙眉道：「霍姑娘不是三歲小兒了，還這般不懂得照顧自己，一會兒我見到霍姑娘，必叨唸她幾句。」

言談間已至霍成君寢居。

采薇揚聲道：「姑娘，陽武侯來了。」

霍成君聞聲，從內室款款碎步走到中閣，見了劉病已，上前便要一禮。禮未到位，雙膝一軟，咕咚一聲，栽倒在地。

劉病已眼明手快，箭步上前，一把盈盈抱住她。

霍成君跌入劉病已懷中，垂眉斂眸，凝噎道：「公子，成君失禮了。」

劉病已垂眸視她，見懷中佳人青絲逶迤，更顯玉容蒼白，精神萎靡，毫無一絲活氣。即便他對她不上心，此時見到她憔悴惹憐的模樣，不免愧疚，柔聲道：「妳因我病得如此憔悴，怎麼還說是小病微恙？采薇，速把淳于女醫請來。」

采薇見霍成君戲演得入木三分，嘴角抽搐，一直強忍著笑，好在劉病已雙眼只注視著霍成君，沒瞧見自己的異樣。她千辛萬苦忍著笑，這時聽劉病已一聲令下，簡直如獲大赦，應聲後，便腳底抹油，退出房外，一溜小跑後，才終於嘰嘰咯咯笑出聲來。

既然要做戲，那戲便做到底，既召來女醫淳于衍，便先以錢帛收買才是。

霍成君因勢利導的「這一病」，便教劉病已心懷愧疚，無法置身事外，終夜目不交睫，相伴病榻，直到曙色微茫，方才拖著疲憊不堪的身軀，兩眼通紅地離開霍府。

楚堯知他夜宿霍府，不免想入非非，跟在他身後，揶揄道：「你昨晚幹什麼去了？怎麼今早這般精神不濟，步履蹣跚？」

劉病已頭痛欲裂，白了他一眼，「你心裡就不能裝點別的嗎？」

楚堯嘻嘻一笑，「食色性也，你別不好意思，快告訴我。」

劉病已雙手掩耳，不願將力氣浪費在口舌上，「沒有那回事。」

楚堯仍不放棄，窮追猛問：「你我之間知無不言，言無不盡。快說快說，否則便是你不夠意思了。」

「我守禮磊落，讓你失望了。」

唇槍舌戰間，已至劉病已寢房。

劉病已伸手推門，身體便直挺挺地倒下。

這下可把楚堯嚇了一跳。他呆了片刻，勉強定了定神，忙蹲下推了劉病已一把，叫道：「病已，你怎麼樣了？你別嚇唬我呀！」

劉病已無力地揮手，含糊道：「別吵我睡覺。」

楚堯一怔，隨即罵道：「有辱斯文！虧你還是堂堂陽武侯！」

劉病已睜眼，輕聲道：「兄長。」

楚堯沒好氣地道：「幹什麼？」

「我兩個晚上沒闔眼了，你能不能安靜一點。」

楚堯一怔，不由得啼笑皆非，啐道：「你便是吃定我會將你抬上床！罷了罷了，誰教我是你兄長，總不能白白擔上你一聲兄長吧。不過話說回來，青兒那小子幹什麼去了，平時不想看見他時偏偏在你跟前晃悠，這時候需要他時卻不知跑到哪快活。」一邊罵咧，一邊將劉病已扛到床上。

只見劉病已雙目緊閉，睡得甚沉，眉頭卻仍深蹙。他不禁怔怔地想，這傢伙自打藥王島回來，便這般愁眉不展，竟連睡夢中也無一刻鬆懈。

替他掖了被角，轉身便要出去，卻聽背後傳來一聲極輕的呼喚。

「平君。」

那瞬間楚堯還以為自己聽錯了。他愣了片刻，隨即又聽到一聲夢囈似的呢喃：「平君。」

梅影疏自淋了雨後，就一病不起，高燒不退。

這可急壞了劉賀，偏一早劉弗陵召他入宮，也只能命梅影疏的侍女素馨好生照拂。

皇帝壽宴就在半個月後，劉賀提前來，只帶梅影疏和莫鳶兩個姬妾，那梅影疏他是捨不得留在昌邑的，莫鳶卻是得罪他諸多親衛，不帶在身邊，以她的恃才傲物和親衛的不滿，恐怕自己前腳一去，封國後院立即起火。他本想擇一日先進宮面聖，接著去藏書萬卷的天祿閣查找昌邑哀王在長安的諸事記錄，看來，擇日不如撞日，就是今日了。

溫室殿，劉賀向皇帝行禮，額上已有細密汗珠。

這溫室殿以椒塗壁，設火齊屏風、鴻羽帳，地面鋪著罽賓氍毹，最是保暖。劉弗陵全身裹得嚴嚴實實的，握著手爐，顯然很怕冷。

劉弗陵讓他平身，賜坐，嗓音有些無力。

劉賀問：「陛下氣色不大好，可是龍體不適？」

劉弗陵道：「小恙罷了，不礙事，我知你素來喜愛遊獵，本想找你一起去上林苑的，可我的侍中們，一個個都不讓我去，只會在我耳邊叨叨。」說完向金賞、金建、金安上橫了一眼。

金賞居長，道：「陛下，不是臣等不讓您去，而是太醫令再三叮囑，務必使陛下居於內室，靜心安養，不得受風。臣等不敢輕忽，就怕車馬顛簸，疾風撲面，會損及龍體。」

劉弗陵面露無奈，看著劉賀，道：「你瞧，哪怕不去上林苑，就是在這未央宮裡隨便一處轉轉，他們也有話要說。」

劉賀笑了，「陛下乃萬乘之尊，身繫天下蒼生之福，爲人臣者，定要以君爲重，金侍中只是盡了自己的本分，請陛下勿怪。」

劉弗陵嘆道：「我知道，所以我也不讓他們爲難，便哪兒也不去，只得把你召來。」

「不知陛下召臣來何事？」

「也無特別的事，就是想聽你說說齊魯之地孔孟之鄉的一些奇聞逸事，解解乏罷了。」

劉賀笑了，看來皇帝拘在未央宮裡悶得很，每回只要有各地王侯赴京，都會把他們叫進來問問風土民情。當下便將不久前策馬登泰山遇見的一種異獸說了，說那異獸狀如豚，叫聲似「狪狪」，極似《山海經》裡記載的狪狪。劉賀費了好大一番功夫才捕到了牠，牠竟絕食而死，剖開牠腹部，果然裡面有異珠，置於夜裡，亮如白晝。

劉弗陵聽得津津有味，悵然道：「我雖是皇帝，坐擁四方，卻覺得好多東西都沒有親眼看過，未免感到可惜。像西域安息國往西千里的條枝國，便有五彩繽紛的鳥，巨如鷹鵰，炫若孔雀，其卵如甕，堅若磐石；還有漢朝以南的撣國，郊區有犀牛與大象群居，城鎮更隨處可見幻人變法，能吐火，自縛自解，拋弄彈丸；蔥嶺有頭上生了鹿角的狼，被當地人稱爲麢狼，據說其肉肥嫩甘美；蒲類海有成千上萬的金色鹵蟲，將海水染成絢爛的金黃色。百聞不如一見，若能親眼見到，萬事足矣。」

「普天之下，莫非王土。」劉賀微笑，「臣早命人將異珠以匣盛之，預備獻給陛下做賀禮。」

劉弗陵笑嘆：「你有心了，不過宮裡什麼都有，還缺一顆珠子嗎？我倒是想登泰山，孔子登東山而小魯，登泰山而小天下，那是何等豪邁的胸襟。我記得你曾隨先帝一起參加泰山封禪大典吧？」

「回陛下，臣是與父王一起隨駕參加封禪大典的，那也是先帝最後一次封禪。只是臣當時年紀還小，見各地王侯朝中諸臣，萬民爭相觀禮，頗覺熱鬧好玩罷了。」

「須知當年太史公司馬談因病未能參加封禪典禮，抱憾而終，臨終前『執遷手泣』：『今天子接千歲之統，封泰山，而余不得從行，是命也夫，命也夫。』這話讓司馬遷刻骨銘心，後來司馬遷蒐羅封禪史料，在《封禪書》中寫道：『厥曠遠者千有餘載，近者數百載，故其儀闕然堙滅，其詳不可得而記聞云。』足見其對我朝的巨大影響力。司馬談父子要知道你說封禪大典『頗覺熱鬧好玩』，可要氣得從黃土堆裡爬出來了。」

劉賀笑了，「也不全然只是小兒心性，當時封禪大典，臣第一次見識到何謂帝王威儀，天下雄主。小小年紀不知忌諱，回到王宮後，竟與宮人玩起兒戲，臣扮演皇帝，諸人扮演將軍，這一幕被父王看見後，還把臣狠狠罵了一頓，說是天子威儀，受命於天，統四海之圖籍，掌天下之生死。你小子是什麼蠢貨，竟敢自稱天子。」

劉弗陵淡笑，「哦，小小年紀就想當皇帝？志不在小啊。」

劉賀頗為不安，起身伏地道：「原是小兒無知，望陛下勿怪。」

「起來，別動不動就跪，你可還遇過什麼奇事？」

劉賀起身重新坐在席上，道：「臣近日在王宮裡看見一隻高三尺、戴方山冠、無尾的白狗，可臣問了身邊諸人，諸人均如眼盲，說沒瞧見。」

劉弗陵驚詫道：「這可是不祥之兆啊。」

劉賀笑道：「臣的郎中令龔遂也這樣說，瞧把他緊張的。」

劉弗陵進一步問：「上天示警，不可輕忽，龔遂詳細說了什麼？」

劉賀沉默片刻，道：「說是服妖，說是犬禍，說臣身邊的親從都是戴帽子的狗，不除掉他們，昌邑國就沒了。」說完緊張地望著劉弗陵。

劉弗陵緩緩道：「元鳳元年，燕國有黃鼠銜著尾巴在王宮正門中跳舞，燕剌王劉旦派小吏以酒肉去祭祀，黃鼠依然跳個不停，一夜後死去。這事近於黃祥，是燕剌王謀反將死的徵兆。九月，燕蓋叛亂，燕剌王伏法。」

一席話聽得劉賀心怦怦跳，忙故作輕鬆一笑，「其實，哪有那麼多神神叨叨的事兒呢？都是自己嚇自己，龔遂未免危言聳聽！陛下不要在意。」

劉弗陵卻不以為然，他是知道昌邑王的，任性妄為，安於享樂，要不是有郎中令龔遂和中尉王吉，昌邑國肯定一團糟，於是殷殷道：「天垂象，見吉兇，龔遂說得沒錯，這回你定要把他的勸諫聽進去，親賢臣，遠小人，至於國除，你安分守己做個一方諸侯王，何來此禍。」

「臣對陛下忠心耿耿，天日可鑑，再者臣有陛下庇佑，必能福澤綿長，何懼犬禍邪說。」

「你就是貪玩了些，又不夠檢點，本性卻是極好的，我還看不出來嗎？咳咳……」

劉賀忙道：「臣有罪，陛下龍體不適，應當好生歇息才是，臣不該如此多話，擾了陛下靜養。」

劉弗陵咳得面色發紅，「是我叫你來陪我解悶的，說什麼死罪不死罪，咳……」

金賞上前一步道：「陛下該喝藥了，不如先讓昌邑王退下，待陛下好些了，臣再命人傳召他進宮吧。」

劉弗陵說不出話來，只能揮手讓他退下。

劉賀出了溫室殿，去了趟天祿閣，一直待至天色向晚才回郡國官邸，當下直奔梅影疏房中。

梅影疏已醒，正在喝藥。劉賀從素馨手中拿過藥碗，親自餵她服用。

「現在感覺如何？」劉賀問。

「好些了。」

「嗯，妳閉上眼睛，好好歇會兒，我就在旁邊陪妳。」

梅影疏側目看他，「素馨跟我說，你進宮了，是去天祿閣吧，可有找到什麼蛛絲馬跡？」

她不提倒好，一提之下，劉賀立即陰沉著臉，道：「我翻遍整卷《太史公書》，卻只尋到一些無關痛癢的外戚李氏的紀錄。」

梅影疏靜靜聽著，見他手略一動，似想掀翻几案，卻怕驚到她，忍住了。

「司馬遷為人耿直，不懼淫威，為投降匈奴的李陵辯白，因此遭了宮刑，後窮盡一生心血寫下《太史公書》，上下承載三千年史河，述盡歷代君主帝王功過，可謂國之瑰寶。」劉賀冷笑一聲，「想來，定是劉弗陵將部分《孝武本紀》銷毀了，我倒是小覷了他，以爲不過是個病秧子！」

「小聲點，這兒可是長安，天子腳下，豈可直呼天子名諱！」

劉賀盯著她細瞧，半晌笑道：「不惱我冷落妳了？」他認定她淋雨是這原由。

她冷笑道：「你儘管冷落下去，我倒耳目清靜。」

「就會口是心非，吊人胃口。」

她哼了一聲，道：「你剛說，皇帝病了？」

「一直都是。」

「一直？你知道了什麼？」

劉賀得意下忽覺自己失口了，連忙道：「他身子一直都不大好，大病小病不斷，又不是什麼新聞了，還沒到數九寒天，就早早住進溫室殿，門窗緊閉，隔簾都是厚錦氈毯之物，我今日差點沒被悶死在裡面。」

她試探道：「想來是因爲身子不好，所以才一直遲遲沒有子嗣。」

他沒好氣地道：「有時覺得妳鐵石心腸，怎麼都焐不熱；有時妳卻愛纏著我問些不相干的，倒像是來刺探什麼似的。」

梅影疏一驚，故作氣憤地躺回床上，以被蒙臉，背對著他，冷冷道：「大王蔭德於我，我當一心一意仰生於上，原以爲你是知道我的，現在看來，莫不是給哪個狐狸精迷得沒了心肝，有了新歡，忘了舊人。」

一番輕怒薄嗔，劉賀少不得絮絮安撫，便這麼打發過去。

十八・天馬

劉病已一覺到午後，方才起身，但覺龍馬精神，四肢又重新注入活力。洗漱完畢，想到睡前楚堯纏著自己呶呶不休，於是走到他房前，叩門卻不聞回應。

他感到奇怪，穿廊過戶走至花園，想瞧瞧楚堯有沒有在那。

摯兒正指揮奴僕搭設一架鞦韆，見到他，盈盈一禮。

劉病已道：「妳見到楚堯沒有？」

「沒有呀！楚公子一向睡得晚，這時候難道不在房裡嗎？」

她一向不甚聰明，劉病已嘆道：「就是沒有，我才來問妳。」

「說不定外出找樂子了呢？」

「他那一夥遊俠朋友，個個都像鴟鴞似的，晝伏夜出，眼下還沒過午，他八成不會討人嫌地去掀朋友的被子。」

「侯爺有急事嗎？要不派人出去找找？」

劉病已笑道：「不必費事，妳忙吧。」

摯兒笑著一禮，又繼續忙活。

日光薄薄一層鍍在她身上，顯得氣色很好，有人呵護的女子，春意無邊。

她的花期正要開始。

看見那眉眼盈盈處的笑意，他感到一股莫名的熟悉，自那日藥王島回來後一別，不知她過得可好。

循著那一縷心跡，出侯府，至北煥里。

但見院門微敞，他忽然感到那顆沉寂的心，似乎開始蓬勃跳動，走進去，隱隱期待著什麼，卻又不知該如何直面他預期的那一幕。

吱呀一聲，門板推開，陽光灑落一地。

卻見一人伏案大睡，他一怔，喊道：「兄長。」

楚堯聽見有人喊，立時清醒，伸了個懶腰，揉揉雙眼，見來人，道：「就知道你會來。」

「我到處尋你不著，原來你竟是在這兒。」

「突然很想念這兒，便一聲不響地跑了回來，一個人靜靜地想點事，不知不覺就睡著了。」

劉病已環顧四壁，想起初來居住時的光景，一時心馳神搖，嘴角銜起怡然的笑，輕輕撫著几案、木櫃、漆笥，觸手潔淨，纖塵不沾，想來楚堯不忍舊居蒙灰，方整理過。

他一邊繞屋走，一邊喟然道：「在侯府的日子雖然舒適，卻哪裡及得上我們在這裡的樸實？昔日雖無奴僕環伺，亦無庖廚炊金饌玉，出門更無雕車代步……」

「卻是濠上之樂，寵辱不驚。」楚堯接口。

劉病已吟道：「飯疏食，飲水，曲肱而枕之，樂亦在其中矣。豁達之人，不論是居廟堂之上，或是處江湖之遠，都能隨遇而安，自得其樂。」

楚堯反問：「依你說，何爲樂？」

劉病已不料他有此一問，怔了半晌，才道：「心無牽掛，方爲樂。」

楚堯接著道：「如今你快樂嗎？」

劉病已又是一怔，當下只覺得今日的楚堯有點反常。他沒想過自己究竟快不快樂，此刻被楚堯這麼一問，倒是認眞思索起來。

他一出生，就被命運無情地碾壓，被迫早早地成熟，長大，惡劣的獄中環境摧殘他的健康，也在他心上築起一層層硬殼子，他變得不易受傷，也不易感動。後來遇赦令，他被送至魯國，縱有曾外祖母的庇蔭，亦不免遭到一些勢利眼的族人的慢待，一年後遷至長安掖庭，在張賀的庇護下，總算平安地長大。

在這短暫而磕磕絆絆的人生裡，最快樂的時光，是他失憶後在終南山那一段閒雲野鶴的日子，是他與張彭祖、楚堯等人的莫逆相交，是許平君走進他的生命中，點亮了他心裡那一盞燈火。

平君，平君……

這個名字浮現腦海，他心臟一陣緊縮。

當時有多快樂，如今就有多苦澀。

楚堯默默看著他，半晌一嘆：「你究竟是來尋我，還是尋她呢？」

劉病已身子一震。

「昔日你幾次回到這裡，我還道你念舊，此刻看來，原來是放不下她，尋跡來著。」

劉病已澀然一笑，「你……看出來了。」

「我以爲，君子之樂，在於仰不愧於天，俯不怍於人。心胸坦蕩，便能自得其樂！」

劉病已一呆，「仰不愧於天，俯不怍於人……」頓了良久，才道：「聽你一言，倒覺得你心裡擱著什麼事，你我之間別藏著掖著，有話當說無妨。」

楚堯正色問：「給我一個肯定的答覆，你心裡傾慕之人，是平君吧？」

「是。」

「我就知道。」楚堯氣噎，「光聽你睡夢中不斷喊著平君兩字，我便知道你對她的心思可不是一日兩日。」

「我忘不了她。」

楚堯捶了他一拳，「好傢伙，這般不顯山不露水的，還眞是掏心窩子動眞情了，都不用告訴我的嗎？平君對你的感情呢？」

劉病已低聲道：「我們……兩情相悅。」

楚堯瞪他一眼，「那你還跟霍成君糾纏不休？」

「我需要霍家的倚仗，所以我必須娶她。」

楚堯好似看著怪物，咋舌道：「你心裡沒她，卻要娶她？」

「我娶她，僅因她姓霍。」

「原以爲你對她仍有幾分眞心，那麼，即便你一開始接近她，是懷了私心，但感情是可以慢慢培養的，婚後舉案齊眉也不是一樁壞事。」楚堯聲音尖銳起來，「可你現在心裡都是別人，睡覺也不忘喊著別的女人，那麼我相信，你對她，絕不只做戲，還有愧疚，和不忍。」

劉病已面露痛苦。

楚堯嘆道：「怪不得，這段日子，你總是快快不樂的。」

劉病已像是覓得一道出口，一直被勒緊的心弦立時鬆懈，「我對霍成君，全是逢場做戲。我抱著她，心裡想著平君；我瞅著她，眼裡也全是平君。霍成君對我越好，我便是越愧疚，每當我瞧見她眞情流露，我便恨透自己的虛僞。我以爲自己能把這場戲演得很好，但我發覺這個角色太難駕馭了。」

楚堯正色道：「始交不愼，後必反目。你既不願傷害霍成君，那便趁早和她切割，以免夜長夢多。你相信我，等你不必再面對霍成君，你便能重拾自己的快樂。」

劉病已眼神迷惘，「眞的嗎？」

「也許是當局這迷，你明明比我聰明，對感情事偏偏霧裡看花。承先賢良言，俯仰無愧，便是一樂。你既然對霍成君有愧，心裡豈能快樂？」

「我沒想過無愧便是樂。我只知道，我和平君在一起的那段時日，很快樂。」

「那你趕緊和霍成君一刀兩斷，然後立刻把平君找回來。」

劉病已沉默良久，忽然搖頭道：「不成，不成。」

楚堯奇道：「爲何不成？」

「從來大業之謀，常有不測之險，豈能盡如人意。我若能成功即位，那平君的世界，就只剩下皇宮這座牢籠，到時候我的身分，也並非僅屬於平君一人；倘若失敗，我自是不想連累任何人。一榮俱榮，一損俱損，可現在看來，榮與損都不是她想要的，我又何必招惹她……」

楚堯氣不打一處來，「你這小子便是庸人自擾婆婆媽媽！你一心一意替平君著想，認爲這樣做便是對她最好，但你問過平君的意願嗎？」

劉病已一怔，「我沒問過她。」

「說不定人家願意呢！願意在你寫字時爲你研墨，在你讀書時爲你焚香；願意在你捨命拚搏的身後搭建一個溫柔鄉；願意爲你疲憊的身心提供一個熱水浴；願意日日給你熨燙衣裳。妳連讓她開口說聲『願意』的機會都不給，光在這兒一個勁兒地替人瞎琢磨，我都想揍你一頓！」

劉病已臉上又是甜蜜，又是迷惘，喃喃道：「她當眞願意……」

「你如今對她相思入骨，黯然神傷，平君的心境何嘗不是如此？你替她的一生想得周全，卻忍心教她此刻對你相思難遣，終日抑鬱不樂？」

劉病已茫然不語。

「平君若對你情有獨鍾，那想必是願意的。你馬上去跟霍成君一刀兩斷。人生如朝露，歡喜是一日，悲苦亦是一日。既然明白平君能帶給你幸福快樂，那便放手去追尋。霍成君這枚棋子，霍家這條捷徑，不要也罷。即便走得更艱辛坎坷，但這條路上有平君，你不再是孑然一身，你們風雨同舟，患難與共，樂便在其中。」

這一語如當頭棒喝，劉病已胸中的塊壘霎時一掃而空。他面露微笑，道：「兄長一席話，直教我茅塞頓開。」

「處事流水落花，身心皆得自在。」楚堯笑道：「你現在就去霍府，向霍成君剖白。告訴她，咱倆情深緣淺，好聚好散！」

劉病已笑道：「我會仔細斟酌措辭的，霍成君是好姑娘，我不能辜負她一生。」

「大丈夫光明磊落，盼你能妥善處理好你們之間的關係。」

劉病已聽了楚堯一番話，只覺得如釋重負，當下一邊思忖著該如何對霍成君啟齒，一邊向霍府而去。以往他來找霍成君，想到又要一番僞飾，都是舉步維艱，如今心境通透，這段路走起來竟是輕飄飄的。

今日霍府比往昔還要熱鬧，原來劉弗陵壽誕將至，霍家欲獻汗血馬，作爲皇帝壽禮，天馬將至，此刻正做提前佈置。

汗血馬？劉病已神色一動，顯然極感興趣。

大宛國產良駒，山地馬種，蹄堅硬，日行千里，夜行八百。《太史公書》記載，大宛國人將野馬放逐貳師城山中，與五色母馬交配，生下寶馬，汗出如血，被稱爲汗血馬。

張騫出使西域時，在大宛國見此馬，回長安稟告漢武帝。漢武帝聽聞後，龍心大動，遣使攜金與一尊汗血馬大小的黃金馬去大宛國求換，不料竟遭大宛王拒絕。漢使當庭大怒，出言不遜。大宛王惱漢使放肆，下令全殲漢使團。

消息傳回長安，漢武帝大怒，兩度派貳師將軍李廣利征伐大宛，大宛最後被迫弒君求和。漢武帝雖然得到夢寐以求的汗血馬，卻已弄得國庫空虛，民不聊生。

劉病已想到汗血馬這段歷史，當下低聲吟哦：「太一貢兮天馬下，沾赤汗兮沫流赭。騁容與兮跇萬里，今安匹兮龍為友。」

卻聽身後一人附和道：「天馬徠，從西極，涉流沙，九夷服。先帝稱汗血馬為天馬、大宛馬，並賦〈天馬歌〉三首，看來病已哥哥也是個好馬之人。」

病已哥哥？劉病已心一跳，像被針刺到似的，這稱呼怎麼從公子變成了病已哥哥？他轉身，怔然瞅著霍成君，道：「妳喊我什麼？」

霍成君笑道：「病已哥哥啊，眞巧，你來了，我正要去侯府請你呢。」

劉病已猛地倒抽口氣，微微感到暈眩，恍惚間似見許平君俏生生地立在面前，一身綠衣，巧笑倩兮，美目盼兮。

霍成君見他眉眼間盡顯詫異，抿嘴一笑，「你都喊我成君了，難道我還要公子長公子短地稱呼你嗎？」

劉病已有些無措，想說的話霎時梗在喉嚨，吐不出也咽不下，眞個難受無比，只聽霍成君柔聲道：「我抱病時，是你衣不解帶地陪著我，我若還聲聲喊你公子，便是太生份了。病已哥哥，你喜歡我這樣喚你嗎？」

這聲「病已哥哥」，甜如蜜糖，蘊含著少女一腔的溫柔、無邊的綺夢。

霍成君頷首低吟：「匏有苦葉，濟有深涉。深則厲，淺則揭。有瀰濟盈，有鷕雉鳴。濟盈不濡軌，雉鳴求其牡。雝雝鳴雁，旭日始旦。士如歸妻，迨冰未泮。招招舟子，人涉卬否。人涉卬否，卬須我友。」

這首詩說的是一個適婚的妙齡姑娘表達自己急切催嫁的心思。霍成君是大家閨秀，性格比尋常女子還要矜持，如今不僅換了稱呼，還以詩傳情，代表她對劉病已的情更深了。

她見他面沉不語，心中不免患得患失，低聲道：「你怎麼不說話？」

劉病已定了定神，一咬牙，喚道：「霍姑娘。」

霍成君聽到這聲稱呼，一顆心搖搖顫顫，失色道：「是不是我做錯了什麼？還是你不喜歡我這樣喊你？」

劉病已硬梆梆地道：「都不是。」

霍成君眉頭立展，霽然一笑，「那你爲什麼喊我霍姑娘呀？」

劉病已面沉如水，「這兒人多，說話不便，不如我們到院裡，較清靜些。」

霍成君笑道：「汗血馬將至，今日整個霍府都是鬧騰騰的，哪兒有清靜的地方。」

劉病已見她巧笑嫣然，一派少女懷春的神態，眸心的陰翳又濃了一分，當下一語不發，往後院而去。

經過中閤時，一人闊步而來，一禮道：「見過皇曾孫、霍姑娘。」

劉病已心一震，知道眼前之人已做了霍光的入幕之賓，如今獲得器重，升任爲長史，只是自己幾趟來霍府，都沒能碰見他。

他便是邴吉。

「廷……」劉病已努力讓自己顯得平靜，啞著聲音道：「光祿大夫有禮。」

邴吉瞥一眼他腰間的身毒國寶鏡，溫和一笑，「皇曾孫也是來賞馬的嗎？」

劉病已怔然不語，目光貪戀地拂過他的面容，良久，才澀澀地道：「不知病已能否有幸，與光祿大夫一起賞馬？」

邴吉拱手道：「請皇曾孫見諒，吉有要事，要速去見大將軍，改日，吉在府上設宴，恭候皇曾孫大駕。」

劉病已忍了一下才沒把失望之色浮於面上，艱難地一讓，「光祿大夫盛情，病已自會前去拜訪。」

邴吉笑了笑，當下緩步而去。

劉病已望著他的背影，突然邁前一步，忍了又忍，才終於克制住微顫的腳步。

霍成君大感奇怪，問道：「你與光祿大夫曾是舊識嗎？」

劉病已心神激盪，微微哽咽：「他……曾是我的廷尉監叔叔，我這名字，還是他起的……」

霍成君不解道：「既如此，那爲什麼你們方才那麼生份？」

劉病已沉默。

小時候從魯國返回長安，張賀便攜他去邴吉府上拜謝，只是邴吉爲人低調，不喜張揚，只勸劉病已忘掉過去，一心向前看。

他知道，若是自己老提過去，只會辜負邴吉對他的期望，他要他剔除生命中的陰影，向陽而生。所以，邴吉不再喊他「病已」，他亦把「廷尉監叔叔」生生地改成毫無溫度的「光祿大夫」，彼此假裝不知道，自己曾經存活在對方生命中。

霍成君見他失神，喊了聲：「病已哥哥？」

劉病已回過神後，冷靜下來，「對不住，方才我失態了。」

霍成君嘆道：「能讓你人前失態的，定是你極爲重視之人。」

劉病已吸了口氣，恢復沉靜之色，「霍姑娘，我要跟妳說的事，便是……」

忽聽廊上一個僕人興高采烈道：「馬來啦，汗血寶馬來啦！」

霍成君雙眼一亮，「走，賞馬去。」

馬廏人聲鼎沸。

劉病已見大柵中各自關著一匹駿馬，前三座大柵裡的汗血馬，毛有淡金、棗紅、雪白，是要送至宮裡的；後三座大柵裡的次等汗血馬，毛則墨黑、淺灰、暗黃，是要留給霍府的。六匹馬均體態健美，顧盼間有股傲視萬物之威。

此時霍禹、霍山、霍雲也來了。寒月有孕，不適合待在人多氣悶的地方，被兩個婢女攙至角落，遙遙望著汗血馬，渾沒注意到劉病已到來。

霍成君是閨閣千金，平時琴棋書畫，怡情養性，對汗血馬倒是興趣不大。她來這兒，無非是陪心上人來的，於是閒閒道：「先帝在位時，身毒國獻白玉連環羈，瑪瑙石爲勒，白光琉璃爲鞍。鞍在暗室中，可把十餘丈見方的空間照得亮如白晝，從此後，長安人開始對馬鞍大加裝飾，競相在馬具上鏤金錯彩，有的僅馬身的飾物就值一百多金。我霍府如今便有南海白蜃裝飾與紫金雕花的馬籠頭，加以鈴鑷，飾以流蘇，行則如撞鐘磬，彩繐翻飛。這樣的馬具，配上名駒，委實相得益彰。」

劉病已淡淡一笑，「從來宮裡一舉一動，都會成爲民間爭相仿效的風氣。孝武李夫人，不就取玉簪搔頭，此後後宮人人搔頭皆以玉，導致玉石價格倍增。」

霍成君只恨不得將頭上玉簪取下，勉強一笑，「看來你不喜奢華。」

劉病已指著汗血馬，「古有千金買馬，若是千里馬，千金買骨都是值得，以無價寶綴之，不免喧賓奪主。」

霍禹在一旁聽了譏諷道：「到底做慣了平民，給限制了想像，既是名駒，當襯珠寶。陽武侯難道不知先帝以玫瑰石作爲天馬的馬鞍，鏤以金銀鍮石，二尺熊羆毛爲障泥，就值百金。這樣的障泥，富商卓王孫家中就有百餘雙，先帝下令讓他獻出二十枚，貴人間一擲千金，哪有什麼稀罕？你看不慣，那是因爲你沒那底氣。」

霍成君惱怒道：「你少說一句！」

劉病已看都不看霍禹，「你說底氣，往裡看，是大將軍先種下了大樹，才有爾等後輩的賦閒乘涼；往外看，是文景之治奠定了繁榮的基礎，才有朝野上下競飾馬具的一時風尚。所以，你是在嘲諷那些憑本事攢下底子垂蔭後輩的前人嗎？」

霍禹嘿嘿冷笑，「陽武侯果然口舌伶俐，也是，一個手無實職之人，自然成天鑽研長舌婦的行徑，這點，我甘拜下風。」

霍成君腦仁兒發疼，忙道：「陽武侯來者是客，哥哥你這是待客之道嗎？」

霍禹哼道：「妳啊，胳膊肘往外拐，真不知妳到底吃誰家的米糧長大的！」

汗血馬聞名天下，一干奴僕也隨即過來，興高采烈地圍著觀看。

霍禹見馬廄擠得水泄不通，甚感不耐，揚聲道：「都不用幹活了是不是？我數到三，誰再不從我眼前消失，就給我滾出霍府大門。一、二……」最後那個字還沒出口，衆僕你推我擠，登時一哄而散。

寒月忍不住噗哧一笑。

霍禹過去挽著她走到馬廄前，「我知妳愛馬，只是方才人多擁擠，現在妳可以一飽眼福了。」

寒月伸手撫摸一匹白馬，「這馬渾身雪白，無一絲雜色，體態雄渾健美，雙目炫亮如電，是千金難得的好馬。」

霍禹笑道：「烏孫產良馬，妳的眼光必是極高的。」

寒月笑了，「馬怕狼，可是烏孫馬遇到落單的狼，卻渾然不懼，又踢又咬能將狼給弄死。而此馬也極爲桀驁不馴，被騎上時，會拚命想摔下馬背上的人，可一旦被馴服後，卻會對主人無比忠誠。」

霍禹笑道：「烏孫好馬也甚多，不過不及汗血馬罷了。當年孝武皇帝先得到了烏孫進貢的馬匹，見此馬神駿，便賜名天馬。後來又得了大宛汗血馬，覺得比烏孫馬更好，便將烏孫馬更名爲西極馬，而天馬之名，就落到了大宛汗血馬身上。」

「城外天高地闊，八荒六合，若非我此刻懷娠，我真想騎著我的浮雲到城外奔馳。」寒月細細品鑒諸馬，目露嚮往之色，少頃，咦了一聲，左顧右盼道：「我的浮雲呢？」

霍禹笑道：「汗血馬來了，我命馬奴將浮雲移到別的地方去了。」

寒月愕然道：「移到哪？」

「自是和其他馬關在一起。」

寒月俏面一沉，「什麼其他馬？」

「自是次等馬，還有什麼馬？」

寒月惱道：「浮雲自小便養尊處優，向來都是良馬單槽，怎可與其他牲畜關在一起？」

霍禹不屑一笑，「我霍府的馬就算再次，也是百裡挑一的好馬，怎麼就不能和妳的浮雲關在一起？當年孝文皇帝從代地返還長安，帶回良馬九匹，號稱九逸，如今霍府馬廄就有九逸交配的後代，還有從匈奴買來的匈奴馬，妳道什麼馬都能進馬廄嗎？」

寒月怒道：「你這是嫌棄浮雲嗎？虧你在終南山還天天騎牠。」

霍禹兩手一攤，滿臉無奈，「不然等陛下的汗血馬送進宮去，再把浮雲移回來不就得了。」

寒月怒道：「你把浮雲趕走，過沒幾日又要牽回，這樣挪來挪去，當我的浮雲是什麼？」

霍禹皺眉道：「要不然妳想要如何？」

寒月眼中淚花打轉，別過臉，不去瞧他，「我不想如何，也不敢如何，這裡是霍府，不是明月閣。」

霍禹耐著性子道：「這兒人多，休得任性妄爲。」

寒月毫不領情，冷冷甩開他的手，「究竟是汗血馬重要，還是我的浮雲重要？」說著目不轉瞬地盯著他，滿心期盼他能給個滿意的答覆。

不料霍禹嗤了一聲，道：「妳的浮雲算什麼，螢燭之火，也敢與日月爭輝？」

這話實是無情已極，大削寒月臉面。寒月頓時面無人色，身子一晃，總算婢女即時攙住她，不至於當眾摔倒。

霍山、霍雲亦覺得霍禹有些過分，卻不敢當面挑他不是。霍成君微微蹙眉，雖然她打從心底瞧不起寒月卑賤的身分，但此刻霍禹當衆辱她，身爲女流，亦感同情。

劉病已默不作聲。眼下閒雜人太多，立場不便，不容置喙。雖然寒月傷他甚深，但對她的情誼豈能徹底斷得乾淨？他微微咬牙，霍禹啊霍禹，我師姊懷著身孕，你便待她如此，日後還能指望你憐香惜玉嗎？

一時靜得葉落可聞。

寒月嘴唇顫了顫，搶先開口，「以前你總要日日騎著浮雲出去溜達，此刻汗血馬一來，你倒喜新厭舊，不要牠了。」

霍禹哂道：「莫說我喜新厭舊，當年先帝爲求寶馬，不惜傾二十萬兵力西攻大宛。寶馬尊貴，千金莫贖。妳若還心心念念著浮雲，未免買櫝還珠。」

他這話字字誅心，寒月只氣得花容失色，眼前發黑，但她好強，強撐著一口氣，總算沒暈厥過去，冷笑道：「我當眞識人不清，先前竟沒瞧出你是這等見異思遷之徒。」想起劉病已就在一旁，自己的難堪羞辱全被他看在眼裡，當下跺足離去。

十九・賽馬

霍成君忍不住道：「月夫人有孕在身，情緒本就陰晴不定，你就不能順她一回？非要當眾辱她。」

霍禹道：「我若是每回都順著她，那她還不騎到我頭上？」

「那你現在把她氣走，萬一動了胎氣怎麼辦？」

「她是習武之人，哪有這般嬌弱？要是孩兒也這般不濟，怎配姓霍？」

「女人懷娠最是脆弱敏感。哥哥，我勸你跟她賠個不是，別讓你們的骨肉感受到母親的負面情緒。」

「我們的事，妳休管。」霍禹嘿的一聲，雙眼向劉病已一瞟，還不忘刮他一句：「我又不是某個沒骨氣的軟漢，一點主張也沒有，凡事對她千依百順。」

劉病已怎會在意他的言語挑釁？當下不予理會。

霍成君奇道：「你說誰是沒骨氣的軟漢？」

霍禹道：「沒什麼，我們等會兒要去壩上騎馬，妳又不會騎馬，還不回房間繡妳的花去！」

霍成君氣得跺腳，正要回嘴。杀薇跟她久了，是最知道她的，連忙插嘴道：「七姑娘不會騎馬，那也不要緊，陽武侯會騎不就得了。」

此言正中霍成君下懷，她芳心暗喜。

劉病已已下定決心要與霍成君開誠相見，對她能疏離就疏離，能漠視就漠視，但不知內情的杀薇，卻一句話就輕易地把霍成君推了過來。馬背上耳鬢廝磨，形影相偎，這池春水還不越攪越混？霍成君這把春火還不越燒越旺？

霍成君偷眼向劉病已一瞧，滿懷期望他接下來一口答允，然後挽起自己的手，扶著自己上馬背……

不料那不識相的霍山卻來攪局。霍山忽然興奮地道：「今日風和日麗，玉宇清澄，我們不如來賭金賽馬！」

霍成君臉色一變，正要說聲「不好」，那廂劉病已好不容易擺脫跟霍成君貼身騎馬的窘境，搶著附和：「甚好。」

霍禹揚眉道：「你也要參與？」

劉病已道：「就你跟我，我們師兄弟來賽馬。」

霍禹笑道：「好啊，賽就賽，就怕你馬術不精，失了臉面。」

劉病已道：「馬術如何，還得比了才知道不是嗎？」

看來是比定了，霍成君目光本來如一漥春水，驀地變成兩把飛刀，狠狠地射向霍山。

霍山在她目光籠罩下，不禁心頭一寒，渾不知為何得罪了她。

霍禹又道：「我們既要賽馬，不妨在勝負上加碼。輸的那方，要答允贏方一個條件。」

「什麼條件？」

「現在說出來，那還有什麼意思。」

「不成，若是你要我做違背仁義道德之事，那我既先答允你，又事後反悔不依，豈不讓我成了反反覆覆的小人？」

「你放心，我開的條件，總歸是一些家常瑣事，無傷你君子體面。如何，你允不允？」

「好啊！若我勝了，你也要依允我一件事。我現在便開門見山地告訴你，勞煩你以後別再對師姊不敬，就算不為師姊著想，也要為了你們的孩子著想。」

霍禹聽他提及寒月，心下頗感不快，冷哼一聲，「那有什麼難？各擇一匹汗血馬，一個時辰後，灞上見。」

當下霍禹、劉病已換了騎裝，各自選了一匹馬。

霍成君見劉病已一身襜褕騎裝，在墨色馬的陪襯下，更顯玉山峨峨，英姿颯颯，目光如癡如醉，笑得如春風和煦。她乃名門淑女，舉手抬足、一顰一笑都當儀態端莊，若非情之所鍾，焉會如此失態？

霍禹牽馬走到她身邊，悻悻道：「口水都要流出來了，擦一擦吧，別丟我霍家的顏面。」

霍成君臉一紅，嗔道：「休來管我，還是顧好你的月夫人吧！」

霍禹白了她一眼，牽馬逕自去了。

申時一刻，衆人在灞上集合。

霍禹爲了炫耀汗血馬，還邀了御史大夫王訢之子王譚、大司農楊敞之子楊忠、光祿勳張安世之子張千秋和張彭祖、諫大夫杜延年之子杜緩等幾位大將軍府幕僚的世家公子。一時灞上車馬如龍，華蓋如雲，人流熙攘，談笑不絕。

張彭祖見劉病已也來了，一溜小跑過去，笑道：「病已你也來啦？早告訴過你了，你現在封侯了，這種場合你以後要多多參與，在場諸人的父親都是公卿大夫，你多和他們聊聊，也算開開眼界。」

劉病已微微蹙眉。

霍禹在一旁吃吃而笑，「彭祖說的是，陽武侯以前肯定是沒機會參與這種場合的，一會兒別太驚訝，咱們這種賽馬，一口氣砸的都是幾萬錢甚至幾十萬，彩頭短少，只會被當成來礙事的，憑你過去只有元日陛下的賜錢，是不夠格進這排場的……」

他現在對劉病已的心態，就是一個富公子看待暴發戶，自忖自己是中郎將，負責統領皇宮的侍衛，又是霍光嫡長子，將來是要繼承官爵的，絲毫不比劉病已差。

但不知爲何，一向驕縱自負，從不將旁人放在眼裡的他，在劉病已面前，竟會產生自慚形穢，所以，他一逮到機會，就想狠狠地刮他一頓，削他顏面。

劉病已不理睬他的挑釁，笑看張彭祖，道：「你備了多少錢參賭？」

張彭祖笑道：「五十金，其中十金還是跟我大哥借來的。」

「長兄如父，你一向怕你大哥，這會兒怎麼一起來了？」

張彭祖笑道：「砸錢過癮啊，只有在這方面，我和他才是平起平坐的，不然，他就是一貫的這表情，這口吻。」說完劍眉倒豎，手插腰，甕聲甕氣道：「都什麼時辰了還在睡？先生派給你的作業做完了嗎？《詩經》都會背了嗎？不學詩，無以言！《禮記》讀了嗎？別一天天的就只知道玩。」

劉病已笑了，「怪不得你說寧見老父，莫見長兄。」

霍禹聽他二人旁若無人地聊天，視自己爲無物，頓時有些不悅，插嘴道：「彭祖，我跟陽武侯賽馬，你押誰？」

張彭祖不暇思索地道：「我跟病已交情好，當然押他。」

霍禹臉色一沉，冷笑道：「你倒眞的很給我面子，輸錢是小事，得罪了我，可不是幾杯水酒、幾句好聽話就能糊弄過去的。」

劉病已眉頭一蹙，對張彭祖道：「你想不想聽個故事？」

一向少根筋的張彭祖聞言，也知他要說什麼給自己撐腰，於是道：「想。」

劉病已緩緩道：「這故事出自《戰國策》中的〈楚策〉，虎求百獸而食之，得狐。狐曰：『子無敢食我也。天帝使我長百獸，今子食我，是逆天帝命也。子以我爲不信，吾爲子先行，子隨我後，觀百獸之見我而敢不走乎？』虎以爲然，故遂與之行。獸見之皆走。虎不知獸畏己而走也，以爲畏狐也。」

張彭祖聽著忍俊不禁，卻也不敢說什麼再把霍禹得罪透了，只別過臉壓著聲音低低地笑。

霍禹一臉鐵青，顫顫地指著面前二人，想說什麼，終究說不出來，當下拂袖而去。

此時喧嘩聲不斷，除了圈起的賽道空著外，哪兒都擠滿了人。除了賽馬，更多的是各家公子牽了名駒過來擺顯，只見五顏六色的赤驥、盜驪、白義、逾輪、山子、渠黃、驊騮、綠耳迷人雙眼，耳邊盡是各駿馬的問價驚嘆聲。

張彭祖指著一匹毛色白中帶金、熠熠生輝的馬讚道：「這什麼馬毛色這麼漂亮？」

劉病已道：「這馬叫逾輝。周穆王有八匹駿馬，常常騎著巡遊天下，這就是其中一種。」

馬主人正是王譚，聞言笑道：「此馬正是逾輝，是我用一斛東海夜明珠換來的。」

「值了。」劉病已又看向他身後一匹綠耳朵黑馬，「想必這是伯樂相中的綠耳了？」

王譚笑道：「陽武侯好眼力。」說完打了個呼哨，綠耳揚蹄，奔騰若飛。

張彭祖嘖了一聲，「逾輝和綠耳，哪個貴？」

王譚笑道：「當然是綠耳，除了夜明珠，還貼了千金呢。」

張彭祖咋舌道：「這麼貴重？」

「不給出這價格，如何顯出駿馬不凡？」

忽聽號角響起，張彭祖振奮道：「開始了。」

賽場起跑點上圍了很多人，杜緩和楊忠騎在馬上，拱手為禮。彩旗一落，在一片吶喊助威聲中，雙雙催馬衝了出去。

張彭祖叫道：「好馬，今日可眞大開眼界了！」

霍成君一直沉著臉不說話，她一來，就見劉病已被張彭祖「霸占」著，插都插不進，心中好生氣惱，加上這裡塵土飛揚，十分吵雜，眞是想打道回府的心都有了。

見張彭祖與高采烈地跑遠了觀看，連忙挨近劉病已身邊，問：「病已哥哥何時下場？」

「第二場。」

「哦，那快了。」

「嗯。」

「病已哥哥是人中騏驥，我押你勝。」

劉病已拱手道：「多謝霍姑娘看重，病已定不負所望。」

這聲「霍姑娘」喊得她又患得患失起來，但他卻忘了，要想擄獲她的心，必須若即若離，此刻的他，不正好在玩這心術？

第一場結束，輪到霍禹和劉病已上場。

霍成君見劉病已裘馬翩翩的樣子，那點黯然的心思立即被癡情捲得一絲不剩，笑道：「病已哥哥，我在終點等你凱旋。」

霍禹一個白眼拋去，「女大不中留，嘖嘖。」

劉病已、霍禹在馬背上蓄勢待發。

少頃，彩旗落下，二人一夾馬肚，流星趕月般向前馳去。

霍禹遙遙領先，很快地衝出圍觀場池，兩側樹叢流水般倒退，正得意間，忽聽身後一陣揚蹄聲，劉病已從容趕上，一時不分軒輊。

霍禹斜眼看他，「你先是來招惹我妹妹，現又來插嘴我和月兒的事，你到底想怎樣？」

「你說呢？」

霍禹怒道：「我告訴你，若我勝了，你便要離開我妹妹，從此不得踏入霍府半步。」

劉病已神色自若，「就依你。」

霍禹一怔，只道他會翻臉，沒想到要他主動離開霍成君，竟連他眸心一絲驚瀾都不興，心念電轉，思忖他必是自認勝券在握，所以才有恃無恐，當下微微冷笑，「別以爲你贏定了，好戲還在後頭。」

劉病已心一凜，「什麼意思？」

霍禹不答反道：「我本與月兒好好的，自從她在霍府見到了你，整個人像丟了魂魄似的。哼，定是知道你眞實身分，才覺得後悔吧！可惜可惜，卽便你姓劉，我父親可是大司馬大將軍。你雖是列侯，但別忘了，羽林營和禁軍都是掌握在我霍家手中，這山河乾坤，到底誰作主，你心裡沒個數嗎？」

劉病已耐心聽完，「她如今有了你的骨肉，你卻來跟我嘮叨這些，難道我還會橫刀奪愛不成？」

「哼哼，我知道你沒有這能力。你們劉姓江山好比宮殿，我霍氏一族好比棟樑，若無棟樑，宮殿便將失去支撐而倒塌。」霍禹洋洋得意，「卽便你是帝王血胤、皇室宗親，但你卻是處處不如我的。」

劉病已懶懶道：「好吧，你說不如就不如吧！若能讓你心裡爽快一點，對師姊好一點，我在唇舌間做退讓又如何？」

霍禹一拳打在空氣裡，頗感無趣，登時便沒下話了。

劉病已道：「你儘管廢話，我可要去了。」雙腿一夾，身如御風，轉眼間便將霍禹拋在腦後。

但他心裡卻不如表面平靜，翻來覆去便是思忖著霍禹的那句話：「別以爲你贏定了，好戲還在後頭。」他到底什麼意思？難道他又要拿出什麼卑鄙手段？

忽然想起當年和霍禹在終南山切磋，霍禹眼見敗局已定，因勢利導，上演一場苦肉計，累得寒月猜忌自己。

此刻賽馬，輸的一方要依允對方一項條件，莫非霍禹志在必得，從中做了什麼手腳？

劉病已想到此節，眼觀四路，耳聽八方，時時警覺。他有了先知，又兼眼力過人，果然見前方道路被亂草掩蓋，心知有異，眼一瞥，似見兩側樹叢中，一顆頭悄悄探出張望。當下小心提防，果然汗血馬臨近時，便見兩側拉起一條粗繩，竟是要將馬絆倒！

他縱聲長嘯，催馬飛越，越過那條粗繩，繼續上前直馳，心中暗罵霍禹卑鄙，又慶幸自己避開暗算。這麼一分神，竟忽略身下情勢。便在此時，道上鋪天蓋地的亂草中，又出現一條粗繩，這回沒了事先防範，汗血馬前蹄給繩一絆，在驚天動地的嘶鳴聲中，跪地撲倒，將劉病已狠狠地拋了出去。

馬速甚快，令他一摔極重，手足擦傷，撲了一臉塵土，十分狼狽。

躲在樹叢裡的人見目的達成，便一個個掩著身子溜了。劉病已望了過去，淡淡陽光下，其中一人左頰有道刀疤，甚是醒目。

忽聽霍禹哈哈大笑，「劉病已，你終究被我擺了一道。」話聲越來越遠，人已騰雲駕霧般從劉病已眼前掠去。

饒是劉病已修養極好，在這節骨眼也不禁怒火中燒，大聲道：「你就不能光明正大一回嗎？」轉眼又覺得啼笑皆非。霍禹這舉動眞如小兒嬉鬧，誰惱誰就伸腿絆倒，互扯頭髮，丟擲石頭。

他起身，緩緩走到汗血馬前，見牠鼻孔呼呼噴氣，正暴跳如雷。他伸手要撫馬頸安慰，不料那汗血馬甚是高傲，被絆倒後，大概覺得沒面子，見劉病已靠近，滿腔怒氣，便往他身上發洩，當下長嘶一聲，撞向他去。

劉病已暗叫不妙，忙後躍兩步，但汗血馬非比尋常，速度比一般馬還要迅疾，等他意識到危險時，終究緩了一步，被撞倒在地，接著砰的一聲，堅硬的馬蹄重重地踩在他胸口上，只覺一陣劇痛，氣血上湧。

忽聽身後蹄聲揚起，一隻手伸了過來，頭頂上，霍禹勒馬，要牽他起來，那笑容顯得十分可恨。

劉病已不理睬他，以手撐地，顫巍巍地爬起，齒間冷冷逼出一句：「卑鄙。」

霍禹笑得更暢快，「這麼久還爬不起來，看來你這一跤摔得不輕啊，要不要我扶你上馬？」

劉病已強忍不適，冷冷地道：「爲機變之巧者，無所用恥焉。這句話，用在你身上，最適合不過。」

霍禹只道他摔馬，不知他被馬蹄重踩，胸悶異常，仍笑得漫不在乎，「量小非君子，無毒不丈夫。不做君子無妨，但大丈夫不當可惜啊！」

劉病已冷冷道：「防人之心不可無，不想小小賽馬，你竟也能從中使詐。我倒是輕忽這點了。」

霍禹笑道：「從來兵不厭詐，況且我本就非光明正大之輩，有時候爲達目的，就必須做一回小人。你這謙謙君子，不也栽在小人手裡嗎？」

「爲達目的，不擇手段，多謝你令我長了一智。」

霍禹笑睨道：「別這般喪氣，不過就是離開我妹妹。長安不乏淑女，你何必硬要跟我攀親？」

劉病已懶得多言，無力地道：「你滾吧！」

霍禹哈哈大笑，絕塵而去。

霍成君、霍雲、霍山、張彭祖在終點引頸相望，過了會兒，見霍禹嘴叼綠柳，一臉得意，策馬而來。霍山霍雲登時歡聲雷動，霍成君和張彭祖面露失望。

登時山呼聲起：「霍禹勝出。」

霍禹笑睨霍成君一眼，「哥哥獲勝，怎麼不恭喜我啊？」

霍成君扭頭不去理他。一衆高門子弟山呼簇擁著霍禹，左一句恭維，又一句諂媚，直將霍禹捧上天去。

張彭祖忽道：「病已。」

衆人隨著他這聲呼喚望了過去，賽道上，劉病已牽馬而來。

一時鴉雀無聲。

霍成君察覺有異，奇道：「你臉色怎麼這般難看？」

霍禹搶著道：「大概是輸了，所以臉上無光。師兄，你的綠柳呢？」

賽馬規定，參賽者須繞過回程的柳樹，折柳枝返回終點。劉病已的馬大發脾氣，根本不讓他騎上馬背，到不了，只冷冷道：「路上丟了。」

霍禹笑道：「不會是根本沒到折柳處，藉口搪塞吧？」

劉病已冷笑，「路上突然竄出一隻瘋狗，我一時不察，失手丟了柳枝，讓那隻瘋狗踩爛了。」他瘋狗長瘋狗短，自是指桑罵槐。

霍禹笑道：「陽武侯莫要惱羞成怒，只是小小賽馬，無損你英名。」

「一時勝負，哪值得往心裡去？倒是西子蒙不潔，則衆人皆掩鼻而過之，品行不佳，一生難改。」

霍禹依舊笑得沒心沒肺，「成王敗寇，夫復何言。總之這場競賽，最終是我得勝了，還望你信守約定。」

霍成君插嘴道：「什麼約定？」

霍禹笑道：「小妹，妳要知道，這世上最愛妳的，必是妳的家人，哥哥不管做什麼都是爲妳好。」

霍成君滿腹疑雲，「你到底做了什麼？」

劉病已冷笑道：「我若硬要失約，你意欲何爲？」

霍禹臉色一變，「這樣你豈不是成了背信棄義、反覆無常的小人？」

劉病已冷笑，「那又如何？承諾是對君子的，既然有人先充當小人，我又何必強作君子？」

霍禹大怒，「你！」

霍雲連忙跳出來和稀泥，「好了好了，一時勝敗，何必這樣針尖對麥芒？都是出來玩的，太較眞就不夠意思了，你們餓了嗎？咱們喝酒吃肉去。」

霍山撫掌附和。

霍成君道：「去悅來酒館，那兒魚炙和鹿膾很美味。」

王譚道：「還是去醉月樓，那兒美酒飄香，佳餚精緻，器皿名貴，院落清雅，非士不得入。」
霍雲道：「哪兒都好，既然霍禹勝了，就由他決定。」
霍禹道：「今日心胸大快，就由我做東，去悅來酒館吧，陽武侯，你去不去？」
劉病已道：「你們去吧！諸位告辭。」說著走向自家馬車。
他一去，張彭祖也跟著去了。霍成君欲追上前，卻被霍禹拽住，急道：「放開。」
霍禹怒道：「大庭廣衆下這麼倒貼一個男人，不嫌沒臉嗎？」
霍成君不理他，急喊：「病已哥哥，你等等我。」
劉病已頭也不回，跳上馬車，車聲轔轔，不一會兒便消逝在夕陽下。

劉病已之所以走得如此急，實是受了內傷，不欲給人瞧出異狀。馬車內光線昏暗，張彭祖一時也沒看出他的不適，只奇道：「方才賽場發生什麼事？爲什麼別人都是騎馬回來，你卻是用走的？」
劉病已呼吸沉重，強忍不適，「烈馬難馴。」
張彭祖更加奇怪，「可你一開始不是還騎得好好的，難道馬兒中間還能轉了性子？」
劉病已不答，下車後，逕直往自己寢室而去。
張彭祖在他身後叫道：「你火急火燎地走那麼快幹嘛？」
楚堯走來，見劉病已神色難看，還以爲事情談得不順，便道：「霍成君這麼死心眼？」
「沒談。」
楚堯急了，「當斷不斷，反受其亂。感情事就像春蠶吐絲，等到結成一個嚴嚴實實的繭子，可就難以抽身了。哎，你眞是，我懶得再管你。」

劉病已不吭聲，伸手推門，向前兩步，身子便直挺挺地倒下。

張彭祖大驚，「病已！」

楚堯一驚過後，突然覺得這一幕好生眼熟，不禁啼笑皆非，蹲下道：「喂，我說你怎麼老愛睡在這兒？你堂堂陽武侯，睡在門口能看嗎？」見劉病已沒反應，又道：「你這招先前使用過了，倒是換個新花樣！」

劉病已仍無反應。楚堯又好氣又好笑，伸手扶他起來，定睛細看，只見劉病已臉色白得嚇人。此時劉病已再也忍耐不住，按著胸口，一口鮮血嘔了出來。

楚堯和張彭祖都是嚇了一跳，這才注意到他衣袖破損，手臂有傷。張彭祖顫聲道：「你怎麼了？別嚇唬我啊，來人，來……」

劉病已急切道：「別聲張，我沒事。」

當下楚堯和張彭祖扶他上榻，張彭祖見他一頭冷汗，嘴角血跡殷然，急得淚眼汪汪，「你都吐血了，還說沒事，那要怎樣才算有事啊？病已，你不要死，我還要跟你做好兄弟……」

楚堯翻了個白眼，都這時候了，這小子還要來添亂，鎮定下來，道：「你不讓聲張，必有原因，但你的傷不能拖著，我這就去請醫者。」

劉病已指著左側牆，道：「只是小小內傷，真的沒事，我師……咳咳，我師……」劇咳之下，又是一口鮮血嘔出。

楚堯一頭霧水，「我師什麼？」見他所指之處，忽然靈光一閃，「你等會兒，我去把他帶來。」說著奪門而出。

劉病已本要說「我師父有給我萬用的治傷靈藥，就在漆櫃裡」，指的也正是漆櫃，結果楚堯聽了「我師」兩字，不知誤會了什麼，要將誰帶來。

二十・西羌

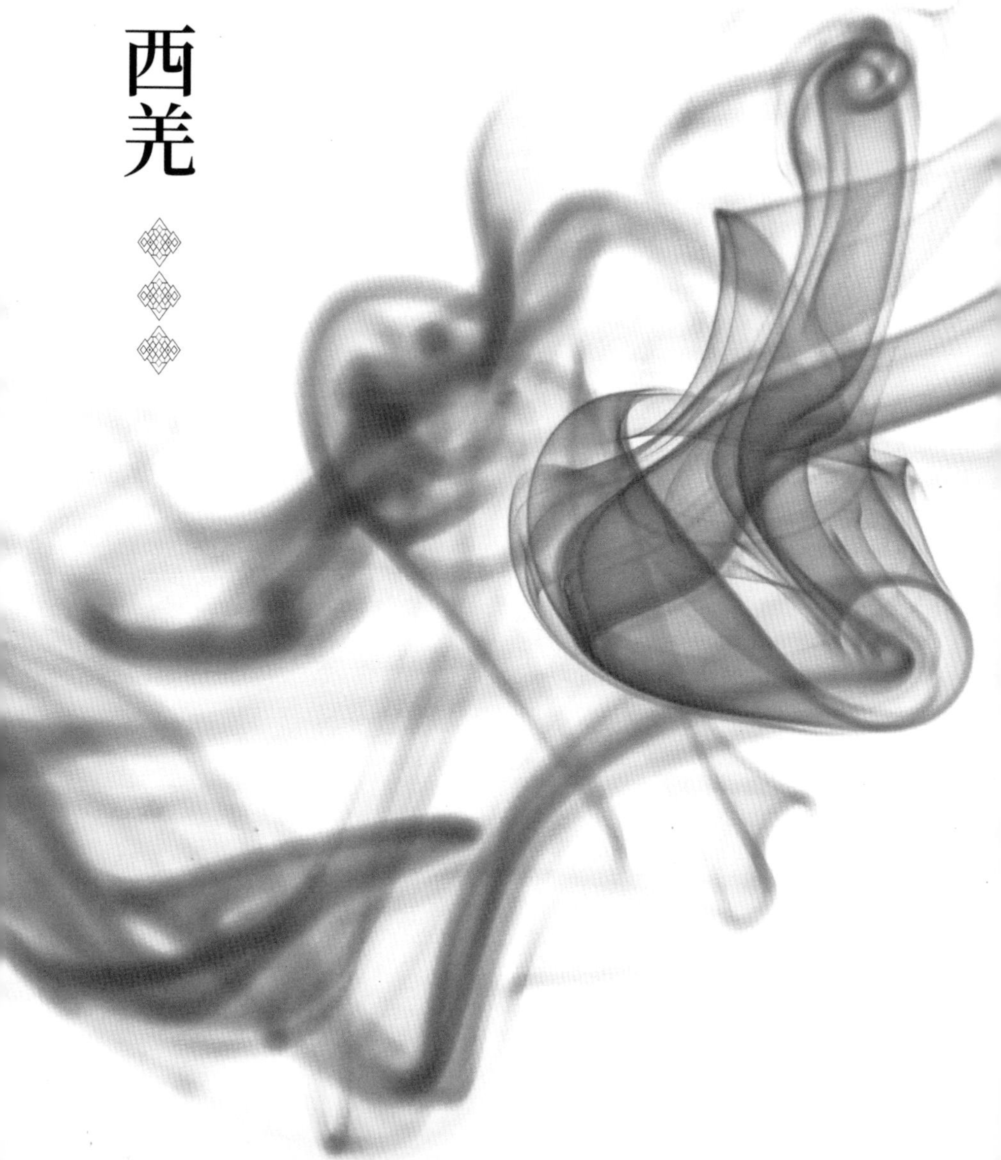

過了片刻，楚堯匆匆拉著一人進來，隨後青兒也跟了過來。劉病已一看，那人正是東閭琳。

青兒本和東閭琳在一起，楚堯突然急吼吼地趕來，拉著東閭琳便走，嘴裡只道：「東閭兄快來救人。」他滿腹疑竇，跟著楚堯過去。

劉病已愕然道：「師兄如何會在這兒？」隨即明瞭，必是為莫鳶一事。

原來楚笙常在終南山一帶採藥，自從因劉病已和東閭殊關係有所緩和後，每回南山採藥，必會去明月閣拜訪，幾回來往，倒讓東閭琳對醫藥產生了興趣。楚笙親自指點，他潛心苦學，鎮日守著藥典脈案，習成後，便在南山一帶替人免費治病，小有成就。

當下東閭琳一番望聞問切，又敞開他衣襟，只見右胸一片烏青，伸手按了按，劉病已蹙眉忍耐。

東閭琳道：「傷了肺。」

張彭祖忙問：「嚴重嗎？」

東閭琳道：「病已是習武之人，體格強健，不算太嚴重。」從醫箱裡取出銀針，飛快地扎入劉病已支溝、陽陵泉等諸穴中，又拿出一個陶瓶，倒出一顆藥丸。青兒見狀，連忙倒了杯水，讓劉病已服用。

張彭祖憂心忡忡，「一顆夠嗎？」

東閭琳道：「這藥是猛藥，主要是先止住咳血，多食無益，一會兒我去開藥方，兼以針灸、膏敷，飲食有節，起居有常，不勞妄作，不動憂思，七日內便能痊癒。」

張彭祖一聽，緊鎖的眉頭頓時舒展開來，「太好了，我就知道，病已吉人自有天……」

楚堯瞪了他一眼，他連忙將下面的話咽了回去。

東閭琳輕輕輾轉針，見好即收，又親自取膏藥敷在劉病已胸口和手臂傷處，剩下的包紮就由青兒接手。

他抹抹汗，問劉病已：「師父曾教過你吐納法，益於自癒，可還記得？」

劉病已點點頭，「師父教的都是保命養身之道，病已自是銘記在心。」

東閭琳道：「那就好，每日晨昏，照口訣運行一遍，到時，我會守在你身邊。」

劉病已道：「多謝師兄，我現在感覺好多了。不知師兄何時駕臨？師父也一起來了嗎？」

東閭琳道：「師父早在一個月前就到西域雲遊去了，命我好生看管明月閣。青兒捎信前來，我知事態重大，只好下山，看……看此事是否有轉圜餘地。」聽他語氣，竟是殊無把握。

劉病已心一沉，「莫師姊的性子，撞牆不悔，大約只有師父才勸得來，師父可有說何時歸來？」

東閭琳苦笑，「師父這一去，山高水遠，興許要一年半載之久。」

劉病已疾首顰眉，頗爲苦惱。

青兒忙道：「不動憂思，哥哥忘了東閭兄的醫囑了嗎？」

東閭琳道：「養傷之道，三分藥，七分養。未眠身，先眠心。凡事勿躁，勿憂，勿慟，這傷才會好得快。」

劉病已道：「此言甚是，讓師兄掛心了。」

東閭琳道：「份內之事，無須客氣。」

楚堯問：「病已，你如何會受傷？」

張彭祖這才後知後覺地問道：「對啊，你不是去賽馬嗎？咦等等，你該不會摔馬吧？」

劉病已冷笑道：「是霍禹。」當下將霍禹暗算一事說了出來。

楚堯大怒，「霍禹是千金之子，居移氣，養移體，現在居然弄出這種市井無賴之術，滿腦子旁門左道，眞是好不要臉，就不要被我路上逮著，我打他滿地找牙。」

劉病已道：「算了，這種卑鄙小人，哪值得你親自動手？他只是想絆倒我的馬，讓我無法得勝罷了。若存心傷我，量他還沒這個膽。」

楚堯忿忿地道：「難不成就這麼便宜了他？」

劉病已略一沉吟，「這種毫無底線的行徑也只有不知我身分的市井無賴才能做得出來。這些人往往朝生暮死，爲一飯而乞，爲一衣而鬥，一無所有，無知無畏，只貪圖眼前利益，沒有將來，爲了活著的那口氣，什麼事都做得出來。他們拿了霍禹的錢，近日必定吃喝嫖賭去了。我見其中一人身高七尺，面上有疤。兄長，你的人脈遍及三教九流，想辦法在各個歌舞坊、賭場、酒肆將這人找出，只消找到這人，其他人還不手到擒來？」

楚堯道：「你有什麼想法？」

劉病已道：「等找到人，你就知曉了。」

張彭祖道：「你當下爲何不告訴大家霍禹暗算你？」

劉病已道：「絆我馬的人都跑了，我若宣揚此事，霍禹必定來個死不認帳，反倒要斥我摔馬後不肯服輸，倒打一耙，在場都是他的友人，疏不間親，還是莫說吧。」

張彭祖氣呼呼地道：「這霍禹眞不是個好東西。病已，你趕緊躺下歇息，莫要再勞心傷神了。」

劉病已點點頭，轉眸對青兒道：「你替我辦件事。」

青兒道：「哥哥有什麼吩咐？」

劉病已指著漆櫃，「裡頭有一只鑲玉琉璃劍匣，你將這劍匣送去昌邑王邸，指名要給莫師姊，再送張字條，三日後酉時正，務必於我府上赴約。」

青兒立即依言去取，打開來，兩把劍，寒光森森，奇道：「這是什麼劍？」

劉病已神祕一笑，「是兩柄莫師姊瞧了，會如坐針氈的劍。」

青兒似有領悟，笑道：「我明白了。」

東閭琳道：「師妹不知師父已將雙劍贈予師弟，必以為師父親臨長安，而不敢不到，不然她恃才傲物慣了，我二人區區凡力，焉能請得動她這座大山？」

劉病已點點頭，面有倦色。

楚堯道：「咱們走，讓病已歇息。病已，你給我好好躺著，莫要起身到處亂走。」

劉病已微笑道：「服藥後，我已舒坦多了。你們既讓我躺，我就乖乖躺著，好好睡上一覺，免得教你們牽腸掛肚。」

楚堯、東閭琳、張彭祖當先離開。青兒在青銅爐中添加少許安神香，命奴婢進來服侍更衣，清理地上血漬，又拿銅盆讓他洗漱後便出去了。

劉病已躺在枕席上，聞著安神香，傷後身子疲乏，不多時便沉然入夢。

恍惚中，似有一人摟著自己，微微睜眼，眼前景象一時模糊，一時清晰，依稀是張嬌美無倫的小臉蛋，定睛細看，竟是許平君！

他心神大震，呆了半晌，只見許平君珠淚垂腮，眼波流轉處，柔情縷縷。他不禁淚盈於睫，嘴唇蠕動幾下，想呼喚佳人芳名，卻恐這聲喚出，便會驚散這久違的重逢。

他支起身子，深深凝視著許平君，杏眼似水波橫，唇瓣如花蕊嬌，不由得緩緩伸出雙手，眷眷地撫著她的臉龐，好似要將她的一絲一縷都刻在內心深處。

二人執手相看淚眼，竟無語凝噎。

良久，劉病已只道日有所思，才會夜有所夢。伊人杳杳，突然一聲不響地出現在身畔，必是一枕華胥夢，雖然略感失落，卻仍珍惜夢中的相聚時光，當下伸手，緊緊摟住夢裡人溫香軟玉的身子，闔上眼，嘴角銜起一縷心甜意恰的微笑。

漫漫長夜，悠悠夢魂，終能一遣他相思之苦。

青兒點燃的安神香療效極大，竟讓他迷迷糊糊睡到日中。待他重新睜眼，卻摟了個空，夢裡人已鴻飛冥冥，不知所蹤。

他一呆，擁被坐起，身邊空盪盪，突然一縷酸楚湧上心頭，漸漸又感到疑惑。

他睡飽後，靈台清明，開始凝神尋思，便覺得夢中疑雲重重。若說是一簾幽夢，何以能深刻感受到夢裡人的體溫？若說只是鏡中花，爲何此刻被衾中仍依稀殘留著佳人的幽幽香澤？

他拽著被衾，努力嗅著那縷熟悉的香氣。突然間，他大叫一聲，喜動顏色，抱著錦被衝出寢室，見到青兒，抓住他道：「昨夜平君來過，是不是？」

青兒被他嚇了一跳，「哥哥做夢了是不是？許姑娘不在這兒。」

劉病已急道：「會不會是你沒瞧見她來？她昨夜分明就在我身畔。」

「若許姑娘眞來了，我豈會不叫醒您？」

「可是，可是……」劉病已見他神色不似作僞，攢著被子，湊近鼻端，喃喃地道：「可是這被子有她的味道。不可能，不可能，她一定來過……」

青兒不勝唏噓，「夢者，意也。必是哥哥你相思入骨，以致產生錯覺了。」

劉病已仍不死心，「那被裡的味道呢？你聞，怎麼會有女子的香氣？」

青兒湊近一嗅，「什麼味道都沒有，你定是夢見她了。」

劉病已見青兒如此篤定，心下也有幾許茫然，卻硬起口吻道：「不會的，若說是錯覺，怎麼會如此眞實？你不告訴我，我問別人去。」

青兒見他轉身要走，叫道：「哥哥，你倒是披件外衣啊！」

劉病已置若罔聞，疾步出去。侯府分三進，最裡面一進是他的寢室，中間是書房，最外面則是接見外客和宴請的地方。這時他從裡往外，在書房旁穿堂通道碰見楚堯，劈頭便問：「平君在哪？」

楚堯一頭霧水，「還沒睡醒吧，說什麼夢話？」

劉病已拉著他，急切道：「你倒是回答啊。」

「我沒瞧見。」

劉病已白了他一眼，扭頭道：「罷了罷了，我問別人去。」

楚堯喊道：「平君根本沒來，你問幾人都沒用。喂，你就這樣科頭跣足出去見人？」

劉病已不睬他，懷揣被衾，足不沾襪，一頭散髮，衣衫不整。侯府人人見了，都是詫異萬分，有婢女要服侍他漱洗更衣，被他不耐煩地拒絕。他在奴僕眼裡，從來都是衣冠楚楚，文質彬彬，今日卻舉止癲狂，神不守舍，一時人人議論紛紛。

劉病已才不理會奴僕們的異樣眼光，穿廊過院，忽聽霍成君的聲音遙遙傳來，心中一怔，登時停下腳步。

「相煩通傳，我要見你們家侯爺。」

霍成君細聲細氣地說話，在他聽來卻如晴空驚雷，當下定了定神，向前走了幾步，舉目向堂上望去，果然見霍成君坐在堂上，卻不見采薇隨侍。

他一心只道許平君便在府中，如何肯見霍成君？當下轉身回到寢室，打算來個閉門不見。

少頃，便有下人告知霍成君到訪。他便以「身體不適」的理由回絕了。他說自己身體不適，也並非信口胡謅。

劉病已因許平君患得患失，牽動心緒，內疾復發，正隱隱犯疼。東閭琳聽聞他起身，便到他寢室，先施針，後命他行吐納法。

少頃，劉病已漸漸感到舒緩。東閭琳從奴僕口中聽聞他今日的反常，不由得告誡他：「你再這樣多思多慮，本來三天便能復原的傷，倒要拖個十天半月了。」

劉病已歉然答應，整飭衣冠後，找來侯府監奴一問，皆回答昨夜並無任何人到訪。他心中一陣失落，一陣酸楚，才漸漸相信昨夜懷裡的佳人，不過是鏡花水月罷了。

被衾中那縷熟悉的幽香，不覺已消散在空氣中，再也無跡可尋，好似昨夜的重逢，眞只是一枕華胥夢。那一刻的悸動，至今仍在他心湖沸騰。末了，只能把暗湧的相思深埋在簟紋燈影的孤寂中，留在花謝水流的春夢裡，化作一縷淒涼的簫聲迴盪在曉寒深處無垠的企盼中。

劉病已憑欄凝立，無語問蒼天。

霍成君前一刻方走，劉弗陵立卽遣人傳喚他進宮。

溫室殿內，劉病已行禮如儀。劉弗陵看著他，問：「怎麼臉色不好？」

劉病已胸內隱隱作痛，勉強一笑，「臣日前跟人賽馬，受了點小傷，用過藥後，已無大礙，讓陛下見笑了。」

劉弗陵指著右側几案，「趕緊坐下，莫要久站，若有不適，隨時告訴朕。」

「謝陛下。」

劉弗陵見他落座，道：「霍大將軍向我舉薦你時，說你極爲聰慧，是宗室裡的佼佼者。大將軍何許人也？能得他的垂靑，想必你確有才幹，如今我有一任務指派於你。」

「臣唯忠勤事主，不知陛下有何事要臣效勞？」

劉弗陵方才說話時一直盯著他，見他不以權臣看重而喜，確實如霍光所言「聰慧異常，喜怒不形於色」，於是問：「你對西羌可有了解？」

劉病已思忖片刻，侃侃道：「西羌約一百五十多個部落，有先零、研種、封養、燒當、女若、廣漢等。所居無常，依隨水草。地少五穀，以產牧爲業。其俗氏族無定，或以父名母姓爲種號。父沒則妻後母，兄亡則納寡嫂，故國無鰥寡，種類繁熾。不立君臣，無相長一，強則分種爲酋豪，弱則爲人附落，更相抄暴，以力爲雄。殺人償死，無它禁令。其兵長在山谷，短於平地，不能持久，而果於觸突，以戰死爲吉利，病終爲不祥。堪耐寒苦，同之禽獸。雖婦人產子，亦不避風雪。性堅剛勇猛，得西方金行之氣焉。」

見劉弗陵凝神聽著，又繼續道：「先帝末年，匈奴入五原，集結諸羌伺機來犯，圍枹罕，攻令居、安故。那次叛亂的羌人乃先零羌與封養羌、牢姐羌，合兵十萬，來勢洶洶。漢朝遣將軍李息、郎中令徐自爲平亂，退敵至西海、鹽池一帶。此次戰役，漢朝統治疆域延至湟水流域，一邊因山爲塞，河西地空，徙人以實之，並在湟中設立護羌校尉，管理塞外羌人事務，經略湟中地區，以切斷諸羌與匈奴的聯繫。」

劉弗陵點點頭，「你果然所知甚詳，先帝在位中期，對匈奴展開如火如荼的軍事行動，國力如日中天。末年重拾與民休息的政策，此消彼長，匈奴、羌人開始蠢蠢欲動，河湟地區的羌人時與漢人發生衝突，漸有脫韁野馬之勢。羌人龍行虎步，強悍剛猛，好勇鬥狠，與北方匈奴分庭抗禮，我就怕諸羌結盟，與匈奴聯合進犯。漢朝雖一直培訓兵士，未雨綢繆，以防邊患，但如今的國力，尚不及先帝在位時的鼎盛，依你看，漢朝如何能對付這支虎狼之師？」

劉病已道：「先帝末年西羌反叛，是先消除舊仇，訂立盟約，聯兵與漢朝對抗，五六年後才平定。諸羌統一，一呼百應，銳不可擋。如今漢朝正是偃武修文、養精續銳之時，不宜再興干戈，但……」

他話鋒一轉，道：「但臣以爲，羌人雖驍勇善戰，卻很容易控制，因各部落的頭領，經常因瑣事互相攻擊，不能團結一心，如一盤散沙。如能不戰而屈人之兵，分化諸羌，止兵患於未發，使我漢朝有足夠時間搜乘補卒，秣馬厲兵，以屯田備羌、疲羌，恩威並施，分化瓦解諸羌聯盟，擊敵之疲，以謀爲本，方能將兵患降至最小，減輕百姓徭役負擔。」

劉弗陵進一步問：「但如今已有先零羌、煎鞏羌、開羌首領提出冰釋前嫌，交換人質，解仇結盟，若是一呼百應，兵臨城下，則指日可待。你提出分化計策，可有把握解決這燃眉之患？」

劉病已微笑道：「挑撥離間，未必棘手，諸羌本就各存仇隙，只少數羌豪呼籲團結，臣相信大多數的羌人是安於現況的，因爲部落間各有強弱，草場大小不一，鬥爭已久，若結盟，也極難達成一致的利益，誰都怕自己部落出的力氣最多，分得的利益最小，此乃人之天性。而諸羌之間的火苗，若有人從旁搧風助燃，挑起事端，那星星之火還不足以燎原嗎？羌人雖剽悍，卻是血氣之勇，論機變，論智謀，卻沒聽說有如孫臏、吳起、孫武之人才，而我朝，從來不乏能人異士。」

劉弗陵笑道：「你便回去爲朕出謀畫策吧。」

劉病已起身長揖，「不敢請耳，固所願也。」

他很快退出殿外，劉弗陵看著他的背影，神情複雜。

金安上道：「陛下，諸羌結盟刻不容緩，您如何把這艱鉅任務交給未見寸功的陽武侯？」

「如他所言，諸羌間心懷鬼胎，各有各的利益打算，若要結盟，非一蹴而成，朕方才不過把事態說得急了，就是要看他的說法。」

「陛下似乎對陽武侯頗爲認可，不像方才昌邑王，片言間，便惹得陛下心頭不悅。」

劉弗陵嘆道：「兵來將擋，水來土掩，他的腦子還停留在先帝對外擴張、四海皆懼的時代，現在我漢朝，實是還需要十年的休養生息，何況羌人容易用計擊破，不宜武力征服，入冬後，漢馬不耐嚴寒，將士易染疫受凍，興師動衆實是下策。」

「陛下英明。」

劉病已回侯府，便把楚堯叫進書房，劈頭便問：「你幼時曾住在西羌河湟故地的金城郡，對羌人有一定了解，此刻我需要你將羌人諸事，鉅細靡遺地說給我聽。」

楚堯一怔，道：「怎麼忽然問起這個？」

「先零羌、煎鞏羌、開羌有結盟之勢，我可要想個法子，瓦解諸羌的結盟，也藉此機會在陛下面前嶄露頭角。」

楚堯一聽，連忙搜腸刮肚，將對羌人的了解說了出來：「這三支羌人的圖騰是羊，且羌人十分迷信，其巫師在族中地位崇高，舉凡預卜、占卜、超度、驅邪、招魂、治病、男女合婚、小兒命名，日常諸事大小，皆與巫師密不可分。而羌人祭神，選在雪山之巔，西域大雪山被視為聖山，傳說有天神降落於斯……」

劉病已似想到什麼，喃喃道：「羊圖騰……迷信……還有呢？」

「羌人無弋爰劍在秦厲公時曾被秦國禁拘，以其為奴隸，後來爰劍脫逃，秦人追趕甚急，他藏於洞中，秦人放火攻之，這時出現一個像虎一樣的東西為他遮蔽烈火，這才倖免於難。羌人見爰劍被燒不死，萬分驚奇，以為他有神助，所以都服從他，推舉他為首領。河湟間少五穀，多禽獸，羌人以射獵為事，爰劍教他們耕種田地，牧養牲畜，因此廣受愛戴，依附者如過江之鯽。爰劍後人，世世代代都是羌豪，雖其子孫分崩離析，各自立為部落，互相劫掠，對他都是頗為崇敬。」

劉病已苦笑道：「就怕諸羌裡有個無弋爰劍一樣的人，以德服人，聚沙為塔，那可是漢朝臥榻之旁的一頭猛虎。」

「我認識的羌人裡，就有不少人渴望再出一個爰劍，結束爭鬥，統一諸羌部落，可惜這樣的人不是沒有，而是缺乏爰劍身上那神一樣的傳說色彩，不足以號令諸羌，以德服衆。」

之後楚堯又細細說了羌人各種習性，見他神色萎靡，便催他休息。

劉病已臥於榻上，腦海翻來覆去便是如何加深諸羌間的仇隙，如何能兵不血刃，卻引得諸羌不願結盟。羌人好勇鬥狠，部族間相互爭奪，有著共同的信仰及敬奉對象……

他腦海靈光乍閃，便要去尋楚堯，於是披衣起身，走出寢室。

至花園，忽聽假山後有人竊竊私語，他本不欲偷聽，卻是那說話之人提及他，聲音是張彭祖，不禁停下腳步。

「我現在對病已的感情事眞是越發看不明白了，原來他跟平君是青梅竹馬，後來兩人沒戲了，現在他對霍成君有好逑之思，想來這一對兒身分匹配，姻緣美滿，可妳看昨晚……這都什麼事啊？還要人三緘其口，我一肚子疑問，眞要憋死人了！」

劉病已一驚，閃身而出，問道：「昨晚？昨晚怎麼了？」

假山後正是張彭祖和摯兒，二人聞言嚇了一跳，垂下雙目，不敢看他。

還是張彭祖仗著熟稔，面皮厚，笑嘻嘻地道：「晚來風急，你如何不多披件外衣？服侍你的人可眞不盡心。」

劉病已面色一沉，「我問你，昨晚有誰來過？是不是……她？」說到最後，嗓音竟顫了。

張彭祖一陣心虛，「誰啊？我不知道，病已，你別問了。」

劉病已看他這樣子，心中已猜到八成，忽覺氣血翻湧，眼前一黑，踉蹌摔倒。

張彭祖和摯兒驚呼一聲，前者扶他進書房，後者去喚東閭琳。

張彭祖見劉病已神情鬱鬱，也苦著臉，小小聲替自己辯解，「病已，對不起，是平君不讓說的。」

彷彿一滴雨落入湖面，漾起幾重漣漪，劉病已眸光有些微變化，他淒然一笑，「是她，果然是她，原來那眞的不是夢。你們竟串通起來，把我蒙在鼓裡……」說到這裡，一口鮮血嘔了出來。

東閭琳和楚堯一會兒來了，東閭琳二話不說，連忙施針，用藥。楚堯狠狠瞪向張彭祖，眼睛都快要飛出刀子，「就你壞事。」

張彭祖委屈巴巴地嘟囔：「我哪知道病已在後面，再說，你若不把平君找來，不就沒後面這事了？」

楚堯急道：「病已昏睡時一直喊著平君，我也是看不下去，所以……」瞥見劉病已眉間鎖著一重憂色，當下把話咽了下去。

張彭祖乾嚎一聲，望著劉病已，嚷道：「病已，我現在眞的忍不住啦，你和平君、霍成君到底是什麼關係？」

「平君」兩字就像一把刀絞入劉病已心口，只覺胸口劇痛，分不清是心傷還是內創。

楚堯惱道：「現在是問這個的時候嗎？你說話要看場合啊。」

劉病已閉目一晌，深呼吸，再睜眼時，已是水過無痕，「你們別吵了，我知道你們是關心我，我沒事的。」

一番折騰，劉病已不適之狀漸去，他讓餘人退出書房，只留下楚堯。

二十一・心疾

東閭琳臨走前，溫聲叮囑他好生歇息，絲毫不因他勞心動氣不遵醫囑而不悅。倒是張彭祖，見他獨留楚堯，便有些生氣，道：「有什麼事我聽不得？我們從小一起讀書識字，穿過同一件衣裳，用過同一雙木箸，你怎麼可以這樣差別對待？」

劉病已無奈一笑，「我與兄長要討論離間諸羌之事，怕你覺得無聊，才讓你離開的，你若要聽，自己找位置坐下吧。」

張彭祖一聽，倒起了興致，「挑事兒啊。」忙找了張莞席坐下。

劉病已倚著憑几，道：「禹收九牧之金鑄九鼎，以象九州，九鼎鑄成，被夏、商、周三代作爲傳國寶器，得九鼎者，得天下……」

張彭祖插嘴道：「九鼎是王權的象徵，後人將爭奪政權稱爲『問鼎』，建立政權稱爲『定鼎』。夏亡後，鼎遷於商，商亡後，鼎遷於周，表明天命所歸。春秋時期，周天子衰落，各大諸侯對九鼎便起了覬覦之心，由楚國首先發難。楚莊王八年，楚莊王帶兵攻打陸渾之戎，路經洛邑，特意擺開陣勢，以顯示武力。周定王連忙派大夫王孫滿前去慰勞。楚莊王咄咄逼人，劈頭就問九鼎大小輕重。王孫滿冷冷地說：『在德不在鼎！』若有德，鼎雖小而猶重，反之則輕，進而指出：『周德雖衰，天命未改，鼎之輕重，未可問也。』楚莊王悻悻而歸。」

他洋洋得意地賣弄學識，本就是日常被長兄張千秋考較出來的。劉病已給他一插嘴，也順著他的話接著道：「秦惠文王時，張儀擬定策略，欲挾九鼎以號令諸侯，以成就帝王之業。秦武王直入周室，舉鼎身亡，皆證明九鼎乃天命所向。之後秦滅六國，九鼎不知下落，傳說九鼎沉於泗水，秦始皇曾派人潛水打撈，結果徒勞無功。孝文皇帝時期，新垣平進言：『鼎在泗水沉沒，現在黃河改道，連通了泗水。臣望氣見東北汾陰處有金光寶氣，可能是周鼎重新問世。』孝文皇帝信以爲眞，於是派人在汾陰建廟，希望能迎出周鼎。後來新垣平被揭發原來是一神棍，被孝文皇帝夷三族，而終文帝之世，汾陰也沒出現周鼎。九鼎是天下一統的象徵，現在，我要在諸羌部落裡複製這樣一個象徵，引得諸羌為了奪之而鬥爭！」

張彭祖雖不懂前因後果，聞言仍不禁興奮地道：「好，甚好。」

楚堯托著下巴凝思，一時未表態。

劉病已續道：「古往今來，人為財死，鳥為食亡，多少人在這個『爭』字上頭破血流，身敗名裂？大至爭天下，爭土地，爭存活，爭城池，爭強權，爭名利，爭思想；小至布帛菽粟、雞毛蒜皮上的觸蠻之爭。「茫茫草原，幽幽河谷，諸羌部落星羅棋布，互相對峙，爭奪牲畜、領地、糧食，早已勢如水火，既已呈現大爭之勢，那麼若能因勢利導，來個順水推舟，以具象徵性之物挑起爭端，加深諸羌間的隔閡，讓諸羌勇士甘願為爭奪此物而執銳披堅，拋顱灑血。即使計畫不遂，那麼漢朝既不損兵折將，只須坐觀成敗，委實一矢不損，繼而為漢朝博得一絲喘息的餘地。」

楚堯沉吟道：「可派個善於遊說之人在諸羌部落間散播謠言，說當年爰劍火攻不死，稱霸草原，乃是得了某神器的緣故，所以被賦予神力，衆望所歸。將欲取之，必固與之。羌人渴望爰劍之流，渴望有人能統一部族，此計恰好利用其人性之弱點，勞其衆，以為利，定邊域，安圖籍，上策！」

張彭祖不以為然，「羌人有這麼好騙嗎？」

楚堯笑道：「戎狄之人從來直道而行，哪有這許多彎彎曲曲的心思？況且漢朝有縱橫心術的說客，騙不騙得到，只管放出謠言，就知道了。」

劉病已問：「那麼依你說，該以何物作為諸羌的九鼎？」

楚堯沉吟道：「羌人的圖騰是盤角羊，羌人擅使彎刀，羌人心目中的聖地是西域大雪山……」

劉病已聽到這裡，心中已有主意，當即翻身下榻，道：「我這就進宮。」

張彭祖叫道：「東閭兄不是叫你靜養嗎？」

劉病已一邊穿衣一邊道：「我得陛下看重，已是莫大的恩澤，必得速速進宮獻策，爲主分憂，這副皮囊，總歸是死不了的，等我回來，一定謹遵醫囑，好生靜養。」

楚堯微笑目送他，「病已，你是匣中寶劍，是時候嶄露鋒芒了。」

溫室殿內，劉弗陵慵慵地倚在屏風榻上，腿上蓋著一條氈毯，雙手攏著一只鎏金手爐。

劉病已禮畢，便將自己計畫徐徐告知。

劉弗陵有些疑慮，「你要以一柄彎刀，挑起羌人窩裡鬥？」

「是，請陛下尋一熟悉羌事的能人，鑄一把羊首爲柄、飾以圖騰的彎刀。」

「然後說是大禹所鑄？」劉弗陵感到十分不可思議。

劉病已徐徐道：「禹興於西羌，大禹鑄刀，得之如注神力，純粹是子虛烏有，但若經巧舌如簧的說客嘴裡杜撰出來，信者有三，則三人成虎，傳聞也會變成眞的。」

劉弗陵笑了，「只是這計策當眞可行嗎？」

「行不行只有試了才知，況且我大漢一不勞兵，二不讓利，三不損威，坐觀成敗，即使計畫未遂，也於大局無礙。」

「好吧，就依你。」劉弗陵饒有興致地看著他，「這是你一人的主意？」

劉病已稱是。

「想不到你能在短短一日之內想到這可行之計，眞令人刮目相看。」

劉病已心中微微苦笑，爲了衛氏一脈的榮耀，爲了順利完成大業，他不得不比別人想得更多。君子藏器於身，伺機而動，有時隱藏鋒芒，是爲了能在必要的時刻，讓對方記住這把劍的奪目光輝。

劉弗陵細細打量著他，像是要重新認識他似的，半晌，才慨然吁了口氣，道：「論謀略，朕不及你。」

「陛下身在高位，只須會用人卽可。高祖皇帝得大漢天下後，曾對群臣言：『夫運籌帷幄之中，決勝千里之外，吾不如子房；鎭國家，撫百姓，給饋餉而不絕糧道，吾不如蕭何；連百萬之軍，戰必勝，攻必取，吾不如韓信。此三人者皆人傑也，吾能用之，此吾所以取天下也。』若無陛下慧眼賞識，臣再多計策，也無用武之地。」

劉弗陵靜靜聽著，冷不防道：「皇兄有個聰穎的孫兒，看來，衛氏一脈重拾榮光，亦非難事。」

這句話打在劉病已心頭上，他面色不動，靜靜道：「臣自幼養於掖庭，長於民間，深知百姓厭惡戰爭，所以時時思忖如何能不費一兵一卒，便達到戰爭的目的。民惟邦本，本固邦寧。域民不以封疆之界，固國不以山谿之險，威天下不以兵革之利。戰守之道，以人和而得民心爲要義。這點，是衛太子的中心思想，亦是陛下的教誨。」

劉弗陵嘆道：「你果然有衛太子之風。衛太子總勸先帝少征伐，恤百姓，是以先帝才不喜歡他，認爲他的理念與自己背道而馳。先帝不喜太子，加上後宮寵妃誕下子嗣，對衛太子的關心就少了，是以後來衛太子『常有不自安之意』。先帝雖加以安撫，言道：『太子敦重好靜，必能安天下，不使朕憂。欲求守文之主，安有賢於太子者乎！聞皇后與太子有不安之意，豈有之邪？可以意曉之。』父子情卻已難挽回。」

「先帝首先是大漢之主，接著才是太子之父，臣相信，父子失和，先帝心裡必定也不好受。」

劉弗陵被觸動了，想起生母鉤弋夫人，因年幼的自己被立爲太子，先帝爲防子幼母壯，外戚坐大，才狠心對鉤弋夫人下死令，其實，再冷血無情的帝王，也不願看到朝夕相伴的枕邊人落了個悽慘的下場，但爲了大局，他不得不狠下心腸。

這許多年，劉弗陵都是這樣說服自己的，只要坐上皇位，個人情感都是浮雲，只是，在提到衛太子不受先帝待見的時候，劉病已眸如深海，流露出與他年紀不符的沉斂，所謂不以物喜，不以己悲，便是如此。末了，劉弗陵嘆了口氣：「你胸有丘壑，很多宗室子弟都不及你。」

劉病已拱手道：「臣才疏學淺，如何敢蒙陛下厚愛。」

「朕體弱多病，少出宮門，雖富有四海，眼界卻是有限。你得空便進宮，向朕說一說民間諸事，好讓朕長長見聞。」

劉病已應諾，方才君臣敘話，他已覺劉弗陵面色極差，中氣不足，不過是硬撐著與他說話。一旁金氏兄弟互使眼色，此刻，挨得最近的金賞道：「陛下，藥已經溫好了，您看，是不是讓陽武侯先回去？」

劉弗陵蹙眉，「整天喝苦水，舌頭都是苦的。」

劉病已立卽識趣地行禮，「臣先告退了。」

他沒有立卽離宮，而是繞到張賀的居處。劉弗陵後宮只有皇后一人，若硬要湊數，鄂邑蓋長公主的獻女周陽蒙算得上一個，卻是無寵，後宮清靜，張賀也落了個悠閒。

劉病已每回進宮找張賀，張賀都會叫他留宿宮中，兩人敘話一晌，劉病已將話繞到皇帝病情上。張賀面含憂色，道：「陛下病情反反覆覆，一直不見好，喝湯藥如灌水，吃丸藥如嘸飯，是藥三分毒，如此飲鴆止渴，我眞擔心陛下龍體。」

「太醫可查出是什麼病症？」

「說是厥心痛，厥心痛最是難治，又因陛下身體太弱，太醫均不敢下猛藥，或許再過不久，便會延請天下名醫了。」

劉病已心一震，楚笙只說皇帝羸弱，不能有子，沒想到竟是心疾。若太醫束手無策，那麼，楚笙能治得好他嗎？

張賀微笑看他，「想些什麼？」

劉病已回過神來，「陛下體弱，無子，或許，朝中有人坐不住了。」或許，皇帝不孕的事實，很快就會曝光了。

張賀摸摸光滑的下巴，「你就別操這閒心了，倒是對你的婚姻大事上點心，你和霍姑娘談得如何？衛太子就剩你這麼一支血脈，傳承繼嗣是你的責任，不可兒戲。」

劉病已聽他提及霍成君，心一緊，「我離及冠還早著呢，您這麼早就替我操心。」

張賀目光炯炯，「你十六歲了，已是大人，這個年紀的皇冑子弟早早成家立業了，我希望我有生之年能看見你成婚生子，小兒繞膝，這樣，我也有臉去地下見你祖父。」

劉病已略動容，輕喊：「張公……」

張賀挑著燈花，「這是我畢生宿願，你若要對我盡孝，就別耽誤了婚姻大事。」

他口吻雖重，眉眼卻盈溢著關愛之色。即便劉病已已長大，情感上，還是很依賴他的。

窗外，細雪飄飄。劉病已睡在張賀身側，一夜好眠。

一早劉病已回到侯府，便見楚堯迎上來道：「絆馬之人找到了。」

劉病已先讚他辦事麻利，又問：「人在哪？」

「暫時關押在耳房裡。」

劉病已攬著他的肩，笑道：「走，瞧瞧那些爲虎作倀的人，都是一副什麼嘴臉。」

耳房內，四個漢子被五花大綁，嘴巴塞著麻布，眼神流露出困獸般的憤怒和焦躁。青兒一旁看守，見劉病已到來，立卽取出他們口中的麻布團。

四人立即破口大罵，一溜兒汙言穢語。

楚堯聽得煩躁，踢了其中一個罵得較兇的漢子一腳，喝道：「罵得這般不堪，也不瞧瞧自己在誰的地盤上。」

四人被楚堯的遊俠朋友擒住，押至侯府，沿途罵罵咧咧，罵得最頻繁的便是那一句：「是哪個烏龜王八蛋指使你們來抓老子？叫他有種滾出來，這般藏頭藏尾，算哪門子好漢！」楚堯的朋友嫌吵，拿布塞入他們嘴裡，方才耳根清靜。

四人雖見劉病已府第氣派，卻是從後院小門進來的，接著便投入耳房，哪知道自己竟置身在堂堂陽武侯府裡。

那漢子被踢得滾倒在地，全身被綁，爬不起來，狼狽不已。楚堯彎腰揪住他衣領，像牽線傀儡般將他拎了起來。那漢子呸了一聲，一口唾沫向楚堯臉上噴去。楚堯側身一閃，正要開罵，那漢子大聲道：「快給老子鬆綁，有種光明正大跟我到外頭比劃比劃。」

楚堯啐道：「你算什麼東西？也值得我動手，七步之內，我便能將你打得牙都找不到。」

那漢子氣得咬牙切齒，又開始一通辱罵：「你這狗娘養的小白臉，殺千刀的狗雜種……」這一罵，其餘三人搜腸刮肚，也跟著口沫橫飛地罵了起來。

這種底層之人罵起來，每一句都是聞所未聞，匪夷所思。加上他們久未梳洗，一股子人味。劉病已面露不悅，一道犀利的目光飄了過去。四人驀地心頭一凜，在劉病已目光直射下，不由得寒意颼颼，氣勢立餒。

劉病已一臉似笑非笑，居高臨下地望著他們，「你們還記得我嗎？」

四人一怔，定睛細看，只覺得劉病已好生眼熟，絞盡腦汁，偏偏一時想不起來。

劉病已道：「那日從馬背上摔下來，著實形容狼狽，若教人見了，還道我連騎馬都不會，豈不是有損陽武侯的顏面。」

四人聽到第一句，便已吃了一驚，聽到「陽武侯」三個字，更是驚得目瞪口呆。那面上有疤之人顫聲道：「陽武侯？你……是陽武侯？」

劉病已淡然道：「想來霍府之人沒把我的身分告訴你們，否則你們投鼠忌器，豈敢這樣胡來。」

四人驚得合不攏嘴。那刀疤漢子道：「霍府？哪個霍府？」

劉病已微微驚詫，看來霍禹非草包，指使人做這下三濫的勾當，不會蠢到告知對方自己的身分，當下道：「自然是大司馬大將軍博陸侯。」

四人面面相覷，一邊是大司馬大將軍博陸侯，一邊是陽武侯，原本拿了錢，便是打著「受人之託，忠人之事」的旗號，事了拂衣去，只道是兩個富而不貴的商賈子的意氣之爭，卻不料雙方竟大有來頭。大驚之下，氣勢已蔫，一個個連呼饒命。

楚堯嘻嘻一笑，「怎麼？方才不是罵得很狠嗎？再罵幾句來聽聽。」

四人哭喪著臉，求饒都來不及了，哪敢再罵？

劉病已不耐煩與他們繼續扯皮，揮了揮手，道：「罷了罷了，別再求饒了，我從沒打算要你們性命。青兒，鬆綁。」

四人一怔，臉上都是不敢置信之色。這種市井之徒，連個睡覺的地兒都要與人爭奪，溫飽不定，命如螻蟻，卻格外貪生，能活一刻是一刻。

青兒也是一怔，還以為自己聽錯，「鬆綁？您打算饒了他們？」

「他們拿錢辦事，固然可惡，但最不可恕的，是幕後指使他們的那個人。」

青兒再無一詞，拔出匕首，寒光一閃，四人身上的繩索立斷，伏著不敢起身。

劉病已問：「拿錢給你們的那個人，生了什麼模樣？」

四人你看我，我看你，努力回想，依稀記得是位少年公子，詳細面貌卻想不太起來。劉病已又補了一句：「臉上有什麼特徵沒有？」

一語點醒夢中人，那刀疤漢登時心中雪亮，急忙道：「有有有，我記得那位公子嘴角有顆小痣。」

小痣？原來霍禹指使霍山來著。劉病已冷笑道：「那他給你們多少錢？好教我知道自己這條命的價值。」

四人驚出一身冷汗，登時又是一片哀聲求饒。

劉病已笑吟吟地又補了一句：「拿繩絆馬時，可有想到今日？」

四人只嚇得心膽俱裂，平素橫行街頭的兇形惡相，在劉病已饒有興趣的眼神下全都拋到雲外，此刻竟是不停磕頭求饒，只求苟全一命。

劉病已只覺啼笑皆非，「算了算了，別再求饒了，我說過我並不打算取你們性命，但你們拿繩絆馬，是對馬不敬，罰你們去我的馬廄，替我的馬兒洗澡。」他托腮想了一下，「嗯，連續洗半個月，不，一個月好了。」

幫馬洗澡？四人一怔，面面相覷。這些人澡都懶得洗，還幫馬洗澡？怎麼洗？從哪個部位開始洗？

劉病已見四人猶豫一瞬，沉著臉道：「不樂意嗎？」

「樂意之至！馬兒在哪？小人這就去。」

劉病已強忍著嘴角快要暈開的笑意，對青兒道：「帶他們去馬廄。他們洗馬，你在旁監督，要是洗不乾淨，哼。」一雙目向四人剜去，森然道：「那我可要追究害我落馬之罪了。」

青兒忍著笑，向四人大聲吆喝：「走，洗馬去。」

四人如獲大赦，屁顛屁顛地跟著青兒出去了。

四人走後，劉病已也走出耳房，呼吸一下新鮮空氣，此刻的他終於忍不住了，笑了出來。楚堯也是忍到快內傷，就怕方才不小心笑出聲音，會挫了劉病已的氣勢。

楚堯揉著肚子，笑得上氣不接下氣，「你……你叫他們洗馬，他們可是西市有名的惡棍，貓狗都要避著走，你這是存心要他們在長安混不下去。」

「不挫一挫他們的銳氣，就不懂活命的道理。」

楚堯收了笑容，「來而不往非禮也，你打算怎麼對付霍禹？要不要將他們四人帶到霍光面前對質，讓霍光親自處置他兒子？」

「這麼做只會讓霍禹反咬我收買人心，羅織栽贓，霍光也會半信半疑。我要做的是，讓霍山親自去告發這件事，那麼霍禹再如何舌燦蓮花，這下也百口莫辯了。」

楚堯奇道：「怎麼做？」

劉病已笑道：「伐謀者，攻敵之心使不能謀。我要做的便是擾亂霍山的心神，使他自亂陣腳，公開首惡霍禹的罪行。傍晚我要去霍府一趟。」

「你啊，順便將霍成君的事一併善了，再這麼黏糊下去，都要熬成一鍋粥了。」

劉病已扶額道：「我已下了決心，非與霍成君了斷不可。不只她，明日我師姊的事也挺頭疼的。」

「左右都是要面臨的，不如放寬心，只管順其發展，水到渠成。」

「我師姊向來目空一切，我行我素，是很難勸得動的，但我若不做這個『勸離』的動作，便是不念同門之誼了。勸得動固然好，勸不動也罷，若她將來與我為敵，那我也不會任人宰割，因為我有必須保護的人，總歸我已經勸過，對她也算仁至義盡。」

「一個女人，如何對付？」

「有細作小梅安插在那兒，還需要我動手？劉賀對小梅情深愛篤，師姊在劉賀心中的地位，是永遠也無法超越她的。所謂疏不間親，後不僭先，這個道理順了，還有我插手的份兒嗎？」

楚堯嘖了一聲，「霍禹不該得罪你的，一個人從小待在順境裡，懶得動腦用計，如何會是你的對手。」

劉病已沐著斜陽進入霍府，恰巧霍禹從外頭回來，二人狹道相逢，霍禹怒道：「劉病已，你忘了你我之間的約定了嗎？」

劉病已故作懵懂，睜大雙眼，「約定？什麼約定？」

霍禹赤眉白眼道：「事到如今，你還跟我裝傻充愣！那日你賽馬輸了，是不是？」

劉病已笑道：「是又如何？」

霍禹氣沖沖地道：「輸了便要答允贏方的條件，是不是？」

劉病已笑道：「不錯。」

他笑得越輕鬆，霍禹就越是著惱，臉一沉，大聲道：「既如此，那我要你離開我妹妹，從此不得踏入我家半步，你如何不信守承諾？」

劉病已笑道：「我是答允了你，不過可沒說什麼時候執行。十年，不，二十年後，或是待你我兩鬢如霜時，我便依你所言，如何？」

霍禹幾欲氣炸胸膛，正要反唇相譏，忽聽身後一人冷冷地道：「竟不知你這麼替妹妹的終身大事著想，我該如何感激你才是。」

這句話如同一支冷箭射了過來，霍禹背脊一寒，回頭一看，只見霍成君眉含秋霜，杏眼含威，冷冰冰地瞧著自己。霍成君身旁的霍夫人，也是一臉惱他多管閒事。

二十二・杖責

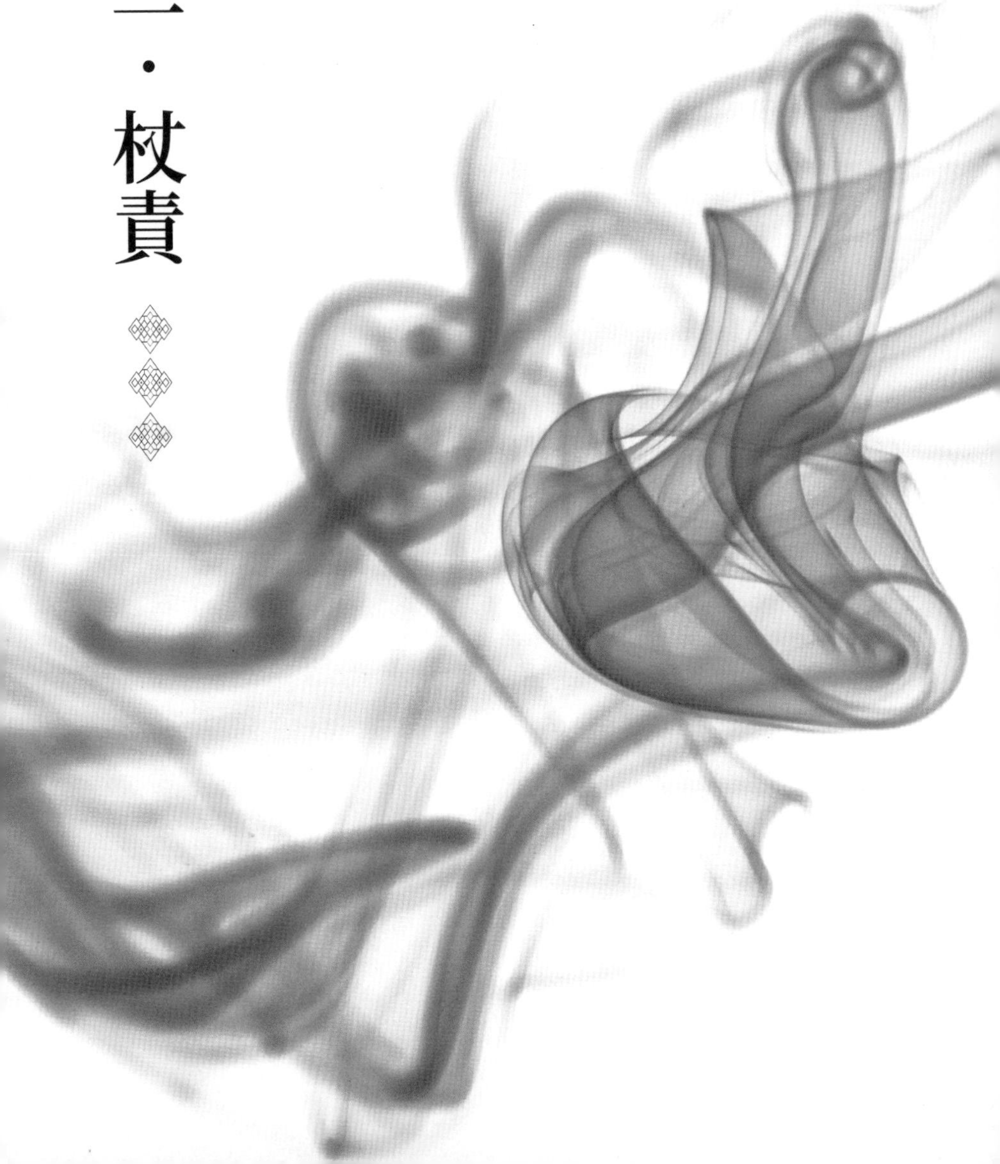

霍禹頓時有些心虛，「成君……」

霍成君走近兩步，陰森森的目光直逼向他，「我要遲來一步，哪裡知道哥哥的這番苦心。」此刻認定劉病已近日對自己的疏離，全是因霍禹從中作梗，不由得對霍禹惱怒萬分，若非礙於劉病已在旁，早就和霍禹對上天了。

霍禹在她淩厲如電的目光下，訥訥地說不出話，瞥眼見劉病已眉眼似笑非笑，這才恍然大悟，原來劉病已方才故作無知，便是瞧見霍成君在他身後，故意引他說出真相。

霍禹大怒，指著劉病已，厲聲道：「陰險！」

劉病已笑容不減，握住他的手，輕輕地放了下來，又捂著他起伏劇烈的胸口，殷切道：「師弟，暴怒傷肝，都是要當父親的人了，如何不愛惜自己的身子。」

霍禹聽他語氣關懷，好似真的擔心自己身體一般，一口氣堵在胸口，只恨得咬牙切齒，被霍成君得知自己意圖後，沒來由的一陣心虛，聲勢挫了下來，恨恨地瞪了他一眼，拂袖而去。

霍成君走到劉病已面前，斂袖一禮，歉然道：「切莫把霍禹的話放在心上，因此與我生份。」

「妳這會兒得空嗎？我有話與妳私下說。」

霍成君道：「真不巧，方才宮裡來消息，說皇后突然病了，母親和我正要進宮探望。病已哥哥，你有什麼話，現在說不成嗎？」說著向霍夫人使個眼色。

母女交換一個默契的眼神，霍夫人笑咪咪地就要避開，自劉病已封侯，她對劉病已態度大改，總是以過來人的身分，殷殷切切地勸霍成君要「積極進取」，宛然情場軍師一般。劉病已再如何玲瓏，大概也想不到霍成君忽然會變得這般熱情，竟是霍夫人在背後加油添薪的緣故。

劉病已忙道：「皇后鳳體要緊，我就不耽誤妳了，等妳回來再說。」

霍成君既見君子，云胡不喜，委實不願離去，無奈椒房殿遣人傳話，說是皇后染恙，鳳體違和，心神不寧，要她與母親入宮探視，馬車在外候著，椒房殿的謁者已催了兩回，權衡輕重，此時非儘快入宮不可。

霍成君無奈，只能道：「病已哥哥，那我去了。」說著快步離去。

劉病已聽她一聲摯情款款的「病已哥哥」，只聽得一股寒意直逼心頭。她當著母親的面，已是無所矜持，親憐蜜愛，溢於言表，情網深陷，柔絲緊纏。

他收斂心神，想到自己目的，便問堂侍霍山在不在，得知霍山正在馬廄。

正要前往馬廄時，霍光自宮中返家。劉病已見到霍光，霎時浮起一個念頭，霍禹、霍山、霍光均在，機不可失，就是此刻。

二人行了見禮，一通寒暄。劉病已察顏鑑色，只覺霍光比上回見面，兩鬢似又花白了不少，臉上也略顯疲態。

原來劉弗陵行及冠禮，丞相田千秋便首先發難，要霍光歸政於天子，接著又奏請皇帝廣納妃嬪，開枝散葉，以續帝祚。兩件事，都是劍指霍光。

社稷維繫皆在霍光一念間，丞相垂垂老矣，也是莫可奈何，霍光自不放在心上。但皇后乃他外孫女，帝后一直無子，他不免擔憂。若劉弗陵納了其他妃嬪，誕下皇嗣，立為儲君，只怕朝堂將風雲異動；又若是上官皇后一直無孕，不免失責，未來會不會動搖她的中宮地位，委實難測。景帝時，就有薄皇后無子被廢的先例，若后位動搖，前朝後宮往往牽一髮而動全身，這教霍光如何不憂？想來上官皇后突然抱恙，也是與田千秋的上奏有關。雖然劉弗陵丟下一句：「容後再議。」畢竟心下也是萬分無奈，避得了初一，躲不過十五。

劉病已看穿霍光心思，便道：「霍大將軍，皇后年輕，福氣還在後頭呢！」

霍光笑了笑，「車丞相奏請陛下納妃，說是為了漢家的萬年基業，帝后無子，霍某倒成了千古罪人，你怎麼看？」因田千秋年老，得皇帝優待，朝見時，得以乘車入殿，故又稱「車丞相」。

劉病已並不急抒己見，而是緩緩道：「妊娠之事，講求陰陽調和，水到渠成。如今陛下龍體欠安，不應先靜養調理才是？」

霍光一怔，劉病已又道：「皇后虛齡十四，只要保持平常心，懷上龍嗣也是指日可待。丞相伏地進諫，弄得不只陛下有壓力，想必皇后壓力也不小，這般苦苦相逼，如何能有子嗣？」

「丞相知道陛下身子不好，因此才想勸陛下廣納妃嬪，雨露均霑，看能不能儘早有人先懷上子嗣，如此，國祚綿延，江山穩固。」

「丞相忠心耿耿，明月可鑑，卻不免忽略陛下的身體狀況，有點本末倒置了。況且丞相奏請納妃後不久，皇后就忽然病倒了，想來也是平日積慮不小，突然受到刺激，鳳體才會支持不住，所以，當務之急，是將後宮納采之事先緩一緩，讓陛下養好身子，皇后恢復健康才是。」

這一語正中下懷，霍光聽在耳裡十分受用，明眼人都知道，丞相和其親近官員奏請劉弗陵納妃，其實有的心懷鬼胎，不願霍光的外孫女誕下嫡子，想推薦自家人，一步登天；有的卻真的心繫社稷，考量國本，以大局為重。卻有幾人真正考慮到帝后的處境？霍光縱然積年閱事，老於世故，卻哪知劉弗陵不孕，不願廣納妃嬪，自曝其短？

霍光頷首道：「丞相帶頭生事，鬧得陛下不能心安，皇后鳳體違和，我便這麼堵回去，好讓他沒法兒回嘴。」

劉病已微笑，「婦人懷娠，哪能操之過急？丞相這是關心則亂，大將軍誠心與他溝通，必能想通的。」

霍光笑了，「巫蠱之禍衛太子被江充誣陷，丞相曾上書訟太子冤，曰：『子弄父兵，罪當笞；天子之子過誤殺人，當何罪哉！臣嘗夢見一白頭翁教臣言。』先帝這才知道太子起兵是出於惶恐，並無反心，幡然醒悟。車丞相於你衛氏一族有恩，你今日之言，也算報答他。」

劉病已意味深長地道：「有恩必還，有仇必報，大丈夫本色也。」

「陽武侯不妨先去中院稍候片刻，我速速更衣就來。」霍光說到這裡，面朝馮殷道：「子都，備酒，我要與陽武侯痛飲一番。」說著昂首闊步地離去。

劉病已待他離去，立即快步至馬廄。霍山正從馬廄離開，吹著口哨，踏著小步，二人登時迎面而遇。

霍山看見劉病已，口哨立止，臉上閃過一絲心虛，隨即扯了一個諂媚的笑容，拱手道：「陽武侯。」

話音方落，劉病已冷冰冰的嗓音立即鑽入耳膜，「你當眞膽子不小，竟敢害我摔馬。」

霍山聽得這句，笑容一僵，故作正經道：「不知陽武侯哪裡聽來的流言，莫要信以爲眞。」

劉病已冷笑道：「霍禹親口告訴我的，難道還有假嗎？」

霍山大驚，「霍禹告訴你的？怎麼可能？不可能啊！」

「本來我也認爲是霍禹，方才去質問他，他卻說是你，是你事前瞞著他幹這無恥勾當。我與你無冤無仇，你爲什麼這樣害我？」

霍山急得跺足，「不是我，當眞不是我。」

劉病已咄咄逼人道：「霍禹一口咬定是你，你還砌詞狡辯！此事我已經告知大將軍了，大將軍說要以家法處置你。」

霍山驚詫得話都結巴了，「什……什麼？你說大將軍已經知道了？」

「大將軍此刻正在中院，備下酒席要親自向我道歉。你若不信，可以過去瞧瞧，左右你都是要扛責的。」

霍山本就無腦，這會兒急得方寸大亂，暗罵霍禹過河拆橋，事發後就推我出來擋，那我幹嘛替他隱瞞？他跺足道：「陽武侯，你相信我，我本無害你之心，是霍禹，是霍禹指使我的。」

劉病已冷笑道：「可如今霍禹不認帳，一口咬定此事與他無干，一切都是你自作主張。你若心裡不服，那也是向大將軍申辯去。總之，你們霍府今日一定要給我一個交代。」

霍山急得一頭汗，「等等，你等等。我馬上去跟大將軍說，此事是霍禹所爲，我只是拗不過他，勉爲其難聽命行事罷了，要扛責也是霍禹扛。」說著繞過劉病已，風風火火奔了過去。

小人貌戚戚，果眞如此。劉病已見他走得倉促，心中暗笑。幸好霍禹是指使霍山，倘若換作謹小愼微的霍雲，那就不好忽悠了。

霍山只急如熱鍋螞蟻，霍禹那廂也顧不得了，眼下一定要先保住自己，誰教他過河拆橋呢？所以徑直往中院奔去，果見霍光坐在亭裡，身前擺著兩張食案，似在等誰到來。

霍山見狀，更是深信不疑，急忙跑到霍光面前跪下，劈頭便道：「叔祖父，是小叔叔，一切都是小叔叔指使我的，我根本不想害陽武侯，眞的，是眞的。」

霍光一頭霧水，「什麼？」

霍山只怕他這句「什麼」是不相信自己，急忙澄清：「當日小叔叔和陽武侯相約賽馬，小叔叔怕自己落敗，令我去西市找幾個無賴，拿繩子絆倒陽武侯的馬，這才害他落馬。若不是小叔叔一直逼我，我縱使有天大的膽子，也不敢做這事啊！」

劉病已從霍光說那句「什麼」時，便已到來，只聽霍山忙著撇淸，嘴角微微含笑，默默地立在霍山背後。

霍光一聽，只氣得七竅生煙，伸腿便往霍山肩膀一踢，厲聲道：「荒唐！」

霍山匍匐向前，重新跪下，帶著哭腔道：「叔祖父，小叔叔才是始作俑者，我只是聽命行事，求您饒了我這回，我再也不敢了。」

霍光既驚怒又羞愧，驚的是劉病已在自己面前竟完全不提此事，怒的是自家人做出這種無恥行徑，羞的是兒子行不知恥，乃父之過，愧的是不知該如何面對劉病已。

一時間，霍光胸中驚濤駭浪，難以平息，勉強沉住氣，向馮殷道：「去，將霍禹那逆子給我抓過來。」目光如暗夜驚雷似的向霍山一瞟，「縱然你自己承認了惡行，那也罪不可恕。來人，取杖子，家法處置。」

霍山一怔，只覺得這話有異，猛地抬頭向劉病已一瞅，見他眉眼含笑，一臉奚嘲，登時明白自己受騙上當，只氣得渾身哆嗦，指著他道：「你……」饒是他氣頭上，卻行之有愧，當下也不知該說什麼。

霍光怒不可遏，又踢了他一腳，「豎子無禮，是不是要我把你的手給砍了？」

少頃，霍禹被馮殷率奴僕押了過來，見到霍山、劉病已均在場，心頭登時一凜。

寒月面含憂色，也跟了過來，感到氣氛劍拔弩張，心中掠過一絲不祥。

霍光一見到兒子，不由得他申辯，反手一記耳光便打在他臉上。

啪的一聲，霍禹臉頰登時紅腫起來，還來不及搞清楚前因後果，衝口道：「你為什麼在外人面前打我？」

霍光怒道：「要不是霍山來告訴我此事，我還不知道你竟是這般膽大妄為，敢唆使人絆倒陽武侯的馬，當眞卑鄙無恥！。」

霍禹一怔，瞧了一眼抖衣簌簌的霍山，登時恍然大悟，喝道：「霍山，你小子竟敢出賣我。」

霍山百口莫辯，哭喪著臉，「是……陽武侯擺了我一道，我當眞不是故意說出來的。」

霍禹只恨得牙癢，狠狠地瞪了劉病已一眼，若說目光能殺人，此時劉病已早已是千瘡百孔之身了。方才他在劉病已面前被霍光摑了一耳光，心中的羞辱委實遠超過面頰上的疼痛。

霍禹怒道：「劉病已，你的手段眞是下作。」

霍光反手又賞他一記耳光，「豎子閉嘴！你自己臉皮不要，我看了都覺得羞恥！」

霍禹撫著面頰冷笑，「不就跟陽武侯開個玩笑嗎？何勞父親作此雷霆之怒，竟還要不顧身分親自動手，未免小題大作。」

霍光大怒，「到此刻還不思悔改，簡直無藥可救，來人，將這兩個豎子給我綁起來。」

劉病已向霍光拱手道：「大將軍處理家事，我不便在場，這就告辭。這酒，改日再來叨擾。」

霍光強壓怒氣，「陽武侯若不急著走，不妨在旁看我執行家法。」

劉病已一怔，霍山、霍禹還以爲聽走耳了，都是目瞪口呆。寒月想開口求情，但霍光怒火正熾，只能將話咽下。

霍府執行家法，劉病已有什麼立場駐足觀看？霍禹氣得險些暈去，嚷道：「父親，你這不是明擺著削我面子嗎？」

霍光怒極反笑，「怎麼？做出這陰損下作的勾當，你還有面子？常言道，知恥近乎勇。事到如今，你還不知反躬自省？我霍家怎麼出了你這不肖子，做出這搬不上檯面的行徑，簡直丟盡我霍家列祖列宗的顏面。」

霍禹又羞又惱，一時語塞。

劉病已道：「既然大將軍不介意，那我就不走了。」說到最後，面朝霍禹，微微冷笑。

霍禹羞得無地自容，在劉病已面前受刑，簡直比殺了他還要難受。

霍光掃一眼衆奴僕，喝道：「還杵著幹嘛？要我親自動手嗎？」

立即有人過來將霍禹、霍山按制在地。寒月掩面不敢瞧，劉病已神色漠然。

霍光沉聲道：「動手。」

一聲令下，兩個奴僕掄起木梃，朝二人背上打了下去。霍山痛得哇哇大叫，霍禹咬緊牙關，一聲不吭，他在劉病已和寒月面前受刑，已是屈辱至極，若再呼痛，以後如何在二人面前立足？

一下、兩下、三下……聲聲入肉，鮮血飛濺。

劉病已閉著雙眼，細細聆聽著杖擊的聲音，快意恩仇，睚眥必報，若不想別人對自己殘忍，首先就必須拋下仁慈，換了一副鐵石心腸。霍禹，是你咎由自取，怨不得人。

寒月嗅到空氣中的血腥味，一陣反胃，張嘴欲嘔，卻又強行忍住。她不斷向劉病已使眼色，要他開口阻止，只要他肯出聲，那麼霍光也會命人停手，卻哪知劉病已竟閉上雙眼，一副事不關己之態。

十七、十八、十九、二十……

二人背上皮開肉綻，鮮血淋漓。霍光卻沒有喝令停止的意思，只因霍禹此次舉動，稍一不慎，便極可能令劉病已筋骨損傷，且手段卑汙，勝之不武，委實有辱門風，貽笑大方。

霍雲聞聲而來，眼見二人被打得死去活來，心中大急，跪下求道：「大將軍，求您大發慈悲，饒了他們吧！求求您，求求您，再這樣下去會死人的。」

霍光無動於衷，竟是不打算停手的意思。霍雲見霍山連呻吟的力氣也沒有了，情急之下，膝行到劉病已跟前，重重磕頭，「陽武侯，是我們對您不住，求您高抬貴手，放過他們，求您了，求您了。」

霍禹恨得心頭滴血，屈辱至極，「男兒膝下有黃金，你跪他幹什麼？起來！就算死，也要站著死！」

劉病已居高臨下地睨了霍雲一眼，靜默半晌，道：「罷了，霍大將軍，請命人收手。」

霍雲一聽，不由得感激涕零，「陽武侯胸襟四海，雲銘感五內。」

霍光雖惱二人狼狽為奸，但二人被擊打得氣息奄奄，也覺得罰得夠了，正等著劉病已這句話，於是揮了揮手，道：「扶這兩個孽障回房上藥。」

兩個奴僕雖奉命行刑，卻也不敢真的下重手，雖打得二人皮開肉綻，看似嚴重，實際上卻沒傷到筋骨，聽到霍光這句，連忙收起木梃。

霍禹、霍山二人的近侍立卽上前攙扶。霍山半昏半醒，軟趴趴地任人抬回房。

霍禹倒是硬氣，婉拒他人的攙扶，啞聲道：「不必扶我。」

寒月快步上前，要扶霍禹，不料霍禹恨及劉病已，連帶將她也惱上了，又惱她方才沒替自己求情，委實涼薄已極，於是冷冷地搡開她的手，深一腳淺一腳地離去。

寒月一陣錯愕，見霍禹走沒幾步，身子一晃，摔倒在地。她忙上前攙扶，霍禹一臉嫌惡，卻已無力推開她，只能忍氣任她攙著回房。

院子裡一地血汙，一場酒席風流雲散，誰也無雅興吃酒。霍光面對劉病已，除了汗顏外，還多了一分複雜的心思。他本以爲兒子只是年輕不懂事，不料竟如此肆無忌憚，指使人絆倒陽武侯的馬！此事傳開，霍光不僅被扣上「教子無方」的罵名，霍家也是顏面掃地。另外他對劉病已表面上的不動聲色，到背後煽動霍山來揭發此事，亦起了敬畏之心。

霍光不由思潮起伏，想起初見他時，他還是一個不懂得粉飾情緒的少年，莽撞，衝動，到中間他利用指環，也是利用自己念舊愧咎的心，爲他博得封侯的機會。不過才數個月光景，他竟已變得心思不顯於色，行事滴水不漏。

霍光因兒子有錯在先，氣勢不由得矮了三分，向劉病已拱手道：「霍某治家不嚴，還盼陽武侯大人有大量，原宥犬子的魯莽。」

劉病已淡淡道：「人孰無過？過而能改，善莫大焉。大將軍罰也罰過了，這事就這麼罷了。」

霍光遲疑一下，還是開口道：「關於犬子的過失，還盼侯爺今晚出了寒舍，將這件事徹底忘了。」

劉病已聞言，心中雪亮，霍光是要自己不要向旁人提起此事，尤其自己近得陛下信任，若堂堂大將軍管不住自家小兒的無賴行徑被陛下得知，不免威嚴掃地，便道：「大將軍已經給我一個交代了，那我也不是記恨之人。天色已晚，我就不打攪大將軍歇息了，改日再來與您喝酒，告辭。」

霍光目送他離去，臉上是對霍禹恨鐵不成鋼的無奈，直到劉病已背影消失在廊上，提著的一口氣立時鬆懈下來，一陣暈眩，便欲摔倒。

馮殷忙上前攙扶，霍光擺了擺手，頹然道：「不礙事。」

馮殷不解道：「大將軍執行家法，為何要令陽武侯在一旁？」

霍光橫了他一眼，這馮殷絲毫不知劉病已便是害他出糗之人，真是蠢不可及。一個是他的管家奴，一個是他的親生子，一個騷擾百姓一個輕侮宗室。霍光兩次治家不嚴，都被劉病已抓到把柄，暗中警告，若不拿出個態度，只怕再有蠢人無端生事，弄出一個自己都無法收拾的局面。

朝堂上有丞相上奏納妃，後宮有皇后病倒之事，加上近日河湟地區的羌人蠢蠢欲動，正是多事之秋，已讓他心力交瘁，回家本該放鬆身心，不料面對的竟是一地雞毛。

本以為把霍禹放逐到明月閣，性情會沉穩許多，行事也會知道分寸。不想霍禹習武未成，竟把自己師姊弄得挺著一個肚子回來，他知道當下險些沒氣到吐血，大嘆兒子根本是「朽木不可雕也」。這倒罷了，總歸是家務事，關上門後也不容外人置喙，結果真是醜事連環，眼下竟還在陽武侯面前弄些搬不上檯面的伎倆，真令他一想起霍禹，便搖頭嘆息。

他位高權重，逢政辯時，對皇帝有時也是不遑多讓。但霍禹闖禍，為人父者，自當責無旁貸，對劉病已講話的語氣不免多了幾分恭謹。

這簡直讓他頗為難受！

二十三・燕雀

劉病已雖報復了霍禹，其實也殊無快意，畢竟霍禹就像蝸牛的一根觸角，只有甘願成爲另一根觸角之人，才會樂孜孜地與他作那觸蠻之爭。

他從不挑釁生事，卻也不是挨打不還手之人。

回到侯府，躺在榻上，一時耿耿難眠。明日莫鳶就要來了，到時的她，究竟是佼佼不群的遊俠師姊，還是諸侯王的尋常姬妾？她的心是一片鴻鵠天地，還是只有王宮的後花園？

而自己內心深處，眞能眼睜睜任由小梅去對付她嗎？想來想去，心如亂麻，直至露冷月殘，方才朦朧入睡。

莫鳶於約定時刻到來，在堂上等待。

此時的她，身著紋飾繁麗的碧色曲裾，外罩白狐大氅，梳著時下流行的墮馬髻，眉眼的傲氣早被死水一潭的生活磨平，又因姬妾爭鬥，睡不安枕，氣色不佳，臉上更因常敷脂粉而冒痘。

儼然不是昔日的莫師姊。

她凝眸於窗外的宛宛流雲，在妾婦成群的深宮裡待久了，有時候，若不學著欣賞美麗的東西，日子就顯得極爲乏味。

簷下金籠裡的燕雀啄著粟米，婉轉地叫，撲騰的翅膀早已承載不了萬里雲天，飽食終日，無所事事，像極了她的光景。

她雖站得挺直，抱著劍匣的手卻微微顫抖。等會兒師父要跟我說什麼？師弟究竟有沒有把在博望苑前撞見我的那件事告訴師父？師父知道我在昌邑的所作所爲嗎？師父素來無爲而治，若是知道了，會如何處置我？

自那日有人送來君子淑女劍，她驚恐交加，度日如年，只盼這一日趕緊到來，免得一顆心總是懸著，又怕這一日眞的到來，不知自己的命運如何。人對未知的事總會感到焦慮，即使她素來都是有恃無恐，但犯了門規，想到要面見師父，竟是不由得心虛，這一心虛，當眞無法抬頭挺胸起來。

她心中思緒千迴百轉，竟沒發覺劉病已和東閭琳站在一束日光下，將她的不安盡收眼底。

冷不防一聲叫喚輕輕響起：「莫師姊。」她正遐思悠悠，被這聲叫喚嚇了一跳，一扭頭，見是劉病已和東閭琳，卻不見師父，不由得奇怪。

劉病已知道她下一瞬會問師父在哪，不待她開口，便先道：「師父沒來，這兒只有我和東閭師兄。」

莫鳶聞言，神情一鬆，但被騙來，想到日前的不安，不禁好生著惱，臉一沉，道：「師父沒來！那你何以用雙劍騙我？」說著將劍匣擱在案上。

「我只是遣人將雙劍送去，從沒說過師父在長安。」

莫鳶一怔，隨即醒悟過來，「那爲何雙劍會在你身上？」

「師父將雙劍賜給了我。」

莫鳶驚詫道：「師父將雙劍珍視如命，你才入門多久，何德何能，竟蒙師父另眼相看，將寶劍賜給了你？論資歷，你不如東閭師兄；論武功，你不如我，你到底憑什麼？」說到這裡，聲音又尖又刺，甚是難聽。

劉病已從她頭上的花鈿，到臉上的薄妝，又一路看到華服珠履，眞是與昔日薄粉不施、衣不守采的她判若兩人，忍不住道：「看來師姊眼裡只有昌邑王，那麼妳往後的日子應是相夫教子，洗手做羹湯，甚至學習如何與其他妃嬪相處，若一心惦記著師父將此劍賜給何人，不免捨本逐末。」

莫鳶雙頰一紅，「不想一段時日不見，倒是變得脣舌如劍，咄咄逼人！」

東閭琳見雙方氣氛凝重，忙跳出來打圓場，「許久不見，別光站著，坐下來吃酒敘舊。」

莫鳶瞪了劉病已一眼，哼了一聲。

三人坐定，劉病已將溫好的酒注入杯中，遞給她，「師姊，方才我一時口快，請別見怪，在此敬妳一杯。」說著仰頭自飲。

莫鳶這才消氣，卻不沾酒，納悶道：「你如何知道那人便是昌邑王？」

劉病已知道她必有此一問，若她不問，自己也會尋機提起，就是爲了避免她懷疑昌邑後宮裡有人通風報信，就算她沒有這個意識，難道劉賀就沒有嗎？好歹劉賀也是諸侯王，那個位子待得久了，怎麼可能沒有猜疑之心？

他又給自己斟了酒，轉動酒器，任酒水波光流轉，過了半晌，才道：「有一日我在街上遇到你們，那天本是大晴天，不想轉眼間便風雨飄搖……」

莫鳶一聽，登時便想起劉病已所說的那日，她本和劉賀在酒肆裡耳鬢廝磨，劉賀卻爲了那個討厭的女人，把她晾在腦後任風雨蹂躪。這一日便如刻在她心上，她如何能忘得了？劉病已稍提起晴天、風雨兩個關鍵詞，她便立刻想了起來。

她爲人有多驕矜，那日便有多難堪；她有多難堪，就有多痛恨梅影疏，霎時內心的窘迫、羞辱全都流露在臉上。

「妳幫他們遮雨，反而自己淋得一身濕，劉賀卻無視於妳，教妳情何以堪？」劉病已直視著她，「便因爲我叫妳這聲『師姊』，所以有些事我不容置喙，便讓東閭師兄替著說吧！」

莫鳶想到自己的窘境又再度被劉病已瞧見，真恨不得鑽入地洞裡躲起來，臉色一片慘白。

劉病已面露不忍，目光投向東閭琳，「師兄。」

莫鳶一副「果然要說了」的模樣，但既已應約前來，便是已做足心理準備。

東閭琳長嘆一聲，道：「師妹，妳也過了懵懂無知的年紀了，為何在情場上卻要如此委曲求全？妳本可鴻鵠飛萬里，不想卻選擇做燕雀，簷下爭食，籠中互啄，而忘了天下本就是一個寬闊的糧倉。那麼多女人共事一夫，彼此爭寵獻媚，掐尖要強，分著那一點雨露恩寵，防著衣香鬢影間的重重算計，看著愚蠢可笑的雞爭鵝鬥，縱然妳一生衣食無虞，就能代表妳活得比平凡人家還要快樂嗎？妳有好勝心，可惜沒有背景依靠，妳好勝心再強，也強不過女人們背後母家的那股支持力量。妳的倨傲不群，只會使妳成為衆矢之的，即使妳不去招惹她們，不代表她們不會與妳為敵。奈何妳一身絕學，遇到對方是諸侯王，難道妳還指望他會需要妳的保護？倘若他需要女流之輩的保護，那教他顏面何存？妳的寶劍再利，卻也得鋒芒盡藏；妳的拳頭再硬，也不如穿針捻線來得討喜；妳劍使得再精，還不如那些女人靠著撫琴事花、吟詩弄賦來自娛娛人。」

他目光灼灼，宛如燃起火焰，要照亮莫鳶的心，「師妹，難道妳不捨晝夜地習武，不是為了快馬江湖，煮酒論劍，打遍天下高手，結識四海英雄，與意中人攜手共白頭，比肩看霞飛嗎？」說到這裡，連他自己也動容了。

東閭琳說得口沫橫飛，不只劉病已悠然神馳，便連莫鳶也懵了。莫鳶眼裡似有一痕晶瑩，顫顫地伸手拿酒，卻在碰到酒杯的那瞬間止住。

她當初下山的目的，就是為了縱馬江湖，快意恩仇，對君奉巾櫛之歡，君回以于飛之願，與天下高手煮酒論劍，夜話衷腸。對她而言，武學是生命，是熱忱，劍是她的靈魂，江湖是她的歸宿。倘若劉賀沒有出現在她生命中，那她斷然會朝這個方向前進，但是緣起緣滅，從來人力難為，偏偏劉賀就闖進她的世界，打開她的心扉，卸下她對男人的防備，讓她知道什麼是情竇初開的少女懷春，什麼是水乳交融的銷魂極樂，從魂牽夢縈的刻骨相思，到與子偕老的纏綿宿願。

她必須有所取捨，在二者之間選擇一個，一邊是情愛，一邊是理想，偏偏魚與熊掌不可兼得。她曾經掙扎很久，苦惱不已，一度對劉賀避而不見，卻擋不了海潮跌宕的思念和細水長流的溫柔，而放棄自己的鴻鵠之志。於是，在溫言軟語的攻勢下，她違背門規，從不願殺人到滿手血腥，從投鼠忌器到眼皮不眨，一念之差，竟已是萬劫不復之地。

她已走到這步田地，豈能回頭？忙收斂心神，嚴正道：「師兄苦口相勸，我心領了，只是……」伸手撫著肚腹，臉上綻放一抹前所未見的溫柔微笑，「我已懷了劉賀骨肉，此生再也無法割捨了。」

此言一出，不只東閭琳震驚，就連劉病已手中把玩的酒杯，也差點跌落在地。

東閭琳咋舌道：「什……什麼？」

莫鳶輕輕地重複著方才的話，臉上洋溢著慈母的光輝，「我懷了劉賀的孩子。」

劉病已霎時心亂如麻。莫鳶有孕，爲什麼小梅沒告訴我？難道此事小梅尚不知情？莫鳶和劉賀本就如膠似漆，如今有了對方的骨肉，就更密不可分了。什麼理想，什麼抱負，全是花謝水流，一去不復。她的重心除了劉賀，還有孩子，再不可能騰出多餘的心力，爲自己謀求更好的未來。

他昔日受莫鳶指導武藝，那時純淨的心靈，受到她出類拔萃的武學造詣的衝擊，對她眞是懷著高山仰止的心思，殊不願就此眼睜睜看她情海生波，明知劉賀是有心利用，卻不能宣之於口，因爲這樣就會把小梅推到浪尖風口上。他盼著東閭琳的曉以大義，能化開她的執念，拋下她的留戀，重拾她的自尊，一切雖然看似不可能，但只要莫鳶還有一絲對江湖的嚮往、對武學的熱情、對自我的期許，一切還是有轉圜餘地的。

但如今，她與劉賀之間，已不再是單純的兒女之情，彼此多了一層聯繫，注定她離不開劉賀，做不了鴻鵠，從此庭院深深。若劉賀的野心與他的計畫撞出了刀光劍影，那就看她是選擇情愛還是師門之誼了。

懷孕的女人本就格外依賴夫君，心思也特別敏感細膩，失去骨子裡自立自強的精神，如絲蘿不得獨生，必須托於喬木。

劉賀就是他的喬木。

纔聽莫鳶冷冷道：「我懷孕了，你們不道聲恭喜嗎？」

東閭琳先道：「恭喜師妹。」他本不支持師妹與劉賀扯在一塊兒，但現在她將為人母，也只能祝福。

劉病已深深閉目，他早已做好勸說失敗的心理準備，但莫鳶懷孕，已超出他的預想。他沉住氣，睜眼，道：「恭喜師姊。」

莫鳶只道他倆已無意見，一時室內無聲，便要告辭。

「師姊將為人母，盼妳為了肚裡的孩子，不再濫殺無辜。」劉病已嗓音劃破寂靜。

莫鳶神色一僵，「我只想把孩子生下來，看著他平安長大，這就夠了。」

劉病已語重心長地道：「但盼師姊不忘初衷，別為了一個男人，做隻歧路之羊，枉費恩師對妳的栽培。」

莫鳶忍住哽咽，道：「恩師十數年來對我懷抱提攜，殷殷切切，非父而有督導之恩，非母而有眷顧之義，此生無以為報，只不知如今恩師他老人家可好？」

東閭琳道：「師父到西域雲遊去了，他臨去前，說他最放心不下的便是妳。」

莫鳶眼神漉漉，「也好，只怕師父見到我如今這個樣子，也只是惹得他失望透頂。」

東閭琳從未見過莫鳶宛如小鹿般脆弱的一面，暗嘆造化弄人，她單名一個鳶字，便是有著鳶飛魚躍之志，此刻卻只能守著窗兒，一日日被宅婦無聊的瑣事磨得面目全非。

言及此，接下來便是東閭琳對莫鳶的噓寒問暖，劉病已反而顯得話少了。

暮色四合。劉病已知莫鳶有孕，便要她坐侯府的馬車回去。莫鳶微笑婉拒，說是走路有益胎兒，劉病已也不勉強，看著她真情流露的笑容，真是生平首見。她向來不苟言笑，如今興許是初為人母的緣故，心反而較昔日更柔軟。

看著莫鳶踏著豔豔霞光慢步離去，劉病已眉間籠著一重隱憂，「東閭師兄，是不是每個溺於情愛的女人，都會變成了另一個模樣。」雖是問他，倒不如說是自言自語。

東閭琳側目瞧他，沉默半晌，方道：「當日她被你對月兒的一片眞情打動，告訴師父此生必要縱情一回，方不算虛度韶華。師父對她憂心忡忡，畢竟師妹從小生長在繼父的暴力恐嚇下，對男人總會有所防備，一旦卸下這層心防，便容易身陷情障，不可自拔。若覓得良人，自是佳偶天成，美事一樁，若遇人不淑，那便是飛蛾撲火，引火自焚。只是師父沒想到，她竟找了個王室貴冑。唉，以她的性情，哪適合待在宮裡，非得一頭撞死在南牆上嗎？」

劉病已難掩驚訝。他一直認爲莫鳶離去，是爲了闖蕩江湖，不浪費畢生所學，不料竟是不甘情場寂寞，想要體會男女之間從相識到相知，從動情到廝守，那段含情脈脈、嬌羞盈盈、若即若離、患得患失的歷程。當年對寒月癡情衷腸，深宵廝守，竟是春風化雨，潤物無聲，將莫鳶一顆驕傲、矜持、剛硬的心悄悄軟化了。

而背後推動她一把的，竟然是自己！

劉病已悵然道：「我開始漸漸明白了，爲什麼執念深的人不得自由，若她自己都跨不出心裡的那道坎兒了，何曾能夠海闊天空？即便她踏出王宮，行遍千山萬水，她心裡所能看到的世界，也只能是坐井觀天。」

東閭琳望著東邊昌邑國的方向，眸中陰翳濃重，「那裡，從來就是一個沒有硝煙的戰場，莫師妹的劍磨得再利，也只能藏起鋒芒，因爲宮裡的搏殺不是靠著刀光劍影；那裡，也始終不會是一個隨心所欲的地方，她的心再如何渴望成爲鴻鵠，也只能在雞爭鵝鬥的夾縫中，尋找那一點擁擠的容身之所。她走了，走向一條爲別人而活的道路。」

夕陽流光一點點蠶食著莫鳶的身影，少頃，劉病已一嘆：「情不自任，奈何奈何，罷了，各人自有各人的緣法，只盼她莫要一條道走到黑。」

莫鳶踽踽走在街上，手按著肚腹，內心既是淒涼又是甜蜜，長裙曳地，如雪蓮花開。

當年她離開明月閣，便孤身闖蕩天下，足跡所至，看遍名山大川，體驗各地風土人情，途中遇到幾個江湖遊俠，便煮酒論劍，切磋鬥勇，委實獲益匪淺。

一日來到昌邑，從此改變她的命運。

她到昌邑時，已是斜暉脈脈，這一路風塵僕僕，身上又是汗水，又是汙垢，頗爲難受。她盤纏有限，因此下山以來，能席地而睡就露宿，能就地取材就野炊，一切仰賴天地，倒也符合她的習性。所以此刻她不是尋找店家投宿，而是逕往山野而去。

她如清風無跡般疾走於山道上，隱約見前方桃林後，一片白煙蒸騰，料想必有溫泉，想到不只能洗滌汙穢，更能享受沐湯之樂，精神登時一振。

出了林間，點點流螢，翩逸起舞，前方果然是個溫泉，桃花簌簌，落於池中，驚破了寧謐的月光。

她將包袱掛在溫泉旁的桃樹上，褪去衣物，跨入池中。

泉水漫身，一日累積下來的疲勞隨卽一掃而空，忽聽身後水聲飛濺，一名男子鑽出池面，道：「此溫泉是王室所屬，外頭皆有侍衛把守，就連一隻耗子也鑽不進來，妳卻如何能夠進到此處？」聲音陰柔、悅耳、慵懶，像是暮春皓月下拂動落蕊的一縷微風。

莫鳶一驚，隨卽將全身埋入池中，同時本能地要去摸劍，卻忘了她所有物什都在岸上，這一摸當然摸個空。

她孤身在外，向來耳聰目銳，時時警覺，這時通體舒泰，心神鬆懈，竟沒注意到溫泉裡竟還有他人！

她扭頭，皎皎月光下，一個年約十八的少年沐在泉池中，一頭濕淋淋的髮絲蜿蜒披在肩上，面容如畫，眼裡跳動著一縷邪魅之氣，上身結實，沾著幾片緋紅桃花。

男子帶著三分慵懶、三分好奇、三分欣賞以及最後一分戲謔的神態，直勾勾地瞧著她，直將她瞧得又羞又赧。她本就寡言鮮語，少與人交涉，遇到這尷尬的情境，更是口舌麻木。

男子緩緩靠近她，饒有興趣地道：「我問妳話，妳如何不答？」

莫鳶腦海一團混亂，本能地往後挪退，男子見她後退，又慢慢靠近，她再後退，男子又靠近……

溫泉不大，沒幾步便已退無可退。

男子擋住了月光，整個人籠罩在一片幽影中，居高臨下地凝視著她，像是欣賞著即將到手的獵物。

莫鳶蜷成一團，猶如困獸般驚恐無助。

男子笑謔道：「別再退了，沒有路了。」

莫鳶又羞又氣，臨此窘境，饒是她素來藝高膽大，也會不知所措，硬梆梆地道：「我不知這兒是王室溫泉，立刻離開。」說著便要上岸。

不料她經過那男子身旁，男子卻拽住她的胳膊。

莫鳶慌亂下失了防備，胳膊被他拽得死死的，無可掙脫，激憤難抑，揚手便甩了他一記耳光。男子自幼習武，見她掌來，反手一格，輕描淡寫地化開她這一擊。

照莫鳶的性子，此刻看是要拔劍，還是要使暗器，都一定要讓對方為此付出代價。但她一絲不掛，不管怎麼出擊，都必須配合騰挪縱躍的奇詭身法，這樣一來，她的身體不免被一覽無遺。如此投鼠忌器，是以一身絕活，竟無處施展，只能怒目而視，眼中幾欲噴火。

男子輕輕鬆開她，上身向前傾，身後一樹桃花緋紅如海，容顏俊美，宛如花妖。

「妳以為妳走得脫嗎？」他一瞬也不瞬地盯著她，話音攝人。

莫鳶在他目光籠罩下，只覺得臉紅心跳，全身無力，這種感覺生平未有。她素來對陌生男子都有一層防戒，但他們初次碰面，卻已是互相袒裎，連一絲隔閡、一點遮掩也沒有。

她想給他一點苦頭嚐嚐，卻礙於環境，處處掣肘。她戒備再深，在那男子溫聲軟語下，也似春風化雨，融雪無聲。

莫鳶扭頭不去瞧他，逕直向岸邊挪去，男子跟在她身後，莫鳶停下，男子也止步，莫鳶前進，男子又跟上……

她心想真是羊入虎穴，自己一身絕技，到哪都必定是虎入羊群，沒想到此刻竟莫名其妙成了羊。

「大膽狂徒，等我取了劍，便要你好看。」她越想越惱，扭頭硬撐著氣勢喝道。

男子一哂，「妳要殺人嗎？」

莫鳶冷笑，「如此輕薄，一劍殺了你，未免太便宜了。」

「妳不會殺我的。」

「你怎麼知道？」

男子早就瞧出她的色厲內荏，「要殺早就殺了，何必事先提醒。」

莫鳶支吾道：「要不是我……我沒了衣裳，我早就要你知道姑娘的雷霆手段。」

男子眉眼含笑，「妳不敢像我一樣鑽出池裡，是不是？」

莫鳶怒瞪他一眼，給他來個默認。

男子慢條斯理地道：「這兒是我的地盤，只要我一出聲，侍衛們馬上就會衝過來，一個個欣賞妳的如雪膚色、如柳纖腰、如玉大腿、如……」

他形容個沒完沒了，莫鳶羞惱不已，此刻只想趕快穿衣走人，便向岸邊游了過去，發覺對方沒跟上，心頭一鬆，快到岸邊時，猛地感到身後兩道目光貪婪地鎖住自己，竟是沒有要移開的意思。

「野有死麕，白茅包之。有女懷春，吉士誘之。林有樸樕，野有死鹿。白茅純束，有女如玉。舒而脫脫兮！無感我帨兮！無使尨也吠！」男子於剪剪清風中輕吟。

莫鳶聽不懂，卻也知道他心思不純，不會是什麼正經的調調兒，喝道：「眼睛閉上，我要穿衣。」

男子笑道：「方才早就被我看光了，再看一次又何妨？」

莫鳶咬牙切齒，「無恥，下流，小人。」

男子見她臉紅，不禁大樂，自顧自道：「這溫泉是仿驪山溫泉宮的溫泉池所建造，當年先帝總愛帶著寵妃李夫人前往，在溫泉池裡巫山雲雨，共度春宵……」說到這裡，若有所思地盯著她浸在池中隱約的胴體。

莫鳶這才恍然大悟，霞染雙頰，不知是不是浸得太久，她全身發熱，腦袋暈眩，心跳加速，只恨自己沒了劍，沒了衣裳，對方又這麼厚顏無恥，真是前所未遇的窘境。

雖然只要她起身，穿衣，拿劍，拿包袱，便可走人，但她矜持又保守，就算對方說已看過她的裸體，她也不敢在對方大膽的直視下，再度一絲不掛地起身。

她一開始就落於下風。

二十四・傾心

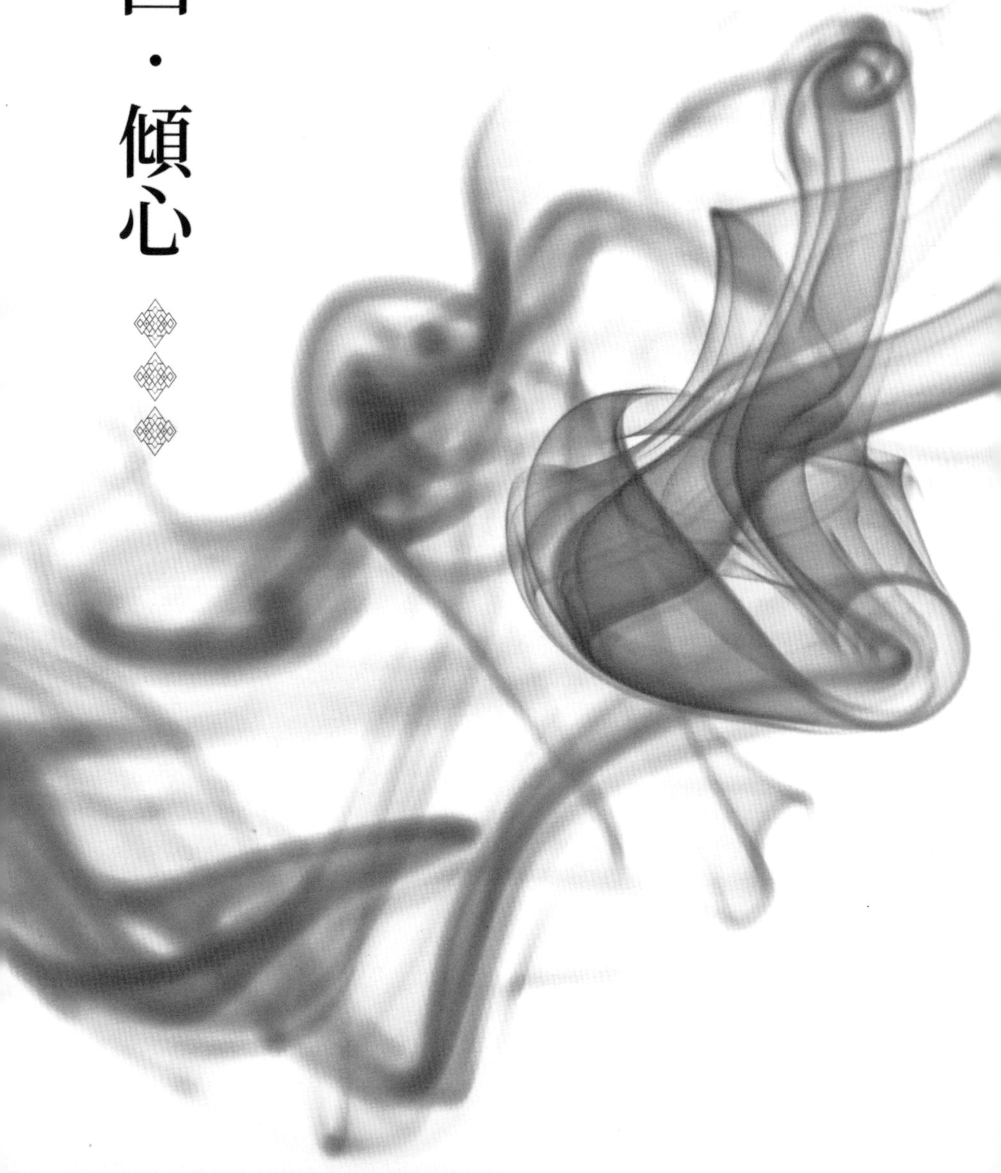

男子絮絮叨叨講了半晌，發現她沒在聽，也不生氣，道：「講了那麼多，還不知道姑娘芳名。」

莫鳶不理他，只盼他能自討沒趣，有多遠滾多遠，但以此人厚顏無恥的程度，是不太可能的。

男子又道：「好吧，不然我先報上我的大名好了，我叫……」

莫鳶剜他一眼，「我不想知道。」

男子笑道：「我自說自話，妳聽不聽，隨便。」

莫鳶索性掩住雙耳，那男子的聲音卻透過雙手，悠悠地傳了過來：「我叫劉賀。」

莫鳶猛地一驚，她知道漢朝有個諸侯王叫劉賀，五歲時襲父劉髆為昌邑王，聽說此人容顏絕世，頗有武帝寵妃李夫人「一顧傾人城，再顧傾人國」的風姿，不料竟是眼前此人！

這下輪到她上上下下地打量著劉賀，果然是風流倜儻、儒雅瀟灑的美男子，與之獨處，如坐春風，如對明月，尤其那雙會勾魂的桃花眼，像是要把人化作一池春水。可惜，可惜，此刻他死纏爛打、嬉皮賴臉的模樣，令莫鳶滿腔怒火，幾欲把這位翩翩佳公子燒得屍骨無存。

劉賀見她終於有一瞬不再是那副生人勿近的神態，不禁心胸大樂，但莫鳶不久後便即恢復以往那事不關己的淡漠。她不知自己越是如此，越是讓劉賀倍感興趣。

想那劉賀女人來來去去，彼此爭風吃醋，掐尖要強，看久了都是同一個樣兒。

卻唯有一人不一樣，劉賀驟地走神了。他突然移開目光，向遠處行宮望了片刻，眼波溫柔，頭頂上，一樹桃花開得正艷。

今晚，他約行宮裡的那人陪自己沐湯，不料總和自己唱反調的她，竟不理睬自己，早早就寢了。這瞬間，他的眼神有著一絲微不可察的認真，隨即扭頭，又繼續色瞇瞇地打量著莫鳶。

「我說出我的名字，該妳了。」劉賀笑道。

莫鳶冷笑，「我沒興趣知道你是誰，你也不需要知道我是誰。」

「不要緊，妳一定會告訴我的。」

莫鳶氣極反笑，「自作聰明。」

「我本來就很聰明，多謝誇獎。」

莫鳶哼了一聲，別過臉，懶得搭理他。不料劉賀卻安靜下來，讓她頗為奇怪，若非方才見他精神奕奕的樣子，否則還認定他昏倒在池中了。

她忍不住回頭，只見劉賀似笑非笑，像是欣賞畫作般盯著自己池下的身軀。

莫鳶氣得血氣上湧，興許是第一次沐湯，不耐久浸，此時有些暈頭轉腦，心悸胸悶，偏偏眼前這隻蒼蠅卻死賴著不走，而她始終提不起勇氣在一個陌生男子面前裸身而起。

劉賀卻看出她的不適，嘆道：「妳這人倒也倔強，只消好聲好氣地求我閉眼，別看妳穿衣服，不就好了？妳再浸下去，非暈倒不可。妳暈倒了，還不是要我抬妳上去。要我抬妳上去也是可以，只不過不免要碰到妳的嬌軀。」

莫鳶嘴唇微動，似想懇求他，卻又拉不下這個顏面，又怕自己昏倒，倒是真的「羊入虎穴」了。

她內心一陣天人交戰，過了半晌，一咬牙，「求你，閉上眼讓我穿衣裳。」

劉賀笑道：「妳這輩子一定很少求過人，哪有求人的語氣這般生硬的。」

莫鳶一怔，求人，我幼時求父親別再鞭笞母親，難道求得還不夠多嗎？一念恍惚，嘴角不由得流露一絲澀意。

莫鳶的神情變化，全都落在劉賀眼裡。劉賀察言觀色，知道必有內情，卻不說破，道：「我閉上眼了，妳趕緊穿衣。」

莫鳶見他果然閉上雙眼，卻不放心，一動也不動，生怕他張眼偷看。

劉賀知道她不信任自己，「我這人雖不是謙謙君子，卻也是言出必踐。我說閉眼就閉眼，絕不偷看。妳動作快一點，不然我數到十好了。我開始數啦，一、二、三……」他前面一直慢條斯理地說話，開始數數時，卻加快了速度。

莫鳶大怒，無暇和他拌嘴，連忙縱身上岸，一眼望去，除了她的隨身佩劍，方才擱在岸上的衣裳不見了，就連樹枝上的包袱也消失無蹤。

她又驚又急，思忖方才衣裳就放在岸邊，包袱也明明掛在樹枝上，難道還會長腳溜了不成？正懊惱間，劉賀已數到九，莫鳶無奈，只能又重新縮回池裡，一陣無助感襲上心頭，當眞氣悶已極。

劉賀數到十後，張開雙眼，咦了一聲，奇道：「妳怎麼還在？捨不得我嗎？」

莫鳶垂頭喪氣，「我的衣裳和包袱不見了。」

劉賀托腮凝思，「說不定被野猴子叼走了。這山裡的猴子最頑皮了，有幾回我的衣裳也被牠們偷了去。嗯，妳的衣裳有妳的體香，偷妳衣裳的必定是公猴。嘖，這猴兒眞是色膽包天，竟敢偷我女人的衣裳。」

莫鳶哪有心情跟他拌嘴？此時連生氣都懶了，「你倒是幫我弄件乾淨的衣裳。」衣裳不見，有求於人，說話氣勢也餒了三分。

劉賀笑咪咪地道：「穿我的衣裳，就像我抱著妳那樣，好不好？」

「不好。」

劉賀攤手，一副無可奈何之狀，「那妳便赤身裸體吧！我不管妳了，我要先上去了。」

莫鳶急切道：「別走別走，哎你……」

劉賀笑道：「我怎樣？」

莫鳶沉默半晌，此時拿人手短，不禁放軟語氣，「求你了，替我弄件衣裳。」

劉賀樂得臉上開花，「那妳等著。」

莫鳶點點頭。

「我要起身了，妳是不是想看我的裸體啊？那也沒關係，反正妳不會吃虧的。」

莫鳶扭頭閉上眼。劉賀哈哈大笑，縱身而起，隨意披了件衣裳，便向山裡行宮走去。

莫鳶聽腳步聲越去越遠，頓時鬆了口氣，但她不著寸縷，又怕等會兒會有其他人到來，一顆心又開始七上八下，不覺間，竟對這陌生男子產生一絲依賴。

劉賀去了很久，莫鳶浸在溫泉裡，頭暈目眩，甚爲難受，但一個女人沒了衣裳，好比武者失了佩劍，盲人落了拐杖，無助、徬徨、焦慮逼得人喘不過氣。

她不敢貿然起身，暗惱劉賀是不是故意拖延時間，好讓自己暈倒在池裡，以便他趁虛而入，心中隱隱浮現這個念頭時，卻又極快用另一個念頭壓制住，似乎覺得劉賀臉皮雖厚，卻也不是這種趁人之危的小人。

正胡思亂想，只見劉賀翩然而來，步伐徐緩，似怕踏碎了一地的月光。他嘴角噙著幸災樂禍的笑，直令莫鳶氣得咬牙切齒，罵道：「你一個大男人，走起路來扭扭捏捏，比姑娘還慢，存心和我過不去是不是？」

「是。」劉賀也不否認。

莫鳶一口氣噎在胸口，知道自己不管說什麼，對方都能找得出言詞來激怒自己，乾脆緘口，此刻只想穿了衣裳趕快走人，離這瘟神越遠越好。

劉賀蹲在池邊，笑吟吟地欣賞著莫鳶氣沖沖的模樣，越看越好笑。

「給我把衣裳放著，閉上眼，離得遠遠的，不許偷瞧，否則我不管你是誰，一定剜了你的眼睛。」

「眞是好心沒好報，若不是我給妳找來衣裳，妳赤身露體，上哪找東西蔽體？」

莫鳶硬梆梆地道：「少廢話，趕緊。」

「好好好。」劉賀將帶來的衣裳放在岸邊，走到桃樹後，閉上眼，「妳趕緊上來，再浸下去，皮膚都要皺了，像老嫗一樣，可不好摸。」

莫鳶連忙躍出池中，拿起衣裳便要穿上，不料她浸得太久，方一離水，驟然一陣暈眩，眼前一黑，一頭栽倒。

劉賀驚道：「怎麼啦？」睜開雙眼，只見莫鳶玉體橫陳，忙飛身上前，一把盈盈摟住了她。

莫鳶被他一碰，登時如遭電擊，聞到他身上陽剛的男子氣息，更是全身酥麻癱軟不已。

她不肯示弱，恨恨地瞪了他一眼，「放開。」

劉賀笑得嬉皮賴臉，「我要放手，可就枉作這風流名聲了。」

莫鳶咬牙切齒，「你！」

她越想掙脫，劉賀就越用力。劉賀身形比她高壯許多，雙臂環繞起來，宛如鐵箍，使得她無力掙扎。

莫鳶怒道：「劉賀，你這淫賊，我當真後悔方才一時優柔寡斷，沒殺了你。」

「一個姑娘家，開口閉口就是殺，妳使不上力，如何穿衣裳？」

莫鳶兀自嘴硬，「我只是一時頭昏，讓你得逞罷了，你怎知道我連穿衣裳的力氣也沒有？」

劉賀笑道：「每個女人見了我，都會心跳加速；每個女人給我碰了，都會渾身發軟，四肢無力。」

莫鳶怒道：「遇到你真是倒霉。」

劉賀笑道：「是妳自投羅網，還掉了衣裳，妳說是不是冥冥中自有天意，要妳來當我劉賀的女人？」

莫鳶呸了一聲，「你到底還要摟我多久。」

劉賀早已慾火焚身，哪肯放開她？邊摟邊摸道：「美人在前，我怎可暴殄天物。」

莫鳶只覺劉賀下身似有一團火，但她不諳風月，說不出那代表著什麼，只隱約知道那不是什麼「好東西」。然而被他上上下下的撫摸，一股酥麻感涔入四肢百骸，一時奇妙、甜蜜、暢快、興奮直逼心頭，竟渾然忘了羞惱。

劉賀笑睨道：「怎麼？妳是不是對我有感覺了？飲食男女，人之大欲存……」一語未畢，摸到她背脊的凹凸不平，覺得奇怪，一眼瞧去，登時臉色大變，怒道：「誰做的？」

莫鳶知道他摸到自己背上的鞭痕，身子明顯抖了一下，咬牙不語。

「是不是妳的親人？」

莫鳶不答。劉賀輕輕撫著她背脊的傷痕，惋嘆道：「這鞭痕看似很多年了，若是能及時護理，也不致於留下痕跡。」

莫鳶一哂：「我不在乎。」

劉賀道：「妳曾經央求此人不要再打妳了是嗎？」語畢，立即感到莫鳶身子微微一震。

莫鳶聽了，心頭猛地一酸，感到自己內心最後一絲防線徹底鬆懈，眼淚不由自主地湧了上來，童年往事一幕幕流過眼前。

父親毒打母親，她跪求父親停手，父親不聽，於是，她撲到母親身上。無情的鞭雨，並沒有因為她的勇敢而停止，反而打得更狠，直將這對母女往死裡打。

她童年的傷害，讓她披上重重鎧甲，對陌生人都會不由自主地提防。

她本以為自己能足夠堅強，足夠警惕，足夠獨立，沒想到這一層層武裝，在劉賀軟語溫存下，竟是不由自主地化為一場無痕春雨。

她閉上眼，竭力忍著抽咽之聲。

一陣風過，桃花簌簌，落紅如急雨。劉賀語氣放得更柔了，「別哭了，以後我來保護妳，不會再有人傷害妳。」

莫鳶抽泣良久，最不堪的那段往事被挖開後，劉賀的胸懷隱隱變成了一株喬木，而她是依附而生的絲蘿。她已忘了自己的驕傲矜持，忘了被陌生男子摟著的羞憤，也忘了眼前這人種種可惡的行徑。她只想哭個痛快，哭完了，一切都會好起來的。

過了良久，劉賀感到懷中佳人心緒漸穩，道：「好些了嗎？」

莫鳶微微頷首。劉賀鬆開她，幫她穿起衣裳，莫鳶不再抗拒，也不言語。

「夜涼露重，妳要住哪？」

「不知道。」

「不如妳今晚在我的行宮過夜吧！否則妳一個女子孤身在外，也挺危險……」劉賀說著突然一怔，接著一笑，「我倒忘了，妳這女人開口閉口就是殺，又劍不離身，誰敢不要命地去招惹妳？妳好好睡一覺，明兒看妳要去哪，告訴我一聲，我給妳一筆錢，以爲杯水車薪之助。」

莫鳶橫了他一眼，眼神有一絲異樣的情愫，似乎在醞釀什麼，又像在鼓起勇氣要做什麼。

劉賀立刻又恢復那副無賴的嘴臉，「難道妳捨不得離開我？那妳多住幾天，我便能多看妳幾眼，我的行宮挺不錯的，可以住到妳想走爲止。」

莫鳶脫口道：「我不想走了。」此言一出，不只她自己詫異，連劉賀也一臉驚愕。

劉賀一怔，仔細瞧她，見她臉上小暈紅潮，漾著一絲盈盈嬌羞，好似月光下一株臨風初綻的幽曇。他是花叢老手，登時明瞭，道：「妳不後悔嗎？」

莫鳶方才失口，本就一半遲疑，一半確信，但說出去的話豈能收回？這時又聽這句，簡直心亂如麻，斂目不語。

「女人是用來疼惜的，我從不勉強。」劉賀嗓音如篝火密林的訴說。

莫鳶聞言，好似春雷輾過全身，又是劇烈一震，凝眸望向他去，他的臉在月光下帶著一股銷魂蝕骨的魔力，身後一樹花開，幾如妖孽。

終於，她喉頭發出一絲極輕的喘息，「不勉強。」

簡單的一句話，註定她的終身，從此便託付給這個人。

這一語落下，無論人世幾多滄桑，山海幾經翻覆，哪怕朱顏變作白髮，韶華化作遲暮，劉賀都是她的春閨夢裡人。

劉賀聞言，伸手摟住她，手指一勾，俐落地褪去她的衣裳。

多少痴男怨女，就是在氾濫成潮的慾望中，成爲迷失的源頭。

夜色如墨，星空如洗，月光靜靜湧動在溫泉池上，清風拂過，漾起瀲灩波光，宛似點點流螢，空氣中一片溫柔迷醉，好似回到初春時節，剛下過一場綿綿膏雨。

也不知過了多久，莫鳶軟綿綿地偎在劉賀懷中，一股前所未有的安寧恬淡源源不絕地湧上心頭，好似只要這樣靠著，就覺得心滿意足。

劉賀輕撫著她的背脊，「冷嗎？」

莫鳶搖了搖頭，耳朵貼著他的胸膛，聆聽他沉穩的心跳。

劉賀道：「妳流了好多汗，這樣會著涼的。」說著拿起衣衫罩住她的身軀。

二人一時無言，靜得彼此的呼吸聲清晰可聞。

劉賀靜默半晌，忽道：「答撻妳的人，是妳父親嗎？」

莫鳶身子一震，抬起頭，向他投以一記驚恐又幽怨的眼神。

劉賀原只是隨便一猜，不料竟會猜中。他將她摟得更緊，「要是我早點認識妳，就不會讓妳受這麼多苦難。」

「要不是他，我也不會發奮圖強，潛心向武。」

「妳學武，是爲了不被欺負？」

「身爲女人，無論是體型還是力氣，都遜於男人，造物主對我們女人本來就很不公平了，既然女人天生處於弱勢，若總是一味挨打不還手，豈不是更悲哀嗎？唯有自己變強，才不會招人欺侮；唯有練好功夫，才不會讓別人來主宰妳的存亡。」

這是今夜對話以來，她第一次向自己敞開心扉，侃侃而談。劉賀聽到最後，輕撫著她的手，只摸到她長期練劍生成的硬繭，像裹在她心上的鎧甲。

他身邊鶯鶯燕燕，都是一雙保養得宜、白璧無瑕的手，沒有一人的手像她如此粗糙。他憐心更甚，道：「以後，要是妳想練劍，我會爲妳彈琴助勢；妳練劍累了，就靠在我肩上；下雨了，我爲妳遮雨；起風了，我爲妳添衣；妳開心時，我默默陪著妳；妳煩躁時，我同妳一起大醉。」

哪個女人聽到這句話不會芳心怦動？更何況莫鳶是涉世未深的純情少女，面對的又是一個笑臥美人膝、醒掌生殺權的美少年。

她的心，瞬間淪陷。

空濛雲水間，她找到她欲共度的小舟，駛向幸福的彼岸。

「對了，我還沒問妳名字。」劉賀忽道。

「莫鳶。」

「以後就叫妳阿鳶。嗯，阿鳶，阿鳶……」劉賀一面婉聲呼喚，一面將莫鳶橫抱起來。

莫鳶嬌嗔，「你要幹嘛？」

劉賀邪氣一笑，「到溫泉裡風流去。」

莫鳶臉紅透了，「你還想再來一次？」

「在溫泉裡歡好，一定會比方才還要令妳滿意。」

莫鳶縮在他懷裡，不敢讓他看到自己的羞態。

撲通一聲，二人沐在池中。原本平靜的水面，霎時漾起一圈圈光暈，落花紛紛，月華如練，波光流轉，星辰共醉。

水乳交融，直至夜闌人靜。

從野地到溫泉，再從溫泉到行宮，劉賀燃情功力一流，直教莫鳶本已筋疲力盡，卻又禁不起再三誘惑，終致體力不勝，酣然入寐。

自此，莫鳶迷戀上男女纏綿的愉悅，明知對方是王室，妃嬪無數，卻如飛蛾撲火，一頭栽了下去。初識那晚的風流繾綣，劉賀不只是她的夫君，她的肩膀，更是她的光。

之後，劉賀帶她跑馬射獵，或是陪她練劍，桑間濮上，殢雲尤雨。

一日午後莫鳶趁劉賀小寢，掩門步出室外。

時已過夏，滿庭楓葉荻花，秋水映空，寒煙如織。

耳聽琵琶兩三聲，未成曲調先有情，轉軸撥弦後，一縷哀音悠然流轉。她此時情場得意，自是無法體察樂聲中的幽怨淒冷。

循著樂聲慢慢踱去，只見一個白衣少女低首斂眉，端坐花前，環抱琵琶，輕攏慢撚。

「皚如山上雪，皎若雲間月。聞君有兩意，故來相決絕。」

莫鳶不通音律，不知少女彈得正是〈白頭吟〉，只靜靜聽著，那少女也旁若無人地彈奏著，一個沉浸在扣人心弦的樂聲中，一個繫身在弦下的密密情絲裡。

原本熟睡的劉賀，聽到這一曲，驟地起身，便往門外衝去，只跨了兩步，卻又扭身回去趴在榻上，擁被罩頭，努力不去聆聽。奈何絲竹之聲還是悠悠穿過了這道屏障，聲聲幽咽，欲語還休，像錐子似的刺進他的心頭。

錦被裡的劉賀，用力掩住耳朵，心神煩躁已極。

曲終，少女起身，向莫鳶露出一抹世故的微笑，逕自去了。

此後，莫鳶問起那彈曲少女，才知她名叫梅影疏。

莫鳶神思游弋間，不覺已走到郡國官邸。

她駐足在闕下，呆呆地望著門口兩盞搖曳不定的風燈，府裡隱隱傳來絲竹流轉、淺笑嘻語之聲，是劉賀又在找侍女們尋歡作樂。她自懷娠後，便不能行房，因而劉賀夜夜笙歌，從來不是到她的紅綃暖帳內。她自是難受氣悶已極，這時竟遲疑著要不要邁進去。

時光流水逝，再過幾個月，等孩子生下，即便她仍對外面的天地有一絲不捨，這一步終究由不得她有片刻的遲疑了。

二十五・壽宴

劉病已自得知莫鳶有喜後，便命青兒把梅影疏叫來。

一日後，梅影疏戴著冪籬前來妙音坊，盈盈行禮，端坐於下首。她似知道劉病已約她的目的，開門見山地道：「侯爺，請恕小梅事先未告知。莫鳶有孕，是假的。」

劉病已瞠目結舌，「如何有假？」

梅影疏眸光瀲灩一轉，露出一絲冷意，「我入昌邑王宮後，姑姑便給了我不孕藥，以便來日若有人與我爭寵，此藥便能派上用場……」

劉病已猛地想到楚笙塞給他的密藥，欲使霍成君終生無孕，看來小梅持有的，和他祕密收在房裡的是一樣的，想到這裡，衝口道：「此藥用在莫師姊身上了？」

「我清楚劉賀寵她，不過是存了利用之心，何須浪費此藥。莫鳶有喜，是假象，是我親手設計的。」

「妳如何不告知我妳的計畫？」

梅影疏正色道：「侯爺與莫鳶相約，目的是對她曉以大義，盼她自行離開劉賀，免得誤入歧途。倘若小梅事前告知莫鳶懷娠是假，那您對她的苦口相勸，不免帶上幾分不切實了，縱然莫鳶心思沒有這般細膩，但凡事還是謹慎爲上，小梅自作主張，請侯爺見諒。」

劉病已點點頭，「妳既說莫師姊懷娠是假，卻是怎麼一回事？」

「我在莫鳶每日飲食中，摻入姑姑給我的另一方密藥。此藥會使女子月事停頓，呈現喜脈的假象。那莫鳶月事不來，自然請來醫者把脈。姑姑的藥，就連醫者也瞞過了，於是莫鳶有喜，傳遍整個王宮。懷孕頭三個月胎象不穩，爲了胎兒著想，自然不能和劉賀行房。劉賀好色如命，他不能找莫鳶，便找其他女人，如今劉賀已兩個月沒有在莫鳶房裡過夜了。等再過兩個月，我便慫恿劉賀：『莫鳶有喜已過三個月，醫者說胎象已穩，你何不今晚去陪陪她，否則教人寤寐思服，孤燈寒衾。』而那時我也在莫鳶房中的香爐裡，添加一味蘼蕪香，讓劉賀把持不住，行魚水之歡。她聞了這催情藥，加上歡愛後血脈賁張，引發了催情藥中的另一種藥效，不久後下體就會開始出血，呈現滑胎的現象。

「她『滑胎』後，內心必將大受打擊，身為母親，早已將身心一分為二，有了子嗣，對夫君的情愛便大打折扣。她深陷在喪子之痛中，不捨母子緣薄，多少會怨懟劉賀的把持不住，這便加深她二人間的心結了。而我也會若有意若無意地向她透露，慫恿劉賀去她房裡的人便是我。她本就與我不睦，得知這個消息後，必定更加深惡痛絕，要劉賀責罰於我。」

「我猜劉賀不會懲處妳。」

「不錯，因為沒有懲處我的理由。我只是請劉賀到她房裡，他們要幹什麼與我何干？事後香爐裡的蘼蕪香也早就趁她滑胎房裡亂成一團時被我收拾乾淨了。我緊咬著這點，劉賀安敢動我？她因此事對劉賀產生心結，初為疥癬，終為瘡癰，那麼，劉賀要她做什麼，她還會甘心俯首就範嗎？」

劉病已聽完後，內心五味雜陳，雖知道妃嬪之間算計無窮，衣香鬢影殺機如縷，後宮本就是一個沒有硝煙的戰場，只要有人沒底線，總有扎堆兒讓人拿不到錯處的手段損人心志毀人無形，但實際如何兇險畢竟沒有親眼見識過。如今梅影疏一臉水波不興，內心卻是洪水猛獸。他彷彿瞧見莫鳶腹下出血，一臉驚惶，死死地抓住醫者的胳膊，用幾乎崩潰的聲音懇求他救救自己的孩子，隨著醫者無奈地搖頭，她頓時如開敗的花，雙眼如荒漠，甚至連眼淚也流不出來，一絲生氣也無，就好似在她的世界裡，什麼都已死。然而除了劉賀，所有人或是幸災樂禍，或是漠不關心，或是當真有那麼一兩個是真心同情，卻也平復不了一個母親失去「孩子」的傷痛。

女人認真鬥起來，從來都可以兵不血刃；女人恨起來，一顰一笑，都是殺人刀。

他深深地望著梅影疏，一聲嘆息飄出嘴角。眼前此女，是一朵帶刺的玫瑰，嬌豔動人，令人不忍移開目光，卻也狠毒、淩厲。倘若她不把自己變成帶刺的花，不把那一身銳刺張牙舞爪地展示出來，就只能任人去揉，去捻，去踐踏，去蹂躪，最後遍體鱗傷。

劉病已沉默著，窗外，風動疏竹，彷彿美人嘆息。

梅影疏也不急著等他回應，垂眉斂目，安靜得彷彿一道影子。

良久，劉病已道：「知道了，妳去吧。」

梅影疏早已感覺到氣氛中似乎暗湧著什麼，起身一禮，道：「陽武侯爲陛下獻計瓦解諸羌結盟，已是樹大招風，令某人聯想到元鳳三年春正月，上林苑有枯死的柳樹逢春萌芽，其葉被蟲子所食，形成一行字：『公孫病已立』，某人可把您惦記上了。」語畢款款去了。

「哥哥，你怎麼了？」青兒發現他身子微微哆嗦。

劉病已面上的冷靜這才卸了下來，露出一抹倦色，自嘲道：「我厭惡這樣的自己，爲了達到目的，任小梅一步步對師姊設下陷阱，想起師姊昨日因『初爲人母』所綻放的笑容，我縱然不願她爲王室妾，卻也由衷感到歡喜，此刻知道懷娠之喜是一場將醒的夢，想到她如飛蛾般慢慢地撲向火源，而我卻只能冷眼旁觀，什麼也不能說，不能做。我對於這樣的自己，只有心寒、齒冷罷了。」

青兒想了想，道：「哥哥心裡別有負擔，想想莫鳶濫殺人的手段，好歹她還好好地活著，可她的劍下亡魂卻向誰申冤呢？」

「情愛如同炭，一旦燃燒起來，要想辦法使它冷卻，否則最終屍骨無存的，一定是自己。」劉病已嘆道：「我現在只希望她能離劉賀越遠越好，因爲我有預感，劉賀會毀了她。」

皇帝壽宴只剩兩日，以往這類宴席，都會宴請近支宗親，能出席的，非王卽侯，身分只高不低。

劉病已已有出席資格，只是壽禮該如何送，卻是一門學問。

宮中向來不缺珍寶，況且他也不願隨波逐流，物質上的禮尚往來，又落於俗套。

離開妙音坊，回到侯府，劉病已就琢磨著壽禮。

忽聽敲門聲響，摯兒在門外道：「公子，貴客楚笙到訪，見是不見？」聲音有些遲疑，只因劉病已回府時，揚言誰也不能過來叨擾。

劉病已一驚，楚笙不會無事拜訪，來了必有要緊事，忙開門道：「妳請她到書房，哎不，我親自迎她。」

摯兒看他風一陣似的往大堂而去，自己也忙去張羅茶點。

劉病已挽著楚笙進書房，片刻後，摯兒率人進來擺開食案，隨即離開。

爐香乍爇，裊裊氤氳。

楚笙掃一眼案上，一壺梅漿，一碟松子百合酥、蜜汁蜂巢糕、荷花糖蒸栗粉糕，不禁笑道：「都是甜的，當我螞蟻嗎？」

劉病已微笑，「姑姑嚐嚐，我府裡的庖人做出來的糕點，向來是不膩口的。」

楚笙拿起一塊百合酥，淺嚐一口，「香酥適口，甜度適中，且雕成百合花的樣式，更是色香味俱全。」

「那麼姑姑多吃一點。」劉病已殷殷道：「自上回一別，病已覺得姑姑倒是清減不少。」

楚笙輕嘆一聲：「你也是，封侯後，臉頰反而比上回見還要消瘦許多，眉頭也在不知不覺中擰成一團。來，把手伸出來。」

劉病已知道她要替自己把脈，當即伸手。

楚笙眉一挑，「如何受的傷？」

「一時大意，著了霍禹小人的暗算，經東閭師兄的悉心醫治，已好多了。」

楚笙不由莞爾：「他啊，學醫比習武還勤，孜孜不倦，如魚得水，倒是令南山居民受惠頗多。」

一番慰問冷暖，楚笙終於直奔正題，「過兩日便是皇帝聖宴，你給自己放個假，好好養足精神，壽宴過後，只怕你連打個盹兒、喝杯水的閒暇都是奢侈。」

「何事？」

「前段時日令居縣鬧瘟疫。死了好多人，霍光還下令免去當年租賦，並撥款調派物資藥材前去賑災。」

「我知道這件事，不過不是前幾日就平定了嗎？」

楚笙一哂：「疫情看似平定，其實底下暗流洶湧。我推估再過兩日，疫情又會捲土重來。」

「這是爲何？」

楚笙見他絲毫沒有流露驚訝，沉穩如淵渟岳峙，像是聽著一件早已知道的事，不由暗暗嘉許，「賑災平疫的官吏雖一直盡忠職守，不敢怠忽，眼見疫情漸趨穩定，連日下來緊繃的精神頓時鬆懈，以致爲山九仞，功虧一簣。」說到這裡，覺得口渴，端起梅漿便飲，又繼續道：「他們把死於疫病的屍體集中於郊外焚燒，也許是太過疲累，想儘早歇息，沒在現場做最後把關，親眼看著屍體化爲煙灰。火一點燃，就回城了，不想就這麼剛巧，堆積如山的屍體中，偏偏有一人沒完全死透。他身陷火海，激發他求生的本能，本已奄奄一息，卻拚著全力爬了出來。似乎冥冥中註定浩劫再興，他苟延殘喘地爬到一條河邊，就在岸邊嚥下最後一口氣。」

劉病已冷靜地聽她說完，道：「想來有人目擊全程，卻何以坐視不理？難道他不知道一旦疫病復發，便又是一場生靈浩劫嗎？」

「興許是害怕吧。當時人人自危，只要有腿的，都想往外爬，誰還管他人死活，這就是人性。」

劉病已沉默，這世上有兩種東西不能直視，一是陽光，一是人性。

「瘟疫爆發時，我也在令居協助平疫，見疫情已得控制，便先離去，不想路上聽來這消息，頗感震驚。

那一帶居民仰賴那條河水維生，浣衣、炊食、燒水，旱澇保收，息息相關。這疫病甚是頑強，只要有一點縫隙，便成燎原之勢。我估計兩日後疫病又會再度復發，按八百里加急速度，也就是聖宴前夕，該知道的人都知道了。」

劉病已微一琢磨，「姑姑是不是要我主動請纓，前去防疫？」

楚笙微笑，「和你說話真省力。令居縣戎狄漢人雜居，而最近羌人集結匈奴人，頻頻對漢人加以挑釁，胡族與漢人之間本就不睦。經此疫病死灰復燃，皇帝必定對當地官吏信心全喪，要從朝中指派一員親上火線。但令居縣民風剽悍，龍蛇混雜，離長安又遠，如今疫病復發，世人都是趨吉避害之徒，不敢身先士卒。倘若你能在這臨危時刻，毛遂自薦，便能為你將來的合法繼承鋪路。」

劉病已肅容道：「國家有難，我自當身先士卒，鋪路什麼的，何足道哉。」

「君子不稼不穡，不狩不獵，卻能人前顯貴，就在於君子從不素餐。」楚笙頓了會兒，「壽宴在即，這禮還得深思，王公貴胄向來落於俗套，鳳毛麟角，隨珠和璧，越是珍稀，越是往上堆去，身為九五之尊，什麼瑰寶沒見過？又有什麼能入他眼？趁著令居疫病告急，你主動請纓，便是送給皇帝的大禮。」

「姑姑真是運籌帷幄。我能消災平疫，是為智；我能衝鋒陷陣，是為勇；我能對漢人戎狄秉德無私，是為仁；我能責己重周，是為義；我能對陛下承諾消弭疫災，是為信。」劉病已起身深深一揖，「如此智勇仁義信，姑姑真是勞心了。」

楚笙起身扶住他，「能為你勞心，我自問也無愧於衛家。我會隨你一道赴令居，定保你無恙。」

楚笙算得極準，瘟疫果然於壽宴前夕復發。當地百姓十分迷信，認為疫情去而復返，必是上蒼降罪，一時人心惶惶。霍光卻沒那麼神神叨叨，他認為必是地方官吏辦事不力，欲從朝中指派一員前去亡羊補牢。

皇帝尚未親政，此等大事，向來都是由霍光做主，之後再上奏皇帝。於是壽宴照常舉行，不過沒有歌姬獻舞，也無樂工奏樂，只是簡單飲宴。

劉弗陵端坐於上首，身邊坐著上官皇后，這是劉病已第一次見國母眞容。下首爲廣陵王劉胥、昌邑王劉賀等近支宗親，令劉病已訝異的是，霍成君竟也來了。

原來霍成君聽聞宴請名單上有他，便高興地說要出席，她是皇后的小姨，赴宴只是一句話的事，來時和上官皇后執手寒暄，眼角不時留意情郎身影。待見到劉病已被內侍引入坐席，便想伺機挨近他身邊，偏皇后還拉著她閒話家常，沒完沒了，最後宴會開始，各自入席，連個秋波都送不到郎君眸中，甚感失落。

劉病已到時，與一干宗親行見禮，便目不斜視，昂然入座，身邊正是劉賀。

才坐了會兒，便感到身旁一道充滿敵意的目光，像水蛇般纏住自己，側目掃去，正好與劉賀眼波相撞。

劉賀來得遲，所以方才劉病已沒有和他見禮，這時見昌邑王就在自己身旁，忙向他敬酒，道：「姪兒見過王叔。」

劉賀舉杯一笑，「若非你封侯，我倒忘了我那可憐的伯父有你這出息的孫兒。」

這話甚是無禮，劉病已舉袖飲酒時，也掩住眼中的不悅。

此刻壽宴冷清，劉賀少不得拿劉病已解乏，「陽武侯第一次參加聖宴，可緊張否？」

劉病已謙恭道：「此種場合，王叔比我還見多識廣，若病已禮數不周，還請王叔見告。」

「都是一家人，何必這樣客氣。」劉賀指著案上佳餚，「宴上酒菜你覺得如何？」

「甚好。」

劉賀譏笑，「淸湯寡水，如何擔上一個好字，若陽武侯昔日曾參與過任何一場宮廷盛宴，就不會一開口就招人笑話了。」

劉病已淡淡道：「我雖出身皇族，卻一直在民間長大，即使我身膺榮華，骨子裡卻是萬民蒼生。對我和天下百姓來說，此等宴席，的確空前的好。況且令居瘟疫捲土重來，急需經費、物資、人力前去救災，若宮中鐘鳴鼎食，酒池肉林，以致靡靡之音傳到百姓耳裡，豈不落人詬病。」

劉賀一怔，半晌，方道：「區區庶民，豈敢非議天子，瞧是他的舌頭利，還是腦袋上的斧鉞強。」

「斧鉞足以殺一儆百，卻難杜眾生悠悠之口。」

劉賀斜他一眼，「我們皇曾孫在民間長大，思維自是與眾不同，又是眾生又是百姓，看來眼界還停留在封侯前，生活只有一尺布一斗粟，真是話不投機。」

「記得去年昌邑國旱災，農田荒蕪，顆粒無收，但王叔的生日宴，卻辦得風風光光，席間觥籌交錯，百戲喧囂，歌舞不絕。不知您是否還記得，當初昌邑百姓是如何議論您的？」

他見劉賀臉色鐵青，又道：「此事眾口悠悠，連病已都知道，想來瘟疫在陛下壽宴前鬧得兇，有了王叔的前車之鑑，徐少府必不會粗心到讓陛下像王叔那樣，成了千夫所指，擔上一世罵名。」

劉賀一口氣噎在胸口，半晌，悻悻道：「口舌之利，我比不上陽武侯，甘拜下風。」

劉病已拱手，「豈敢，病已無狀，若有得罪，還請王叔見諒。」

他面前坐著廣陵王，此人年約不惑，一如傳聞所言，可單臂扛鼎，徒手搏熊，頗有力拔山河的氣勢，坐在案前，跟一座塔似的。

漢武帝留下的皇子中，還在世的，便只剩下劉弗陵和劉胥。

劉胥素來瞧不起一臉脂粉味兒的劉賀，聽得劉病已譏諷，不禁幸災樂禍，扭頭和劉病已搭話，「陽武侯準備什麼賀禮？」

「沒有。」

劉胥一怔，還道自己聽錯，重複一次，「沒有？」

「是。」

劉胥驚詫道：「你頭一回參加陛下壽宴，卻空手而來？」

「是。」

「你未免太不懂事，難道你底下的人都沒提醒過你？」

「自然是有的。」

劉胥更加不明白，「那爲何卻兩手空空？」

「錦上添花，哪及得上雪中送炭。」

「普天之下，莫非王土。陛下怎麼會需要你來雪中送炭？」

劉賀插嘴道：「廣陵王何必急於一時，一會兒不就知道了。」

劉胥連幼弟劉弗陵都不放在眼裡，何況是個毫無根基的劉病已，聽了冷笑，「且看他玩什麼花樣。」

敬獻禮物開始，霎時各種珍品古物流水般呈了上去。

劉弗陵保持微笑，眼裡卻有一絲疲倦。這類家宴，以往都是聯繫感情的，不知從何時開始，長公主、劉旦這些孝武皇帝的子嗣都離世了，而他，身體也漸漸變得孱弱多病，容易疲倦，這不，才坐了會兒，便覺得精神不濟。

劉胥的禮物是熊皮虎皮，皮毛完整，色澤亮麗，觀其形，比人還要巨大。

劉弗陵一看就笑了，「一箭入眼，不損皮毛，皇兄射獵之術果眞精湛。」他不以廣陵王稱之而以「皇兄」，可見對這唯一的哥哥極爲寬容。

劉胥極爲得意，「非也，是臣徒手與熊虎搏擊，一拳打得牠們腦骨碎裂，吐血而死，再命人剝下皮毛，獻給陛下。」

劉弗陵訝異道：「皇兄眞勇士也，不過熊虎畢竟是猛獸，皇兄還是謹愼爲上。」

劉胥哈哈大笑，「陛下放心，那熊啊虎啊一見臣，都跟蔫苗兒似的，屁都不敢放一個。不如明日陛下與臣一同去上林苑，臣親自博虎鬥熊給你瞧瞧。」

上官皇后聽他說得粗俗，秀眉一蹙，又擔心皇帝不愛惜身子，眞和這蠻夫去上林苑吸冷風，忙道：「廣陵王盛情，原不該推卻，只是陛下明日開始要去宗廟爲令居百姓祈福，只能先辜負廣陵王好意，改日，再請廣陵王一展風采。」

劉胥聞言，只得道：「是臣思慮不周，駕前失態，請陛下、皇后見諒。」悻悻入座。

劉賀看了眼劉胥的大腦門，低聲冷笑，「力氣大就是勇士？牛馬也力氣大，卻只配拉車耕地，只配宰來吃。陛下誇他一句，他還眞把自己當一回事了。」

劉賀的獻禮是裥裥異珠，以金匣盛之，流光溢彩，劉弗陵含笑收下。

輪到劉病已時，劉胥、劉賀饒有興致地盯著他。

當劉病已說自己沒有備禮時，殿內瞬間鴉雀無聲，有人詫異，有人鄙夷，有人則抱著看好戲的心態。反倒是上首的劉弗陵，神色不動地看著他。

劉病已在衆目睽睽下鄭重地行禮，朗聲道：「爲人臣者，君憂臣勞，君辱臣死。臣聽聞令居縣瘟疫復發，自願前去平疫，以保我漢朝百姓無虞，地方安寧，望陛下恩准。」

語畢，只聽噹啷一聲，霍成君手上的綠玉盞墜地，發出清脆的聲響，酒液濕了裙裾。采薇拿起絹帕，蹲下來要幫她擦拭，卻被她煩躁地推開。

劉弗陵不置可否，只道：「疫區如沙場，哪怕你防得滴水不漏，還是有可能染上風險，你是衛太子唯一血脈，當爲自己考量。」

「臣已深思熟慮，未能平定疫情，便一日不返回長安。」

「此次疫病去而復返，形勢更加兇險，從昨日復發至今，短短一日，染疫人數逾百，不能僅憑一腔熱血，便貿然赴險。」

「陛下掛心，臣銘感五內。臣此趟赴令居，有藥王島島主相隨，自問安全無虞，陛下只管在長安靜候佳音。」

劉弗陵對藥王島略有耳聞，聞言，略寬心，「你自動請纓，可謂忠心，高人隨行，是百姓有幸，朕若不允，枉爲國君。」

「謝陛下。」

劉弗陵立即吩咐：「安上，把這消息送去承明殿。」

霍光、張安世等諸臣正在承明殿商議平疫人選，金安上答應後，大踏步去了。

二十六·主使

殿內諸人帶著一絲異樣的目光，上上下下地打量著劉病已，本以爲劉病已首次參與皇宴，會像其他人一樣敬獻禮物，說幾句好聽話，沒想到他不但不備禮，反而以這種方式，一下子便得到皇帝矚目。

自令居瘟疫首次爆發，劉弗陵便憂心忡忡，直到平定後，才緩了一口氣，不料這口氣只緩到一半，瘟疫又捲土重來，朝發夕斃，短短一日或死或病。他向來視民如傷，以天下爲己任，只恨不得插翅飛往令居，親自救病扶危，可現實的難處是，身爲九五之尊的他不可能親自赴險，他的身體狀況也不容他有何閃失。

他和霍光一樣，對令居官吏已失信心，知道霍光欲擇人前往令居救疫，他心裡瞬間想到劉病已，這個可堪重任的少年，不只能夠指揮坐鎮，還懷有一顆仁心，去體惜百姓；能夠紆尊降貴，去照護患者；能不怕疫病兇險，赴湯蹈火；能忍受環境汙穢、事必躬親；能吃得了辛苦，放得下身段……

疫情當前，劉弗陵腦海早已將朝廷諸人細細瀏覽一遍，卻無一人比在民間長大的劉病已還要合適，他不能親赴疫區，那麼，擇一合適之人替代他，不也是一種躬行實踐的方式？

可疫情來勢洶洶，他又擔心劉病已人身安危，一時委決不下，沒想到，劉病已主動請纓，倒是給他焦灼的心澆上一場及時雨。

劉病已明知疫情兇險，仍義無反顧地向自己請奏，彷佛去的不是九死一生之地，面對的不是洶洶大疫。然而劉弗陵對他，也隱隱有股預感，他能將疫病徹底刨除。

此刻，劉弗陵終於放下心中大石，只覺得如釋重負，便想大口飲酒，伸手去取案上鎏金酒爵，不知怎地，那一瞬眼前的酒爵一分爲二，他取了個空，險些將酒爵打翻。

金賞見狀，忙將酒爵端給他。這一幕落在上官皇后眼裡，她眼中登時漾起一泓水霧，伸手過去，輕輕握著他。

「陛下。」上官皇后一聲喚，憂忡如水漫開。

「無妨，只是有些眩暈。」劉弗陵看著稚嫩如蓓蕾初綻的她，一時有些愧歉，本來他是她的天，現在卻要她來擔心自己。

金賞望向殿內，見此刻諸人的目光都落在劉病已身上，且劉弗陵坐在上首，從下面往上看，大約是看不到皇帝異狀的，不禁展眉。

劉病已入席後，錦席都還沒焐暖，便聽劉賀閒閒地道：「陽武侯主動請纓，報效朝廷，不知是言出肺腑，還是沽名釣譽？」

劉病已反問：「不知王叔覺得我是何者？」

劉賀撇嘴道：「趨利避害，人之本性，你怎麼看都是後者。」

「王叔不曾體民恤苦，以己度人，即使我直道而行，在您眼裡，也是惡意扭曲。」

劉賀嘿的一聲，舉起酒杯，「如此，我便祝你一帆風順，無恙而歸。」說著仰首飲盡。

劉病已回以一笑，「承王叔吉言，姪兒必不負王叔期許。」

二人言語來往，面容莞爾，若不聽對話內容，單看二人面色，倒似二人親密無間，正在說一些體己話。

劉病已應付完昌邑王，另一邊劉胥也道：「原來陽武侯的壽禮，就是一個『情』字，當眞古今往來，前所未見。」

「送禮一向都是投其所好，陛下好什麼，我沒那個人脈去探聽，萬一送不到陛下心坎裡，也只是束之高閣而已。況且瘟疫來勢洶洶，我身爲王室一員，也只是盡我所能罷了。」

「令居那兒數度有胡族尋釁生事，今年光是大疫就來了兩回，可見蠻夷不驅，上蒼不眷。我若親自上陣，便只管棄胡扶漢，好教那些被髮左衽的野人得知，如今天下是誰做主。」

劉病已越聽越不悅，「大疫當前，唯有一視同仁，懷狹偏見，婦人格局。」

劉胥不以爲然，「你這是搬石頭砸腳，戎狄自古是虎狼之輩，你幫了他們，來日就會反咬你一口，就像我養的虎熊，都是不知感恩的畜生。」

「廣陵王認爲胡族是虎狼之輩，胡族又何嘗不認爲我們漢人是虎狼之心？」

劉胥只覺得他不可理喻，當下連駁斥都懶了，拂袖冷笑，抓起鼎內的炙肉大口咀嚼。

劉病已見他終於不再嘮叨，也是鬆了一口氣。昌邑王與廣陵王，觀其眸而知其人，前者只知享樂，不恤民苦；後者雖還未見到他好勇鬥狠的一面，卻也覺得此人面對生死大患，卻以個人好惡爲先，未免器量狹短，不堪重任。

霍成君貝齒咬著唇瓣，幾欲咬出鮮血。她坐立難安，只恨不得宴席趕快結束，好飛奔到劉病已身旁，問他爲什麼要親赴疫區水火之地？但事到如今，劉病已請纓，皇帝准奏，已成覆水。她一介女流，又豈能干政？

接著，是百官預先備好的禮物，由宮女魚貫呈上。

丞相田千秋的禮物覆蓋紅幔，當紅幔一掀開，劉弗陵與上官皇后的神色都是一僵。

紅幔下，是一只藍田玉瓶，瓶身刻著小兒繞膝圖。

雖然田千秋已不再提廣納妃嬪、綿延龍嗣之事，但從這瓶子上，完全可以感受到來自他的壓力。

上官皇后勉強一笑，「這玉瓶頗具匠心，不知插什麼花合適。」

劉弗陵靜默不語，眸心閃過一絲無奈。

劉胥揶揄道：「多子多福，田丞相眞是別有用心。陛下，當務之急，您要趕緊多生幾個皇子，這就跟春天到了，牛羊就要多下崽子一樣。」

他比喻得不倫不類，頓時引起堂上一陣哄笑，倒也化解了那微妙的尷尬氣氛。

劉賀也笑，「廣陵王說得直白了些，其實意思就是生生不息，一代一代生下去，方能成就漢家萬年基業。」

劉弗陵淡然一笑，「生皇子的事，你們比朕還著急，朕和皇后都還年輕，遲早會有孩子的。」

這話說得劉病已心一緊，他瞅了眼站了一排捧著禮物欲奉上的衆宮女，心想今日之勢，絕不會由田千秋獨占鰲頭，玉瓶只是拋磚引玉罷了，後面的禮物樁樁件件都是給帝后添堵來著。

接下來正如他所料，一干與田千秋交好的官吏的獻禮流水般呈上，有的是繡著子孫滿堂的織物，有的是繪著小兒繞膝的畫作，有的是麟趾形狀的雕刻，還有一些漆器、珍玩、屏風、玉簞，都與子嗣有關。上官皇后笑顏如覆蓋著一層薄霜，劉弗陵面無表情。

他初時只作不見，但禮物一件件送上，不禁心生厭惡。

忽然間，他只覺心劇烈抽搐幾下，咬著牙，竭力忍耐，全身微微顫抖，緊緊攥著几案。

金建察覺到他的異狀，忙問：「陛下還撐著住嗎？」

劉弗陵胸口彷彿被一顆巨石壓住，深呼吸幾下，勉強道：「等禮物都呈上來吧，免得突然離席，叫人覺出異狀。」

忽覺上官皇后握著他的小手微微哆嗦，側目望去，她纖長的眼睫顫顫地垂下一滴淚。

自上官家謀反族誅後，她再也沒有這樣哭過，此刻她的淚像是落在他的心尖兒上，有一瞬的灼痛。

百官禮畢，金賞瞅了眼皇帝蒼白的面色，小聲道：「餘下還有平民獻禮，臣看就不必一一呈上來了吧，陛下還是趕緊……」趕緊回榻上躺著吧。

「無妨。」劉弗陵嘴角微動，算是一笑，「諸卿都還瞧著呢，此宴無歌舞，無奏樂，唯一可瞧的，也就只有各方獻禮，何必我一人向隅，弄得滿座不歡。」

金賞無奈，示意讓宮女呈上禮物。庶民獻禮大多別出心裁，有西域商賈獻出吉光裘和夜光杯，吉光是傳說中的一種神馬，成語「吉光片羽」即謂此馬，入水不濕，遇火不焦。而夜光杯是由祁連山玉石雕製而成，倒入酒後，色呈月白，反光發亮；有民間巧匠獻常滿燈，燈上刻有七龍五鳳，雜以芙蓉、蓮藕的紋飾；有交趾人獻長鳴雞，此雞卯時報曉，平時可用來搏鬥；也有百姓獻出自家的十年老桑的枝條，說是可給皇帝做馬鞭，最後的獻禮是茂陵一平民的一把木劍，上刻銘文：值千金，壽萬歲。

一時殿內諸人紛紛離席，挨到皇帝跟前去瞧賀禮，七嘴八舌，鬧鬧哄哄。劉弗陵微微蹙眉，氣悶已極。

趙王劉尊與其弟劉高正對著金籠裡的雞品頭論足。

「這長鳴雞真的能準時報曉？」

「明日報曉時，命人停住漏壺來驗證，不就知道了。」

劉胥將酒斟入夜光杯裡，見杯身呈月牙色，流光瀲灩，不禁嘖嘖稱奇，扭頭對金賞道：「商賈何人？回頭我命人去跟他買幾個來把玩。」

「不知是什麼神木製成的劍竟值千金？有意思。」劉賀笑著拿起木劍，「請陛下命樂工奏樂，臣即刻來一段劍舞為陛下助興。」

劉弗陵嘴唇一動，正想說話，上官皇后立即微笑制止：「地方疫情嚴重，所以今日宴席是不許奏樂的，昌邑王美意，陛下和我心領了。」

劉賀甚是掃興，深深一躬，「是臣考慮不周，請陛下恕罪。」

劉弗陵勉強一笑，「今日家宴，難得大家齊聚一堂，盡興即可。」拿起那柄木劍，忽覺劍上刻字如蝌蚪，竟是會游動一般。他早已撐到極致，面上微笑不變，虛弱地喊了聲：「金賞。」

金賞早等著這一聲，一邊向金建使眼色，一邊高聲道：「陛下更衣。」攙起劉弗陵，幾乎是拖著他向殿後疾走而去，幽深的通道內早有肩輿等候。

劉弗陵一離席，強撐的一口氣立即鬆懈，身子一軟，歪倒在金賞身上。

此時金建在殿內繼續主持宴席，金安上從承明殿回來，見了這光景，忙和金賞一起將劉弗陵抱到肩輿上。

「哎，早勸陛下臥床，陛下偏要提著精神在那兒枯坐應付，又喝酒，現在好了吧。」金安上急道。

金賞瞪了他一眼，「這時候還說這話，不如絞了舌頭。」

「我也是著急嘛。」

說話間，抬輿的六個小黃門穩穩地將劉弗陵抬了起來，二人舉步跟上，沒察覺劉病已靜靜地站在一片陰影中。

那廂霍光得知田千秋帶頭獻的禮，不禁氣噎，原以爲這老傢伙已消停了，沒想到竟還來這一手，可不是大大地拂他面子？

承明殿內議事諸臣陸續散去，只餘心腹張安世。

「子儒。」霍光喊著他的字，一半的面容籠在搖曳的燭光中。

「大將軍有何吩咐？」

「丞相不識時務，你讓侍御史去重新調查侯史吳的案子，算是給丞相一個警告。」

那侯史吳曾是三百石官吏，當年燕蓋之亂，作爲黨羽的桑弘羊全家獲罪，但侯史吳卻包庇桑弘羊之子，是爲重罪，須大赦令才能獲得赦免，而去年天下詔行赦令，廷尉王平和少府徐仁卻開釋其罪。敏銳的人，便能從大赦令與赦令間，抓到那一絲把柄。這種事，要嘛輕輕揭過，要嘛像雪球下坡，越滾越大。

是以張安世一聽就明白了，「徐仁是丞相的女婿，若女婿被彈劾包庇重犯，那麼丞相也沒功夫插手帝后之事，大將軍放心，此事交給我去辦。」

霍光走到廊下，一陣風颳得他袍袖獵獵舞動，少頃，嘆道：「丞相風燭殘年，這大概是他人生中最後一次動盪了。」

劉病已知道皇帝這一「更衣」後，便不會再回來了，金建定會說陛下乏了，不能前來飲宴，要宗室貴人們自便。

皇帝離席，劉病已便逕自出宮去，一路上，腦海裡盡是劉弗陵強撐著精神的面容，他的病真的嚴重到無法應付一場宴席了嗎？

一念閃逝，便聽一個熟悉的聲音喚道：「病已。」

劉病已駐足望去，眸心揚起一抹驚詫，「兄長。」

楚堯站在馬車旁，臉凍得通紅。

劉病已奇道：「你如何會來？」

楚堯揚了揚手中藥罐子，「你藥忘了帶啦，傷要好得全，就得按時吃藥。」

劉病已驚詫道：「所以你便來這兒等我？你若實在擔心，將藥罐子交給馭夫即可，何必候在這兒？你等多久了？」

楚堯嘻嘻一笑，「一個時辰。」

劉病已目光灼灼，直將楚堯看得十分彆扭。

劉病已嘆道：「之前我們還住在北燠里時，有一回我去見霍成君，那時候你也是在門口等我回來。」

楚堯撓頭道：「有嗎？我倒是不記得了。」

劉病已靜默片刻，眸心微瀾，「彼時我心裡的感動，一輩子也忘不了。」

楚堯將藥罐子塞在他手裡，「少肉麻，趕緊吃藥。」

二人談笑間，忽聽身後有人朗聲道：「陽武侯，你要不要隨我到郡國官邸看二毛、三毛？」

劉病已聽這聲音，便知是劉胥。果然一陣車聲轔轔，劉胥的馬車輕馳而來，停在二人面前。

一陣酒氣撲面而來，劉病已眉心微蹙，問：「誰是二毛三毛？」

劉胥燕飲無度，以致中酒，面色酡紅，醉笑道：「無知小兒，連二毛、三毛都不知。」

劉胥的隨從連忙陪笑道：「陽武侯莫怪，二毛、三毛是大王日前從西市弄來的獒犬。」

「鬥犬嗎？」

劉胥覺得他明知故問，酒勁上湧，便要開罵。他的隨從怕他酒後失態，給告到宗正那兒，忙搶著道：「正是，三毛昨天打贏了四毛，按規矩，就要和二毛打架，誰贏了，就繼續鬥，誰輸了，不管當下有沒有嚥氣，都要讓牠死，一直打到所有獒犬都死了，剩下的那隻才能稱王。然後大王再跟獒犬王打架，這樣贏了才痛快。」

劉病已恍悟，獒犬向來巨大兇猛，若互相廝殺，一定是皮開見骨，血肉模糊，慘不忍睹。原來劉胥不僅喜歡看猛獸相鬥，還要自己上場。

劉胥笑得前俯後仰，「看你這大驚小怪的樣子，一定沒看過獒犬打架。你到底去不去？」

「廣陵王見諒，我身子不大爽快，正要回府歇息。」

劉胥看了他手中的藥罐子，猛地打了個酒嗝，悻悻道：「罷了，你跟皇帝一樣，身子骨單薄，一看就沒多少力氣，不像個男人。」說著將車帷放下。

劉病已目送劉胥的馬車漸行漸遠，對楚堯道：「他就是廣陵王。」

楚堯冷笑，「果然傳聞不是空穴來風，好勇鬥狠，力可搏熊。廣陵王如此無禮，你何以不生氣？」

「廣陵王一介匹夫，身為王室，卻好庶人劍，我跟這種人置氣做什麼？」

「這倒也是，我一見他，就想到舉鼎而死的秦武王。」

二人對視一笑，忽聽身後又一陣車聲轆轆，一輛馬車停下，劉賀掀開車帷，道：「陽武侯愚忠而不自知，眞是可嘆。」

劉病已一怔，拱手道：「還請昌邑王見告。」

劉賀笑著招手，「挨近點。」

劉病已走近一步。

劉賀神色一整，「你就不好奇，巫蠱之禍幕後的眞正主使是誰嗎？」

劉病已靜靜聽著。

劉賀直視著他，目光如炬，「江充只是一個佞臣，他能上位，靠的是阿諛奉迎，察言觀色。沒有先帝的默許，憑他一人眞的敢對地位穩固外戚勢大的太子下手？眞實原因是當時太子一系的勢力非常強大，衛青的兒子大多娶了公主，各種盤根錯節的關係，讓先帝十分忌憚，擔心外戚勢力撼動王權。江充查太子很有可能得到了先帝的授意，或許先帝本意只是想借巫蠱事打擊外戚勢力，卻沒想到太子會反抗，最後事態朝著他預料以外的方向發展了。衛氏一族覆滅，皇后自裁，這些都是先帝所不能承受的，於是他拿江充、蘇文族人替自己贖罪。由此可見，先帝自己要為巫蠱之禍負首要責任，這也是他下『罪己詔』的原因，但……」

他一派振振有詞，驀地語氣來個急轉，卻見劉病已神色不動，就像亙古不化的萬仞冰山，不免隱隱有氣，一絲冷笑，「想必陽武侯早就對巫蠱之禍的前因後果爛熟於胸了吧？但陽武侯有沒有發現整起事件幕後始終有個模糊的影子，就是鉤弋夫人。鉤弋夫人是內侍蘇文獻給先帝的，據說鉤弋夫人有個缺陷，一出生，手指便張不開。當蘇文把鉤弋夫人獻給先帝時，先帝僅輕輕一握，鉤弋夫人十幾年緊握的小手就張開了，且手中有一個精緻小巧的玉鉤，『鉤弋夫人』的稱號由此而來。手握玉鉤而降生，這很明顯就是蘇文與趙氏的騙局。且趙氏與江充、蘇文兩個巫蠱之禍的主謀是同鄉，趙氏的父親就是胡巫，江充後來從宮外招來的也都是胡巫，陽武侯難道沒想過這其中的關聯嗎？」

劉病已靜了會兒，道：「王叔恐怕喝多了，方才的話，姪兒就當沒聽見。」

劉賀冷笑，「你啊你，掩耳盜鈴要到幾時。」

「王叔眞的醉了，姪兒喚你車夫起駕吧。」

「不必。」劉賀放下帷幕，絕塵而去。

「昌邑王忽然跟你嘮這些做什麼？」楚蕘納悶。

「元鳳三年正月，泰山有巨石自行站立，上林苑有枯木蟲生，蟲食葉，現讖語：『公孫病已立』，令有野心的他，把我視爲眼中釘。」

楚蕘一驚，「蟲兒居然能把葉子咬成一行字？公孫病已立，『公孫』兩字，可以是姓氏，也可以是皇家的意思，這……」

劉病已淡淡地道：「以春秋災異說來解釋，石、柳屬陰，就以君民之關係來說，相對於民。泰山向來是王朝更替行儀式之場所，大石立，柳樹萌，這是平民成爲天子的徵兆。」

楚蕘又是一驚，連忙掩住他的嘴，「愼言，這兒是東門，就不怕隔牆有耳。」

「子不語怪力亂神，我自然不信這些。」劉病已道：「這是符節令眭弘的解釋，因『公孫病已立』一事，眭弘上書請求陛下仿堯禪讓帝位，自己退位做個方圓百里的封君，以此順應天命，被霍光以『妖言惑衆，大逆不道』的罪名誅殺。霍光這是殺雞儆猴，要天下人再不提此事，劉賀興許忘了，只是我近日鋒芒畢露，他才又想起那詭異的讖語。」

「所以他才要說那些話，離間你與陛下。」楚堯握著他的手，殷殷道：「病已，人遇拂亂之事，愈當動心忍性，你不可著了他的道兒。」

劉病已眼中寒光一閃，「可是他的推測也有幾分道理，這麼多年來我一直想著巫蠱之禍幕後眞正的推手，有先帝，亦有鉤弋夫人的影子……」

楚堯知道巫蠱之禍是他心中不可觸及的傷口，忙道：「無論是先帝還是鉤弋夫人，都已是過眼雲煙，山高水遠，人要向前看。」

劉病已仰望蒼茫天際，那晦暗的天色彷彿他此刻的心境，少頃，道：「兄長，你先回去吧，我去壩上吹簫。」

楚堯知道他心緒不佳時總會藉由吹簫或是練劍來一抒胸臆，便道：「我陪你。」

暮色籠罩的壩上，一縷簫聲悠悠盪漾，悲涼悽惻，如西風蕭瑟，夜雨零鈴。

劉病已凝身佇立，對著脈脈斜陽，將一腔心事全都融入簫聲中，風動衣袂，捲起一簇暮煙，爲那亙古冰山似的身影點綴幾許蒼涼。

驀地簫聲一變，高亢激越，如金戈鐵馬，漁陽鼙鼓，怒意勃發，殺機烈烈。

楚堯只聽得一顆心如臥刀山，自他識得劉病已以來，一直是沉靜內斂，極少動怒，從未有一刻如此戾氣大增，像要毀天滅地似的。

他凝視著一旁少年，一縷夕光落於他眸心，竟是如殘火飛逝於沉水裡，一點微漪都不起，只餘消沉冷寂。

一瞬間，他本能地感到劉病已快要崩潰了，臉色猶豫，來回踱步，好似在決定什麼，終於一咬牙，乘他專心吹簫之際，乘車往東闕而去。

簫聲如刀一般劃破雲天，暮色似又暗了一層，寒風料峭，冷意漫延。劉病已擱下簫，只覺全身脫力，望著如血殘陽，喃喃地道：「先帝，你知道嗎？我一直很恨你，可是我身上又流著你的血液，有時候，我眞恨不得流盡一身血，也不要生在這無情帝王家。先帝，你漠視佞臣小人打擊太子黨，衛氏何辜，我亦何辜。一個龐大的家族，就這樣風流雲散了。」

忽聽身後一個鶯啼般的嗓音道：「病已哥哥，若實在意難平，哭出來會好些的。」

劉病已心頭巨震，猛地轉過身，手中玉簫墜落在地，他卻渾然不見，一顆心劇烈跳動，沉沉地牽動著似水溫柔。

眼前少女一身嫩綠襦裙，彷彿春天的綠意都吹到了她身上，嘴角縈著一抹盈盈淺笑，正是許平君。

二十七・相逢

他一口氣霎時噎在胸口，連眨眼也不敢，就怕眨了，眼前之人就會化爲泡影，神思恍惚，望出去如眞似幻，向前邁了一步，卻驚恐地倒退數步，好似只要走上前，就會驚散了這宿淸夢。

她嗔怪道：「不記得我啦？」

他呆了片刻，好似捕捉到一絲眞實，慢慢走向前，卻不敢開口喚她。

她伸手撫著劉病已的臉頰，又甜甜地喊了一聲：「病已哥哥。」

劉病已感受到她手掌的溫度和紋路，一顆心簡直快要跳出嗓子眼，勉強定了定神，像是用盡餘力，才輕輕喊出一聲：「平君。」

她垂眉斂目，一抹幽怨欲藏還露，「我等你喚我一聲平君，等得我心都凋零了。」

他聽到這句，彷彿被破曉的晨曦點亮他眼中沉寂多時的心火，一瞬間恍惚盡散，顫顫伸手，擁她入懷，想要感受她的體溫、她的髮香、她的軟滑肌膚，她所有的眞實感。

這一擁，他們分離後那一段空白，盡數被依戀、愛憐、溫情給塡滿。劉病已激動不已，極用力摟著她，那樣的力道，好似要將她揉進骨血裡。

許平君靠著他的胸膛，聽到他急促的心跳聲，心中柔情忽動，輕輕地道：「哎，我的病已哥哥啊。」

劉病已聽得這一句，彷彿被什麼撞開了他心中的匣門，霎那間，積壓數月的思念，如暴虐的洪流潰堤，再也無法抑制，霍地俯下頭，貪婪地吸吮著她的唇瓣。

他壓抑數個月的情感，好似就要在這一刻，全數爆發出來，懷裡的女子正散發出一股誘人的青春氣息，不斷刺激他的感官，挑戰他的極限。他感到內心似有一頭飢渴的野獸，左衝右突，嘶吼咆嘯，瘋狂地想要悖離禮的束縛。

感受到他的狂亂，許平君身子不由得瑟縮一下，換作平時，劉病已必定克己復禮，然而此刻他理智早被淹沒，竟是按住她的背脊，不讓她有掙扎的餘地。

許平君一顆心怦怦狂跳，像是有一頭小鹿撞擊著胸口，霎那間嬌羞、驚喜、害怕一齊湧了上來，若劉病已情不自禁，難道接下來就要被他帶入床帷中，行那周公之禮了嗎？

她曾有過婚約，洞房後那些男女之事，母親曾大致對她提過。按照劉病已這「進度」，說不定一會兒就做夫妻了，頓時心中一團混亂，不，我還沒準備好。這個念頭閃過，隨即朝劉病已的唇瓣咬了下去。

劉病已吃痛，下唇已是兩排齒痕，那一瞬的痛覺讓他漸漸恢復神智。他睜大眼睛，一瞬也不瞬地瞅著她，想起方才太過動情，似弄疼了她，忙道：「對不起。」

不料許平君咬疼了他，心中愧疚，也是急吼吼地道：「對不起。」

二人見對方都說同樣的話，不禁一怔，隨即笑了出來。這一笑，倒是化解了氣氛的尷尬。

許平君從懷中掏出絲帕，替他拭去嘴唇的血漬。劉病已看著她的眼睛，握住她拿著絲帕的手，柔聲道：「不要走。」

許平君迎視著他宛如春江般一浪接著一浪襲來的目光，芳心蕩漾，「既然我來了，就不會走。」

劉病已此刻的心漸如止水，便覺得奇怪，問道：「妳如何知道我在這兒？」

許平君向他身後一指，「是楚大哥告訴我的。」

劉病已一怔，轉過身去，見楚堯和侯府馬車停得遠遠的，似不想打擾他們，苦笑道：「他果然知道誰才是我的良藥。」

她目光楚楚，低聲道：「你賽馬受傷，楚大哥跑來告訴我，叫我去陪陪你。我看著昏昏沉沉的你，當真是心痛如絞，恨不得代你受苦。」

他苦笑，「他們都瞞著我，說妳沒來，教我失望又難受。」

「你別怪他們，是我還沒準備好，我不知道該如何面對你，所以才要大家別說的。」她斂眸，絞著帨巾，低低地道：「你有了霍姑娘，我怎能在你身邊糾纏不清？」

他忙道：「我這樣說，妳大概會瞧我不起。我對霍姑娘，只是逢場作戲而已，我這段時日一直想找機會向她剖白，但每回總是陰錯陽差，以致拖到今日，還是沒將兩人關係整理好。我對霍姑娘有愧，更是對不住妳……」

忽聽嘿嘿一聲冷笑，劉病已聽這嗓音，心頭一凜，立卽邁前一步，將許平君護在身後。

只見霍成君從樹叢後走了出來，身上還是那套宮裝，就連妝容也是完整的，只是面如寒霜，目光凌厲駭人。

霍成君在宮裡苦尋劉病已不果，便往侯府而去，路上見楚堯匆匆拽著一名少女。她本不以爲意，但楚堯大聲嚷嚷著要那少女去安撫劉病已，心一凜，連忙命車夫緊跟過去。

她一直躲在樹後，目睹劉病已兩口子纏綿溫存，濃情私語，眞是氣得幾乎快要暈了過去，但轉念一想，尋常男人一妻多妾，不足爲奇，更何況身爲宗親的劉病已。

霍成君勉強還能鎭定心神，待聽得劉病已說到那一句「我對霍姑娘，只是逢場作戲而已」，當下便如五雷轟頂，全身巨震，腳下似裂開一道縫隙，整個人無止境地往下墜。

她只聽得這一句，劉病已下面講些什麼，都再也聽不見了。然而這一句話，不斷在她耳邊重複，每重複一次，心就像被利刃狠狠地劃了一下。她再也按捺不住，踉蹌從樹後走了出來。

「妳都聽見了。」劉病已看著她。

霍成君咬牙，「我總算聽見你的眞心話了。」

「既如此，妳我便在這兒一刀兩斷。」

「你好冷酷。」霍成君沒想到他竟會一點情面也不留，這句話從齒縫間蹦出，牽動著她內心最深沉的恨意，竟像浸滿毒水似的。

許平君縮在劉病已身後，聽了不寒而慄。

劉病已放軟了語氣，「霍姑娘，是我對不住妳。」

「我不要你道歉，我只想知道，你心裡究竟有沒有我？」

「沒有。」

霍成君尖叫一聲，素日的端莊全都蕩然無存，「我不信，我不信——」

劉病已靜靜看他。

霍成君紅了眼，「我不信這段時日你我相處下來，你會對我沒有一絲感情。」她從小處於順境，人人恭維，又自負美貌，所以認定世間男子多傾情於他。

「我心有所屬，豈能再容他人。」

霍成君怒火攻心，揚手搧了他一記耳光，「那你爲什麼要來招惹我？」

劉病已無言。霍成君來回踱步，像是暴怒中的野獸，突然指著許平君，厲聲道：「你對她，是眞心的嗎？」

「是。」

霍成君陰森森地瞅著許平君，似要將她的容貌刻入骨髓，半晌，露出猙獰的笑容，「原來是妳個賤人，毀了我的幸福。」

劉病已道：「是我自己作孽，與她無關。」

霍成君見劉病已一味護著她，氣得全身哆嗦，尖呼：「全長安的貴族子弟都知道我與你交好，你現在卻捨我而去，你要人人笑話我嗎！」

「妳便說妳看不上我，把我打發了。什麼說法都好，只要於妳聲名無損，我全都無所謂。」

「無所謂，無所謂……」霍成君喃喃地道，驀地心中一陣悲涼，眸中水霧氤氳，「我問你，你為了她，是不是連性命也無所謂了。」

「是。」他答得很乾脆。

霍成君聽著他堅定不移的語氣，只覺得一顆心像是被烈火焚燒，劇痛過後，只餘一把冰冷的灰燼。她忽然淒涼一笑，喃喃地道：「哥哥說你不是好人，叫我遠離你，看來他是對的，我早該聽哥哥的話，我早該聽的，是我太傻，我竟不知你對我的溫柔體貼，全是虛情假意。」說到最後，她伸手彈去眼淚，斂去一臉悲憤，瞬間目光森然，再無一絲情感。

她鄭重地道：「我再問你一次，你當眞要捨我而去？」

「是。」

霍成君看著許平君，直將許平君看得遍體生寒，毛髮都要豎了起來，少頃，道：「劉病已，今日你負了我，但盼你日後別後悔。」說著，再也不看二人一眼，上了馬車，入了城門，驀地陰惻惻地喊了聲：「采薇。」

采薇方才目睹霍成君暴怒發狂，只嚇得惴惴不安，生怕行差踏錯，會成為她的出氣筒，此時這一聲「采薇」，蘊滿一股濃濃的殺氣，像是從喉嚨間射出飛刀，更是頭皮發麻，恭謹地道：「姑娘有何吩咐？」

霍成君咬牙切齒，「去查淸那賤人的來歷。」

「諾。」

霍成君眼神怨毒，「把劉病已玩弄我的事，不著痕跡地透露給哥哥知道。」

采薇不解，但主子氣頭上，也只能小心翼翼地道：「您的意思是，讓公子來替您報仇雪恥嗎？奴婢不解，難道您不親自動手？」

「說妳蠢，當真蠢笨不堪。我雖然輸了一時，未必輸了一世，只要我想得到的，從來沒有拱手讓人的道理。」霍成君咬牙冷笑，「總有一天我會再度得到他，我若親自對那賤人下手，是鐵了心要與他撕破臉了，凡事要給自己留點餘地，畢竟現在劉病已對我有愧，我就還有一線希望，要是踏錯一步，那就滿盤皆輸了。」

采薇還是雲山霧罩，「所以？」

「我要借刀殺人。」霍成君嘴角抽搐，陰陰地道：「這把刀，只能讓哥哥替我握著，只有毀了那賤人，我與劉病已才有機會再續前緣。」

侯府。

劉病已和許平君攜手走在廡廊上，正你一言我一語地鬥著嘴。

「妳不能去。」

「我不管。」

「聽話。」

「不聽。」

「那我不理妳了。」

「不理就不理。」

「……」

許平君見他轉過身，一言不發，頓時急了，輕輕扯著他的衣袖，嚷道：「病已哥哥，你當眞不理我啦？」

劉病已不語。許平君像一隻蝴蝶般繞到他面前，凝視著他的眼睛，露出一抹討好的甜笑，軟語央求，「病已哥哥，我不想再跟你分開啦，你就讓我跟你一道去嘛！」

「妳母親不會讓妳跟著我……」

許平君急吼吼打斷，「從前我母親不待見你，現在你封侯啦，情況自然不同了，何況我的婚事早就吹了，她正愁著沒把我嫁出去，怎麼會不讓我跟著你？」

「瞧妳白眉赤眼的，我話還沒說完。」劉病已心中暗笑，看來這小妮子開竅了，看清楚她母親的勢利眼了。卻不知許夫人曾帶女兒去算命，得到紫氣迎門的富貴命格，此刻已認定女兒命定的貴人便是已封侯的劉病已，更是巴不得把女兒推進侯府大門去。

「我是說，她不會讓妳跟我去令居的。」他補一句。

她不依不饒，「你是陽武侯，你說的話，她會聽的。」

「不行。」他態度依然堅決。

許平君惱了，哼了一聲，跺足便走。

劉病已追了過去，從背後摟著她，「疫區兇險，朝不保夕，我如何敢帶妳同行？」

許平君鬆開他的胳膊，轉身凝視著他，認眞的眼神熠熠生光，「難道我們只能同富貴，不能共患難嗎？」

「妳的心意我明白。我此趟任重道遠，若帶著妳，便無法專心做事。妳留在長安等我回來，我回來後，就要娶妳做我的妻子。」

許平君聽到最後一句，既是驚喜，又是不敢置信，臉上泛起桃花，輕顰薄嗔一笑，「人家可沒答應要嫁給你。」

劉病已見她宜喜宜嗔的模樣，不禁柔情蕩漾，「妳若不嫁給我，那我便終生不娶。」

許平君笑睨道：「爲了我這小女子終生不娶，太可惜你這得天獨厚的條件了。」

劉病已正色道：「我心匪石，不可轉也。我心匪席，不可卷也。」

許平君心中甜絲絲的，好似打翻了蜜糖，縱然不情願，卻不想讓自己成為劉病已的後顧之憂，低聲道：「病已哥哥，你放心去吧！我會在長安等你回來的。」

二人嘰嘰呱呱說了會兒體己話，劉病已見她呵欠連連，眼泛紅絲，便催促她去睡。他讓許平君睡在自己寢居中，替她掖好錦被，看著她噙著一抹甜笑沉入夢中。

等她熟睡後，劉病已臉上的溫柔驟地消失，面色如烈日秋霜，走出房外，仰頭看著天際一勾冷月，陷入沉思。

獨立憑欄，一夜無眠。

天亮時，他下令加強侯府護衛，又找來楚堯，要他去找幾名遊俠，聘以重金，在他前去令居這段期間，只要許平君踏出侯府，便祕密地守護在她身後。

霍成君昨夜離去時的最後那一道眼神，讓他生起一股顫慄感。他本能地覺得霍成君必定會有所行動，他絕不能讓任何人傷害他的女人！

方囑咐完畢，霍光便遣人請他到承明殿，說是商議令居平疫之事。

許平君起床後，不見劉病已，問了侯府監奴才知他進宮去了，用罷朝食，覺得無聊，便想去找楚堯聊天解乏。

走到楚堯的居處，輕輕叩門，不聞其應，卻不知他得了劉病已的叮囑，出門找遊俠去了。她就像蜜蜂似的轉悠來去，忽聽一女子笑道：「看妳這樣轉，我頭都暈了。」

許平君扭頭一看，廊上站著三人，正是楚笙、青兒和一陌生男子。她眉眼頓時跳出一抹盈盈喜色，一蹦上前，親親熱熱道：「楚姑姑，青兒，別來無恙。」

楚笙尚未說話，一旁東閭琳笑道：「侯府何時來了這樣一個活潑的姑娘，教今日的天空都充滿了明亮的色彩。」

楚笙笑了，「她便是病已的心上人，姓許，名平君。」

「原來是許姑娘。」東閭琳恍然大悟，一笑拱手，又補了句：「病已的良藥，久聞其名。」

許平君霞染雙頰，也行了個見禮，「敢問足下是……」

「在下是病已的師兄，東閭琳。」

許平君又是一禮，「原來是東閭師兄，多謝您對病已哥哥悉心治傷，小女子不勝感激。」

楚笙插嘴道：「許姑娘手巧，不妨幫我等縫製藥囊，以助病已從令居無恙歸來。」

許平君這才看見楚笙身後的青兒手抱竹筐，藥香隱約，於是一笑，「樂意之至。」

藥囊從楚笙到侯府的隔一日就已經趕工了，那是將諸多藥王島上的祛病藥草曬乾後，縫製在布囊中，讓赴疫區之人隨身佩戴，以達到防身的效果。

許平君自忖不能與君同行，事前打下手也是一樁好事，於是便和一眾侯府婢女一起縫製藥囊，連晚飯都要楚笙等人輪流過來催她，才肯放下手邊活計。

說是商議令居平疫事務，其實霍光早有籌劃，不過是把劉病已叫去知會一聲而已。這次行動，霍光派諫大夫杜延年的二公子杜佗隨他前去，又派出宮中幾名太醫和三輔弛刑徒組成的一支隊伍，聽候他吩咐，次日卯時出發。

出了承明殿，內謁者立即將他請入溫室殿面君。

君臣禮畢，劉弗陵指著案上銅匣，道：「瞧瞧。」

劉病已立即上前開啟匣子，見是一柄青銅刀，形如新月，色澤如墨，精光耀眼，刀刃長約二尺，刀尖略微上翹，柄部呈長條形，略彎，拱背，柄首雕飾一環目捲角立式羊，羊昂首平視前方，形象逼真，形體健碩，特別是後腿和臀部十分有肌肉感，刻劃得飽滿有力。柄部一面平素無紋，另一面飾突起兩排平行連珠紋，拿在手上，沉甸甸地令人心生敬畏。

「好刀。」劉病已笑道。

劉弗陵略顯蒼白的面容有一絲莞爾之意，向殿內一個白玉墩一指，「試試。」

劉病已會意，當下舉刀猛然砍向白玉墩，未聞一絲聲息，白玉墩竟無聲無息斷成兩截。

他怔怔地看著白玉墩，少頃，將刀放回匣內，道：「何人奇才，造此天兵神器。」

劉弗陵淡淡一笑，「縱是削鐵如泥，鋒利無匹，對朕而言，不過是個物件罷了。令居大疫和西羌是朕心頭大患，令居有你為朕分憂，派往西羌的說客由後將軍之子趙卯前往。」

後將軍趙充國原為隴西上邽人，後移居金城令居，武帝時期曾隨貳師將軍李廣利遠征匈奴，被匈奴大軍重重包圍，漢軍斷糧數日，死傷無數，趙充國率一百多名死士衝鋒陷陣，李廣利率兵隨後，漢軍才得以突破重圍。在劉弗陵治國期間，武都郡氐人叛亂，遣趙充國前去平定，後擢升為中郎將，率兵駐守上谷郡，回朝後又被任命為水衡都尉，之後又去攻打匈奴，俘獲了西祁王，被提升為後將軍。

趙充國熟悉匈奴與氐羌的習性，對行軍打仗更是智勇雙全，是繼漢武帝時期的武將衛青、霍去病後，不可多得的軍事人才。

「想來趙卯將門之後，一定能為陛下帶來佳音。」劉病已道。

劉弗陵微笑，「所以，真正的神器，是如卿等之忠誠謀國的國士，而非你手裡那把刀。」

劉病已深深一躬，「人云，君以國士待我，我當以國士報之。臣當不辱使命，昭陛下之明。」

劉弗陵笑道：「好，你明日就要出發了，朕看你眼下烏青，微有倦容，回去好好歇息，養足精神。」

劉病已立即告退。

金建上前遞給劉弗陵一碗參湯，道：「陛下，飲完這碗參湯後，就該回榻上歇息了。」

「朕是該好好睡個囫圇覺了。」劉弗陵展眉一笑，「令居平疫由大將軍做主，而離間諸羌結盟，大將軍卻放手讓朕去做，這是朕及冠後著手的第一件事，不可謂不焦心，現在刀已鑄成，人亦選定，一切只待結果。」

劉病已回府時，許平君正支頤打盹，案上壘著小山似的藥囊。

堂上正趕著針線活兒的婢女見了他，要過來行禮，被他揮手制止了。他走到許平君身旁坐下，燭火搖曳間，她嘴唇微張，一絲唾液滲了出來，憨態可掬。

他眼裡有寵溺的微光，伸手，拂去她嘴角的唾液。

許平君立時驚醒，睜著惺忪的睡眼下意識地嚷道：「第一百個了，就快縫好了。哎我不過就瞇了會兒，怎麼就睡著了，你們都不曉得叫醒我。」

「實在累了就別撐著，去榻上臥一臥吧。」

許平君歪著頭看了他片刻，目光漸漸聚焦，「病已哥哥，你何時回來的？」

「回來好一會兒了。」劉病已摸著她的頭髮，「剩下的針線活兒就交給婢女吧，妳跟我回房。」

淡月朦朧，漫天星子似墜非墜，院子裡幾株新梅舒枝傲立，枝上一脈細雪，於是那梅香便帶著清冽的雪意從風中襲來，盈滿衣袖。

良宵淡月，疏影尚風流，堂上一些婢女聽著這話，面上微有曖昧之色，頷首無聲地笑了。

「病已趕緊把她帶走，這丫頭做起活兒來，簡直不要命了似的。」楚笙瞋目道：「針線活最傷眼，所有人做一個時辰就得停下休息，這都歇了兩撥了，偏她一股子蠻勁兒，真是犟牛。」

劉病已見她眸似紅雲，手指上一點一點全是針扎的痕跡，心中憐情似水漫延，挽著她起身，並親手為她披上披風，溫柔地拉上風帽讓她戴好，這才道：「走。」口吻不容抗拒。

出了室外，寒風帶著細細雪沫撲了過來，落在許平君衣裙上，瑟瑟地化作一顆顆晶瑩的水珠，如此走到劉病已房中，不覺已是素衣微涼。

「好冷。」許平君添了些木炭在燎爐中，將火撥得熊熊燃燒，一會兒後悶悶地嘆息，「這麼冷的天，你卻要去那更冷的令居。」

劉病已笑了，「我有貂裘，有炭火，怎麼會怕冷？」

許平君跺足，「我就是捨不得你嘛。」

「兩情久長，何必只爭朝夕。」

她點點頭，臉卻像個小苦瓜。

他輕笑，「之子于歸，言秣其馬，姑娘若願意嫁給在下，我馬上飼馬套車前去迎妳，讓妳做陽武侯夫人。」

她俏臉如花，容光煥然，「夫君安心去吧，我會到南郊為你祝禱的。」

他從架上取下一個匣子，啟開，將東閭殊所贈的其中一柄劍遞給許平君，「這對寶劍一曰君子，一曰淑女，是我師父送給我的，要我把其中一柄送給相知相惜的女子。如今我手上有一柄，妳手上有一柄，倘若妳在長安想念我，就拿劍起來看。」

許平君愛惜地撫著淑女劍，「病已哥哥送我的東西，我一定會好好珍惜的。」

二十八・平疫

次日卯時，劉病已率著一隊人馬從長安出發。

劉弗陵肅立城頭，目送著隊伍迤邐離開。

「北風料峭，陛下仔細著涼。」金賞拿著白狐緞面斗篷，披在劉弗陵肩上。

劉弗陵輕聲道：「金賞。」

「臣在。」

劉弗陵沉默片刻，像是疲倦極了，「倘若你能離開長安，你最想去的地方，是哪兒？」

金賞一怔，隨即察覺劉弗陵話中有一縷蕭瑟，立即道：「臣哪兒也不想去，陛下在哪兒，臣就在哪兒。」

劉弗陵遙望著隊伍徐徐前進，直到消逝在茫茫雪際裡，才由侍中們攙著回宮。

北風嘶鳴，隱隱傳來皇帝一聲低迴的嘆息：「四野無追，唯有守株以待。」

劉病已和杜佗並轡行在隊伍前頭，楚笙、青兒、太醫丞和十名太醫各自乘坐馬車，三十個馳刑徒和一隊衛士則負責運送大批賑災藥材和食糧。

杜佗此時尚無官職，不過是霍光幕僚杜延年把他推出來磨練一把罷了，劉病已本以為是個捱不得辛苦的飯袋公子，沒想到他竟能和劉病已一起嚼乾肉，飲冰水，冒雪遄行，毫無怨色，倒令劉病已大為改觀。

越往西北，風雪越大。這日終於抵達令居縣。

令居縣是金城郡所轄十縣之一。武帝在位時，在河西走廊設四郡，即酒泉郡、張掖郡、武威郡、敦煌郡。河西走廊本是月氏領土，後來被匈奴右賢王擊潰，成了匈奴領地，後又被驃騎將軍霍去病逐退，「斷匈奴右臂」，漢朝自此得到河西走廊。之後，漢朝遷移大量漢人前去闢田墾荒，阻絕了羌與匈奴的聯繫。

之後劉弗陵割天水郡、隴西郡、張掖郡各二縣置金城郡，設立金城郡的目的，主要是加強對羌人的控制。

將至令居縣時，劉病已派青兒先入城中縣府通傳。縣令接到通知後，連忙率人在城門口迎接。

劉病已見這縣令五十來歲，好幾天沒睡飽似的，眼圈深重，形容枯槁，想必疫情鬧得兇，令他沒有一刻懈怠，便道：「縣令免禮。」

縣令心想陽武侯一路上風塵僕僕，便道：「陽武侯一路辛苦，臣已備好了接風洗塵的小宴，請移駕至驛館。」

「大疫當前，不必拘泥這些俗禮，請縣令帶我和杜公子去街上巡視，並派人將其他人引至驛館稍作歇息。」

縣令頗爲驚訝，抬眸見皓月當空，玉繩低垂，還以爲劉病已會休息一晚再上工，沒想到一來便是要了解疫況，提醒道：「陽武侯何不先沐浴熱水，飽食暖胃，安睡一宿，等養足了精神，明日再來巡視也不遲。」

「縣令當是伺候貴人嗎？這就領路。」

縣令連忙答應，當下發送燻過雄黃的面巾，領著劉病已等人進城。

進城後，城門立即封鎖。

城裡城外，不過一牆之隔，卻是人間地獄之別。

沿路走來，家家戶戶門扉緊閉，街上行人甚少，有人行色匆匆，唯恐多待在外面一刻，就會染上疫病；有人痛失親屬，像一具行屍走肉，不知何去何從；有人舉止瘋狂，嘴裡咆嘯，像是籠獸般想要衝出城門。

空氣中充斥著一股難聞的味道，隱約還能聽到淒厲的哭號。

循著哭聲走去，見這裡搭著十來個帳篷，帳篷前都有衛士把守，裡面隔著不少患者。

有人苟延殘喘，看來是命在旦夕；有人則面無表情，靜靜等死；還有人被病痛折磨得狠了，不斷呻吟求救；更有人企圖想離開，卻被衛士攔下。

這裡比街上，更像人間煉獄，就連駐守的衛士、照顧病患的醫者，也是一臉麻木。

劉病已、杜佗、青兒雖早已聽聞疫病兇狠，卻仍被眼前的絕望氣息給深深攝住。

這裡是疫病最嚴重的區域，從街頭望了過去，但見十室九空，死亡枕藉，甚至有戶丁盡絕，卻遲遲等不到人來收斂。

劉病已蹙眉道：「人都死了，怎麼沒人前來收斂？遺體也是有傳染性的啊，里魁呢？」

縣令連忙命人去喚里魁，一會兒後，才得知里魁不久前也染病了，正趕著送去帳篷隔離，這戶人家也是剛死了的，所以才疏漏了，縣令便先讓從人過去收斂遺體。

再往前走去，兩條長長的人龍，正排隊等著領藥湯。楚笙走過去，從吏員手中奪過勺子，湊近鼻端一聞，喃喃自語道：「芍藥、柴胡、霍香、半夏……」

那吏員見她無禮，便要喝斥，猛見縣令一行人到來，便放下手邊差事，上前行禮。

縣令問：「發放情況如何？」

「回大人，領藥的人太多，配額不夠。」

縣令心裡一陣慌，偷眼向一旁劉病已一瞧，道：「那就把明日的份也拿來熬了。」

吏員躊躇道：「那明日怎麼辦？」

「就拿後日來補。」

那吏員也沒什麼主見，只能答應。

楚笙擱下勺子，走到劉病已身邊。劉病已見她微有凝色，道：「有何不妥？」

「時疾流行，不問老少良賤，平旦輒煮一釜，各飲一盞，則時氣不入。平居無事，空腹一服，則飲食快美，百疾不生，眞濟世衛家之寶也。然則上熱甚者，可加黃芩、地黃；血虛木燥，加首烏；腫痛，加貝母；膿成，加桔梗，如此藥到病除。」

劉病已轉頭對縣令道：「記住了嗎？」

「回侯爺，這幾味藥材，如今缺得慌啊。」

「自疫病橫行以來，朝廷都有派人送藥，如何竟缺得慌？甚至連藥湯配額都不足？」

縣令尚未回答，楚笙便冷冷地道：「想來是藥鋪囤積居奇，抬高藥價，大發瘟疫財。」

劉病已看縣令心虛的表情，便知屬實，「你身爲地方父母官，如何竟坐視不管？」

縣令訥訥道：「自大疫來，臣……臣日日殫精竭慮，躬身力行，以致無暇顧及不肖商人坐抬物價，臣立刻將小人繩之以法。」

劉病已神情冷峻，「殫精竭慮，躬身力行？你是縣令，你的責任是坐陣指揮，調度分配，懲治不肖，而非蠅營狗苟於沽名釣譽！若國家官吏皆如爾等，豈不亂象叢生？」

在這滴水成冰的寒夜裡，縣令竟出了一身冷汗，登時深深一躬，「臣糊塗，當聽從陽武侯差遣，挽狂瀾於既倒，等疫情過去，臣必會負荊請罪。」

劉病已不再瞧他，又往前行，一夥人鬧哄哄地圍堵在一間小院子前，他微一蹙眉，道：「疫情緊迫，如何亂糟糟地沒個秩序？摩肩接踵不怕互相傳染？甚至有人未帶面罩，這是什麼地方？」

縣令道：「這是方士李少君的院落，李少君聽聞大疫復發，便自告奮勇從長安來此，爲百姓治病。」

「不是已經封城了嗎？如何竟隨意放人進來？那方士如何治病？」

縣令被他的連連提問弄得十分不安，「以作法過的羊皮紙謂之符，燒成灰後兌水飲下，便能強體魄，除百病。」

「可有效？」

「有效者十中有七，餘者心不誠，天命難救。」

「你信嗎？」

「臣本以爲禍福皆在人爲，而無怪力亂神之說，然則治癒者越來越多，也不由信了十分。」

「收價呢？」

「一碗符水五百錢。」

「五百錢？」劉病已揶揄，「什麼神仙水竟這麼昂貴？這可是發國難財啊，且去瞧瞧那符水是何玄虛。」

於是一行人便向小院走去，進得院子，院中一株光禿禿的大樹下聚集候診者。正中一間屋子內，一個相貌猥瑣的精瘦老者正指天畫地，神神叨叨唸出一串咒語，少頃，含了口水向案上一張羊皮紙噴去。又過一會兒，上頭浮起一行古怪的文字，身邊弟子立即將「符紙」引火燒了，香灰兌入一缸水裡，候診者便蜂擁上前，拿碗接水。

一缸符水，便能救治二十來個病人？比軍營大將的君令還要出得快。

衆人你推我擠，期間有人被推倒在地，挨了幾腳，大聲哀號，李少翁三個弟子只得維持秩序。

劉病已面色越來越凝重，一旁杜佗低聲道：「這把戲我在長安見得多了，肯定是事前在羊皮紙上塗了不知名的藥液作爲文字，遇水則顯，也就無知百姓才會上當。」

楚笙動作極快，早弄到一碗符水，略聞，淺嚐，道：「這水裡本就下了猛藥，燒符入水只是虛張聲勢，猛藥能迅速壓制住染疫後的不適症狀，卻不能治本，幾日後又會發病，到時這招搖撞騙的神棍收割完一波快錢，也早已逃之夭夭了。」

杜佗問：「要立卽逮捕此人嗎？」

劉病已沉吟道：「眼下百姓對這方士大爲信服，若逮捕此人，只會激怒他們，無異於抱薪救火，且讓他逍遙一時，我自有應對之策。」

出了小院，沿街走去，是停放屍體的帳篷，劉病已聞到濃濃的屍臭味，只覺得反胃欲嘔。杜佗看出他的不適，便道：「陽武侯可得撐住。」

劉病已慘然一笑，「我不要緊。」

縣令苦口婆心地勸道：「要不還是先歇宿一晚，明日再來巡視。」

劉病已看著他，靜默半晌，忽道：「你若是乏了，我也不勉強，請回府歇息。」

縣令被他看穿了心思，老臉一紅，「臣不敢。」他委實累到骨子裡，只想倒頭好好睡一覺，即使天塌下來也是明日再說，此刻不過是強撐著一口氣，陪著劉病已在城裡晃悠。

往前走了數步，忽然從暗處竄出一人，全身抽搐，面色發黑，口裡荷荷作響，踉蹌走了數步，便撲倒在地，雙眼緊閉，命懸一線。

縣令驚道：「怎麼回……」底下一個「事」字尚未脫口，劉病已便飛奔上前，扶起那人。同時楚笙一手搭上他的脈搏，一手掏出布卷一抖，金針連發，便往那人百會、神通、人庭等穴位扎去。

二人一個扶病患，一個醫診，配合得天衣無縫。

縣令驚呼：「侯爺，疫病如虎，仔細您的貴體，這種事讓奴僕來做就好，要是您有個閃失，那臣萬死難辭其咎。」

劉病已充耳不聞。杜佗屏息凝神地看著楚笙施針，他也略通醫術，知道楚笙此時扎的都是死穴，不由得捏了一把冷汗，被縣令這麼一吵，登時心頭火起，道：「住嘴。」

縣令被他這麼一喝，登時蔫了。

劉病已見楚笙神情凝重，顯然這名患者情況不甚樂觀，便道：「姑姑，盡力就好。」

楚笙咬了咬牙，繼續施針。

過不多時，那人雙眼漸漸恢復神采，嘴唇蠕動幾下，似在道謝。

劉病已面色稍霽，「醒了醒了，來人，將他抬去安置。」語畢，縣令的從人便扶那人去隔離。

杜佗蹙眉道：「這樣一個病人隨意走動，豈不傳染他人。」

縣令訥訥稱是。

劉病已兜了一圈，沿途所見，哀鴻遍野，慘不忍睹。

回到驛館，劉病已等人立卽換了乾淨的衣物，原來身上那件便由驛吏送去蒸煮消毒，楚笙和青兒面有倦色，劉病已便讓二人先去歇息。

縣令好不容易捱到陪劉病已巡完，回到驛館，才剛坐下歇腿，喝口熱水，以爲可以緩口氣，沒想到劉病已過來丟下一句話：「你立卽把大疫期間的諸事紀錄拿給我看。」

縣令立卽命人搬來裝了竹簡的木箱，讓劉病已翻看，自己像個擺設一樣立在一旁，眼皮耷拉，像隨時會昏死過去。

劉病已頭也不抬，「你先去歇息。」

縣令早已累得眼冒金星，巴不得聽到這一句，朝劉病已行禮，就大步退出，才剛離開劉病已視線，緊繃的心弦立卽鬆懈，全身癱軟如泥，由兩名僕役半抱半拖地返回縣府。

朔風呼嘯著掠過大地，整座城靜得恍若死去。

燈前，劉病已看完令居疫情期間的全部手記。

杜佗一直陪著他，見他眉含憂色，便問：「有何不妥？」

劉病已揉揉酸澀的眼，指著竹簡一處，「你看出什麼來了？」

杜佗仔細讀了，微一沉吟，道：「人力分配不均，且沒安排人員做嚴格的區域控管，每日挨家挨戶的視察也沒落實，藥材管理不當，非常時期，縣府應收繳所有藥材，作爲官方用途，並拘拿哄抬物價的不肖藥商。」

「杜兄明察，還有一點。」

杜佗接著道：「疫情瀰漫，清潔是必須的，每日應有人負責打掃，否則疫病頑強，如野草瘋長，縣府只顧救人，卻沒意識到這一點，委實顧此失彼。」

劉病已嘆道：「整個防疫機制如此鬆散草率，眞是苦了百姓。」

「難怪疫病竟會去而復返，大風起於青萍之末，第一次大疫是天災，第二次卻可說是人禍。」

這一夜，劉病已和杜佗都沒睡覺，大致爲長安隊伍和令居各吏員重新分組編排，每組職責不同，太醫負責在各臨時病坊坐堂診療，其餘人就負責協助照護病患、熬煮藥湯、滾水消毒、焚燒屍體，分派得井井有條。里魁集中管理里民，不得擅出，防止病沫漫延，若有人染疫，則立卽送往病坊隔離，挨家挨戶配送沐浴用的藥草和防身用的藥囊，外出者必須戴上燻過藥的面罩，人和人之間保持六尺間距……

晨曦抹亮窗櫺，劉病已和杜佗都是眼泛血絲，卻是十分精神，用過朝食，便把任務分派出去了。

自劉病已離開長安後，許平君便回到尙冠里家中，每日除了到廟裡拜神祈福，就是做些家務活兒，如紡線、釀酒、研磨豆漿、製作豆腐，閒都閒不下。

許夫人自招來陽武侯這未來女婿，每日都是神清氣爽，彷彿彈指間年輕了十歲，心忖果眞奇貨可居，幸得幼年的劉病已就被許廣漢帶回家中，與女兒成了總角之交，感情有了基石，這才有了後來的金玉良緣，看來方士所言不虛，女兒是大富大貴、一家主母的命格。

可江悟的態度卻十分曖昧。

江悟自從用了楚笙調製的安神香後，睡眠品質已大大改善，精神也恢復了不少。

許平君性如脫兔，就愛到處亂跑，江悟也見怪不怪，反正許平君從來就不是讓他頭疼的孩子。

不過這次許平君一回家，就嚷嚷著劉病已要娶她為妻，只驚得張口結舌，猶如夢魘般訥訥不語，眼神閃爍，和一旁眉開眼笑的許夫人形成強大的反差。

孽緣，真是孽緣，本想如影子般安靜度日，苟安一生，沒想到十幾年前的債主竟找上門來，冥冥中似有一股力量，他一陣心慌。

踉蹌出了許家大門，大步匆匆，到了長安城南衛皇后墳前，撲地拜倒，嘴裡喃喃細說著什麼。

斜陽脈脈，細雪霏霏，他便如石刻般跪在墳前，一點也不覺得冷，良久，才蹣跚而去。

侯府楚堯房中，一盞燭火被掀簾而入的風撲得明滅不定。

「風太大，我聽不清，只依稀聽見罪孽深重，無以償還這幾個字。」一個遊俠道。

楚堯蹙眉沉思，手指輕敲著几案，「罪孽深重，無以償還？在衛皇后的墳前說這些，他究竟何人？」

「許家蒼頭。」那人回答，「這幾日只要許姑娘出門，我都會暗中保護，許姑娘到南郊祈福，都是由那蒼頭駕車載送的，說是主僕，但兩人感情看似很好，許姑娘都親切地喊他江叔叔，江悟也以許姑娘小名稱之。」

楚堯點點頭，望著燭火喃喃道：「他於衛皇后有何罪孽？難道……難道竟是巫蠱之禍？」

「但巫蠱之禍的首惡和其族人不是已經伏誅了嗎？」

「這就讓人費解了。」楚堯目光一凝，「你派人查清此人底細。」

「曉得哩。」

令居各鄉亭里現在實行封閉式管理，店鋪不許營業，居民不得擅出，每三日有吏員上門送伙食，從里到亭到鄉到縣，須層層嚴實上報每日疫況。

街上除了衛士巡邏和執事吏員，幾乎看不見行人，這就大大地減少了病沫傳染。非常時期，大部分居民都能安分守己地待在家中，卻也有少數人不配合，屢屢出門鬧事，於是劉病已又出了一條命令，十戶人家為一伍，相互監督，若有人不遵守規定，十戶連坐，或罰錢，或勞動；若都遵守，則每戶賞酒肉柴炭，這種作法實際上讓居民形成鐵板一塊，要嘛共利，要嘛共損。

「朝廷撥款是用來救疫的，可不足以讓你這樣揮霍啊。」杜佗咋舌道。

劉病已似笑非笑道：「誰說用朝廷公款？」

杜佗一臉疑惑，「不然呢？」

劉病已笑道：「該向李少君要錢了。」

杜佗一怔，這才醒悟，「羊毛出在羊身上，陽武侯思慮周全，既能不動聲色地防止李少君捲款跑路，又能叫他原封不動地把錢還給百姓，大才粲粲，國之幸也。」

「杜兄謬讚，請縣令立即將李少君和其弟子押入縣府大牢，所有財產一律沒收。」

杜佗一聲答應，隨即去了。

劉病已又看了會兒縣令呈上來的公文，這才起身活泛筋骨，抬眸處，雪後出晴，薄日臨窗，分外妖嬈。緊繃這麼久，終於可以稍微放鬆了，驀地一陣劇烈的暈眩感湧了上來，那抹奪目的日光竟扭曲成了一朵漣漪，心口似被人緊緊扼住，喉頭一甜，一口鮮血噴了出來，仰天便倒。

得了疫病的患者，均是高燒，暈眩，咳血，少數人還會出現嘔吐下痢的症狀，嚴重者半日內便會脫水死亡。

病坊裡的防雪帳篷分爲兩區，一爲重症區，一爲輕症區，兩區每日都湧進一批新的病患，由吏員、馳刑徒編號後抬至榻上，然後各醫者依序進行診療。

楚笙的嗓音在重症區格外響亮。

「一四六脾虛，藥方裡多加一兩焦白朮、一兩半炒山藥；一四七體虛脈弱，加一兩紅參……這是犀角地黃湯的藥方，你拿好。白茅水呢？白茅水沒了，趕緊去補……你把魚腥草拿來，再拿銀丹草搓爛了給一四八聞聞……還有，啊，他被痰噎住，把他抬過來，我來幫他拍痰……」

楚笙身邊不少人輔助她醫診，反而太醫們身旁的助手卻沒有這麼多，儼然楚笙是這裡的主心骨。太醫們和令居醫者本以爲楚笙只是尋常大夫，只因得陽武侯青睞，竟要衆醫唯她馬首是瞻，都是忿忿不平。彼時醫、巫、商賈、百工之子女不得被稱爲良家子，女醫的身分，是極不體面的。然而楚笙不只精通醫理，且面對大疫層出不窮的亂象，也能冷靜處理，患者中有的是漢人，有的是胡人，她也不會厚此薄彼，更能依照各患者的體質對症下藥。不只如此，她已數日不眠，不像其他醫者都還能輪班休息，這種事必躬親的精神不禁令人刮目相看。

衆醫若知道她便是藥王島主，大概都要罵自己有眼不識泰山了。

此時楚笙強撐著眼皮，從懷裡掏出參片含著，對一個吏員道：「此藥方性溫祛濕，溫肝補腎，調養元氣。你讓方才那患者早晚熱服，若是服完後立即嘔吐，就改熱服爲冷服。」

那吏員應承下來了，楚笙又道：「忙完後，就去歇息，記住，身上所有衣物一定要滾水煮過，再以『救疫水』擦拭周身，如此方可一覺安枕。」

二十九·中毒

青兒率人去收斂遺體，到城外集中焚燒，回到帳棚內，見楚笙眼中有深深的睏倦，便勸道：「姑姑身子要緊，別讓自己倒下了，這兒的病患還指望著您呢！」

楚笙道：「好吧，我休息一會兒，再來施診。」說著細細交接一些事項，便起身離去。

這些在帳篷裡照應患者之人都有一個休息區，疫情結束前，他們都會在這裡度過每一個晝夜，以防止有吏員私自返家傳染他人。楚笙方走到休息區自己的帳篷前，杜佗飛馬疾來，滾鞍下馬，附在她耳邊低聲道：「陽武侯出事了。」

她心頭一凜，「怎麼回事？」

「情況不明，陽武侯要我不要聲張，請女醫入驛館時保持平常神色，這是陽武侯昏迷前的吩咐。」

楚笙再無一詞，連忙換上杜佗的馬，匆匆入驛館劉病已房中，見他躺在榻上，嘴邊鮮血淋漓，地上也盡是嘔出來的血水穢物。

劉病已吐血後，第一個發現者便是杜佗，杜佗當下急吼吼地要傳太醫，卻被劉病已攔住，要他去尋楚笙，再讓縣令進來守門，一切祕密行事。

此刻縣令在一旁手足無措，只是顫抖，見楚笙來，如溺水之人抓住一根浮木，哭喪著臉道：「陽武侯這是染疫啦，女醫趕緊救人。」

楚笙疾步趨至榻前，捏了捏劉病已人中。

半晌，劉病已悠悠醒轉，有氣無力地道：「姑……姑，我……我好難受……」

楚笙手指迅速搭上他的脈搏，臉上呈現一片匪夷所思，「你身子不適多久了？」

「三日。」

「三日？」楚笙驚詫，「爲何不告訴我？」

「姑姑忙得分身乏術，我怎能再給您添麻煩？再說，何太醫已經幫我開了藥，我也按時喝了，只是……我今日突然覺得好難受……」

「藥？什麼藥？」

「何太醫說我染疫，給我開了治疫的藥……」

楚笙截斷他的話，「不可能！你怎麼可能會染疫？我每日都給你服用防疫保命丸，你怎麼可能被傳染？你若被傳染，那杜公子怎麼沒事？」

「可能是我體弱……」

楚笙衝口道：「絕無可能！只要服了防疫保命丸，都會安然無恙……」細細盯著他的臉，按了按他幾個穴道，最後又搭著他的脈搏，突然間，臉色大變，道：「不對，你不是得了疫病，你是中毒了！」

劉病已茫然道：「毒？什麼毒？」

楚笙又急又憂，「斷然不會錯。你中的毒不是見血封喉的劇毒，只是會讓你身體不適，呈現染疫的假象，不至於立即死去。關鍵是姓何的庸醫誤以爲你感染疫病，給你開了治疫的方子，你體內的毒，被這帖藥方引了出來，便成了毒蛇吐信。若我遲來一步，你的命就保不住了。病已，你喝了三天何太醫的藥，其實是在飲鴆止渴啊！」

劉病已聽得悚然變色，「好深沉的心計。」

楚笙恨恨地道：「若非我在，你就要被庸醫害死了，而且還會讓人以爲你是死於疫病，誰都不會聯想到你中毒。」

劉病已氣若游絲，「誰要害我？」

楚笙忙道：「先不說這個，我來替你驅毒，你放心，一切有我，天塌下來我也給你扛著。」

劉病已只覺得五內痛如刀剜，意識渙散，勉強拚了一口餘氣，緊緊抓著楚笙的手，道：「姑姑救我，我不能死……大業未成，平君還在長安城等我……」說到這裡，眸光黯淡，意識恍惚。

楚笙連忙除下他的衣袍，金針連施，在他周身死穴共扎了七十二根針。

劉病已面如死灰，雙眼緊閉。

楚笙看著他，額角冷汗涔涔，雙手劇烈顫抖，面對大疫病患，也從未有一刻如此憂慮。

她伏在榻邊，湊近劉病已耳邊低聲道：「病已，你醒醒，你若這樣死去，豈不親者痛，仇者快？你醒來，找出害你的兇手，將他千刀萬剮……」眼圈兒一熱，一滴淚落在他的臉上。

在她心中，早將劉病已視如己出，若能代他去死，她何惜這無用之身？

莫約一頓飯工夫，劉病已似有反應，勉強睜開雙眼，一抹微笑沖淡了臉上的不適之情，輕聲道：「姑姑，我醒來後，是不是就不會死了？」

楚笙用力點頭，抹淚道：「你已度過難關，有我在，那些魑魅魍魎想再害你，我必會讓他們於陽光下現形。」

劉病已虛弱地道：「我是如何中毒的？」

楚笙當下將他身上的金針一根一根拔去，「你身上穿的，用的，我都有仔細檢查過，除非毒是下在飲食中。你爲了公務勞心傷神，鬆懈防備，我又沒有時時刻刻待在你身邊替你把關，那就防不勝防了。」

劉病已茫然道：「飲食？」

楚笙眸色深深，「絕對是。」

一直像個擺設的縣令聽到這裡，只駭得面無人色，陽武侯在自己轄區中毒，便是他治下不嚴，這責任擻得清嗎？忙深深一躬，道：「臣敢以闔族性命擔保，令居縣吏民絕不會做此大逆之事，請陽武侯慧眼明察。」

「事情總有水落石出的時候，請縣令稍安。」劉病已元氣稍復後，便有了頭緒，「這三天都有人送來羊湯，要我趁熱喝，我若不馬上喝，就會說涼了不好入喉。我感念熬湯之人辛苦，不疑有它，喝得涓滴不剩。喝完後，空碗就立即被收走了。」

楚笙切齒道：「這毒必定就是下在湯裡。」

縣令忙道：「臣立即將相關人等拿下審問。」

劉病已道：「重刑之下必有冤案，我等不可使一人蒙冤，熬湯之人未必就是下毒之人，送湯之人也未必心生歹念，尚未弄清楚前，先別打草驚蛇。」

縣令倒是機靈，忙道：「陽武侯放心，臣絕不會洩漏天機，誤了大事。」

「你繼續假裝中毒，依然請何太醫前來診治，這樣就不會打草驚蛇，至於誰在暗中下毒，我請杜佗留意。」楚笙握著他的手，正色道：「病已，你任重道遠，不論飲食起居，都要格外留意，須知大患從來不在正面兵鋒，而是背後冷箭，只要害你的人賊心不死，走到哪都不能掉以輕心。」說著便退出室外，找來杜佗，祕密交代他這項任務。

一日後，劉病已撐著虛弱的身體，居高臨下地看著跪伏在地的一名女子。

「妳叫陸宜，本是昌邑人，因偷盜入獄，聽聞朝廷徵人平疫，這才毛遂自薦。」劉病已走向前，彎身抬起她的下巴，寒惻惻的目光直迫向她，「誰指使妳？」

陸宜冷笑一聲，一副昂然不懼的模樣，嘴巴動了幾下。

楚笙見狀，猛地撲上前去，掰開她的嘴，將含在舌下的毒囊重重地丟在地上。

陸宜面色慘白，閉目待死。

劉病已冷冷地看著她，心忖自己與許平君重逢不到三日，險些天人永隔，都是拜此女所賜，只恨得全身血液逆流，道：「大刑加身，百煉鋼何愁不化作繞指柔？來人，拖下去。」

陸宜冷笑，「事已敗，何惜這副皮囊。」當下被拖了下去。

劉病已望向杜佗，「杜兄，此女由你親審。」

杜佗答應下來，大步退出。

楚笙待杜佗離開後，才道：「你覺得，誰會買通此女對你下陰手？」

劉病已從容一笑，「姑姑心裡其實已經有答案了，不是嗎？」

一日後，杜佗來報：「陸宜不禁拷打，已氣絕身亡。」

劉病已看著竹簡，頭也不抬，「死前可有招供？」

「打斷三根鞭子，就是不招。」

「不要緊。」劉病已淡淡地道：「既然我沒死，幕後那人絕不會善罷干休，只要他繼續有所行動，難免留下痕跡。」

杜佗疑惑道：「究竟誰要害你？你仔細想想，平時可得罪了誰？」

劉病已笑道：「遠的不說，單說我把神棍李少君一鍋端了，說不定就有李少君的信徒要尋我晦氣呢，李少君的案子如何了？」

「早已在牢裡蹲著了。」杜佗笑道：「原來此人不只在此招搖撞騙，幾年前長安三輔大旱，李少君便作法求雨矇騙百姓，賺得盆滿缽滿，得財如此順利，這才有了這次的騙局。」

「杜兄辛苦，既然李少君是在令居被捕的，那麼後續就移交給縣令處理吧。」

劉病已在楚笙悉心調養下，已漸漸恢復元氣，但在清除餘毒的過程中，也吃了不少苦頭。

楚笙和衆太醫妙手回春，被治癒的人不計其數，加上劉病已用人嚴謹，無人敢怠忽職守，全都盡心盡力地照護病患，疫情在衆人控防下，已趨平穩。

劉病已看著縣令呈上的竹簡，唸道：「今日疫病死亡一人，好轉一百二十人，遺體焚毀七十八具，比昨日好多了。」

縣令陪笑道：「眞是可喜可賀。」

「等疫情完全消滅，再說這句吧！你可以離開了。」

縣令碰了一鼻子灰，悻悻地躬身退出。

劉病已走到室外，極目長安城的方向，掏出短劍，眷眷地撫摸著，像是撫著許平君的臉頰，喃喃地道：「再過不久，我便能與妳聚首了。」

半個月後，疫病已完全消滅。

在百姓千恩萬謝下，劉病已等人班師回京。

在劉病已前去平疫這段時間，長安城發生一件大事——侯史吳的案子被重新調查，把丞相田千秋的女婿捲了進來，稱其有包庇重犯之嫌，於是田千秋拖著老邁之身，召集中二千石以上的官員和博士，在北公車司馬門爲侯史吳進行辯護，這場由丞相發起的百官公車門聚議最終以侯史吳有罪收場，丞相女婿在獄中自殺。

經此一事，丞相一病不起，不久後就去了。

田千秋一死，那些追隨他的親信，紛紛見風使舵，倒向霍光這一邊。現任丞相王訢，誰都知道他是霍光的人，看來霍光在朝中，可說是沒有政敵了。

霍禹、霍雲均爲中郎將，霍山爲奉車都尉，霍光的女婿范明友和鄧廣漢，各自爲未央宮和長樂宮的衛尉，任勝爲中郎將羽林軍總監，孫女婿王漢爲中郎將，趙平爲散騎騎都尉光祿大夫，其他親戚皆也在朝任職。霍氏一族勢力盤根錯節，遍佈朝野，更加鞏固。

朝中再也沒有制衡霍光的力量了。

劉病已沐在浴桶中，陷入悠悠沉思，一時沒發覺許平君從背後慢慢走近。

許平君挽起袖子，用葛巾替他擦背。

劉病已知道是她，也不回頭，任由她靜靜地撫弄著。

他背上有淡淡的狼爪疤痕，許平君來回輕撫著，動作又是溫柔，又是憐惜，突然俯下身，在疤痕上深深一吻。

劉病已全身一震，心潮澎湃，喉頭一陣緊鎖，聲音沙啞，「妳幹嘛？」

「這疤痕如此大，你當時一定很痛吧？」

「都過去了。」

許平君一邊撫摸，一邊道：「你受苦時，我卻不在你身邊。」

劉病已在她暮春微雲似的撫摸下，全身如受電擊，顫慄不已，霍地抓住她的手，道：「妳別摸了，妳再摸，我怕……我怕我會把持不住。」他勉強寧定心神，「好了，我要起來穿衣，妳轉過臉去。」

許平君臉上一紅，低聲道：「病已哥哥，你都要娶我為妻了，還要這麼見外嗎？」

「妳轉過去嘛！」面對她，劉病已語氣也變得十分孩子氣。

許平君只能悻悻然轉過頭。劉病已從水裡站起，迅速擦乾身體，穿上寢衣。

許平君拿浴巾為他擦乾濕髮，嗔怪道：「病已哥哥，你何時才要來我家納采？」

劉病已啼笑皆非，「趕著當新娘子嗎？」

許平君跺足道：「哎，都是母親催我，要不然不必這麼趕的，還說什麼就怕煮熟的……」下面的話她猛地掩嘴止住了，想來不是很好聽。

劉病已笑了，「納采、問名、納吉、納徵、請迎、親迎，總要一步一步來。」

許平君睨他一眼，與歐侯家結親前，她是知道人事的，此刻夜涼如水，花木蔥蘢，月影朦朧，窗外一剪清風拂來荼蘼馨香，正是最旖旎的時刻，她忽然鼓起勇氣，道：「病已哥哥，我們現在就做夫妻吧。」

劉病已一怔，「什麼？」

許平君咬著唇，用耳語般的聲音道：「你不願意嗎？」

劉病已看她神色，一瞬間便已明白，一顆心怦怦直跳，伸手撫著她的額頭，「沒發燒，如何胡言亂語？」

「我不是胡言亂語！」許平君氣鼓鼓地道：「既然你遲早要娶我的，我也住進侯府了，你卻從來不碰我，難道是有什麼隱疾嗎？」

劉病已一陣無語。

皎皎月光在窗櫺上籠上一層紗，幾縷婆娑樹影輕盈搖曳，他端詳她須臾，這才發覺她臉上略施薄妝，身著桃紅色雲紋玉襦長裙。她向來很少穿這麼艷麗的顏色，劉病已心中泛疑，道：「妳是不是有什麼事瞞著我？」

許平君一陣心虛，「我哪有。」

「沒有嗎？」

「眞的沒有。」

劉病已越發肯定，「妳肯定是有的。」

許平君給他逼急了，向來藏不住話的她忍不住跺足道：「都是母親害的，閒閒沒事就會瞎想，害我也跟著患得患失了。」

劉病已奇道：「又怎麼了？」

許平君捣著臉，「母親問我，這些天都住進侯府，有沒有與你……嗯，那個……」

劉病已心中暗笑，故作懵懂，「哪個？」

「就是做夫妻啊，母親說，你要是個正常的男人，沒道理那幾天都不碰我。」許平君越說越小聲。

劉病已揶揄道：「看來她擔心自家女兒只做了個名義上的陽武侯夫人，虛凰假鳳，妳不會也跟她一樣瞎操心吧？」

「沒有，我就怕自己不夠吸引力。」許平君赧然垂眸，「我既不是人間絕色，也不懂撫琴弄曲，眞是一點內涵也沒有。」

劉病已看她既羞澀又憂心的模樣，忍不住低低地笑了。

「你笑什麼？」許平君雙眸一紅，「難道眞被我猜對了？」

劉病已忍住笑，目光有微醺之意，淺淺地拂過她的眉梢眼角，「要我證明給妳看嗎？」

「啊？」許平君一時沒會意過來。

燭光下，她眼裡啼痕依稀，面如夭桃初綻，芳唇微啟，那件灼灼的桃紅襦裙映著輕晃的光，爲室內盈滿雲錦般的暖色，氣氛越發迷離。劉病已心中一陣狂熱，霍地一把將她引至懷中，俯下臉，深深地吸吮著她的唇瓣，嚐到她嘴裡蘭芷般的香澤，不禁萌了綺念，目光熠熠地凝視著她，聲音沙啞，「平君……」

許平君感到他呼吸急促，全身如火炭般灼熱，自己也是意亂情迷，微暈的眼波流光瀲灩，伸臂如女蘿般纏向他，含糊應了一聲。

劉病已聽得這一聲嚶嚀，心中那把火驀地燃得更旺了，俯下臉又是一陣激吻。

衣衫雙雙飛落，燈花瑟瑟跳動，被撩動的光影如漣漪般漾過錦榻，周遭一切都像水墨般暈開，他們淪陷在一個朦朧的空間裡，細細探索彼此的體溫，不知今夕何夕。

一大早劉病已便進了宮去，在畫室等候劉弗陵下朝，只見牆上掛著一幅周公揹成王受諸侯朝見的帛畫，周公是西周初年著名的輔政大臣，輔佐年幼即位的周成王，爲西周百年大業奠定了基礎。

這幅畫掛在這裡，誰是周公，誰是周成王，還不夠瞭然嗎？

漢武帝臨終前，將年僅八歲的劉弗陵託付給四位輔政大臣，分別爲霍光、金日磾、桑弘羊、上官桀，託孤大臣之首便是霍光。時至今日，當年四位輔政大臣，病死的病死，謀逆的謀逆，霍光碩果僅存，獨攬大局。

「陛下駕到——」

劉弗陵大步而入，劉病已連忙行禮。

開春回暖後，劉弗陵身子也漸好，此刻極爲精神，他走到畫前，道：「這幅畫本是先帝臨終前送給霍大將軍的，掛在這裡日夜觀看，等到朕完全親政的那一日，就可以將它取下來了。」

他語氣平淡，毫無起伏，但看畫的目光，卻透著一縷陰翳。

劉病已知道霍光一直干涉朝政，有些時候，還會反駁皇帝的意見，雖然劉弗陵已行冠禮，理應親政，但某些重大政策依然由霍光決斷。君臣表面水波不興，其實已暗流洶湧。

皇帝說來其實就是無爲而治啊！劉病已暗暗嘆息，道：「陛下已行冠禮，想必離親政之日不遠了。」

「先帝當年立朕爲太子，不久後就賜死了朕的母親，理由是爲了防止子幼母壯，外戚干政。」劉弗陵語氣有淡淡的嘲諷，「先帝一定料想不到，如今干涉朝政，就是他親手選出來的輔政大臣。」

「陛下，如今霍大將軍掌控宮中禁軍和羽林軍，朝中也多半是他的親信，您必須隱忍。」

劉弗陵目光有著一星火焰，像在思量著什麼，盯著他道：「倘若你是朕，你會隱忍？」

「小不忍，則亂大謀。」

「你能隱忍多久？」

「臣無法給陛下一個肯定的答案，但請陛下別忘了，霍大將軍年事已高，他再怎麼專橫，難道橫得過壽命的終老嗎？」

「霍光對我漢朝是忠臣，也是功臣，對朕卻是權臣。他胸懷韜略，權傾朝野，如日中天，可惜卻後繼無人，那霍禹根本就不堪重任，想必也是他的心病。」劉弗陵話鋒一轉，又道：「這回你平疫有功，朕會加賜你封邑二千戶。」

「謝陛下。」

劉弗陵突然想到一事，「對了，你成家了嗎？」

劉病已想到昨晚許平君的主動，只覺得啼笑皆非，忍著嘴角快要漾開的笑意，道：「臣將娶妻。」

「不知是哪家的貴女？」

「暴室嗇夫許廣漢之女，臣與她是青梅竹馬。」

「到時我可要討杯喜酒喝了。」劉弗陵隨即一嘆，「可惜，我本想在朝中擇一淑女爲你賜婚，看來只能作罷。」

「臣謝陛下美意，眼下臣有個請求，望陛下恩准。」

「說。」

「臣想在陛下身邊做事，領個實職，爲陛下分憂。」

劉弗陵思忖一瞬，「好吧，朕就任命你爲尙書令，加官給事中，負責收受奏章，出宣詔命，管理官員彈劾調升。」

「謝陛下恩典。」

「除了這個之外，你還有什麼要求嗎？」

劉病已想了一下，「沒有了。」

劉弗陵微微一笑，「你下去吧，朕瞧你眼下陰影甚重，想必昨晚睡不好。你好好休息，明日再來上朝。」

劉病已想起和許平君徹夜纏綿，臉一熱，行了君臣之禮後，便紅著臉退出。

劉病已離開不久，上官皇后便帶著長御[註1]來了。

「陛下。」皇后接過長御捧著的漆盤，上面一盞參湯還冒著裊裊白煙，柔聲道：「這是妾親手熬的參湯，陛下趕緊趁熱喝了。」

「這種事叫宮人做就好了。」劉弗陵看著她手背上的燙疤，蹙眉道：「壽宴後，妳親自給我熬藥，不小心燙傷了手，三天三夜都睡不好覺。那時我便交代過妳，不許再做這種事，妳忘了嗎？」

皇后柔聲道：「妾對陛下的用心，哪是宮人能夠比得上的。一碗參湯，喝下去不只是滋補養身而已，更是妾對陛下細水長流的情意。」

劉弗陵微微動容，「皇后……」

皇后道：「來，妾服侍您喝湯。」挽起袖子，舀起參湯，輕輕吹涼，一勺一勺地餵著劉弗陵，動作輕柔呵護。

劉弗陵看著她的眼睛，突然輕輕喚道：「如歌。」

註1：漢朝皇后宮內女官名，也稱御長。宮女之長。長，音如長者。長御侍奉皇后左右，相當於皇帝身邊的侍中。

三十・結縭

如歌是上官皇后的小名。上官皇后六歲入宮，那時候劉弗陵才十二歲，雖不喜鄂邑長公主強塞這個皇后給他，但皇后蕙質蘭心，溫柔賢淑，劉弗陵也不怎麼排斥她，私下都喊她「如歌」。

眞是遙遠的過去啊！劉弗陵說不出是從何時開始，也許是皇后的外祖父霍光強硬的干政態度，讓他在朝堂上寸步難行，難以喘息，才改以疏離冷硬的「皇后」相稱。

人非草木，孰能無情？劉弗陵卽便刻意疏遠皇后，但皇后仍然無怨無悔地付出，卽使知道他身體的「缺陷」，也替他隱瞞，承受著外界的施壓，認爲她仗著霍光的勢力獨占皇帝，不許他寵幸宮人，以致他已行冠禮，卻膝下猶空。

尤其這一兩年，劉弗陵的身體每況愈下，皇后爲此心力交瘁，夜夜祈禱，盼以折壽換取他的健康。

如歌正要將湯盞擱下，乍聽到這聲闊別已久、恍若隔世的呼喚，身軀一震，握著湯盞的手一鬆，噹啷一聲，熱湯灑出。

劉弗陵連忙握住她的手，「可有燙傷？」

「我沒受傷。」如歌呆呆地看了他，「你方才喚我什麼？」

劉弗陵似乎也不敢相信自己方才喊她小名，呆了片刻，「我喚妳如歌。」恍惚間，好似看見皇后六歲進宮時，因和雙親分離而焦慮啜泣的模樣，就像迎著風雨的花骨朵，惹人憐惜。

這一瞬，他突然覺得自己不再是高高在上的皇帝，而她也不再是萬人景仰的皇后，只是自己的髮妻，自己這一生唯一的眷侶，是以在不知不覺間，他不再自稱「朕」，而是如平凡夫妻般你我相稱。

如歌眼裡有一痕晶瑩，「我已經好幾年沒聽到你這般呼喚我了。」

劉弗陵心頭柔情忽動，將她擁入懷中，歉然道：「對不起，我……」縱有千言萬語，一時間卻不知從何說起。

「別說對不起，我能成爲你的皇后，已是莫大的福份。陵哥哥，前丞相薨後，我想這陣子朝堂上不會有人逼你納妃，你就不須再承受那些壓力了。上回聖宴後，太醫令特別交代你不能太過操勞，能避免的場合就盡量避免，最好臥床靜養。陵哥哥，你一定要保重龍體，國事就交給外祖父吧！」

劉弗陵聽到她提起霍光，心微微一沉，縱然霍光干涉朝政，但他對朝廷的忠心，天地可表。先帝末年，漢朝海內虛耗，戶口減半，流民四起，民不聊生，在霍光的治理下，終於恢復到「文景之治」的水準。其實霍光是有功於社稷的，只是他不甘心就這麼讓一個姓「霍」的，在朝堂上翻手爲雲，覆手爲雨，甚至處處凌駕自己頭上。

若是按劉病已所言，霍光再怎麼專横，也横不過生命的終老，然而自己呢，自己的身體眞能撐到霍光先行而去嗎？

劉弗陵擁著如歌，良久，喃喃道：「該是時候考慮禪位了。」

如歌聽了毫不驚訝，彷彿聽著一件早已知曉的事，「皇帝是國家的表率，道德的化身，必須愼之又愼。不知陛下決定誰來繼承大統？」

劉弗陵悠悠地看著殿外，聲音如流雲般渺遠，「若不是巫蠱之禍，如今繼承漢室江山的也不會是我。看來冥冥之中自有主宰，皇位最終還是要還到他手中的。」

日暮的霞光將天際染得一片瑰麗，宛如新娘面上的胭脂。

一支迎親隊伍至許家，將許平君迎回陽武侯府。

彼時許廣漢夫婦含著淚花，交代劉病已務必好好照顧許平君，就在喜事迎門的這一日，江悟碰巧病了。

侯府一團喜氣，賓客絡繹不絕，連皇帝都來了，楚堯居住的院落裡，卻有不尋常的氣氛。

「只查到江悟是趙國人，無親無故，幾年前病倒街頭，給許夫人救回家中，就成了許家的蒼頭，看似尋常，但有一點必須提及，江悟曾與夏冬有過短暫的緣分。」

楚堯詫異道：「夏冬？那個巧善易容的江湖高人？」

「是，鬥雞舍的李京是夏冬的外甥，他曾無意間撞見江悟與夏冬同居一舍，遺憾的是，夏冬年紀太大，已於去年仲夏壽終正寢了。」

「巧善易容？看來其中大有文章啊。」楚堯尋思道：「這樣來歷不明的人，許夫人怎敢隨意用之？」

「有傳言，許夫人因丈夫受了宮刑，不能行人事，就跟江悟好上了。」

「這會兒我只想知道他與巫蠱之禍有什麼關係，別的我不關心。」

「不妨親自問他？」

「我自有打算，你先回去吧。」

待那人離開後，中閣門洞處一人閃身而出，道：「我並非有意偷聽，卻有一問，你查江悟做什麼？」正是楚笙。

楚堯朝她拱手，便將江悟墳前的陳詞說了。

楚笙眼睛一睉，「難道巫蠱罪人有漏網？」

「我也是這麼想的，看這江悟和平君感情甚好，要是牽扯到巫蠱事，不免另起波瀾。對了，我曾聽病已說，江悟初見他時，活似撞鬼了，嚇得全身癱軟，很不尋常。」

「姓江？」楚笙嘴角一挑，「看來，我得親自會一會這個江悟。」

許平君累了一天，直接脫下纁袡曲裾，拆了假髻，仰躺在榻上，兩眼發直，嘟噥道：「成婚眞是繁瑣，幸好我一生只嫁一次，否則哪禁得起這樣折騰。」

劉病已也脫下纁裳禮服，問道：「妳餓不餓？」

「當然餓！」許平君眼睛一亮，翻身坐起，「你有吃的嗎？」

劉病已笑了，「合巹禮上的東西哪是吃得飽的？早給妳準備了。」說著拿出一個漆盒，裡面置了數枚糕餅。

許平君急忙拾起一塊綠豆糕，塞入嘴裡，含糊道：「好極了，夫君眞貼心。」

「答應岳父岳母要好好照顧妳的，豈能在新婚第一日便把妳餓壞了。」劉病已寵溺地看著她啃著糕餅，連指尖的糕屑都不放過，「慢點吃，要不要喝點水？」

許平君搖搖頭，拿起一塊糕餅要給他，「你也餓了吧？吃吧。」

劉病已目光似笑非笑，「我想吃的不是這個。」

「那你想吃什麼？叫人給你準備唄。」許平君一時沒細想。

劉病已不吭聲。

許平君餓極了顧不上他，匆匆吃完兩塊糕餅，喝了杯水潤喉，才剛放下陶杯，身子猛地被他一把摟住，這才醒悟過來他到底想吃什麼。

燭影搖曳，帷幔落地，一室春情旖旎。

雲雨後，許平君靠在他的胸前，聲音軟糯糯的，「我想給你生孩子，你喜歡男孩，還是女孩啊？」

劉病已啞然失笑，「生男生女，哪是我們能決定的？」

「不然你先幫孩子想個名字。」

劉病已沉吟片刻，「如果是男孩，就取名叫劉奭。」

「奭？哪個奭？」

劉病已從几案上拿起一卷《詩經》攤開，指著「奭」字，道：「瞻彼洛矣，維水泱泱。君子至止，福祿如茨。韎韐有奭，以作六師。」

許平君一聽就暈了，「這首詩什麼意思？」

「這首詩名〈瞻彼洛矣〉，講的是周王集諸侯於洛水，諸侯歌頌周王。剛好前些時候念了這首，若是生下男孩，就取名叫劉奭。」

「若是女孩呢？」

「劉霜，如何？」

「好事成雙的雙嗎？」

「蒹葭蒼蒼，白露為霜。」

「劉奭，劉霜，以《詩經》命名，好雅致。」許平君說完，又蔫蔫兒一嘆，「早知道以前就多學點詩勤練字，這會兒連自己兒女的名字都不會寫，算什麼陽武侯夫人。」

「莫要自卑，妳良善勤勞，比那些四體不勤、五穀不分的貴女好多了。」

許平君悶悶地噢了一聲，算是勉強接受。

劉病已摸摸她臉，「明日是新婦對夫家的拜禮，還要拜宗廟，入宗籍，妳才算我劉家的人，早點睡，還有得累呢。」

許平君一想就累得慌，但還是甜甜地道：「好哩，一起床就是劉家人了，這就睡。」

劉病已自有了官職後，上朝便成了常態，這樣的生活讓他感到無比充實。

君臣見禮後，後將軍趙充國走出班列，道：「啟奏陛下，犬子去歲出使西羌，已成功在諸部落間製造混亂，近日，本已趨於解仇結盟的羌人，竟為了一把來歷不明的彎刀，諸部落勇士拔刀相向，彼此勢如水火，要想放下仇恨，締結友盟，已是天雨粟，馬生角。」

張安世一臉不可思議，奇道：「一把彎刀，竟能使羌人自相殘殺？看來羌人腦子不好使啊。」

趙充國捋鬚一笑，「此事無疑，那把彎刀傳說是大禹所鑄，一直深藏在西域大雪山的萬年玄冰裡，得之全族皆受天佑，將來可一統草原。這把刀已被發掘，從此諸羌勇士趨之若鶩，相互廝殺起來。」

群臣聽到這裡，都覺得荒誕可笑。

「羌人崇天信神，已到了走火入魔的地步，近日在諸羌間盛傳一段話：『雪山之巔，天降神兵，得之可得天下。』為了得到這把神刀，羌人於是一窩蜂地湧上西域大雪山，為了讓自己部落得到神靈庇佑，各勇士們是打得昏天黑地，不眠不休啊！」

張安世忍笑道：「不管怎樣，羌人變生肘腋，你爭我鬥，實為我大漢福祉。」

趙充國笑道：「其實諸羌也有不少真知灼見之人察覺彎刀一事大有蹊蹺，認為是我朝設下的陷阱，用意在加深各族間的仇隙，但頭頂利劍已落，怎能說停就停？若就此罷手言和，前面戰死的羌人勇士難道白犧牲了嗎？羌人天性崇戰，即使到最後發現是陷阱，但已上了戰場，不是你死，就是我亡，要想抽身，難道還有退路嗎？」

群臣都是點頭附和。

一直默不作聲的劉弗陵這才啟口：「後將軍，請您繼續留意諸羌動向，有何變故，立即向朕回報。」

「臣遵旨。」

散朝後，劉病已到承明殿處理政務，坐在案前，想起彎刀計策成效，不禁心悅。

而此刻，劉弗陵難得駕臨承明殿，對著一面竹簡，眉頭深鎖。

劉病已笑意微斂，「陛下有何煩心事？」

劉弗陵指著竹簡道：「河南郡的奏書，你自己看。」

劉病已接過奏章，從頭到尾讀了一遍。竹簡上寫著關東大旱，禾草枯，井泉涸，赤地千里，草木獸皮蟲蝗皆已食盡，人多饑死，餓殍載道。

劉弗陵道：「朝廷已派員全力賑災，但加上先前令居大疫，國庫粟米即將耗竭，你有何應對措施？」

劉病已擱下奏章，思忖片刻，道：「我朝國庫耗竭，臣以爲，我們可以從地主們著手。地主私庫裡一定有囤積米糧，我們可讓地主們輸粟入官，朝廷賞予爵位，有罪者可以免罪。如此一來，富人有爵，朝廷有糧，災民有食。」

劉弗陵凝視他片刻，又問：「不少災民流離失所，若繼續放任不管，情勢將會變得十分棘手，針對流民，你有何應對措施？」

「旱災引發的流民潮極易發生動亂，輕則淪爲盜賊，重則大規模起義，危及社稷。臣認爲，官府賜百姓田宅什器，假[註1]與犁、牛、種、食，避免私下高利貸，助百姓度過災荒，又或者，朝廷可以獎勵流民邊關屯田。」

劉弗陵微微點頭，「我大漢一直存著豪族兼併土地的隱患，農民繳納賦稅，必須出賣自己的生產物，首先就受到商賈的剝削。如遇水旱災荒，或是急徵暴賦，所有物將以半價賣出，或以高額利貸借錢，結果賣掉田宅和妻子兒女，如此，被賣掉的田地集中在商賈、豪族手中，農人因此淪爲流民。」

「豪族之田連阡陌，貧者無立錐之地。臣以爲，我朝除了控管大土地買賣，還可在部分土地嚴重壟斷的地區，讓豪族以土地換取爵位，慢慢地將土地收歸國有。然而，朝廷所授予的爵位，只能是紙上談兵的虛職。」

「你的建議極好，這事就交給大司農去辦。」

劉病已見自己的提議被皇帝採納，暗暗欣喜，直到手上的公務告了一個段落，已過了正午，便和劉弗陵一同用了膳食，接著繼續處理剩餘的公務，這才離開承明殿。

天尚未全暗，薄暮昏暝間，隱隱見一輪淡月斜掛柳梢。

劉病已坐上彩繪軺車，轔轔往侯府而去。

如今他已有家室，自然歸心似箭，快到侯府時，嘴角的笑意藏都藏不住，驀地一瞥眼，見一抹便嬛人影姍姍而來。他心登時一震，目光凝住似的，便命馭夫停車。

那少婦正是寒月。

她神思恍惚，渾然不覺有一道驚訝的目光落在自己身上，只是旁若無人地繼續往前走，沒有目的，沒有意識，彷彿魂兒已離了軀殼。

街上香車寶馬，人流熙攘，而她卻是一身清冷。

她的臉略顯憔悴，膚色蠟黃，沒有成為貴人的容光煥發，也沒有即將為母的喜悅洋溢，雙眼空洞，渾不如以往璀璨如星。

如今師姊大腹便便，何以身邊竟無侍從跟隨？萬一出事了怎麼辦？算了，如今師姊已是霍光的兒媳，霍禹的夫人，我又何必多攬閒事？

劉病已想到這裡，微微咬牙，對馭夫道：「走吧。」

軺車緩緩起行，他的心卻再也平靜不下來，驀地想起那年若非寒月出手相救，自己恐怕不能和許平君結縭相守，縱然寒月傷他甚深，有恩卻是不假。

驀然回首，燈火闌珊處，寒月的背影，多了幾分深刻的寂寥。

他就這麼怔怔地瞧著，突然間，寒月被行人撞上，摔倒在地。劉病已連忙命馭夫停車，一躍而下，奔過去扶起了她，輕喊一聲：「師姊。」

寒月睜著一雙無神的眸子，好似認不出他。

「師姊。」劉病已嗓音暗啞了。

寒月這才回神，雙眼漸漸聚焦，深深地凝視著他，不解他為何會出現在此。

「師姊怎麼孑然一身？妳的侍女呢？」

寒月唇齒微顫，想要喊他，喉頭卻似被熱流堵住了，喊不出聲。

乍見劉病已，猛然驚覺，原來一直以來，尋尋覓覓冷冷清清，最終竟還是無法忘記他，那個猶帶稚氣、天眞爛漫的少年，如今只是一段悵惘的過去，就連當年他的笑貌，他喊著自己「師姊」的語氣，甚至是他被狼所傷，意識模糊地喊著「月兒」的那個深摯的面容，都已是一簾幽夢，一個癡人的幻想，一個彼岸隔世遙不可及的身影。

她看著眼前的少年郎，俊秀的面容中維持著一股刻意的淡漠，哪有一絲往昔的氣息？如今他的肩膀寬闊了許多，長得也比自己還要高，從此換自己仰視著他，像望著巍巍玉山、悠悠青雲，渺遠不可及。

流光一速至此，不覺竟恍如隔世。寒月心中湧過千言，此刻卻說不出完整的一句話。

茫然間，劉病已的聲音悠悠地流過，「師姊，妳身子可好？我送妳回府。」

寒月聽到「回府」兩個字，驟然如受針錐，全身血液逆流，「我死也不回去，那兒不是我的家，我永遠也不會把那兒當成我的家。」

劉病已愕然道：「妳不回府，還能去哪？」

寒月一怔，喃喃地道：「是啊，最終我還能去哪？哪兒才是我的歸宿？」

「師姊，到底發生什麼事？霍禹呢？他知道妳出來嗎？爲什麼妳身邊會沒有侍從？」

「霍禹！」寒月聽到這兩個字，激動不已，「不要跟我提起這廝，我還懷著孩子，他就在外面與歡場女子夜夜笙歌，家都不回，他心裡還有我和孩子嗎？」

劉病已一聽，不知如何安慰。

寒月恨恨地道：「我知道高門子弟向來如此，我在烏孫也見得多了，可我不能接受的是，我還懷著孩子，他對我不管不顧，在我身子百般不適、輾轉難眠的時候，他連最起碼的慰問都沒有，卻在外面……」說到這兒，厭惡已極，一口氣險些喘不上來。

劉病已的心微微一抽，「師姊，妳冷靜點，先別說話，趕快深呼吸。」

寒月忽然淒涼一笑，「你現在一定在笑話我，笑我識人不清，笑我貪慕權貴，笑我變得如此悽慘，笑我才剛一步登天，轉眼就被霍禹當作了棄婦……」

「我沒有笑話妳。」

寒月扯著嗓子道：「不，你們一個一個都在笑話我，輕賤我，我看得出來，你們的目光充滿鄙夷。我出身低微，難道就是我的錯？我無父無母，難道是我願意的？霍府有什麼了不起，區區僕從，竟敢在背後對我竊竊私語？」

她聲嘶力竭的泣訴，引得街上行人紛紛投以好奇的目光，其中一人就是幫霍成君跑腿的采薇。

采薇隱在圍觀人流中，默默地將他們的對話記在心裡，準備回府掀起一陣滔天巨浪。

劉病已道：「妳如今是霍府的人，一言一行都代表霍府，如何能在街上大聲喧嘩。」

寒月置若罔聞，如癲如狂地道：「怎麼？難道你也拘著我？師弟，不，病已，你帶我走，你帶我走好不好？病已，你不是還愛著我嗎？你心裡頭不是還有我嗎？」

劉病已聽她一聲聲「病已」，語氣哀懇淒婉，只聽得一顆心擰成疙瘩，別過臉，不敢迎向她殷殷的目光，語氣像含著冰似的，「夫人請自重。」

寒月一聽，像被狠狠搧了一巴掌，「你叫我什麼？」

劉病已硬聲道：「夫人。」

寒月怒道：「我不許你這麼叫，你曾經喊過我師姊，還喊過我『月兒』。你再喊一次，再喊一次給我聽，好不好？」

劉病已沉默。寒月捧著他的臉，淚痕闌干，「你難道忘了你兩度生命垂危，都是我陪在你身邊嗎？你頭上的傷，是我親手包紮；你背上的那道爪痕，是爲了保護我才會受傷的。這一道道傷，代表著你我之間的回憶，代表著生死契闊的情誼，烙著你的體膚，刻入你的骨髓，這一生一世，抹也抹不掉，這些你都忘記了嗎？」

劉病已垂眸，「我沒忘。」

寒月淒然道：「既然你沒忘，爲何你總是不肯正視著我？」

劉病已微微咬牙，硬下心腸，「我送妳回去。」

寒月只覺心冷透了，「我說過了，我死也不要回去！」

劉病已勸道：「妳有孕在身，就算不替自己著想，也要爲孩子著想。」

寒月甩開他的攙扶，憤憤地道：「即便是死，我也寧可做一縷山野孤魂，不願進霍府的門。」

劉病已怔怔地凝視著她蹣跚而行，渾沒注意到一旁冷眼旁觀的采薇躡手躡腳地離開人群，往霍府急奔而去。

只見寒月一步步向前走，忽然捂著肚子，彎下腰，微微呻吟。他一驚，急忙上前，扶住寒月，「師姊，妳怎麼了？」

寒月緊緊地拽住他的胳膊，神情痛苦，「我肚子好疼。」

饒是劉病已什麼大風大浪沒見過，面對產婦肚疼，卻是腦子一片空白，但見她淡紫色的裙福已暈紅一片，更是茫然失措，顫聲道：「肚疼？那……那怎麼辦？」

寒月額際滲出一層冷汗，嘴唇白如素帛，「去醫館……」

劉病已忙道：「妳忍著點。」說著橫抱起她，往最近的醫館奔去，「來人，來人，我師姊肚疼。」

一名醫女走了出來，撩起寒月裙角，「這是要生了，快抱進來。」

寒月激動地道：「還有兩個月才足月，現在生下孩子，活得成嗎？」這番用力說話，下腹更是痛如刀絞。

醫女道：「夫人別激動，這位公子，趕緊將夫人移到內堂。」

劉病已聽到「要生了」三個字，腦海一片空白，寸步動彈不得。醫女又催了一回，他才醒神，抱著寒月衝入內室，將她放在榻上。

醫女道：「產房血腥，請公子迴避。」

劉病已早已六神無主，聽到這句，下意識地便要轉身離開。

寒月忽然緊緊握住他的手，哭喊：「不要走，我好怕。」此刻她腹痛如絞，無助、徬徨、不安漫延心頭，本能地對劉病已產生依賴之情。

劉病已拍拍她的手，柔聲道：「妳要做母親了，別害怕，這兒不是只有妳一人。」

寒月死命地抓住他的手，像抓住唯一可縈繫生命的東西，哭道：「我不……」

醫女急忙打斷她的話，「婦人生產，九死一生，公子趕緊出去，遲了片刻，恐有性命之憂。」

劉病已一聽，急切道：「好，我出去，我師姊就勞煩您了。」

醫女不再理他，向侍女道：「銀針、助產藥、止血藥、熱水，趕緊。」

劉病已狠心掙開寒月的手，不顧她的哭喊，走出內室，勉強鎮定心神，命隨來的馭夫去霍府通傳。

他站在門外，來回踱步，見侍女們端著一盆一盆的熱水進去，又端著一盆又一盆的血水出來。寒月淒厲的尖叫聲聲刺入他耳膜，一顆心也如煎如沸。

師姊，妳可要挺住。劉病已默默祈禱。

註1：假民公田，是漢代經營國有耕地和安置流民的一種方法，漢代的國有土地稱爲公田，除了使用士兵、服役農民耕種之外，還「假」，意思是出租、借貸給百姓，徵收一定的假稅，稱爲「假民公田」。

三十一・繼后

過不多時，霍府車駕停在醫館門口，霍禹當先衝入，霍成君由采薇攙扶下車，緩緩跟在霍禹身後。

霍禹適才被寒月到歌舞坊一鬧，興致全無，索性回府，沒想到才剛返家，就聽見有人通傳，說是寒月早產。

霍禹驚得張口結舌，「早……早產？怎麼回事？怎麼會早產？」

只聽一聲冷笑，霍成君姍姍而來，道：「你現在不是驚訝的時候吧，你的女人，此刻正和她的舊情人耳鬢廝磨呢！」

霍禹怒道：「妳說什麼？」

霍成君露出搧風點火的笑容，「寒月正和劉病已在一起。你說，她什麼時候不早產，爲什麼偏偏和劉病已在一起時就早產？分明舊情難抑，以致動了胎氣。」

霍禹一聽，氣得快要炸開胸膛，拔出佩劍，將紫檀木几案斬成兩截，又將一面屏風踹倒。

霍成君冷眼旁觀，「現在是毀物洩憤的時候嗎？」

霍禹怒瞪她一眼，隨即衝了出去，霍成君存著隔岸觀火的心思，跟在他身後。

到了醫館，見到劉病已，霍禹再也壓制不住怒火，上前揪住他的衣領怒咆：「你對月兒幹了什麼好事？爲什麼月兒會早產？」

劉病已見到霍禹，也是心中火起，掙開他的手，冷笑道：「月兒？你這會兒倒是喊得親暱，可是在她最難受最無助的時候，你人卻在哪兒？若不是師姊看到你和別的女子顛鸞倒鳳，她怎麼會一個人在街上徘徊？又怎麼會激動早產？」

霍禹一時噎住。

劉病已冷冷地道：「師姊懷胎辛苦，你不陪在她身邊，反而到處拈花，惹得她傷心不快，你此刻有什麼資格在這兒咄咄逼人？」

霍禹怒道：「別人家務事，你少管爲妙。你是她什麼人？這裡有你立足的餘地？快給我滾。」

「我是她什麼人？我是她師弟，要不是我送師姊來醫館，只怕要出大事了。光是這兩點，我就有資格站在這兒！」

霍禹大怒，「你……」

霍成君冷冷地道：「你們都別吵了。這麼吵，孩子都不敢出來了。」

劉病已這才注意到霍成君一直站在角落，心頭一凜，別過臉，不去看她。

只聽內室慘叫聲時而微弱，時而尖銳，已過了一個時辰，仍是一點消息也無。

霍禹端起案上一杯茶起來喝，卻沒發現這杯茶方才已被自己飲盡，脾氣上來，就要將茶杯砸個粉碎，猛地想起這裡是醫館而非霍府，自己的女人還在裡面折騰，只能將茶杯重重地放回案上。

他一臉焦躁，來回踱步，喃喃地道：「月兒，月兒，我來了，爲了我們的孩子，妳要堅持住啊！」

劉病已冷冰冰地瞧著他踱來踱去，忍不住譏諷：「她懷胎的時候，你對她刻薄寡淡，讓她難堪不已，此刻你惺惺作態給誰看？」

霍禹哪容得下別人冷嘲熱諷？臉頰一燒，便要反唇相譏，猛地聽得內室傳來一聲嬰兒啼哭，心頭大喜，頓時消了火氣，只見醫女抱著一個襁褓嬰兒走了出來，眉開眼笑道：「恭喜霍公子，夫人生了一名女嬰，母女均安。」

不料霍禹一陣愕然，「女……女嬰？」臉上失望難掩。

霍成君白了霍禹一眼，伸手替他抱過女嬰，見嬰兒粉嫩嬌小，不斷蹬腿啼哭，面如滿月，皎皎可愛，觸動她深埋的母性，不禁眼眶發澀。

醫女笑著催促，「霍公子，夫人正虛著呢，您趕緊進去啊！」

霍禹又呆了一瞬，這才如夢初醒，衝了進去。

劉病已親耳聽到「母女均安」四個字，心頭這才一鬆，想進去看寒月，又覺得自己的身分不太妥當；想去看嬰兒一眼，但霍成君流露出來的敵意，形成一面無形的高牆，將自己隔離在外。

這一刻，他才猛然覺得自己是個外人，心中湧上一股複雜的情緒，朝內堂深深地瞅了一眼，便離開醫館。

回到侯府時，楚笙和許平君也剛從外頭歸來，二人見劉病已身上帶著血汙，都是一驚。

「你受傷了嗎？」許平君拽著他上上下下打量一遍，見他除了臉色白了點，似乎沒有傷痕。

劉病已搖頭道：「我在路上遇到了師姊，她突然身子不適，然後……就早產了。」

許平君知道他曾對寒月有情，但往事如煙，水過無痕，寒月又已嫁為人婦，是以全然不縈於懷，殷切道：「她可好？」

劉病已心神鬆懈下來後，只覺疲憊，無力地點點頭，「她生了一個女孩兒，母女均安。」

許平君吁了一口氣，「上蒼垂憐，寒姊姊是有福之人。」

劉病已想起霍禹對女嬰難掩失望的神情，嘴角微微一撇。

楚笙道：「既然母女均安，為什麼你表情這麼嚇人？」

劉病已勉強一笑，看著已洗淨的雙手，似乎感到掌心還殘有寒月淌落的鮮血的餘溫，腦海裡寒月痛苦至極的面容依舊縈繞不散，幾如夢魘，怔怔地道：「我現在才知道，原來女人生孩子這麼痛苦，那種痛，好像要把體內的臟腑給碾碎，身為母親，實在太偉大了，要不是親眼所見，我……我根本無法想像。」

楚笙笑了，「婦人生產，如鬼門關前走一遭，所以你一定要把平君往骨子裡疼下去，絕不可讓她受一絲委屈。」

「怎麼扯上我來啦？我又還沒大肚子。」許平君揑著鼻子，故作嫌棄道：「夫君身上一股汗味，我先回房盛水，讓你舒舒服服泡個澡，放鬆一下筋骨。」說著款款離去。

劉病已心神平復後，這才問道：「姑姑與平君方才一起去哪兒了？」

楚笙神祕一笑，「江悟在你迎親那日不是病了嗎？所以今天平君請我過去許家為他診脈，結果江悟竟於一日前不告而別，一個僕役，寄人籬下，說走就走，玄不玄乎？」

提起江悟，劉病已頓時想起初見時他惶惶不安的眼神，又見楚笙嘴角噙著耐人尋味的笑意，心中泛疑，道：「姑姑懷疑什麼，不妨說出來。」

楚笙先是瞄一眼內側，確定許平君不在，才將江悟在衛子夫墳前的痛心陳詞說了，末了，道：「其一，江悟肯定是巫蠱罪人，所以他驟見你時，才會大驚失態；其二則是我的臆測，江悟應不是他的本名。」

劉病已心咯噔一下，呆呆地看著楚笙，半晌，才鎮定下來，「所以姑姑才隨平君回許家，就是想親自從江悟身上找尋答案？」

「誰知道讓他給跑了，為此平君整顆心都懸著，一會兒肯定嚷嚷著要你派人去尋江悟。我想，江悟之所以不告而別，恐怕是無法面對平君成為你的妻，就怕你兩夫妻隨時回尚冠里，不然他的失蹤可眞難以解釋。」

楚笙喟然一嘆，「受害者將罪人找出，還是不知情的妻子推一把，上蒼可眞會捉弄人。」

劉病已寬慰道：「一切還得等江悟現身，才有答案，莫要先自尋煩惱。」

楚笙又道：「小梅來信，劉賀欲娶霍成君為繼王后，估計進貢酎金時，便會派人向霍光說親。」

劉病已一怔，「劉賀的元后嚴氏病逝沒多久，就要娶霍成君？」

楚笙一哂：「劉賀對外的說法是，『自那日聖宴上看到霍成君，便驚為天人，念茲在茲，魂牽夢縈，想和她締結鴛盟，白頭偕老。』說得花裡胡哨的，但誰都知道，他看上的並非霍成君這個人，而是霍氏一族在朝堂上盤根錯節的勢力。若此事成了，於你，可大大不利。唉，若你不娶平君，而是聽我的話與霍家結爲秦晉，哪輪得到劉賀撿便宜。」

「姑姑，通往皇位的道路，從來不只一條。」

「我也是憂心，一來怕你走彎路，二來怕霍成君報復。」

「我會好好保護平君的。」劉病已說到這裡，略頓，又道：「這回劉賀也帶小梅來？」

「他愛極了小梅，怎捨得分開。」

劉病已垂首尋思著什麼，少頃，道：「罷了，小梅身分特殊，未免橫生枝節，還是別讓平君知道的好。」

二人說到這裡，許平君備好熱水，過來溫促劉病已回房沐浴。

五月，孝文皇帝祭廟正殿突然失火，上至皇帝下至百官皆著素服，花了六天六夜滅火搶救，一時京畿人心惶惶，人人都說霍光遲遲不歸政，無周公之德，才導致天降禍殃於孝文廟。

流言四起，霍光卻絲毫不放在心上，百姓無知，故起謠言，半月內就會煙消雲散，何足掛齒。

孝文廟遇火後，劉弗陵就病倒了，這一病來勢洶洶，將皇帝好不容易養起來的精氣神摧殘得一絲不剩，整個人似風中敗絮，終日纏綿病榻，不能視朝。

據太醫令說，厥心痛最忌受刺激，這場大火直接給皇帝羸弱的身心一記重擊。

皇帝康復後，已是七月初七，未央宮開襟樓內，宮中采女穿針乞巧，一時鶯鶯燕燕，如春回大地。

可她們打扮得再花枝招展，偌大個掖庭，天子除了椒房殿，哪個都不會多看一眼。

因此便有少數人怨懟如歌，私下說她長期仗著外祖父的權勢控制皇帝，善妒量淺，實無中宮懿範，這惡名就這麼渲染開來，自然不可避免地傳到霍光耳中，次日，霍光來到椒房殿。

椒房殿格局如未央宮大殿，前朝後寢，鴻羽爲帳，香桂爲柱，裊裊馨香縈鼻，莊嚴不失細膩。

按禮制，後宮外臣不得入，但霍光權傾朝野，豈會受到這些條條框框的拘束？更何況朝中都是霍光黨羽，也沒人敢彈劾。

霍光雖是皇后的外祖父，但皇后是君，他爲臣，大禮不能廢。如歌端坐在上首，等霍光行禮完，立即賜坐。

如歌見霍光神色凝重，便向左右掃了一眼，所有宮人魚貫退出，殿內只剩祖孫倆。如歌也就不拘禮，道：「您許久沒來探望如歌了，如歌心中十分掛念，外祖父近來身體可好？」

霍光看著自己的親外孫女，小小年紀就有著一雙成熟的眼睛，心中愛憐逾恆，沉沉地嘆了口氣，道：「外祖父垂垂老矣，馬齒徒增，很多事都力不從心了，妳自幼便與父母分離，在這深宮中，也沒個長輩依靠，外祖父縱使一心繫著妳，也不能放下朝政不管。」

如歌想起上官一族構陷霍光，意圖謀逆，若非自己當時年幼，又是霍光親外孫女，在霍光力保下，才得以保全后位。

上官族誅後，她一夕長大，在宮中步步爲營，唯恐行差踏錯，會給霍光招致禍患。霍光偶爾抽空來椒房殿探望她，至於霍夫人、霍成君，和她雖是親人，實際上她的生母是東閭良嫡女，非霍夫人所出，所以也說不上親如骨肉，整個霍家，也只有霍光和自己最親。

她斂眸道：「外祖父是國家柱石，公務繁忙，夙夜匪懈。如歌不能替您分憂解勞，若還處處讓您記掛，倒是不孝。」

「骨肉之間，說這些便是生份了。」

「方才您進來時面色凝重，可是有什麼話要對如歌說？」如歌直奔主題。

霍光神情猶豫，「如歌，妳……」難得久經滄海的他吞吞吐吐好一會兒，還是不知如何啟齒。

如歌拿起一盞涼茶啜了一口，也不催他，意態從容。

暢暢惠風，捎來一絲暑意，漆盤裡用來驅暑的冰塊已消融過半。

霍光終於組織好語言，「椒房專寵，怎麼妳的肚子一點消息也沒有？」講完這一句，神色尷尬已極，照理說這個問題應該由霍夫人母女來問，但流言沸騰，他委實按捺不住，與其派人傳話，再等妻女慢慢進宮，這一來一往，不知耗時多久，倒不如自己這個身在未央宮的外祖父親自到椒房殿問個虛實。

如歌一張臉漲得通紅，囁嚅道：「我……我也不知道，太醫太官都有在替我調理身體啊！」

霍光索性把話說開，「我之所以插手宮闈之事，是因爲我要妳生下來的嫡長子，將來能夠繼承大統，霍氏一族才能穩固。倘若妳無法生育，那麼國本空懸，豈不是我霍家的罪過？現在朝野謗言如沸，說妳專房擅寵，不讓皇帝親近女色，自己又是下不了蛋的母雞，再這樣下去，皇位該由何人來繼承？難道眞的要像『公孫病已立』的妖言那樣，讓皇帝順應天意，禪位讓賢嗎？」

「下不了蛋的母雞」這樣粗淺直白，想來不是霍光的原話，如歌面無血色，滿腹委屈頓時化作眸心一縷幽怨，「旁人怎麼說，我都毫不在意，難道外祖父也對如歌也起了猜疑之心？」

霍光嘆道：「我自然相信妳不是善妒小量的淺薄婦人，但旁人這麼說，我心裡也萬分不好受。」

如歌強忍淚水，「朝廷那邊，還請外祖父出面壓制，陛下好不容易才康復，別讓那些風言涼語傳到陛下耳裡。」

「妳且寬心，這我知道。」

霍光又坐了會兒，這才辭出。他一走，如歌頓時洩了氣，伏在案上，任淚水淹沒面龐。

不管前朝還是後宮，人人都認爲她獨占皇帝，不讓劉弗陵廣納後宮，綿延子嗣，她成了衆所周知的妒婦。

現在又謠傳她不能生育，以致劉弗陵年逾二十，仍膝下無子，漢氏江山，面臨著後繼無人的考驗！如歌成為千夫所指，忍受風言涼語，卻有口難言。

眼下，她只能走一步算一步，若是劉弗陵還沒擇定繼位賢人，下詔禪位，龍體的狀況就曝光了，那麼整個漢朝將會風雨飄搖，動盪不安。對皇位虎視眈眈的諸侯王們，難免為了皇位鬧出什麼風波，到時長安是如何光景，她想都不敢想。

在這重重宮牆裡，帝后雖是至高無上，無限尊榮，但他們心中卻清楚，自己像涸澤之魚，相濡以沫。如今，只能等劉弗陵擇定繼承人，下詔禪位，她才能將皇帝的祕密告訴霍光，請他繼續輔佐下一代君王。

秋八月祭祀高祖廟，各地諸侯王紛紛前往長安進貢酎金。

這日霍光休沐，霍府迎來一名貴客。

霍光命人奉茶，自己先飲一口，看著他，淡淡一笑，「昌邑王從未光臨寒舍，想必有事要老夫效勞？」

劉賀笑道：「大將軍是個爽直人，我就不拐彎了，皇帝聖宴我見了大將軍的小女公子，心慕已極，聽聞她及笄不久，待字閨中，寡人有意求為王后，敢問大將軍意下如何？」

霍光倒不驚訝，自霍成君與劉病已不相往來後，上門求親之人絡繹不絕，便道：「不瞞昌邑王，成君是我最鍾愛的女兒，也最令人頭疼，實因她性情剛烈，凡事極有主見，若她不肯，我是絕對勉強不來的。」

劉賀笑道：「大將軍說笑了，父母之命，媒妁之言，婚姻大事，豈能由自己作主？成君秀外慧中，是王后的上上之選，我誠心求娶，還望大將軍不要拒絕。」

「成君近日心緒不佳，若貿然提及此事，只怕適得其反，請昌邑王體恤，給老夫一點時間。」

劉賀笑道：「我知大將軍愛女心切，難免為她多作考慮，期望人前顯貴，死後尊榮，可如今椒房有主，難道做昌邑王后，不是極好的歸宿嗎？」

霍光拱手道：「昌邑王算得極好，只是老夫還是那句話，畢竟是成君的終生大事，我還是希望能夠問過她的意見，請昌邑王見諒。」

劉賀笑道：「大將軍是明白人，有些話，我就不多說了，寡人這就回去，大將軍不必相送。」

霍光目送他大踏步離去，那輕袍緩帶的身影如一陣風，很快就消隱在裊裊晴絲中。

殿內帷幕後，一雙幽怨的眼眸凝視著這一切，安靜得宛如穿堂風。

許平君嫁入侯府後，便博得侯府上下好名聲，她心善體勤，拂曉時便起來陪劉病已練劍，劉病已的膳食幾乎都是她親自下廚，比如她覺得豆漿好，就天天磨了濃濃一罈，也不嫌累，劉病已都讓她別搶奴僕的活兒，她依然故我，人人都說她沒一點主母架子。

院子裡菡萏香消，木樨初綻，這日劉病已休沐，趁著秋光晴暖，便帶妻子前往上林苑行獵。

馬背上，許平君環抱著他的腰，臉頰貼在他髮上，隨著駿馬放蹄奔馳，整個人輕飄飄的好似御風凌虛。

流雲垂落一片薄薄的陰影，草坡上，野鹿三五成群，許平君喜呼一聲：「你看，好多鹿。」

劉病已順著她手指方向望去，果然見到幾隻野鹿受到馬蹄聲驚擾而東奔西竄，當下彎弓搭箭，颼一聲，羽箭破空，射中其中一頭鹿頸。

「主公箭無虛發，果然英雄出少年！」

「主公百步穿楊，射能碎柳，我等臉上有光！」

劉病已身後幾名侍從爭先恐後地大聲喝采，唯恐被別人蓋過聲音，顯不出自己的忠誠。

許平君笑了，「夫君現在真是前程似錦，風光無限，馬屁精一個個接踵而來啊！」

劉病已淡淡一笑，「衆人熙熙，如享太牢，如登春臺，世間事不過如此。」

許平君想起昔日的他就連自己母親也看不上，和此刻衆星拱月的光景相較，眞是恍如隔世。

一瞥眼，忽見前面的樹叢中似有一白色的龐然大物，奇道：「那是什麼？白得晃眼。」

劉病已定睛細看，「好像是虎，白皮黑紋，不愧爲皇家獵苑，什麼奇珍異獸都有。」

許平君奇道：「老虎不都是黃皮毛嗎？我倒沒見過白色的，過去瞧個仔細。」

「不怕猛虎利爪嗎？」

「怕什麼？你不是神射手嗎？」

二人妙語談笑，指天畫地，這一幕，全落在霍成君眼裡。

彷彿有細微的芒刺，落入她的眼睛，泛起一絲疼。

霍成君和劉病已分手後，昔日一群王公貴族又紛紛回頭向她示好。她心靈頓失寄託，不堪空虛，加上新丞相王訢之子王譚近日頻頻慰問冷暖，頓時產生移情作用，答允與王譚前來上林苑走馬踏青。

王譚一心念著與霍成君馬背溫存，於是道：「成君，不如我們一起騎馬吧！」

「不要。」

「那我教妳騎馬可好？」

「不好。」她意興闌珊。

王譚一臉挫敗，陪笑道：「那妳……」

「我坐在馬上，你來牽馬！」

王譚微微錯愕，說話也沒勁兒了，「依妳。」當眞就像馬奴般伺候她騎馬，信步林間。

涼風習習，流雲容容，霍成君坐在馬上，視線穿過扶疏林木，落在自家馬廄裡。那日汗血馬從西域運至，觀者如堵，采薇鼓舞道：「七姑娘不會騎馬，有什麼要緊？陽武侯會騎不就得了。」彼時劉病已的表情就很不自然，但她當下沒有細思，此刻回想起來，他當時心裡其實頗為排斥啊！但這也怪不得他，他心裡自始至終都裝著別人，怎麼會想與自己在馬背上耳鬢廝磨，笑語繾綣？正如王譚此刻想與自己共乘一騎度過美好時光，自己內心也是萬分抗拒。

霍成君心事重重，王譚卻察覺不出，兀自妙語如珠，努力博得美人笑，奈何他講得口沫橫飛，身側佳人卻是千年不化的寒冰。

這樣一來，王譚就像個傻子似的自言自語，頗為尷尬。

他怏怏地牽著馬走出樹林，見前方有人狩獵，逆著光看不太清楚，然而馬背上的霍成君卻耳邊一轟，全身巨震。

上林苑宮苑無數，占地甚廣，不想就這麼剛巧，竟會在此和劉病已狹道相逢。

霍成君看著劉病已神采奕奕的樣子，只覺心覆上一層秋霜。自與他相交以來，從沒看過他表情如此生動，眼波如此溫柔，待見到劉病已身後的女子，柔若無骨地依偎著他，雙手還環著他的腰，原本涼透的心，頓時妒火怒燃，想殺人的心都有了。

她全身瑟瑟顫抖，牙齒咬著下唇，印出一排深深的齒痕。

劉病已勒住韁繩，隨手拿起懸掛在馬側的酒囊，仰首暢飲，渾沒發現霍成君就在一旁，見天空掠過一頭大雁，連忙擱下酒囊，彎弓朝天，準備放箭。

箭隨雁移，那頭大雁飛向陽光，劉病已眼前刺亮，箭矢失了準頭，登時射了個空。

侯府侍從本來等著劉病已射中獵物，要來段洋洋灑灑的喝采，話到嘴邊，便要成章，不料獵物沒中，那呼之欲出的阿諛之話只能硬生生嚥回肚子裡。

霍成君看著劉病已一身勁裝疾束，意氣風發，不禁癡了。曾經滄海難爲水，那王譚哪及得上人家萬分之一，人家劉病已宛如九天謫仙，相襯下，王譚顯得腦滿腸肥，油膩猥瑣，簡直濫竽。

她想到這裡，眼中厭惡藏都藏不住，偏那不識相的王譚見劉病已射不中獵物，竟出言相譏：「都說陽武侯文武雙全，是個人才，不想今日一見，才知道是浪得虛名，連一頭雁也射不中，還敢來擺顯。」

霍成君聽了刺耳，忍不住喝道：「堂堂丈夫，卻學妾婦嚼舌，還不閉嘴。」

王譚一陣錯愕，「成君，妳……」

霍成君居高臨下地看著他，像看著一隻蟲蟻，「你知道個屁。」

王譚不料她竟口出穢語，整個人懵了，張口結舌，更顯呆滯。

霍成君更是鄙夷，「立刻給我消失在眼前。」

王譚面紅過耳，嘴唇動了動，想說幾句話給自己駁回顏面。

霍成君冷笑道：「別忘了你父親是誰提拔的，想造反不成？滾。」

王譚終究敢怒不敢言，哼了一聲，大步離去。

三十二・鳶去

二人言語來往，已被劉病已發覺。劉病已見霍成君孤伶伶地坐在馬上，心中愧疚，想要說些什麼，卻不知從何說起。

霍成君的「馬奴」給她趕跑了，只得下馬，不料一腳踩空，竟跌了個倒栽蔥，好不狼狽！

許平君見了，連忙下馬，上前扶她，「沒事吧？」

霍成君摔馬，只覺得恥辱萬分，臉上卻不露痕跡，由著許平君攙起，近距離下，見她容光照人，如嫩蕾初放，想來嚐盡了情愛的甜頭，不禁又酸又妒。

她掙開許平君的手，冷冷一哂：「冤家聚首，眞是人生何處不相逢。」

劉病已默了半晌，「就妳一人？采薇呢？」

「她沒來。」霍成君回了個廢話。

「我師姊可好？」

「很好。」

「孩子健康嗎？」

霍成君嗯了一聲，一副懶得與他搭話的樣子。

「取名了嗎？」

「取了。」

「叫什麼？」

「霍盈。」

「哪個盈？」

霍成君似笑非笑，「盈盈一水間，脈脈不得語。」

劉病已心一震，「我師姊取的？」

霍成君這才話多了起來，「你可眞會到處留情，我總算看透你了。」

劉病已想起昔日與寒月被狼群所困的光景。那一晚銀河耿耿，南北兩側各是牽牛星與織女星，彷彿情人眼眸遙遙相望。

他當時心有戚戚，於是低聲吟道：「盈盈一水間，脈脈不得語。」

沒想到師姊竟還記得，並以此爲嬰兒命名！代表她悔不當初，代表她放不下舊情，同時又和霍禹嘔氣。霍禹畢竟粗枝大葉，一時沒發覺「霍盈」代表的涵義，反而霍成君先察覺到了，等哪一日霍禹意識到女兒名字的由來，寒月恐怕沒有好果子吃了。

霍成君譏諷道：「陽武侯好福氣，剛娶嬌妻，竟還能讓舊情人魂牽夢縈，月子裡翻來覆去就是唸著那一句『盈盈一水間，脈脈不得語』，果眞情眞意切，如泣如訴，我見猶憐。想來西域女子不重婦道，若沒有霍盈，或許能進你侯府，你也樂意撿回一只舊履。」

劉病已明白她挑撥離間，肅容道：「我與師姊清白如水，日月可鑑，妳別玷汙她的名聲。」

霍成君冷笑，「到底是清白如水，還是藕斷絲連，你師姊早產的前一刻，和你在大街上摟摟抱抱，親親我我，你們不要臉，還不讓霍禹抬頭做人？」

劉病已忍怒道：「昏言悖語，足見神智不清，我不與妳計較。」

忽聽一人哈哈大笑，劉賀率衆而來，道：「看來我來得正是時候，不然就要錯過這齣好戲了。」

劉病已聽到這聲音，心頭一凜，拱手道：「見過王叔。」

劉賀笑了，「陽武侯可忙壞了吧？又是平疫，又是新婚，這位想必是陽武侯夫人吧？」看了許平君一眼，只見她雙眼發直，呆呆地注視著自己身後，順著她的目光望去，落在梅影疏身上。

劉賀心中奇怪，看看梅影疏，也是呆若木雞，又看看許平君，兩人的表情竟一模一樣，忍不住道：「妳們認識？」

梅影疏隨劉賀來到上林苑，沒料到竟會遇到劉病已，更沒料到劉病已竟會帶著許平君，被劉賀這麼一問，下意識地點點頭。

她與許平君幼年分開，彼此形貌早已大變，但不知緣何，多年後猝然相見，竟都知道對方是誰。

劉賀悻悻地道：「怎麼我竟不曉得妳認識陽武侯夫人。」

梅影疏倒是機靈，「大王莫怪，我也是今日才知道平君妹妹成了陽武侯夫人。」

「妳有妹妹？妳不是說妳舉目無親嗎？」

「她是我的結拜姊妹，叫許平君，昌邑人。」

結拜姊妹？許平君聽了一愣，正要說話，手心猛地被劉病已暗暗捏了一下。

幸好劉賀目光全在愛妾身上，沒留意到許平君的異常，他酸溜溜地道：「我怎麼沒聽妳提起，看來妳對我不算坦誠。」

梅影疏淡笑道：「我和平君失散多年，故人杳杳，往事難尋，有什麼可提及的。」

「妳們怎麼認識的？又是怎麼失散的？」

梅影疏心中冷笑，看來劉賀是打算問到底了，幸好她隨機應變的功夫還算了得，當下道：「我和平君是鄰居，小時候玩在一起，平君父親原是昌邑哀王郎官，因犯了事被罰宮刑，舉家遷至長安，我們便失了聯繫，沒想到此生竟能相見，也算前緣未斷。」一聲抽噎，舉帕拭淚，「平君，姊姊能再見到妳，就是即刻赴死，又有何憾。」

劉病已聽梅影疏這樣半真半假地娓娓道來，神情既悲切又歡喜，眼淚收發自如，情緒拿捏恰如其分，心忖她僞飾功夫確實了得，難怪能夠多年來把劉賀騙得團團轉。

「父王的郎官？原來還有這層淵源。」劉賀看看許平君，又望向劉病已，握著他的手，有一股毒蛇纏住獵物的意味，「看來我們的關係，眞是親上加親了。」

劉病已笑道：「姪兒此刻才知道，原來內人失散多年的義姊，竟然就在昌邑王宮內，緣分圓分，兜兜轉轉，把我們都繞進這個圓裡。」

劉賀漫視許平君一眼，揶揄道：「陽武侯夫人高興壞了？話都不會說了。」

劉病已轉頭對許平君道：「妳不是很想念妳的梅姊姊嗎？梅姊姊就在那兒，妳過去和她說說話。」

許平君這才大夢初醒，飛奔向前，顫顫地喊了聲「梅姊姊」，一把抱住梅影疏。

梅影疏目光在她面上細細流連，「妳長高了，人也出落得亭亭玉立，我很欣慰。」

許平君像個孩子似的哭個不停，「姊姊，我不是在作夢吧？」

梅影疏薄嗔道：「傻丫頭，妳這不是抱著我嗎？哪有夢境這麼眞切的。」

劉賀衝著梅影疏一笑，「妳們姊妹多年不見，一定有很多親密話要說。小梅，妳自便吧！」

梅影疏巴不得聽到這一句，盈盈一禮，「妾告退。」生怕單純的許平君說錯話，令劉賀起疑，匆匆拉著許平君往太液池去。

劉賀、梅影疏一來，霍成君就被晾在一旁，完全插不上話。她從來都是百鳥朝鳳，受人仰望，此刻難堪、氣憤揉到了心頭，便冷冷地道：「諸位慢聊，成君就不打擾了。」

劉賀微笑，「霍姑娘若不嫌棄，就讓寡人送妳回府。」

霍成君本想婉拒，轉念一想，自己方才摔了一跤，腳踝隱隱生疼，何不就讓劉賀相送？劉病已寡情涼薄，難道還指望他會對自己施捨一絲憐憫？又心想劉病已都已娶妻了，自己還有什麼盼頭？

霍成君暗暗自嘲，沒想到我堂堂霍成君，家世煊赫，到頭來竟然比不上一個平民女子！想到這裡，忽然自暴自棄起來，霍成君啊霍成君，妳努力維持矜貴莊重的形象，人家根本不屑一顧，妳幹嘛不徹底放蕩一回？傳言劉賀欲與霍家結爲秦晉，劉賀身分顯貴，容貌俊美，溫文儒雅，煦若春風，絲毫不遜於劉病已！

霍成君起了報復的念頭，當下衝著劉賀一笑，「成君方才跌疼了腿，估計走不了幾步，昌邑王能否行個方便，抱我上您的乘輿？」

劉賀一聽，正中下懷，他來長安的目的，除了進貢酎金，還希望能與霍府攀姻親。聽說霍成君矜貴高傲，對任何王公子弟都是不假辭色，和劉病已來往幾個月後，也無情地甩了人家，這樣一個唯我獨尊的女子，他還想著該如何放長線釣大魚呢！沒想到霍成君此刻竟主動獻媚，自己不勞吹灰之力，得來全不費工夫，原來關於霍成君自命清高、潔身自愛的傳聞都是以訛傳訛啊！不管怎樣，霍成君腳疼，自己抱她上車，順理成章啊！難不成要讓身後那些微賤的兒郎們去褻瀆她的千金貴體？

劉賀越想越有理，忍不住得意，「承蒙霍姑娘不棄，是我的榮幸。」

「這便有勞了。」

劉賀當下抱起了她，向劉病已得意一瞟，「陽武侯，寡人先行一步了。」往自己馬車赳赳大步而去。

霍成君倚在馬車板壁上，秀眉蹙如遠山，曲折間都是重重憂思。

一路沉默，劉賀目光落在她裙下，「腿怎麼跌的？」

「摔馬。」

「疼嗎？」

「些微。」

「要不要找女醫來看看？」

「不必。」

劉賀見她愛理不理、油鹽不進的樣子，委實與方才主動示好的她判若兩人，心中忽然起了一個念頭，「眞的是妳甩了劉病已，還是他甩了妳？」

霍成君一呆，隨即惱羞成怒，「關你何事？」

劉賀溫柔的眼波在她臉上輕輕一漾，「劉病已無情無義，哪值得妳往心裡頭去？人生一世，白駒過隙，何至自苦如斯乎！」

霍成君眼角隱泛淚光，喃喃低語：「是啊，他自始至終都在騙我，我又何必爲了這種人自苦。」

劉賀一見對方認同，立即加油添醋，「劉病已新婚燕爾，妳卻形單影隻，孤燈寒衾，妳憤怒，妳不甘，妳寤寐思服，輾轉難眠……人家眼看著就要生兒育女，一家和睦了，而妳卻活在過去的陰影裡，這要如何使妳自渡？妳只有把握當下，及時享樂，才能從此雨過天青。」

霍成君幽幽地道：「感情之事，從來身不由己，我又能怎麼辦呢？」

劉賀遞了一方絲帕給她，笑容中似有一股扣人心弦的魅力，「哭一哭就沒事了，妳回家就好好歇息，把所有不愉快都忘得一乾二淨。」

霍成君拭去眼淚，「我現在不想回家。」

「妳不回家，那要去哪？」

霍成君幽幽地道：「我也不知道，除了家，我竟不知還能去哪。聽說酒能放空一切，一醉解千愁，我倒想一試。」

「『帝女儀狄作酒醪，變五味，杜康作酒。』我的官邸收藏了杜康秫酒，色澤白亮，厚重凜冽，有一爵灌頂之力；亦有青稞酒，摻以馬奶，後勁兒可大著了；或是蘭陵酒，性溫軟，味甘甜，有琥珀之光，妳要不要都嚐嚐？一會兒命人給妳送過去。」

「何必這麼麻煩？不如就在你府上喝個痛快。」

劉賀千拐萬繞就是等著這一句，心中得意，臉上卻不動聲色，正經八百道：「這怎麼成？霍姑娘在我府裡喝酒，傳出去對妳的聲譽有損。」

霍成君煩躁地道：「什麼聲譽、尊嚴，通通都是屁。劉病已欺我在先，負我在後，我早就顏面無存了。我十幾年來一直活得一絲不苟，難道就不能徹底放縱一回？」

劉賀聽她連「屁」字都說出口了，知道時機成熟了，這才鬆口，佯裝認同，輕輕地握住她的手，柔聲道：「說得是，我府裡有上乘的美酒、一流的舞伎，趁我這段時日都在長安，霍姑娘可以抽空過來坐坐。」

霍成君自得知劉病已娶妻，便起了自甘墮落的念頭，明知劉賀心懷不軌，但她卻無法控制漸漸如脫韁野馬的身心。龐大的空虛感占據她整個心靈，讓她本能地想要抓住一個人依靠，不管那人是誰，只要能彌補她內心的寂寞空虛就好。

「什麼抽個空？現在就去。」霍成君道。

於是馬車改道向王府疾馳而去，一路上飄盪著劉賀爽朗輕快的吟哦聲：「有女同車，顏如舜華。將翱將翔，佩玉瓊琚。彼美孟姜，洵美且都。有女同行，顏如舜英。將翱將翔，佩玉將將。彼美孟姜，德音不忘。」

寢居中，一群樂人演奏著各式各樣的樂器，女伎們隨著絲竹之聲載歌載舞。劉賀與霍成君抱酒豪飲，身旁已擱了不少空酒罈。

霍成君看來是喝得開了，拎著酒罈，奔進眾女伎中，跟著她們一起手舞足蹈，曼聲高歌：「隰桑有阿，其葉有難。既見君子，其樂如何！隰桑有阿，其葉有沃。既見君子，雲何不樂！」

劉賀酒興上頭，拋下酒罈，躍入舞池中，拉著霍成君的手，醉醺醺地一邊轉圈，一邊哼歌。

霍成君被他拉著轉了幾個圈，身子像飄在雲間，所有癡戀苦纏全都消泯在這一片愉悅之中。

她大笑，「有酒且歌，有歌且舞，爽快！我今日不是霍成君，我想做什麼就做什麼。」

劉賀笑道：「對，妳不是霍成君，卸下妳的重重枷鎖，徹底放縱一回，歌舞助興，當浮一大白。」

霍成君一邊大口喝酒，一邊歡聲高歌：「隰桑有阿，其葉有幽。既見君子，德音孔膠。心乎愛矣，遐不謂矣？中心藏之，何日忘之！」

劉賀這時已退開，呷著酒，看著霍成君舞得髮髻鬆開，青絲如瀑，笑得花枝亂顫，媚眼如絲，最後體力不支，醉倒在地。

劉賀慢悠悠地嚥下最後一口酒，將酒罈擱下，揮了揮手，樂人女伎立卽識趣退出，咿呀一聲，兩道房門輕輕闔上，將午後秋陽阻絕在外。

一室昏暗幽靜。

劉賀慢慢走向橫臥在地的霍成君，蹲下身子，輕輕撫著她微微起伏的胸，嚥了口唾沫，最後將她抱回內室。

霍成君意識恍惚，羽睫微張，眼前一片朦朧，似乎有個人摟著自己，只要偎在那人懷裡，就覺得安心。

劉賀慾火焚身，只想速速消火，將她放在錦榻上，便要去解她的衣裳。

驀地一縷琵琶聲悠悠飄來，正是卓文君的〈白頭吟〉。

劉賀一聽，全身立僵，慾火也消了大半，咬牙暗惱小梅總是壞事。

「皚如山上雪，皎若雲間月。聞君有兩意，故來相決絕……」琵琶聲隨著梅影疏的婉轉吟哦，宛如一根刺骨的冰錐，一下又一下地敲著劉賀的心。

劉賀甩甩頭，努力把精神集中在眼前醉得不省人事的霍成君，看著她隨著呼吸微微起伏的胸脯，漸漸那一縷哀婉幽怨的歌聲便排除在腦後。

他的「努力」看來沒有白費，好不容易將歌聲隔絕在外，便要去愛撫霍成君。不料手才剛伸出，便聽霍成君輕輕喊道：「劉病已，病已哥哥……」

劉賀一聽，慾火盡消，全身癱軟，外頭那人反覆地彈奏著〈白頭吟〉，眼下這人滿口喊著別人的名字，再如何想占有霍成君，此刻早已沒了雲雨興致。

劉賀無奈，只能幫霍成君掖好被子，轉身出了房門。

他循著歌聲，走到院落，對著坐在一地落花間的女子切齒道：「妳究竟想怎麼樣？」

梅影疏唱完「故來相決絕」這句，抬頭看了他一眼，又繼續旁若無人地彈奏。

劉賀越聽越惱，喝道：「別彈了。」

梅影疏擱下琵琶，款款起身，「你惱了？」

「廢話，妳壞我好事，我能不惱？」

「我壞你什麼好事？」

劉賀冷笑，「明知故問。妳這是見不得我與人好，上次是莫鳶，這次是霍成君！〈白頭吟〉、〈白頭吟〉，去妳的〈白頭吟〉，妳眞要與我相決絕？」

「你錯了，我此刻並非爲你而奏。我當初用〈白頭吟〉迎來莫鳶，如今莫鳶走了，難道我不用送送她嗎？」

「什麼？」劉賀一腔怒氣登時化爲驚愕，「妳說誰走了。」

「莫鳶。」

劉賀急道：「她怎麼能說走就走？她眞捨得離開我！」

梅影疏涼涼地道：「莫鳶出走，說到底，也是萬念俱灰了吧！」

劉賀暴怒道：「不過就是流掉一個孩子，再懷就有了，萬念俱灰個屁！妳們女人，眞是婦人之仁，矯情得很。」

梅影疏冷冷地看著他，「你也是這麼跟她說的嗎？」

劉賀一怔，「什麼？」

梅影疏重複他的話：「不過就是流掉一個孩子，再懷就有了。」

劉賀不語，給她來個默認。半晌，又覺得臉上無光，指著她道：「妳就眼睜睜地看著她走？妳爲什麼不攔住她？爲什麼不勸勸她？」

「她的性子，你比我還淸楚。她要走，誰攔得了？再說，她對我切齒痛恨，哪裡聽得進我的良言相勸？」

劉賀踱來踱去，「不成不成，我要把她找回來，來人，來……」

梅影疏冷冷地打斷他的話：「阿賀。」

劉賀聽到這聲喚，忽然心跳加速，神情也多了幾許溫柔，佇立凝視著他，「王宮上下也只有妳敢這麼喚我，妳許久沒這麼喚我了，多喚幾聲來聽聽。」

「人前我只能稱你爲大王，斷斷不能亂了禮數，人後嘛……你先是有了莫鳶，現在又有了霍姑娘，你光應付她們就分身乏術了，哪裡還擠得出閒暇與我獨處？」

劉賀聽到這句，對她滿腔的氣惱霎時煙消雲散，「我的小梅吃醋了？」

「沒有。」

「少來口是心非這一套。」劉賀聞到她的幽幽體香，一陣心急火燎，咬著她的耳垂，「我告訴妳，那莫鳶與霍成君，都只是我的一枚棋子，我會與她們交好，是因爲她們有利用價值，爲了我的前程，我只不過是表面文章、逢場作戲罷了。」

梅影疏奇道：「霍成君倒也罷了，莫鳶只是一個尋常女子，無權無勢，有什麼利用價值？」

「這妳就不懂了，想我和莫鳶初遇那天，她竟能使重重宮衛如聾似盲，孤身夜闖行宮，如入無人之地，普天之下，還有誰有這樣出神入化的絕頂輕功？」

「我曾見她在院子裡練劍，每每發憤忘食，樂以忘憂，不知老之將至，她施展輕功時，如鳶飛九萬里，咱們王宮似乎不夠她大展拳腳。還有暗器，不知她怎麼辦到的，也不見她拂袖，眼前掠過一瞬浮光，用來做靶子的狼幾日後就暴斃了。」

劉賀雙眼一亮，「妳說到點子上了，那暗器功夫，委實出神入化，妳想，狼是極爲敏銳的猛獸，她竟能無聲無息地在狼體內打入暗器，卻也不爲狼所警覺，墨家暗器，果然了得。」

梅影疏聽他只提輕功與暗器，對劍術毫不留心，心中雪亮，原來輕功和暗器，就是莫鳶能被利用的價值！她一直以來都想錯了！

她佯裝迷茫，「墨家暗器？」

「是啊，她的師母就是墨家傳人，因她根骨奇佳，便將暗器功夫傳授給她。墨家暗器有個最大的特點，就是打入人體，不痛不癢，無知無覺，就像清風拂體，過而無痕……」

梅影疏屏息凝神地等他繼續說下去，不料劉賀轉移了話頭，「對了，妳和劉病已的夫人都說了什麼？」

梅影疏心一凜，知道許平君的出現，使他對自己產生猜忌，是以方才他話講到一半，就轉移話題，如今自己也不能顯得對墨家暗器太過熱衷，否則若令他疑根深重，自己這幾年來的耕耘倒是前功盡棄了，於是道：「也沒什麼，就彼此慰問冷暖，拉拉家常罷了，都是些閨閣密語，你不愛聽的。」

劉賀盯著她的雙眼，「妳要記得，劉病已是我的敵人。」

梅影疏坦然迎向他的目光，正色道：「妾蒲柳賤質，若沒遇見大王，如今仍淪落風塵，倚門賣笑，自從遇到大王後，才知道這世間上還有一種情，細水涓涓，長流不息。大王封小梅為八子，種種恩蔭，種種寵遇，刻骨銘心。既然劉病已是夫君的敵人，也就是妾的敵人，妾寧可對不住姊妹，也不能辜負夫君對我的眞心。」

劉賀不禁動容，「我身邊的女子來來去去，數都數不清，但我唯一動情的便只有妳。等我做了皇帝，我就要封妳為皇后，我們一起攜手俯視整個漢朝天下。」

梅影疏雖然早就知道他野心勃勃，但畢竟從未聽他這麼肆無忌憚地說出口，背脊滲出一層冷汗，風一吹，忍不住打了個寒噤。

她連忙掩住劉賀的口，「天子腳下，如此大逆之言，你就不能小聲點。」

劉賀指著院中如茵的碧草，「草色青蔥，卻終究難以持久，過幾日，便要搖落。」

梅影疏睨他一眼，「什麼時候對我說話，也要這般含含糊糊？」

「我意思是，皇帝那病歪歪的身子，指不定哪日就直不起身了呢。而整個朝堂都是霍光的親信，霍光的掌上明珠，如今還躺在我的床上呢！」

梅影疏疑惑道：「皇帝身子不好，也不是什麼稀奇事，但總不至於嚴重到猝死吧？你話裡有話啊。」

劉賀盯著她，有些猶豫。梅影疏看了他的神色，怫然不悅道：「你方才倒是把話說得很動聽，其實內心終究還是疑我忌我。」推開他便走。

劉賀追了過去，急切道：「我哪有疑妳忌妳啊？」

梅影疏轉過頭，已是聲淚俱下，「與其日夜活在你的疑心中，乾脆你一刀殺了我，生而辱不如死而榮。」

劉賀被她這麼一哭，心都碎了一地，緊緊抱住了她，「我都不知道該如何愛妳才是，哪捨得損妳一根毫髮。」

梅影疏哼了一聲，「巧言令色，鮮矣仁。」

「不是我不信妳，而是事關重大，若我計畫失敗，能不拖累妳就不拖累妳。」

「皮之不存，毛將安覆。我是你的妾，豈能獨自苟活？阿賀，倘若計畫不遂，我必與你一同赴死，九泉之下再續前緣。」

劉賀聽得心潮澎湃，握著她的手，「我一得空，就把我的計畫通通告訴妳，現在我要派人找回莫鳶，沒有她，我的計畫就胎死腹中了。」說著在她的臉頰上啄了一口，一陣風似的去了。

三十二・江充

梅影疏看著劉賀的背影消逝在林蔭花影中，眸中深情登時斂去，又是一臉烈日秋霜。她重新抱起琵琶，輕攏慢撚，繼續彈奏。

只不過她這回彈的不是〈白頭吟〉，而是女子悼念亡夫的詩曲：「葛生蒙楚，蘞蔓於野。予美亡此，誰與？獨處？葛生蒙棘，蘞蔓於域。予美亡此，誰與？獨息？角枕粲兮，錦衾爛兮。予美亡此，誰與？獨旦？夏之日，冬之夜。百歲之後，歸於其居。冬之夜，夏之日。百歲之後，歸於其室。」

梅影疏一邊奏樂，一邊笑，曲中有情，笑中帶淚。

她彈了一回又一回，指甲都斷了，手也磨破了，仍不願罷手。

曉月墜，宿雲微。

霍成君被這繞樑樂聲吵醒。

她強忍著宿醉後的頭疼，掀被而起，凝神傾聽，是〈葛生〉，從前霍府女師教霍成君彈琴唱曲，其中就有這首〈葛生〉，只是女師的曲聲中聽不出絲毫傷感，此刻這首曲子似有千絲萬縷的苦楚，纏得人一顆心幾欲碎成齏粉。

是誰在晨間奏此哀樂？

她走了出去，循聲找到端坐花間的梅影疏。

梅影疏知道霍成君到來，視若無睹，繼續彈奏。

霍成君居高臨下地盯著她，「兩度見妳，不知如何稱呼。」

梅影疏頭也不抬，淡淡地道：「何必知道我的名字，妳只要記住我是妳的恩人就夠了。」

霍成君奇道：「恩人？」

梅影疏停止奏樂，「要不是我，妳恐怕早已不是白璧之身了。」

霍成君對昨日之事早已忘得一乾二淨，經她一提，猛然心驚，本能地抱住身體，「妳什麼意思？發生什麼事了？」

梅影疏款款起身，拂去衣上落花，「勸妳潔身自愛，畢竟我只能救妳一回。」語畢便走。

「慢著。」

梅影疏停步，回頭看她，像是看著一件死物，「何事？」

霍成君只覺得她眸光沉靜，似一汪深潭，不知緣何，氣勢立卽挫了三分，只得強撐氣勢道：「備車，我要回府。」

縹緲晨曦中梅影疏淡淡一笑，「我只聽命於昌邑王，不受任何人指使。」

霍成君一呆，心想她只是諸侯王妾室，自己可是霍成君，當今皇后的姨母，如今霍家權傾天下，卽便漢家公主也不敢在她面前造次。

她想到這點，氣爲之壯，「我是客，妳是主，賓主盡歡，才是禮儀之道，妳立卽命人備車。」

梅影疏不買她的帳，「我彈曲彈了一晚，乏了，妳自便，恕不相送。」

霍成君咬牙切齒，「妳……妳和許平君，妳們這對姊妹，都是天殺的小賤人。」

梅影疏雙眸如凝滯的秋水，無波無瀾，「都說霍成君端莊嫻雅，頗有〈關雎〉淑女之風，想必這話是阿諛諂媚之徒編來哄妳歡欣的。」一聲冷笑後離去。

霍成君宿醉頭疼，卻不見劉賀，還飽受梅影疏冷言嘲諷，胸口一把怒火燃成蝕心火窟，恨不得將劉賀的郡國官邸燒得片瓦不存。

梅影疏回房後，擱下琵琶，走到案前，援筆濡墨，在素帛上寫下一行字，寫完將素帛一捲，拔下頭上玳瑁釵，旋轉花飾，內裡中空，將帛卷塞了進去，重新裝上花飾，插回雲髻。

之後，她離開官邸，在東市閒逛，儀態清閒，走到一間首飾作坊前，拔下頭上玳瑁釵，遞給作坊主人，「老人家，昨日我來你這兒買了一枚玳瑁釵，回去戴了才發現不合適，能否讓我退啊？」

老頭接過玳瑁釵，細細打量，「這釵子確實是從我這兒賣出去的，不過賣出去的東西，哪有退回的道理？夫人請回。」

「行個方便吧？」

「要不換貨吧？篦子、步搖、華勝、簪子、扁方、耳璫、手鐲、玉珮，任夫人挑選，超額就補差價。」

「有珊瑚釵嗎？」

「珊瑚釵有，貼一金。」

「這麼貴，老人家莫不看我一介女流，存心訛我？」

「童叟無欺，行商之道，夫人若有疑問，儘管去打聽打聽我作坊的名聲。」

「恕我方才無禮，老人家請見諒。」

「夫人客氣了，那珊瑚釵雕工精細，非工匠耗目半歲不可得，夫人細細一觀便知，若實在不喜歡，另外訂製也無不可。」

梅影疏打量一眼珊瑚釵，遞給他一金，「換吧。」

老人收了錢，梅影疏揚長而去。

過了不久，那作坊老人忽然哎喲一聲，抱著肚子痛苦呻吟，向隔壁賣畫的商販道：「小夥子行行好，我鬧肚疼，能不能幫我看個作坊啊？」

「您是吃了什麼東西，一大早就鬧肚疼？行，您老趕緊去吧！這兒放心交給我。」

老人抱著肚子，匆匆去了，拐過兩條街，肚子像是忽然不疼了，開始健步如飛，之後這枚玳瑁釵，先是到了妙音坊，接著才送到楚笙手中。

許平君自見了梅影疏後，便神色怏怏，顯然爲她委身仇人、摧眉折腰的處境而難受，劉病已只得撿些事兒轉移她的心思。她整日跟著劉病已在上林苑跑馬，早累得全身骨頭都快散了，梳洗罷，就朦朧入睡。

劉病已看著她海棠春睡般的容顏，少頃，在她額上輕輕一吻，便走出居室，才剛把門帶上，便見一抹人影越牆而入，兔起狐落間，人已到丈前。他一驚，手按劍柄，同時高喊護衛：「來……」底下的「人」字尚未脫口，那人忙道：「別喊。」摘下竹笠，褪去面紗，竟是許久不見的莫鳶。

劉病已不料她竟會一聲招呼不打，就孤身闖入侯府，且侯府重重護衛竟都毫無知覺，一笑道：「師姊的輕功看來更是爐火純青了。」

莫鳶不吭聲。

劉病已微笑道：「師姊下回可以從正門進來，否則若是給人當成了刺客，而我又剛好不在府裡，那可就不好辦了。」嘴上說笑，同時不著痕跡地在莫鳶臉上細細流連，見她臉頰凹陷，嘴角噙著一絲淒苦，淺灰色的衣裙虛虛地籠罩著她枯瘦的身形，像是一株不勝風雨的花朵。

莫鳶冷哂：「我既有能力進來，也有本事脫身，侯府護衛，未必能有所察覺。」

劉病已掠一眼四下，「書房說話。」

莫鳶隨他進入書房。

劉病已道：「師姊孤身前來，有什麼事？」

莫鳶不答反問：「師兄在府裡嗎？」

「出門義診去了。」
莫鳶沉默。
劉病已試探道：「師姊容消色減，發生什麼事了？」
莫鳶又是一陣沉默，半晌，才悠悠開口，語氣冷靜異常，「我的孩兒流掉了。」
劉病已故作驚訝，「怎麼會如此？」
莫鳶淡淡地道：「大約是我造孽太多，是以上蒼才要這般懲罰我，教我飽受骨肉分離之苦。」
「師姊節哀，保重好身體，才能再懷上孩兒。」
莫鳶嘴唇抿了又抿，終於飄出一聲沉沉的嘆息，「不會再有孩子了。」
「此言何意？」
「劉賀對我失去孩子一事，全不放在心上，甚至對梅……對那個害死我孩兒的女人沒有隻字片語的苛責，已教我好生難受，結果他昨日又帶了新人回來，自是一番輕憐蜜愛，全無喪子之痛。如此涼薄寡情，我還有什麼可留戀的？我此趟前來，就是為了向你道別，從此漂泊天涯，再也不與王室宗親來往。」
「燕雀乞食樊籠，不如鳶飛九萬里。武學之道，仰之彌高，鑽之彌堅，只要一心向武，天下山川丘壑盡在其間。」
莫鳶嘴角微揚，「說得是極，後宮女子，不是我想活成的樣子，流水已逝，心境非昨，如何以今日之志，重蹈昨日覆轍。我走了，東閭師兄那兒，相煩替我轉告。」一拱手，轉身便走。
劉病已輕輕喚道：「師姊。」
自從莫鳶跟了劉賀，他對莫鳶就產生隔閡，昔日喊她「師姊」時，口吻客氣又疏遠。
莫鳶不是細謹之人，倒沒察覺出他語氣和往昔不同，「還有什麼事？」

劉病已向他一揖到底：「請受師弟一禮。」

莫鳶笑開了，「拘泥。」轉身離去。

她怎麼猜得到，劉病已這一禮是別有深意，對於莫鳶先是被梅影疏玩弄於股掌間，後又飽受「滑胎」的錐心之苦，劉病已明知實情卻無法相告，心中對她實有太多太多的歉意。

秋風乍起，唯有濕意，料想轉眼會有一場纏綿秋雨。劉病已立於廊下目送她遠去，那抹暗灰身影轉過遊廊旁的一叢金菊，便再也瞧不見了。

青絲，朱顏，似水流年，她還是當年終南山冰湖切磋的莫鳶。

進貢酎金後，劉賀便「一病不起」，太醫前去診治都不見好，少不得出動民間醫者了，這樣一來，自是鬧得滿城風雨，盡人皆知。

劉病已聞後只是一哂，「苦肉計。」卻不由擔憂起了莫鳶，就怕她不夠堅定，吞下這引蛇之餌。

紅蓼蘆塘，秋意無邊。是日楚笙收到梅影疏來信，信上寫道：「賀圖輕功、暗器，鳶已去。」

劉病已一看，喃喃道：「輕功，暗器，劉賀想做什麼？」心中隱隱有個念頭，然而太過駭人，令人難以置信。

楚笙問道：「墨家傳人越來越少，你對莫鳶的暗器功夫可熟悉嗎？」

劉病已搖搖頭，遙想莫鳶當年冰湖切磋，英姿颯颯，便是以暗器技壓東閭琳的，只依稀記得眼前一花，便這麼無聲無息射出銀針，令人嘆爲觀止，然而就只這麼一次，莫鳶再無顯露暗器絕學。

他道：「說來汗顏，我對暗器一無所知，不過倒是可以問問東閭師兄。」

正欲去尋東閭琳，楚堯風一般飄了進來，道：「江悟找到了。」

原來這段時日裡，江悟一直躲在宣平門客棧裡，幾乎足不出戶，劉病已派人拿江悟畫像於三輔京畿搜尋，若非店僕圖那賞錢，出賣江悟下落，否則也不會如此順利。那店僕也是人精，估摸出江悟頗得貴人重視，便又說江悟身子不適，是自己延請醫者，飲食用度，頗為悉心，言語中處處賣好。

劉病已道：「知道了。」便不忙著尋師兄，走到後院，將此事告知正在採菊的許平君。

她一聽江悟抱恙，立即擱下竹籃，急切道：「江叔叔身子本就不好，住在客棧難免不周全，夫君趕緊派人接他回府安置。」

劉病已看著妻子懇切的眉眼，又思及江悟巫蠱罪人的可疑身分，心裡一時陰雲密佈。

許平君催了聲：「次卿？」劉病已已冠字，她喊了他的字。

劉病已嘆道：「江叔叔既是妳親人，我便親自去接。」

許平君笑道：「夫君真好。」

忽聽楚笙閒閒地道：「我隨你們一道，瞧瞧這位老丈究竟得了什麼疑難雜症。」

許平君沒察覺她嘴角噙著意味深長的笑，還道是醫者對病人的關懷，更是喜慰。

一輛馬車駛到宣平門客棧，客房中只見一名醫者正為江悟診脈。醫者望聞問切，然後寫了一張方子，交給店僕後就離去。

楚笙從店僕手中接過方子一看，上面寫著竹葉、石膏、半夏、麥冬、人參、甘草、粳米云云，是專門治療胸悶氣阻、虛煩不寐、氣津兩傷的藥材。

原來江悟自許平君嫁給劉病已後，便日日臥不安席，上了年紀的人，連日不寐，食慾大減，身體跟著毛病不窮，諸如胸悶、頭疼、氣喘、眩暈、手抖、四肢無力，雖不致命，卻也難受。他坐在榻上，背靠軟枕，方才醫者為他扎針，氣色明顯好轉。

「江叔叔，您幹嘛離家出走？小孩子嗎？我和母親都好擔心您啊。」許平君撲入江悟懷中，嗚嗚咽咽。

江悟沒想到她會來，有些怔忡。

許平君抬眸看他，「江叔叔喝口水吧，唇皮有些龜裂了。」

劉病已聞言，不等許平君動手，倒了杯水遞給她。

一片陰影籠罩過來，江悟看著他，猛地身子一震，目光閃爍，沒發覺許平君已將水遞了過來。此刻他看劉病已的眼神雖然詭異，卻沒有像上次在許家見面時那樣驚惶失措。

江悟的眼神變化，全都落入劉病已眼裡。劉病已心頭一堵，道：「江叔叔，平君遞水給您呢。」。

當他喊出「江叔叔」三個字時，江悟像是突然被針扎到似的，整個人抽搐了一下，眼神明顯流露排斥，好似這聲「江叔叔」委實不堪入耳。

這樣一來，劉病已心中更是懷疑。

許平君見他不飲水，便將陶杯擱下，納悶道：「江叔叔今日好奇怪，出了什麼事嗎？」

江悟勉強道：「沒有，眞沒有。」

許平君雖然奇怪，也沒多想，指著楚笙道：「這位就是我跟您提過的藥王島島主，姓楚名笙，您使用的安神香，就是她調製出來的。」

江悟掠一眼楚笙，「多謝島主。」

許平君握著他枯瘦的手，「住在客棧總是不便，我帶您回侯府養病吧。」

江悟驚呼一聲：「我不去。」

他反應之大，令許平君錯愕又尷尬，「是不是怕住不慣？不要緊，那回許家吧。」

江悟強笑道：「是……是，就回許家，這時節妳母親應採菊釀酒了吧？酒缸這麼沉，該有人搭把手才是。」

許平君笑道：「是啊，您再不回去，少不得要再去奴市挑個手腳麻利的人。」

楚笙忽然微笑插嘴：「老丈今年多大歲數？」

「今年五十有四。」江悟順口答道，隔了片刻，又問，「妳問這個幹什麼？」

楚笙和顏悅色，「我是醫者，治病前，總要知道病人年紀。」

她極少對生人展現出如此霽和的一面，劉病已看在眼裡，心中隱隱感到不祥。

許平君笑道：「姑姑醫術精湛，定能治好江叔叔陳年頑疾，這便有勞姑姑了。」

楚笙慢慢趨近榻前，溫言道：「來，我替您把把脈，手伸出來。」

江悟瞅著她，眸心閃過一絲遲疑，卻不伸手。

許平君敦促道：「江叔叔發什麼呆，姑姑要替您把脈呢！」

江悟半推半就地伸出手，讓楚笙把脈。

楚笙悠悠道：「不寐症雖病有不一，然惟知邪正二字則盡之矣。蓋寐本乎陰，神其主也。神安則寐，神不安則不寐，其所以不安者，一由邪氣之擾，一由營氣之不足耳。有邪者多實，無邪者皆虛。」

她說了一長串，令人聽得似懂非懂，最後目光灼灼地盯住江悟的眼睛，「老丈之所以不寐，主要是神思不安所引起的，普遍所有治療不寐的藥材均是治標不治本，唯有從內心深入治療方能對症下藥，那麼，請你告訴我，你都夢見了什麼？」

江悟在她充滿探究好奇的目光下，本能地把手抽開，避開她的直視。

楚笙聲音放得更柔和了，「揚湯止沸，沸而不止，不妨來個釜底抽薪，方爲治本之道。只要您把夢境告訴我，我就有辦法給您一個囫圇覺，您可要爲了身體著想啊。」

江悟冷冷拒絕，「不勞費心，無事請回。」

許平君嚷道：「江叔叔怎可如此無禮？姑姑，江叔叔有幾回夢見鬼來抓他……」

江悟氣得截斷她的話：「閉嘴！」

許平君嚇了一跳，江悟從未怒斥過她，她呆呆地看著江悟，這瞬間他好像變成一個陌生人，只覺得遙不可及。

楚笙笑了，「不知您夢見的鬼是何面貌？是不是一群鬼？男女老少都有？」

江悟在她節節逼問下，像是血液流不到心臟，險些喘不過氣，用痛苦的眼神作為抗拒，希望楚笙就此罷休，不料楚笙絲毫不肯鬆動，緊追不放，陰森森地道：「平日不做虧心事，夜半哪怕鬼喊門？你過去是不是做了什麼壞事，所以才怕午夜驚魂？」

江悟顫聲道：「妳……胡說八道！」

楚笙將身子往前傾，目不轉睛地盯著他，臉上笑如春風，「告訴我，你做了什麼壞事？害了什麼人？」

許平君聽到這裡，才驚覺楚笙根本不是在治病，而是誅心來著，連忙道：「姑姑緩著點，江叔叔現在已經不太對勁了。」

楚笙理都不理她，臉上笑容不減，語氣像是浸滿毒液似的，「你害死的那些人，是不是都沒有頭，因為他們都被斬首了，他們一個個都在你的夢裡哭，哭著說自己冤枉，哭著問你為什麼要害死他們……」

江悟掩住雙耳，大吼：「閉嘴，別再說了，滾出去，給我滾出去！」

楚笙忽然沉默不語，霎時室內靜得宛如墳地，讓江悟一度以為自己的怒吼達到嚇阻效用，不料楚笙綻顏一笑，從容不迫地道：「若我記得不錯，你本名是江齊，趙國邯鄲人，你有個妹妹，能歌善舞，嫁給趙太子劉丹，而你成為趙敬肅王劉彭祖的上賓。劉彭祖薨後，你遭到劉丹追殺，逃往長安……」

她深深地吸了一口氣，才壓抑著胸口雲翻雷滾，逼自己繼續水波不興地道：「後來你改名爲江充。」

此言一出，江悟、許平君、劉病已都駭得張口結舌，喉頭哽住，說不出話來。

楚笙冷笑，「江大人，你這張人皮面具好生精緻，竟使你完全改頭換面，要不是我忘不了你的那雙眼，只怕連我都給瞞住了。呵，江大人，故人入夢，是何滋味？」

江悟叫道：「閉嘴！閉嘴！不要說了！」這樣一來，就等於承認他的眞實身分。

楚笙霍地臉色大變，指著他喝道：「江充，想不到當年衛太子那一劍，竟沒把你殺死，讓你苟活至今，老天眞是待你不薄啊！」臉頰劇烈抽搐，眼神冷厲，形似旱魃，要將他生吞活剝。

「江充」兩字如平地驚雷，令江悟身體瑟瑟打顫，許平君登時雙膝一軟，撲倒在地，劉病已攢起拳頭，面無血色。

一室死寂。

許平君聲線哆嗦，「姑姑不會是弄錯了吧，他……江叔叔怎麼會是江……江……」

楚笙冷笑，「他那雙眼睛就算化成灰燼，我也絕不會認錯。江充，你的假面具戴了這麼多年，也該卸下來了，讓平君瞧瞧你的眞容了。」

江悟咬牙沉默。

許平君膝行過去，抱住江悟的雙腿，「江叔叔，您快點說話啊！快說您不是江充，您倒是說句話啊！」

江悟撫著她的頭髮，終於長長地嘆了一口氣，「不錯，我就是江充。」揭下臉上人皮，露出一張陌生的臉孔。

許平君眼前的世界像是九天崩落，風雲變色，險些便要暈厥。

楚笙看著這張令她恨得挫骨揚灰的面容，眼中幾乎快要飛出刀來。

劉病已踉蹌倒退一步，他雖想過江悟是巫蠱罪人，卻沒想到他竟是首惡，那害得衛太子舉兵造反，衛皇后懸樑自盡，衛氏一族全被下獄誅殺的始作俑者——江充！

征和元年，漢武帝年事已高，江充行事酷辣，與寬厚仁善的衛太子起了嫌隙，江充唯恐太子來日登基，自己闔族不保，於是和韓說、章贛、蘇文等人聯手構陷太子。

由於漢武帝晚年纏綿病榻，江充便散佈宮中有蠱作祟，生性多疑的漢武帝於是下令闔宮徹查，不少宮人下獄受審，一時風聲鶴唳，草木皆兵，直到江充查到太子宮，才在院子裡掘出桐木人偶，上面刻滿漢武帝的生辰八字。

衛太子劉據原來打算前往甘泉宮向漢武帝訴冤，但江充步步進逼，令他求助無門，到了這節骨眼，與其坐以待斃，不如鋌而走險。他把江充構陷之事告訴母后衛子夫，然後打開武庫，將兵器發給長樂宮侍衛，自己先殺了禍首江充，再去追捕江充的餘黨，一路追到甘泉宮，這時禍首之一的蘇文向漢武帝舉報太子謀反，漢武帝勃然大怒，下令丞相劉屈氂帶兵鎮壓，兩軍在長安打得昏天黑地，劉據兵敗遁逃，最後在湖縣自盡，衛子夫懸樑，衛氏一族除了襁褓中的皇曾孫逃過一劫，全被下獄處死。

當年劉據一劍刺入江充胸口，江充立即倒下，所有人都以為他已經死了，哪知江充心臟偏右，劉據一劍刺他不死，反而讓他趁亂脫逃。之後衛太子沉冤昭雪，江充一族慘遭誅連，江充惶惶然如喪家之犬，又不能以真容示人，藏頭藏尾過了幾年，終於大徹大悟，替自己更名為江悟。

他的歲數越長，罪惡感就越深，近年來頻頻夢見巫蠱之禍的亡魂，皇后衛子夫、衛太子劉據、太子妃史良娣、史皇孫劉進……他們在夢中含恨浴血，張牙舞爪地撲向自己。

他後悔當初為了一己私慾，構陷太子劉據，掀起一場巫蠱之禍，不僅害死衛氏一族，還殃及無辜，血流漂杵。這些年來，無論他走到哪，當年劉屈氂的大軍和劉據的叛軍在長安城浴血廝殺的光景，都會清晰地浮現在腦海。他自覺雙手沾滿血腥，肩上擔著無數人命，一失足成千古恨，再回首已百年身！縱使朝朝暮暮痛思悔悟，卻也無法抹去巫蠱之禍在史冊上那沉痛的一筆。

「你以爲你改了名，易了容，你做的那些惡事就能一筆勾銷嗎？你以爲你取了一個『悟』字，就能把你害死的那些人都當成過眼雲煙了嗎？」楚笙陰惻惻地道。

江充閉目不語。

楚笙惡狠狠地道：「當年你在法場刑殺巫蠱人犯，我看著你耀武揚威的模樣，看著你殺氣凜凜的眼神。對對對，就是這個眼神，你方才怒斥我『胡說八道』的眼神，我一看到這個眼神，就更加篤定了。江充，江大人，一別十七年，相貌依舊啊。」

江充睜眼，靜靜地問：「閣下究竟何人？」

楚笙笑得燦爛，神情卻十分猙獰，「君不聞，天道循環，報應不爽，我是誰？呵呵，我是替衛氏一族討公道來著，江充，你苟活十七年，今日便是你的死忌。」

她說完，猛地扭頭望著劉病已，悽然一笑，「宿仇在此，你可以替親人報仇了！」

劉病已全身抖得不聽使喚，雙眼幾乎要噴出火來，拔出君子劍指向江充。

三十四・辱身

江充釋然一笑，「與其活在千悔萬恨中，不如死在你的劍下，倒也算是死得其所。」說著閉目待死。

楚笙冷冷地道：「一劍了結你的狗命，未免太便宜了，然而暮年弱者，我等也不屑於零碎折磨，看在平君面上，給你一個體面，病已，動手。」

劉病已雙眼密佈血絲，長嘯一聲，君子劍追風逐電，刺向江充胸口，驀地一人擋在江充身前，正是許平君。

「平君！」劉病已大駭，急忙收劍，劍鋒掠過許平君鬢角，一縷青絲飄然落地。

許平君粉淚漣漣，乞憐的目光凝視著劉病已，「求你別殺江叔叔，你要是殺了他，教我……教我如何自處？」說到這裡，已泣不成聲。

劉病已額際青筋浮起，握住君子劍的手劇烈顫抖，喝道：「妳閃開，我今日非殺此獠不可。」

許平君跪倒在地，聲淚俱下，「他是我的江叔叔，不是江充，我們雖無血親，卻是情同骨肉，我如何能眼睜睜看他死在你劍下？夫君，次卿，求求你，放他一條生路好嗎？」說到這裡，聲嘶氣噎，突然全身哆嗦，劇烈乾嘔，卻仍不忘以護雛的姿態擋在江充身前。

她從未在劉病已面前如此嚶嚶慟哭，劉病已怔怔地看著她，突然意識到，若自己刺死了江充，恐怕許平君的心也要跟著凋零了。

這一劍如何刺得下手？

楚笙見劉病已猶豫，忍不住歇斯底里，手指像一把利劍指著江充，「你還等什麼？殺了他！」

許平君匍匐上前，牢牢抱住劉病已的腿，尖叫大哭：「夫君不可，求你看在我面上，網開一面。」

劉病已咬緊牙關，此刻面臨人生一大難關，對江充的恨意，對妻子的憐情，像兩把尖刀，不斷剜著他的心。

楚笙悲憤攻心，聲音如子夜鬼哭，「劉病已，你若不殺了江充，怎麼對得住你枉死的親人？他們個個都是千金之身，卻都在獄中受盡酷刑，落了個身首異處的下場，死後荒草孤墳，無人問津，而首惡卻未伏法，飽食終日，這公平嗎？」

劉病已聽到這裡，猛地大叫一聲，一腳踢開許平君，一步步向前，劍尖抵住江充胸口。

這驚心動魄的一刻，許平君被他踢倒在地，身如敗絮，臉色蒼白；楚笙咬牙切齒，臉上又是痛快，又是刻毒。

二人目光都集中在他手中的利劍。

江充被劉病已用劍抵住心窩，卻不立即刺入，這種等死的恐懼無限放大無限延伸，方才視死如歸的精神全都蕩然無存，一股騷味撲鼻，尿水淋淋漓漓地灑落榻上。

血色殘陽舔破細痲窗紗，死一般寂靜。

終於，劉病已手中劍緩緩垂下，一口鮮血噴了出來。

楚笙怒目圓睜，「滅族之仇，不共戴天！你忘了含恨而終的親人了嗎！」

劉病已驀地一陣狂笑，笑聲充滿悲憤蒼涼，隨即轉身跌跌撞撞地衝了出去。

許平君一呆，見地上一汪血跡，這才如夢初醒，哭叫：「次卿。」顫巍巍起身，再也顧不得江充，追了上去。

室內只餘二人，楚笙霎時全身脫力，雙眼空洞，像是瞬間老了十歲，喃喃地道：「真是冤孽。」

江充怪笑一聲：「何必苦苦相逼，令兩口子頓生嫌隙，妳自己不動手嗎？」

楚笙盯著他，忽然露出殘忍的微笑，「江大人先不忙著就死，我忽然有個雙全的計策。」

江充一呆，「妳要幹什麼？」

楚笙笑了，「留你有用之身，好爲病已鋪路。」

鋪路？江充一怔，眼前猛地一黑，已被楚笙一掌擊暈。

許平君追出客棧外，人影綽綽，劉病已已鴻飛無痕。

一瞥眼，見地面青石磚上血跡斑斑，從客棧門口一路向城門延伸，心如火焚，沿著血跡出了城門。

殘陽下漠漠平林，寒煙如織，只見劉病已倚著一株嶙峋松木，靜立不動，衣袂翩躚，如欲化作清風。

她走向前去，怯怯地喊了聲：「次卿。」

劉病已身子一顫，緩緩回頭，默然不語，眸中含淚，似在無聲抗議著命運弄人。

許平君盯著他的雙眼，曾經蘊含著星辰大海的湛然眼眸，此刻看上去就像荒漠似的。略一恍惚，便覺時光好像倒退到二人離開藥王島，從此絕袂而去，動如參商的那一刻。

「我想一人靜一靜。」劉病已聲音空茫。

許平君一呆，見他轉身而去，便向絕塵處喚了聲泣血，「我在這兒等你。」陡然雙膝一軟，癱在斑駁樹影中，淚落如微雨。

她喃喃地道：「江叔叔如何會是江充？如何會是那個惡貫滿盈、害得衛氏族滅的禍首江充？我究竟該怎麼辦？次卿今日不殺江叔叔，那來日呢？江叔叔把次卿害得這麼苦，次卿如何能輕易揭過？」

正徬徨間，忽聽跫音橐橐，她心頭一喜，一時沒聽出腳步聲雜沓，至少有兩人，還道是劉病已回來了，起身一看，唇際笑痕瞬間凝住。

兩個身材高大的蒙面男人向自己走來，眼神赤裸裸地流露出慾望與貪婪。

「你們是什麼人？」許平君勉強鎮定心神。

兩人笑得張狂，其中一人道：「我們是什麼人？我們都是妳的新郎倌。」

許平君一聽，只嚇得魂都散了，顫聲道：「我……我告訴你們，我可是陽武侯夫人，是宗婦，要是你們敢對我無禮，陽武侯絕不會放過你們的。」

那人獰笑，「陽武侯方才不是不要妳了嗎？既然他不懂憐香惜玉，我等會好好補償妳的。」說到這裡，立卽撲過去抓她。

許平君嚇得放聲尖叫，扭頭便跑，「次卿，救我，救……」話未說完，猛地被人緊緊箍住身體，嘴巴塞入布團。

她的雙眼凝聚著恐懼、乞求、絕望、無助，一瞬也不瞬地瞅著眼前二人，還望他們良心未泯，放自己一馬。但命運似乎不站在她這邊，眼前一黑，麻布袋已罩住她的身體。

許平君最後的求救聲劃破蒼穹的岑寂，驚動了林間宿鳥，撲騰著衝上漫天的落霞。

劉病已心頭一悸，這才驚覺她出事了，立卽衝回松林。

「平君——」他放聲大叫，四野回音如漣漪，似乎每一株松木都在悲號。風中依稀殘留著許平君的馨馨髮香，而她卻縹緲無蹤，只有兩三隻野兔蹦蹦跳跳地穿梭林間，與世無爭地嬉戲。

衝出林外，無邊的秋意籠罩大地，斜陽映照，寂寥廓遠，隱約聽見遠方田埂間幾名荷鋤而歸的農人放聲高歌，一群牧牛的孩童用陶笛吹出輕快的曲子，交織成歡樂溫馨的氛圍，然而他的心卻是無比焦灼，背脊冷汗淋漓，西風吹來，徹骨冰涼，不禁懊悔獨自撇下她。

越陌度阡，四下屋影幢幢，燈火一家一家亮了起來。隨著日色漸暗，他的心也一層一層墜入寒潭深淵。驟然間，蒼穹劃過一道驚雷，潮氣無垠地瀰漫開來。

「平君。」劉病已聲音帶著一絲幽咽，隨即被秋雨隱沒，腳步淩亂，兀自固執地找尋著蒹葭伊人。

就在這絕望的一刻，驀見一隻珠履孤零零地遺落在一面土牆外，闃黑的內心登時透出一絲曙光，飛奔過去，拾起珠履，緊緊握在手中。

下一瞬，他抬頭看著牆後的屋舍，眼中陰翳密佈，就像頭頂上的天。

碰的一聲，劉病已踹開屋門，天空又是一道炫雷，將屋內照得亮如白晝。

屋室中，只見許平君縮在一隅，雙手反捆，嘴裡塞著布團，背上血肉模糊，看樣子方才遭到鞭笞，衣衫碎裂，滿臉淚水，一個蒙面人褲子已褪到小腿，正要發洩慾火。

二人不料劉病已竟然會找到此處，呆了一瞬，不約而同看向他。

劉病已臉上殺氣烈烈，君子劍的寒光襯得他宛如修羅，在昏黑的室內不斷擴張著危險的氛圍。

二人動也不動，眼睛眨也不眨地瞅著他，就怕眨了一下，就會血濺屍橫，眼前劉病已水波不興的眼眸下，是烈烈的殺意，讓他們本能地感到危險，就像面對一頭被激怒的兇獸，連拚命的勇氣也提不起來。

然而，劉病已只是陰森森地瞟了二人一眼，就不再理會他們，默默地走向許平君。

二人這時對他畏如死神，本能地挪到角落，雙眼死死地盯著劉病已，大氣也不敢多喘一口。

劉病已解開許平君手上的繩索，褪下外袍，裹住她傷痕累累的身軀，取出她嘴裡的布團，將她擁入懷中，輕輕地道：「對不起，我來晚了。」臉上殺意褪去，從一個陰間使者瞬間變回溫潤君子。

許平君聽到這句，頓時痛哭失聲，緊緊地抓著他，像溺水之人抓住浮木。

劉病已輕輕地撫著她的頭髮，不斷喊著她的名字，似乎想藉著柔情來消弭她的驚懼。

兩個腌臢小人只見劉病已夫婦旁若無人地相擁私語，好不容易逮到這個空隙，相互使了個眼色，腳步慢慢向門口移去。

便在這一瞬，室內寒光閃爍，猝不及防間，二人似乎看見劉病已猱身而起，手中青鋒倏忽探出，頸上一涼，還弄不清楚發生什麼事，便卽倒地斃命。

劉病已左手抱著許平君，右手施展君子劍，一眨眼連誅二人，血濺四壁。二人的頭顱都被削落，在地上滴溜溜打滾，兀自雙目圓睜，停留在死前最深最深的恐懼裡。

缺月掛疏桐，漏斷人初靜。霍府今夜的氣氛也不尋常。

霍禹和霍成君二人在廊上搓手踱步，一人佇立窗邊，默默看著雨打芭蕉，只覺今夜似乎格外漫長。

霍禹抑制不住興奮痛快，許平君是劉病已的七寸，這下報復力道極大，直接擊垮了他的心智，可惜了，他無法親睹他悲慟欲絕的面容，好在那二人的幼子性命皆捏在自己手裡，卽使被擒下，也無法從他們嘴裡敲出些什麼。

霍成君看似氣定神閒，其實心裡不斷想像著許平君被凌辱的畫面，只恨不得親手握住那一條馬鞭，將烈火焚心的痛恨盡數發洩在她身上。

許平君背上的傷是劉病已親自上藥的，一道道鞭痕，彷彿都抽在他心上，一時氣血翻騰，只得暗暗發力咬舌，讓此間的疼痛削減心尖的折磨，直至齒間漫延出腥甜的味道，好幾次他都扭過頭，深呼吸，才能抑制住奔湧的淚水。

「平君，喝藥了。」他強忍著情緒。

許平君充耳不聞，抱膝坐在榻上，像個破碎的布偶，眼神呆滯，不飲不食，不哭不鬧。

劉病已憂傷地看著她，回到侯府後，兩人就沒交談一句，只要靠近她，她就像驚弓之鳥似的往後退，他端起藥要餵她，她也恍若未見。

他寧可她歇斯底里地痛哭尖叫，也不願看到她在沉默中逐漸凋零。

劉病已端著藥盞的手微微哆嗦著，只覺若不離開此處，便會崩潰於一瞬，只能默默地退至房外，讓楚笙守著她。

夜色流殤，風雨淒淒，他扶著廊柱，面上的堅強再也撐不住，癱坐在月影間，摀著臉，壓抑地啜泣著。

楚堯一直候在門外，這時只得坐在他身邊，想安慰什麼，卻又覺得說什麼都是多餘。

少頃，楚笙飄然出室，劉病已聽到動靜，立即起身問道：「喝藥了嗎？」

楚笙嘆道：「喝了，又全都吐出來了，只得用安神香先讓她睡下。」

劉病已悲涼一笑，「是我害了她。」

楚笙遲疑著想說什麼，卻又覺得不是時機，只道：「你去得快，她並未受到侵犯，只是先前少不了受些零碎汙辱，也夠驚嚇了。」

劉病已呆了片刻，突然一陣暈眩令他幾乎無法站立，若非楚堯扶他，便要跌跤在地，喉頭一陣腥熱，一口鮮血激湧而出。

「病已。」楚堯驚叫一聲。

劉病已哽咽道：「即便嘔盡一身血，也還不清我對她的愧疚。」漸漸泣不成聲，像個孩子似的動容地哭，卻又怕動靜太大驚醒了房內的妻子，只得壓低聲音，任風雨淹沒了剜心的哀慟。

「這不是你的錯。」楚堯搜腸刮肚只撿出這句安慰。

劉病已飲泣片刻，才稍平靜些，眉眼間的悽鬱卻濃得難以化開，「平君爲人簡單，哪裡會主動得罪於人？想必是衝著我來的，而我終是控制不住悲憤，將那兩個腌臢小人殺了，反倒替幕後之人滅了口，省了心。」

楚堯道：「我已讓京兆尹去查那二人底細，想來很快會有消息。」

劉病已恍惚看他，眼裡的氣息近乎絕域，已經兩條命塡進去了，再多的人捲進來，能還他一個活潑明朗的許平君嗎？

楚笙忽道：「江充已經離開長安了。」

劉病已一時沒太大情緒，今日給他的連番打擊太劇烈了，以至於他此刻有些麻木。

楚笙惻然道：「我要你當著平君的面親手殺了江充，是太爲難你了，畢竟平君對他有情意在，是我一時激憤，思慮不周，間接導致這起憾事。」

劉病已幽幽地道：「不關姑姑的事，只怪天公簸弄，世道險惡。」

楚笙望著庭間積水空明，「你且放心，終有一日，他必要自食惡果。」

夜闌風靜，一時無話，便各自回房就寢。

只是這一夜，又有誰能睡得安生？

劉病已看著蜷成一團、秀眉深鎖的許平君，心像被鈍器一下一下地碾磨著，曾經採菊東籬的無憂少女如今竟有滄桑之色。

他就這樣靜靜地看著她，時近夜漏未盡七刻，兀自放心不下，找來一個名叫白芷的侍女守著她，然後自己便上朝去了。

今日朝議內容是漢朝的西域盟國烏孫受到車師和匈奴的聯軍攻擊，遠嫁烏孫的漢朝公主劉解憂上書請求出兵救援，文臣武將在出兵和不出兵的議題上僵持不下。

烏孫這個部落早在西漢以前就在河西走廊建國，後來月氏襲擊烏孫，烏孫昆彌[註1]難兜靡被殺，傳說難兜靡死時，其子獵驕靡尚在襁褓中，被棄置郊野，烏鴉啣肉餵哺，野狼餵之以乳，令當時迷信鬼神的匈奴冒頓單于驚爲天神，決定養育他。

獵驕靡成人後，匈奴從冒頓單于換到老上單于，又換到軍臣單于，獵驕靡決定爲父報仇，藉由匈奴右賢王的軍事力量，趕走定居伊黎河流域的月氏。經過三十年奮戰，獵驕靡征服金山到天山的大片土地，東接匈奴，西連大宛、康居，定都赤谷城復國。

獵驕靡自認羽翼豐足，不再臣服匈奴，擊敗前來討伐的匈奴大軍，取得西域半獨立的地位，至此烏孫國力如日中天。

漢武帝在位期間，張騫出使西域，認爲烏孫在西域國力強大，聯合烏孫可「斷匈奴右臂」，於是向漢武帝建議拉攏烏孫。漢武帝答允後，張騫出使烏孫，建議烏孫昆彌返回故土河西走廊，與漢朝聯袂對付匈奴。

當時烏孫四分五裂，獵驕靡的次子大祿和長孫岑陬爲了爭奪王位，紛紛擁兵自重，相互殘殺。獵驕靡認爲國家內亂頻頻，哪有餘力聯合漢朝對付匈奴？且烏孫遠在西域，不清楚漢朝實力，朝臣們又畏懼匈奴，是以一時沒有答應張騫的請求。

張騫不死心，繼續遊說獵驕靡，獵驕靡就派幾名使節，跟隨張騫返回長安，這才見識到漢朝強大的軍事武力，於是獵驕靡答應和漢朝聯姻。漢朝先派江都王劉建之女劉細君，將其封爲公主，遠嫁烏孫，是爲右夫人；北方匈奴得知這個消息後，也派了族中一女下嫁獵驕靡，是爲左夫人，獵驕靡同時與漢朝、匈奴聯姻，就是打算來個兩方不得罪。

獵驕靡逝世後，岑陬即位，即爲軍須靡。細君公主病逝後，漢武帝爲了鞏固邦交，立刻又派楚王劉戊之女劉解憂，以公主身分嫁給軍須靡，維持聯姻關係。軍須靡死後，由於和匈奴夫人所生之子泥靡年紀尚幼，於是由其弟翁歸靡繼位，依照當地風俗，新王可以繼承舊王所有妻妾，於是解憂公主又嫁給翁歸靡。

光陰飛逝，解憂公主此時已二度下嫁，他以漢朝公主的身分，在西域影響力甚大，這時東邊匈奴與車師的聯合大軍來勢洶洶，烏孫正處於魚游沸鼎之勢，解憂公主千里急奏，希望漢朝能夠出兵支援。

朝廷此刻正爲了出不出兵鬧得不可開交。一派認爲漢朝目前處於富民勸農、休養生息的狀態，漢朝養兵千日，非緊要關頭，不宜大興干戈，勞民傷財；一派認爲若烏孫被匈奴擊破，那漢朝失了盟國羽翼，將不利於對西域的控制。

雙方越吵越兇，反對出兵的博士大罵：「豎子不足與謀。」支持出兵的杜延年回他：「見毫毛而不見其睫。」雙方指手畫腳，搜腸刮肚，引經據典，罵詞屢創新意。吵到最後，已脫離正題，原來他們早就互看不順眼，就借驢下坡地吵了下去。

劉弗陵靜靜地聽著雙方罵來罵去，只覺頭疼欲裂，胸臆煩惡，忍不住道：「都別吵了，再吵下去，天都給掀了。」

兩人罵得正酣，實在不甘心就此停止，但皇帝已經發話了，也只能緘口，互瞪對方。

劉弗陵看著從頭到尾不吭一聲的霍光，心忖杜延年是他的親信，杜延年都表明支持出兵了，想來霍光也是這意思。既然霍光主戰，那麼出兵支援烏孫是勢在必行了。

其實他內心也是比較傾向出兵的，但他還想聽聽一個人的意見，於是把目光移向劉病已，道：「尚書令有何想法？」

劉病已沒料到皇帝會把問題拋給自己，微微一怔，隨卽站了出來，沉吟道：「回陛下，臣認爲我朝目前最大的外患是匈奴和西羌，再來才是西域諸國，因靠著解憂公主在烏孫的影響力，使西域諸國都不敢進犯我朝。先帝在位期間，武力鼎盛，龜茲、鄯善、車師等西域諸國均向我朝臣服，如今我朝休養生息，軍力不復往昔，此消彼長，車師又倚向匈奴去了。車師因地處匈奴與漢朝之間，所以不得不朝秦暮楚，數度親叛，劫殺我朝派去烏孫的使者。眼下車師依附匈奴，無非是想狐假虎威，進而從中撈到便宜。解憂公主千里急奏求援，臣認爲我朝應藉機聯手烏孫，夾擊首患匈奴，若能一舉將其擊潰，則區區車師小國便不攻自破，更能藉此警告西域大小諸國——犯強漢者，雖遠必誅。」

他緩緩道來，所有人的目光都落在他身上，尤其說到最後這一句「犯強漢者，雖遠必誅」，更是激起群臣的熱血雄心，只想拔劍長嘯，西指強胡。

這裡頭只有霍禹心思全在另一處，他凝望著劉病已，心中湧起一絲複雜的滋味，好傢伙，你的嬌妻全身給人摸遍了，鞭痕累累，你如何能渾若無事地站在這兒振振有詞？

劉弗陵聽得熱血翻湧，呼吸也變得沉重急促。漢朝自武帝末年便一直休養生息，如今國力由衰轉盛，養兵千日，用在一時，也許是時候了，若能聯合烏孫，一舉擊潰匈奴，就能實現先帝終其一生都未能完成的夢想。

殿內寂靜無聲，群臣全都屏息凝神，靜待劉弗陵做出最後的決定。

劉弗陵站了起來，道：「可……」猛地像被人從背後重擊心臟一般，一陣眩暈，心痛如絞，跟著直直地從台階上栽落。

霎那間所有人都呆住。

金賞連忙扶起劉弗陵，見他已暈死過去，急叫：「宣太醫！」

殿內頓時亂如炸鍋。

劉病已呆呆地看著眼前變故，這才意識到自己方才那番話足以令人心潮澎湃，是心疾的大忌！人推人擠間，他冷不防被撞了一下，卻恍然不覺。

皇帝被抬至寢殿躺下，太醫令、丞以及一群太醫分別在京骨穴和昆侖穴上扎針，投藥，灼艾，動作熟練。

少頃如歌趕來，見一干重臣聚在殿外，嚶嚶嗡嗡，討論病況，擔心吵到劉弗陵，便下令他們離開。

霍光臨去前深深地瞅了她一眼，似有千萬個疑惑要向她求解。如歌知道霍光已對皇帝病體起了疑心，轉眼就會來詢問自己。外祖父縱橫朝堂，久經滄海，可不好忽悠啊！她想到這裡，心緊了又緊。

到了掌燈時分，果然當如歌回到椒房殿時，宮女說霍光已等候多時了。

如歌心頭怦怦直跳，命宮女退下，自己恍若無事地走到他身邊，叫了聲：「外祖父。」

霍光轉身，不是叫她的小名，而是向她深深地行了跪拜大禮，畢恭畢敬道：「臣拜見皇后。」

如歌的心跳得更劇烈了，彷彿快要跳出嗓子眼，勉強笑道：「霍大將軍免禮，請坐。」

祖孫倆坐定，如歌強壓心中的百丈洪濤，道：「前段時日茶陵進貢了一些茗茶，外祖父可要試試？」

霍光沉默半晌，方笑道：「妳可記得妳進宮前兩個月，有一回妳偷吃了妳小姨的栗子酥。成君她發了脾氣，我問妳有沒有偷吃，妳說謊了，最後我罰妳什麼來著？」

如歌手心掐出一把冷汗，硬著頭皮道：「我當然還記得，您罰我喝苦茶，要是我不說實話，那麼就要把苦茶喝光。」

霍光笑容不減，「那麼這椒房殿裡有苦茶嗎？我今日就想和皇后喝苦茶。」

如歌聽到這句，面如死灰，顫聲道：「外祖父，請恕我有不得已的苦衷，我不能說。」

「連我也不能相告嗎？」

如歌身子抖如秋天落葉，「外祖父就別逼我了。」

霍光神色一斂，不怒自威，「陛下龍體關乎社稷安危，事到如今，朝臣們都在議論紛紛，人心惶惶，妳還要對我有所隱瞞？」語氣漸漸急了，「皇后啊皇后，妳眞是婦人眼界，頭髮長，見識短，妳以爲妳能一手遮天？陛下也算是我的外孫女婿，難道我不能知道他的龍體狀況？再來，國本空懸，天子抱恙，妳以爲那些對皇位垂涎三尺的諸侯王們還會安分守己？妳以爲妳應付得了如狼似虎的他們？如今陛下急須靜養，妳不把陛下的病況告訴我，我如何能夠鎮得住底下的流言蜚語！」

如歌驟然崩潰，雙膝一軟，伏在霍光腳邊，泣道：「外祖父，我告訴您，我全都告訴您。」

註1：烏孫首領稱「昆彌」或「昆莫」。

漢宮賦（上）

作　　者：納蘭採桑
執行編輯：郭正偉
裝　　幀：烏石設計
內文排版：烏石設計

出　　版：愛文社 https://www.facebook.com/lrwinsaga/
發 行 人：黃柏軒
地　　址：106 台北市大安區溫州街 16 巷 14 之 2 號四樓
電　　話：0922983792
總 經 銷：白象文化事業有限公司
電　　話：04 2496 5995

I S B N：978-986-97298-8-8
定　　價：400
版　　次：一版一刷
裝訂方式：平裝
出版時間：2023 年 2 月

國家圖書館出版品預行編目 (CIP) 資料

漢宮賦 / 納蘭採桑作 . -- 一版 . -- 臺北市：愛文社，2023.2
2 冊；21X15 公分
ISBN 978-986-97298-8-8(上冊：平裝). --
ISBN 978-986-97298-9-5(下冊：平裝). --
ISBN 978-626-95744-0-7(全套：平裝)

863.57　　111000888